I05844141

ଅମୁଲ୍ୟମଣି ମିଶ୍ର, ସର୍ବଦା ନିଆରା ବିଷୟବସ୍ତୁକୁ ନେଇ ଗଳ୍ପ ଲେଖାଲେଖ କରୁଥିବା ଜଣେ ପ୍ରତିଭାଶାଳୀ ଲେଖିକା । ଅସ୍ଥାୟୀ ଜୀବନ, ଭାବନା, ଭାବପ୍ରବଣତା ଆଦି ତାଙ୍କ ଲେଖାର ମୂଳ ପୁଞ୍ଜି । ଅଧିକାଂଶ ଗଳ୍ପରେ ଆଧୁନିକ ସମାଜର ମଣିଷର ସ୍ଥିତି ଆଧୁନିକ ମାନସିକତା, ପ୍ରାକୃତିକ ପରିବେଶ ଆଦି ତାଙ୍କ ଗଳ୍ପଗୁଡ଼ିକୁ ପରିପୁଷ୍ଟ କରିଛି ।

**- ବୀଣାପାଣି ମହାନ୍ତି**

କେନ୍ଦ୍ର ସାହିତ୍ୟ ଅକାଦେମୀ ପୁରସ୍କାରପ୍ରାପ୍ତ ଲେଖିକା

---

ପ୍ରଗତିଶୀଳ ଚିନ୍ତାଧାରା, ବକ୍ତବ୍ୟରେ ସ୍ୱଚ୍ଛତା ଏବଂ ବିଷୟବସ୍ତୁରେ ପରୀକ୍ଷାନିରୀକ୍ଷା ପାଇଁ ଅମୁଲ୍ୟମଣି ମିଶ୍ର ତାଙ୍କର ସମସାମୟିକ ଗାଳ୍ପିକାମାନଙ୍କଠାରୁ ଅଲଗା ବାରି ହୋଇପଡ଼ନ୍ତି । ନାରୀମନର ଅତଳ ବିତଳକୁ ସେ ଯେଉଁଭଳି ତନ୍ନତନ୍ନ କରି ଆବିଷ୍କାର କରନ୍ତି ତାହା ଆମକୁ ବିସ୍ମିତ କରେ । ଭାବପ୍ରବଣରେ ସ୍ୱାଚ୍ଛନ୍ଦ୍ୟସହ ପରିବେଶ ଅନୁକୂଳ ଶବ୍ଦ ବ୍ୟବହାର ତାଙ୍କର ଆଉ ଏକ ଦକ୍ଷତା । ମୁଁ ତାଙ୍କ ଗଳ୍ପଗୁଡ଼ିକର ଜଣେ ମୁଗ୍ଧ ପାଠକ ।

**- ଗୌରହରି ଦାସ**

କେନ୍ଦ୍ର ସାହିତ୍ୟ ଅକାଦେମୀ ପୁରସ୍କାରପ୍ରାପ୍ତ ଲେଖକ

---

ଗଳ୍ପର ବିଷୟବସ୍ତୁ ଉପରେ ଅଧିକ ଧ୍ୟାନ ଦେଉଥିବା ଲେଖିକା । ତାଙ୍କର ସମସ୍ତ ଗଳ୍ପର ପ୍ଲଟ୍‌ଗୁଡ଼ିକ ଚିରାଚରିତ ଢାଞ୍ଚାଠାରୁ ଭିନ୍ନ । ଲେଖାରେ ମୌଳିକତା ବଜାୟ ରଖିବା ସହ ନୂଆନୂଆ ଧାରା ପ୍ରୟୋଗକରି ଗଳ୍ପ ଲେଖୁଥିବା ଜଣେ ଅନନ୍ୟ କଥାକାର । ତାଙ୍କ ମତରେ ଯଦି ସଠିକ୍ ବିଷୟବସ୍ତୁ ଚୟନ ନ କରାଯାଏ ତେବେ ଲେଖାଟି ଉନ୍ନତମାନର ହେବନାହିଁ । ତାଙ୍କ ସହ ମୁଁ ଏକମତ ।

**- ଶକୁନ୍ତଳା ବଳିୟାରସିଂ**

କେନ୍ଦ୍ର ସାହିତ୍ୟ ଅକାଦେମୀ ପୁରସ୍କାରପ୍ରାପ୍ତ ଲେଖିକା

---

ସମକାଳୀନ ଗପ ଲେଖିକା ଭାବେ ଅମୁଲ୍ୟମଣି ମିଶ୍ର ନିଜର ରାସ୍ତା ତିଆରି କରିସାରିଛନ୍ତି । ଜୀବନର ବହୁବିଧ ଅନୁଭୂତି ଅସଂଗତି, ନିଛକ ଚରିତ୍ର ଚୟନ ଓ ଚିତ୍ରଣ ତାଙ୍କ ଗଳ୍ପର ମୂଳଦୁଆ । ସମକାଳର ଅନେକ ଚିତ୍ର ତାଙ୍କ ଗପଗୁଡ଼ିକରେ ଅଙ୍କିତ ହୋଇଛି ନିଷ୍ପାପର ଭାବେ । ବଞ୍ଚିବାର ଏକ ନିରୁତା ଅନ୍ୱେଷଣ ହିଁ ତାଙ୍କ ଗଳ୍ପର ଆତ୍ମା ଓ ତାଙ୍କର ଗଳ୍ପକଳା ।

**- ଅଜୟ ସ୍ୱାଇଁ**

ଓଡ଼ିଶା ସାହିତ୍ୟ ଏକାଡେମୀ ପୁରସ୍କାରପ୍ରାପ୍ତ ଲେଖକ

# ଦେହୀ ଓ ଅନ୍ୟାନ୍ୟ ଗଳ୍ପ

# ଦେହୀ ଓ ଅନ୍ୟାନ୍ୟ ଗଳ୍ପ

## ଅମୂଲ୍ୟମଣୀ ମିଶ୍ର

BLACK EAGLE BOOKS
2021

BLACK EAGLE BOOKS

USA address:
7464 Wisdom Lane
Dublin, OH 43016

India address:
E/312, Trident Galaxy, Kalinga Nagar,
Bhubaneswar-751003, Odisha, India

E-mail: info@blackeaglebooks.org
Website: www.blackeaglebooks.org

First International Edition Published by
BLACK EAGLE BOOKS, 2021

**DEHI O ANYANYA GALPA**
by **Amulyamani Mishra**

Copyright © **Amulyamani Mishra**

Cover & Interior Design: Ezy's Publication

ISBN- 978-1-64560-193-7 (Paperback)

Printed in the United States of America

# ସ୍ୱାଗତକଥନ

ଲେଖା ଲେଖି କରିବି କେବେ ଭାବି ନ ଥିଲି। ମୁଁ ଜଣେ ବିଦଗ୍ଧ ପାଠକ। ତେଣୁ ବହୁ ଉନ୍ନତ ସାହିତ୍ୟର ସ୍ୱାଦ ମୋ ଭିତରର ଲେଖକଟିକୁ ପଦାକୁ ନେଇଆସିଛି। ଶୈଶବରେ ଓ ଆଦ୍ୟ ଯୌବନରେ ସାହିତ୍ୟର ମଲବରୀ ପତର ଖାଇ ଖାଇ ଯେଉଁ ସାଁବାଳୁଆଟିକୁ ଖୋସା ବାନ୍ଧିଥିଲା ତାହା ହୁଏତ ଅକସ୍ମାତ ଖୋସାକାଟି ପ୍ରଜାପତି ହୋଇ ଉଡ଼ିଯାଇଛି।

ଲେଖା ଆରମ୍ଭ କରିବାର ମୋତେ ପୂରା କୋଡ଼ିଏ ବର୍ଷ ଲାଗିଗଲା ଜାଣିବାକୁ ଯେ ମୋ ପାଖରେ ଲେଖକ ହେବାର ଦକ୍ଷତା ନାହିଁ, କିନ୍ତୁ ମୁଁ ଲେଖା ଛାଡ଼ିପାରିଲି ନାହିଁ ତା'ପରେ ବି। କାରଣ ସେତିକିବେଳକୁ ଲେଖକ ଭାବେ ମୁଁ ଅଙ୍କ ବହୁତ ପରିଚିତ ହୋଇସାରିଥିଲି।

ଲେଖକ ଭାବେ ମୁଁ ସଫଳ ହୋଇଛି କାରଣ ମୁଁ ଜାଣିଛି ଯେ ଲେଖିବା ମାମଲାରେ ମୁଁ କିଛିହେଲେ ଜାଣିନି। ମୁଁ କେବଳ ଗୋଟେ ଚମତ୍କାର କାହାଣୀକୁ ମଜାଦାର ଶୈଳୀରେ କହିବାର ଚେଷ୍ଟା ହିଁ କରିଆସିଛି।

ବିଶ୍ୱାସ –

ଗଳ୍ପରେ କାହାଣୀ ରହିଲେ ତାହା ଅଧିକ ସଫଳ ହୋଇଥାଏ। ବିନା କାହାଣୀରେ ଗଳ୍ପ ବେଶିଦିନ ତିଷ୍ଠି ପାରେନା। ସଫଳ କାହାଣୀର ଉପାଦାନ ଥିବାରୁ ଅନେକ ଗଳ୍ପ କାଳଜୟୀ ହୋଇପାରିଛନ୍ତି। କେବଳ ଶୈଳୀକୁ ନେଇ ଲେଖା ଯାଇଥିବା ଗଳ୍ପ ପାଠକ ମନରେ ବେଶିଦିନ ସ୍ଥାୟୀ ହୋଇ ରହିପାରେନା। ବିଷୟବସ୍ତୁ ହିଁ ସବୁବେଳେ ବର୍ଣ୍ଣନାଶୈଳୀ ଅନୁସରଣ କରିଥାଏ।

ଗୋଟିଏ ବଡ଼ ଝଟ୍‌କା ନ ଆସିବାଯାଏ ଗପ ଶେଷ ହେବା ଉଚିତ୍ ନୁହେଁ। ଗଳ୍ପ ଯଦି ବିଧାଟିଏ ପକାଇ ଜାଗ୍ରତ କରାଇ ନ ପାରେ ପଢ଼ି ଲାଭ କଅଣ ?

ଅନୁବାଦ ସାହିତ୍ୟ ପ୍ରିୟ। କାରଣ ଭଲ ଅନୁବାଦ ସାହିତ୍ୟ ମୋତେ ନିଜସ୍ୱ ସାହିତ୍ୟସ୍ଥିତି ସଂପର୍କରେ ସଚେତନ କରାଏ।

ପାଠକମାନଙ୍କ ବିଶ୍ୱାସଭାଜନ ହେବା ହିଁ ମୋ ପାଇଁ ସବୁଠାରୁ ବଡ଼କଥା।

**– ଗାଳ୍ପିକା**

# ସୂଚିପତ୍ର

# "ସ୍ମୃତି ସେ ତ ନୁହେଁ ଭୁଲିବାର...
# ଭୁଲି ପାରିଲେ ଲଭନ୍ତି ନିସ୍ତାର...."

ସ୍ମୃତି ସେ ତ ନୁହେଁ ଭୁଲିବାର..... ଭୁଲି ପାରିଲେ ଲଭନ୍ତି ନିସ୍ତାର...।

ଯେ ଧାଡ଼ିକ କେଉଁଠି ପଢ଼ିଥିଲି, କିଏ ଲେଖିଥିଲା ମୋର ମନେ ନାହିଁ, ସେମିତି ଏକ ସ୍ମୃତିର ଦିଗ୍‌ବଳୟରେ ରହିଯାଇଛି ଗୋଟିଏ ମୁହୂର୍ତ୍ତକର ଜୀବନଦୃଶ୍ୟ....। ଅଠାକାଠିପରି ଲାଖିଯାଇଥିବା ଏକ ଚିହ୍ନପତ୍ର......। ଏକ ଅବିଶ୍ୱାସ୍ୟ ଅସ୍ୱସ୍ତିକର ତିକ୍ତ ଅଭିଜ୍ଞତା !

ସେ ଥିଲା ମୋର ପ୍ରଥମ ସ୍ପର୍ଶର ସ୍ମୃତି। ତା ପୂର୍ବରୁ ଅନ୍ୟ କେହି ମୋ ଦେହର ସୂଚ୍ୟଗ୍ର ସ୍ଥାନ ସୁଦ୍ଧା ସ୍ପର୍ଶ କରିଥିବା ମୋର ମନେ ନାହିଁ। ସେତିକିବେଳେ ମୁଁ ଥିଲି ଅଠରବର୍ଷର ଝିଅଟିଏ। ଶରୀର ସଂପର୍କର ସଂଜ୍ଞା ଠିକ୍‌ଭାବରେ ବୁଝି ନ ଥିବା ସମୟ...।

ସେ ପ୍ରଥମ ସ୍ପର୍ଶର ଅନୁଭୂତି ପୁଣି ଏତେ ଆକସ୍ମିକ ଏତେ ନାଟକୀୟ ଢଙ୍ଗରେ ସଂଘଟିତ ହେବ ମୋର କଳ୍ପନାର ବର୍ହିଭୂତ ଥିଲା। ସେ ଥିଲା ମାତ୍ର ଗୋଟିଏ ସହଜ ସରଳ ମୁହୂର୍ତ୍ତର ଘଟଣା। ଯେତିକି ରହସ୍ୟମୟ ସେତିକି ଚମକପ୍ରଦ। ବଳାତ୍କାରର ଅରୁଚିକର ସ୍ମୃତି ବି ନୁହେଁ। ହେଉପଛେ ଅପ୍ରିତୀକର ଅସ୍ୱସ୍ତିକର କାହିଁକି କେଜାଣି

ବେଳେବେଳେ ଇଚ୍ଛା ହୁଏ ସେ ସ୍ମୃତିର ରାସ୍ତାରେ ପଛେଇ ପଛେଇ ଲେଉଟାଯାତ୍ରା କରିବାକୁ। ସେ ସ୍ମୃତି ଯେ ମୋତେ କେବଳ ଉତ୍ପୀଡ଼ନ କରେ ତାହାନୁହେଁ, ବର୍ଷାହେଲେ ଛତା ଖୋଲିବା ଭଳି ହୁଡ଼୍‌କିନା ଖୋଲିଯାଏ। କେବେ ଘରେ ଏକାକୀ ଥିଲାବେଳେ, ଆଲୁଅ ନ ଥିଲାବେଳେ, ବର୍ଷାହେଲେ। ଜଂଗଲ ରାସ୍ତାରେ ଏକୁଟିଆ ଗାଡ଼ିରେ ଯାତ୍ରା କଲାବେଳେ। ସ୍ମୃତିର ତମସାମୟ କନ୍ଦର ଭିତରୁ ହଠାତ୍ ଝଲସି ଉଠେ ଗୋଟିଏ ମୁହଁ। ଝଲସି ଉଠି ନିର୍ବାପିତ ହୋଇଯାଏ ସେଇକ୍ଷଣି। ହେଉ ପଛେ କ୍ଷୀଣ ସମୟପାଇଁ, ଶିହରି ଉଠେ ସେ ସ୍ମୃତିରେ ......।

ହଠାତ୍‌ବୋଲି କିଛି ନ ଥାଏ ବୋଧେ। ସବୁ ପଦକ୍ଷେପ ପଛରେ ଥାଏ ଏକ ପ୍ରଚ୍ଛନ୍ନ ପ୍ରସ୍ତୁତି। ସେ ଦିନ ସଂଧ୍ୟାରେ ଯୁବକଜଣକ ପ୍ରସ୍ତୁତ ହୋଇ ଆସିଥିଲା ଦେହରେ ଏକ ଚମତ୍କାର ବିଦେଶୀ ବଡ଼ିସ୍ପ୍ରେ ସିଞ୍ଚନ କରି। ତା ପ୍ରେମିକାକୁ ପଛପଟରୁ ଭିଡ଼ିଧରି ଚମକାଇ ଦେବ। ଆଉ ସେ ଉତ୍ତେଜନାରେ ଚିହ୍ନି ନ ପାରି ତା ପ୍ରେମିକା ଭାବି ଭିଡ଼ିଧରିଥିଲା ମୋତେ। ଆହୁରି ବିସ୍ମୟକର, ଯିଏ ମୋତେ ପଛଆଡୁ ତା ପ୍ରେମିକା ଭାବି ଭିଡ଼ିଧରି ଭୁଲ୍‌କରିଥିଲା, ଅନେକ ଦିନଧରି ଅନୁସନ୍ଧାନ କଲାପରେ ବି ମୁଁ ଜାଣିପାରିଲି ନାହିଁ ସେ କିଏ, ତା ପ୍ରେମିକା କିଏ। ମିଷ୍ଟର ଇନ୍ଦ୍ରଜିତ୍ ସାମନ୍ତଙ୍କ ଘରକୁ ସେ ଦିନ ସଂଧ୍ୟାରେ କାହାପାଇଁ ଆସିଥିଲା ? ମୋତେ ଭିଡ଼ିଧରିବାର ଭୁଲ୍‌କଲାପରେ କୁଆଡ଼େ ଉଭାନ୍ ହୋଇଗଲା କେଜାଣି, ସହରର ଗଳି କନ୍ଦିରେ ଆଉ କେବେ ଦେଖିବାକୁ ପାଇଲି ନାହିଁ। ଅନେକ ଖୋଜା ଖୋଜି କଲା ପରେ ବି। ଭୟରେ ସହର ଛାଡ଼ିଦେଲା କି କଅଣ ! ବିନା ଦୋଷରେ ଅଜଣା ଅଶୁଣା ଦୁଇଜଣଙ୍କ ପାଇଁ ବଳି ପଡ଼ିଥିବା ମୁଁ ଅନେକଦିନ ପର୍ଯ୍ୟନ୍ତ ମାନସିକ ଭାରସାମ୍ୟ ହରାଇବସିଥିଲି।

ସେ ଦିନ ବାପା ମୋତେ ପଠାଇଥିଲେ ସହରର ଏକମାତ୍ର ଆୟକର ପରାମର୍ଶଦାତା ଇନ୍ଦ୍ରଜିତ୍ ସାମନ୍ତଙ୍କ ଘରକୁ। କିଛି ଜରୁରୀ କାଗଜପତ୍ର ଦେବାପାଇଁ। ଘରୁ ବାହାରିଲାବେଳକୁ ଆକାଶ ମେଘାଚ୍ଛନ୍ନ ଥିଲା। ହଠାତ୍ ଏମିତି ବର୍ଷିବ ଭାବି ନ ଥିଲି। ମିଷ୍ଟର ସାମନ୍ତଙ୍କ ଘର ବାରଣ୍ଡା ଉପରକୁ ଉଠିବା ପୂର୍ବରୁ ଗେଟ୍ ପାଖରୁ ହିଁ ଆରମ୍ଭ ହୋଇଗଲା ଝିପ୍‌ଝିପ୍ ବର୍ଷା। ସାଂଗେ ସାଂଗେ ବିଜୁଳି ବି ଚାଲିଗଲା। ଅଳ୍ପ ଭିଜିଗଲି। କାଗଜପତ୍ର ଟ୍ରାନସ୍‌ପରେଣ୍ଟ ପ୍ଲାଷ୍ଟିକ ଫାଇଲରେ ଥିବା ହେତୁ ସୁରକ୍ଷିତ ଥିଲା।

ଜାଫ୍ରିଲ ଘେରା ଲମ୍ବା ବାରଣ୍ଡାର ବାମ ପାର୍ଶ୍ୱରେ ଥିଲା ତାଂକ ଅଫିସ ଚେମ୍ବର। କାଚ ଭିତରଦେଇ ଦେଖିଲି ବଲ୍‌ଟି ଜଳୁଥିଲା। ବୋଧେ ଇନ୍‌ଭର୍‌ଟର୍ ସାହାଯ୍ୟରେ। କେହି ନ ଥିଲେ। ନା ମିଷ୍ଟର ସାମନ୍ତ ନା ତାଙ୍କର କେହି ସହଯୋଗୀ। ଭାବିଲି ମିଷ୍ଟର

ସାମନ୍ତ ଅଫିସ ଚାମ୍ବରକୁ ଆସିବା ପୂର୍ବରୁ ହୁଏତ ମୁଁ ପହଞ୍ଚି ଯାଇଛି । ବାରଣ୍ଡା ହଲ ସବୁ ଖାଁ ଖାଁ । ବର୍ଷା ପାଇଁ ବୋଧେ, ମହକିଲ ବି କେହି ଆସି ନ ଥିଲେ ।

ବାହାରେ ଝିପ୍ ଝିପ୍ ବର୍ଷା । ବର୍ଷାରେ ଯାଇ ପାରିବିନି । ଅପେକ୍ଷକ ମହକିଲମାନଙ୍କ ଉଦ୍ଦେଶ୍ୟରେ ବାରଣ୍ଡାରେ ପଡ଼ିଥିବା ଚୌକିରେ ବସି ବରଂ ମିଷ୍ଟର ସାମନ୍ତଙ୍କୁ ଅପେକ୍ଷା କରିବା ବୁଦ୍ଧିମାନୀ ହେବ । ବାରଣ୍ଡା ସଂଲଗ୍ନ ହଲ୍‌ର କବାଟ ହାଁ ମେଲା । ସତର୍କତାର ସହିତ ଉଙ୍କିମାରି ଦେଖିଲି ସେଠି ବି କିଏ ନ ଥିଲେ । ଡୋରବେଲ୍ ବଜାଇବାକୁ ଯାଇ ମନେପଡ଼ିଲା ବିଦ୍ୟୁତ ଯାଇଛି । ବାରଣ୍ଡାରେ ବି ଇନ୍‌ଭରଟର ସାହାଯ୍ୟରେ ଜଳୁଛି ଗୋଟିଏ ବଲ୍ । ଯାହାର ଆଲୋକ ହଲ୍‌ର କିୟଦାଂଶକୁ ମାତ୍ର ଆଲୋକିତ କରୁଥିଲା । ଅବଶିଷ୍ଟ ଅଂଶ ଝାପ୍‌ସା । କେହି କୁଆଡ଼େ ନାହାନ୍ତି । ଘର ଲୋକସବୁ କୁଆଡ଼େ ଅନ୍ତର୍ଦ୍ଧାନ ହୋଇଯାଇଛନ୍ତି କେଜାଣି ! ମୋ କାମଟା ଶୀଘ୍ର ସାରିଦେବାର ବ୍ୟଗ୍ରତା ନେଇ ହଲ୍ ମଧ୍ୟକୁ ପ୍ରବେଶ କରି, କଣ୍ଠସ୍ୱରକୁ ଯଥାସମ୍ଭବ ସିମୀତକରି ଘରର ସଦସ୍ୟମାନଙ୍କ ଉଦ୍ଦେଶ୍ୟରେ ଡାକିବାକୁ ଯାଉଛି ସେଇ ମୁହୂର୍ତ୍ତରେ ଘଟିଗଲା ମୋ ଜୀବନରେ ସେଇ ଐତିହାସିକ ଘଟଣା ।

କିଏ ଜଣେ ଅତର୍କିତ ଭାବରେ ପଛପଟରୁ ଦୁଇବାହୁ ପ୍ରସାରୀ ଖୁବ୍‌ଜୋର୍‌ରେ ଭିଡ଼ିଧରି, ବେକମୂଳରେ ଚୁମ୍ବନ ପରେ ଚୁମ୍ବନ ଆଙ୍କି ପାଗଳପ୍ରାୟ ମୋ ଖୋଲାକେଶରେ ମୁହଁ ଘଷି କାନପାଖରେ ଅସ୍ପଷ୍ଟ ସ୍ୱରରେ କହିଚାଲିଲା କ'ଣ ସବୁ । ଯେତେଦୂର ମନେହଅଛି, ଉ...ସ୍.... ପାଟି କରନାହିଁ... ଇଟ୍ ଇଜ୍ ମି...... ସଂଧ୍ୟାବେଳୁ କାଫେରେ ବସି ଅପେକ୍ଷା କରିଛି.... ଲଙ୍ଗ ଡ୍ରାଇଭରେ ଯିବ କହୁଥିଲ କାହିଁକି ଆସିଲ ନାହିଁ.... ଫୋନ୍ ବି ଉଠାଇଲ ନାହିଁ..... । ଯିବା ଚାଲ ଏହିକ୍ଷଣି..... । ଅନେକ କିଛି କହିବାର ଅଛି.... । ଏଠି ସୁରକ୍ଷିତ ନୁହେଁ । ଫିସ୍‌ଫିସ୍‌କରି କହି ଚାଲିଥିବା ସାଥେ ସାଥେ ତା ଆଙ୍ଗୁଳିଗୁଡ଼ାକ ତରଙ୍ଗପରି ଖେଳିବୁଲୁଥିଲେ ମୋର ସମଗ୍ର ଦେହରେ । ସ୍ଥାନ ଅସ୍ଥାନରେ । ମୋର ପତଳାଶରୀର ତା ବାହୁବନ୍ଧନରେ ଏତେ ଦୃଢ଼ଭାବରେ ଆବଦ୍ଧ ହୋଇ ରହିଥିଲା ଯେ ମୁଣ୍ଡ ପଛକୁ ବୁଲାଇ ଆକ୍ରମଣକାରୀକୁ ଅନାଇବାର ଅବକାଶ ବି ମିଳୁ ନଥିଲା ।

ଏମିତି ଏକ ଅପ୍ରତ୍ୟାଶିତ ଆକ୍ରମଣରେ କଅଣ ଘଟୁଛି ବୁଝି ନ ପାରି ଯେ କେହି ବୋକା ବନିଯାଇ ବାକ୍ ଶକ୍ତି ହରାଇବା ସ୍ୱାଭାବିକ । ମୁଁ ବି ସମ୍ଭବତଃ ବୋକା ବନିଯାଇଥିଲି । ପାଟି କରିବାକୁ ଚାହିଁମଧ୍ୟ ପାରିଲି ନାହିଁ । ଠିକ୍ ସମୟରେ ମୁଣ୍ଡ କାମକଲାନାହିଁ । ସେମିତି ଅଣନିଃଶ୍ୱାସୀ ପ୍ରାୟ ଅବସ୍ଥାରେ କେତେ ମୁହୂର୍ତ୍ତ କଟିଲା କେଜାଣି ମନେ ନାହିଁ । ଆକ୍ରମଣକାରୀର ଅସତର୍କ ମୁହୂର୍ତ୍ତରେ ବାହୁବନ୍ଧନ ସାମାନ୍ୟ ହୁଗୁଳାହେବାର ସୁଯୋଗ ନେଇ ଯଥାସମ୍ଭବ ବଳପ୍ରୟୋଗକରି ହଠାତ୍ ବୁଲିପଡ଼ି ଯାହାକୁ

ଦେଖିଲି ସେ ଥିଲା ମୋ ପାଇଁ ସଂପୂର୍ଣ୍ଣ ଅପରିଚିତ ଜଣେ ସୌମ୍ୟଦର୍ଶନ ଯୁବକ। ମୁହାମୁହିଁ ହେବାପରେ ସେ ବି ଭୂତ ଦେଖିଲାପରି ଚମକି ପଡ଼ି ଗୋଟିଏ ଝଟ୍‌କାରେ ମୋତେ ତା ବାହୁବନ୍ଧନରୁ ମୁକ୍ତକରି ଫିଲମିଷ୍ଟାଇଲ୍‌ରେ ଅପରାଧିପରି ହାତ ଦୁଇଟାକୁ ଟେକି ଅସ୍ଫୁଟ ଚିତ୍କାର କରି ଉଠିଲା। ଓଃ....ସିଟ୍..... ଆଇ ଏମ୍ ସରି.... ଆଇ ଏମ୍ ସରି..... ଆଇ ଏମ୍ ସରି ! ତୁମେ କିଏ ? ପଛଆଡୁ ଚିହ୍ନିପାରିଲି ନାହିଁ। ମୁଁ ଭାବିଲି.... କାହା ନାଁ ଉଚ୍ଚାରଣ କରୁ କରୁ ମଝିରୁ ଅଟକିଯାଇ ପୁନର୍ବାର ସରି.... ସରି କହି ହାତମୁଠାରେ କପାଳକୁ ବାଡ଼େଇ ହୋଇଥିଲା ବାରମ୍ବାର। ମନେ ହେଉଥିଲା ତା ଆଚରଣ ପାଇଁ ସତରେ ଦୁଃଖିତ।

ଜଣେ ସଂପୂର୍ଣ୍ଣ ଅପରିଚିତ ଯୁବକର ଅତର୍କିତ ଆକ୍ରମଣରେ ମୋ ପରି ଜଣେ ଅଠରବର୍ଷର ଶାନ୍ତ ସରଳ ନିର୍ମାୟା ସ୍ୱଭାବର ଝିଅ ମୁହଁରେ ସେଇ ମୁହୂର୍ତ୍ତରେ କି ପ୍ରକାର ଭାବ ପ୍ରକଟିତ ହୋଇଥିବ ମୁଁ ଜାଣିନି। କିନ୍ତୁ ପ୍ରବଳ ଆଘାତଜନିତ ଯନ୍ତ୍ରଣା ଭୟ ଆଶ୍ଚର୍ଯ୍ୟ ବିରକ୍ତି ମିଶ୍ରିତ ଏକ ଭାବମୁଦ୍ରା ଯେ ମୋ ମୁହଁରେ ପ୍ରକଟିତ ହୋଇଥିବ ଏହା ସୁନିଶ୍ଚିତ। ଯାହା ଦେଖି ତା ମୁହଁରେ ମଧ୍ୟ ଅନୁରୂପ ଭୟ ଓ ଆତଙ୍କ ଚିହ୍ନ ଫୁଟି ଉଠିଲା। ତାର ଏ ଭଳି ଆତଙ୍କିତ ହୋଇ ପଡ଼ିବାର କାରଣ ସ୍ପଷ୍ଟ ! ମୋ ପ୍ରତି ତାର ଏତାଦୃଶ ବ୍ୟବହାରର ପ୍ରତିକ୍ରିୟା ସ୍ୱରୂପେ କାଳେ ମୁଁ ଚିଲ୍ଲେଇବି, ପାଟିକରି ଲୋକ ଠୁଳ କରିବି ଯାହା ସାଧାରଣତଃ ହୁଏ। ଏମିତି କିଛି ଆଶଙ୍କାକରି ପୁନର୍ବାର ମୋତେ ହତବାକ୍ କରିଦେଇ ଏମିତି ଏକ କାଣ୍ଡ କରିବସିଲା ଯେଉଁଥିରେ ଗୋଟିଏ ବିନ୍ଦୁରେ ଯେମିତି ସମୟ ସ୍ଥିର ହୋଇଗଲା ମୋ ପାଇଁ। ଟେଲିଭିଜନ ପରଦାରେ ଚାଲୁଥିବା ଦୃଶ୍ୟ ଫ୍ରିଜ୍ ପ୍ରୟୋଗରେ ସ୍ଥିର ହୋଇଗଲା ପରି। କିଛି ମୁହୂର୍ତ୍ତର ଅଭିଜ୍ଞତା....। ଜୀବନର ସେଇ ମୁହୂର୍ତ୍ତ ଚିରକାଳ ଫ୍ରିଜ୍ ହୋଇ ରହିଗଲା ମୋ ସ୍ମୃତିପଟରେ ସବୁଦିନ ପାଇଁ। ଯୁବକଜଣକ ହଠାତ୍ ମୋ ଆଡ଼କୁ ମାଡ଼ିଆସି ତା ବାମହାତ ମୋ ଅଣ୍ଟାରେ ଘେରାଇ ନିଜଆଡ଼କୁ ଭିଡ଼ିନେଇ ଡାହାଣ ହାତ ପାପୁଲିରେ ମୋ ପାଟିକୁ ଜୋର୍‌ରେ ଚାପିଧରି ମଣିବନ୍ଧରୁ କହୁଣି ପର୍ଯ୍ୟନ୍ତ ହାତଟାକୁ ମୋ ବକ୍ଷସ୍ଥଳ ଉପରେ ଭରାଦେଇ ସେଇ ଅବସ୍ଥାରେ ମୋତେ ଠେଲି ଠେଲି ନେଇଗଲା କାନ୍ଥ ଆଡ଼କୁ। ଅପେକ୍ଷାକୃତ ଆହୁରି ଅନ୍ଧାରିଆ ସ୍ଥାନକୁ। କାନ୍ଥ ଆଉ ତା ମଝିରେ ମୁଁ। ଆମ ଦୁହିଁଙ୍କ ମଝିରେ ତାର ବଳିଷ୍ଠ ହାତ। ଏକରକମ ପେଷି ହେଲାପରି ଅବସ୍ଥା। ରୁଦ୍ଧଶ୍ୱାସରେ ଜଳିଯାଉଥିଲା ଗଳା। ସେମିତି ମୋ ଉପରେ ଲାଖିରହି ମୋ କାନ ପାଖରେ ତା ମୁହଁକୁ ରଖି ଫିସ୍ ଫିସ୍ କରି, କ୍ଷୀଣ ଓ ସ୍ପଷ୍ଟ ସ୍ୱରରେ ନୀରବ ପ୍ରାର୍ଥନା କରି ଚାଲିଲା....। ପ୍ଲିଜ୍.... ପାଟିକରନାହିଁ। ମୁଁ ତୁମର କିଛି କ୍ଷତି କରିବିନାହିଁ ....। ଏହା ଅପ୍ରାତ୍ୟାଶିତ.....। ମୁଁ ଜାଣିଶୁଣି କିଛି କରିନାହିଁ।

ମୋତେ କ୍ଷମା କରିଦିଅ। ଅନୁରୋଧ କରୁଛି ମୁଁ ଏଠାରୁ ବାହାରିଯିବା ପର୍ଯ୍ୟନ୍ତ ନୀରବ ରୁହ। ପ୍ଲିଜ୍ .... ଏଗେନ୍ ଆଇ ଏମ ସରି।

ମଣିଷ ସାପକୁ ଭୟ କରେ। ସାପ ମଧ୍ୟ ମଣିଷକୁ ଭୟକରେ। ମଣିଷର ପାଟିତୁଣ୍ଡ କୋଳାହଳର ଆଭାସପାଇଲେ ତତ୍କ୍ଷଣାତ୍ ଭୟରେ ବାଟଭାଂଗି ପଳେଇ ଯିବାକୁ ଚେଷ୍ଟାକରେ। ସେ ଭୟଙ୍କର ଯନ୍ତ୍ରଣାଦାୟକ ଅବସ୍ଥାରେ ବି ମୁଁ ବୁଝିପାରିଥିଲି ଯୁବକଜଣକ କୌଣସି ଅପ୍ରିତୀକର ପରିସ୍ଥିତିର ସମ୍ମୁଖୀନ ହେବାକୁ ଭୟ କରୁଛି। ଦେଖି ନ ପାରୁଥିଲେ ବି ଅନୁଭବ କରିପାରୁଥିଲି। ଝାଳରେ ବୁଡ଼ିଯାଇଛି। ମୋ ନାକଟା ତା ଛାତି ଉପରେ। ନାକରେ ବାଜୁଛି ସେ ବ୍ୟବହାର କରିଥିବା ବଡ଼ିସ୍ପ୍ରେର ଅଦ୍ଭୁତ ସୁଗନ୍ଧ। ତା ଚିବୁକ ମୋ ଚିବୁକର ଅତିନିକଟରେ। ତାର ଗରମ ନିଃଶ୍ୱାସ ମୋ ବେକମୂଳରେ ବାଜି...ମୋର ଅଶ୍ୱସ୍ତି ବଢ଼ିବାରେ ଲାଗିଥିଲା। ତା ମୁହଁରେ ବି ଆତଙ୍କର ଚିହ୍ନ। ଭୟରେ ଲାଲ୍ ପଡ଼ିଯାଇଥିବା ତାର ଆତଙ୍କିତ ଚେହେରା ଦେଖି ସାମାନ୍ୟ ଆଶ୍ୱସ୍ତ ବୋଧକଲି ସିନା ମୋ ଯନ୍ତ୍ରଣା ଯେମିତିକୁ ସେମିତି। ସେ ସେମିତି ମୋତେ ତା ବାହୁରେ ଭିଡ଼ି ଧରିଥିଲା। ମୋ ପାଟି ଉପରୁ ଛାତି ଉପରୁ ହାତ ହଟାଉ ନଥିଲା। ତା ହାତକୁ ଜବରକରି ଧରି ଧସ୍ତାଧସ୍ତି କରିବାକୁ ଚେଷ୍ଟାକରି ମଧ୍ୟ ପାଟି ଉପରୁ ହାତକୁ ହଟାଇ ପାରୁନଥିଲି। ଇଚ୍ଛାହେଉଥିଲା ବଡ଼ପାଟିରେ ଚିତ୍କାରକରି ତାକୁ ଅପଦସ୍ଥ କରିବା ପରିବର୍ତ୍ତେ ଜୋର୍‌ରେ ଠେଲିଦେଇ ଗାଲରେ ଜୋରଦାର ଚଟକଣାଟିଏ ମାରିବାକୁ। ପୋଲିସର ଧମକ ଦେବାକୁ। ତୁମେ କିଏ ଏ ଘରର ? ଏମିତି ଲୁଚିଛପି ଘର ଭିତରକୁ ପଶିବାର ଉଦ୍ଦେଶ୍ୟ ? ମିଷ୍ଟର ସାମନ୍ତଙ୍କର ତୁମେ କି ପ୍ରକାର ସଂପର୍କୀୟ। ଅଠର ବର୍ଷର ମସ୍ତିଷ୍କ ଏତେକଥା ଭାବୁଥିଲା ସିନା ଶକ୍ତି ଜୁଟାଇ କିଛି କରିପାରୁ ନ ଥିଲା।

ମୋ ଓଢ଼ଣୀ କାଗଜପତ୍ର ସବୁ ତଳେ। ତାର ବାରମ୍ବାର ପ୍ରାର୍ଥନା ଅନୁରୋଧ ସ୍ୱୀକାର୍ଯ୍ୟ ହେଲା ଅଥବା ମୋର ନିରୀହ ପତଳା ଚେହେରାରୁ ମୁଁ ପାଟି କରିପାରିବିନାହିଁ ହୃଦ୍‌ବୋଧ ହେଲା କି କଅଣ ମୋ ଛାତି ଉପରୁ ତା ଦେହର ଚାପ କମାଇ ସେମିତି ମୋ ଉପରେ ଭରାଦେଇ ପାଟିଉପରୁ ଆସ୍ତେକିନା ହାତ ହଟାଇଲା। ଯନ୍ତ୍ରଣାରୁ ମୁକ୍ତିପାଇ ନିଃଶ୍ୱାସ ପ୍ରଶ୍ୱାସ ସ୍ୱାଭାବିକ କରିବାକୁ ପ୍ରୟାସ କରୁଥିବାବେଳେ ହଠାତ୍ ମୋତେ ପୁନର୍ବାର ଚକିତ କରି ମୋ ଦୁଇ ହାତକୁ ତା ହାତ ପାପୁଲିରେ ମୁଠାକରି ଧରି, ଫିଲ୍ମି ଷ୍ଟାଇଲରେ ଆଗକୁ ସାମାନ୍ୟ ଝୁଙ୍କିପଡ଼ି...... ଥ୍ୟାଙ୍କସ୍ ଫର ଦ ହେଲପ୍... ଆଣ୍ଡ ଫରଗିଭିଙ୍ଗ ମି.... ଏଗେନ୍ ଆଇ ଏମ ସରି କହି କହି ଖଣ୍ଡିଆଭୂତପରି ହଲରୁ ବାରଣ୍ଡା.... ବାରଣ୍ଡାରୁ ପାହାଚ ବଗିଚା.... ଗୋଟିଏ ଗୋଟିଏ କୁଦାରେ ଡିଆଁମାରି ଅନ୍ଧାରରେ ମିଳାଇଗଲା। ଭିଜି ଭିଜି।

ସମଗ୍ର ଘଟଣାକ୍ରମ ଚାଲିଥିବା ପର୍ଯ୍ୟନ୍ତ ମୋ ମୁଣ୍ଡ ମସ୍ତିଷ୍କ ହୃଦଯନ୍ତ୍ରର ଧକ୍ ଧକ୍, ନିଃଶ୍ୱାସ ପ୍ରଶ୍ୱାସ ଏପରିକି ଶରୀରର କିଛି ମୁଖ୍ୟ ଅଂଶଗୁଡ଼ିକର ସ୍ୱାଭାବିକ କ୍ରିୟା କିଛିସମୟ ପାଇଁ ହୁଏତ ଫ୍ରିଜ ହୋଇଯାଇଥିଲା। ନଚେତ୍ ସାମୟିକ ଭାବରେ ନିଜକୁ ଏତେ ସ୍ଥାଣୁ ଦୁର୍ବଳ ଅନୁଭବ କରି ନ ଥାଆନ୍ତି। ବାକ୍ ଶକ୍ତି ହରାଇ ଆବାକାବା ହୋଇ ଲମ୍ବ ଲମ୍ବ ଡିଆଁମାରି ଅନ୍ଧାର ଭିତରେ ମିଳେଇ ଯାଉଥିବା ଯୁବକର ଛାଇଆଡ଼କୁ ଅନାଇ ରହିବା ବ୍ୟତୀତ କିଛି କରିପାରିଲି ନାହିଁ।

ମୋ ଭିତରେ ଘଡ଼ିକ ଭିତରେ ସତେ ଅବା ଗୋଟେ ଝଡ଼ ପହଁରିଗଲା। ପାଟି ଅଠା ଅଠା। ତଣ୍ଟି ଶୁଖିଯାଇଥିଲା। ଯେ କି ପ୍ରକାର ଅଶ୍ୱସ୍ତିକର ଅଭିଜ୍ଞତା ହେଲା ? ମିଷ୍ଟର ସାମନ୍ତଙ୍କୁ ଫାଇଲ ଦେବାକୁ ଭୁଲିଗଲି। ତଥାପି ସେ ଚେମ୍ବରକୁ ଆସି ନ ଥିଲେ। ତଳେ ଖସି ପଡ଼ିଥିବା ଫାଇଲ ଓଢ଼ଣି ଗୋଟାଇ ତାଂକ ଘରୁ ବାହାରିଆସିଲା ବେଳେ ସର୍ବାଙ୍ଗ ଥରୁଥିଲା। ମନର ଗତି ସହିତ ପଦପାତର ସଂପର୍କ ଥାଏ ବୋଧେ। ପାଦ ଠିକଣା ଜାଗାରେ ପଡୁ ନ ଥାଏ। ହୃଦ୍‌ସ୍ପନ୍ଦନ ସ୍ୱାଭାବିକ ଅପେକ୍ଷା ତୀବ୍ରଗତିରେ ସ୍ପନ୍ଦିତ ହେଉଥିଲା। ମନଟା ବିଷର୍ଣ୍ଣତାରେ ଭରିଯାଇଥିଲା। ବାହାରେ ଜୋର୍ ଧରିଥିଲା ବର୍ଷା। ଝଡ଼ର ରୂପ ନେଉଥିଲା ଭଳି ଲାଗୁଥିଲା। ସାରା ରାସ୍ତା ଭିଜି ଭିଜି ଆସିବା ସତ୍ତ୍ୱେ ଧୋଇ ପାରିଲିନାହିଁ ମନର ବିଷର୍ଣ୍ଣତାକୁ।

ବାପାଙ୍କୁ ମିଷ୍ଟର ସାମନ୍ତଙ୍କ ଅନୁପସ୍ଥିତି କଥା ଜଣାଇ ପରେ କେବେ ଦେଇଦେବି କହିଲି।

ଘଟଣା ସଂପର୍କରେ କାହାକୁ କିଛି କହିଲିନାହିଁ। ଅଥବା କହିବାକୁ ସାହସ ଜୁଟାଇ ପାରିଲିନାହିଁ। ଏମିତି ଏକ ସ୍ପର୍ଶକାତର କଥା କାହାଆଗରେ ବଖାଣିବା ଅର୍ଥ "ଆ ବଳଦ ବିନ୍ଧ୍ ମୋତେ" ଭଳି। ସେତିକି ଚତୁର ବୁଦ୍ଧି ଟିକକ ଅବଶ୍ୟ ହୋଇସାରିଥିଲା। କହିଲେ କେତେ ଅପ୍ରାସଙ୍ଗିକ ପ୍ରଶ୍ନ ପଶି ଆସିବ। ସମ୍ବେଦନା ଅପେକ୍ଷା ସମାଲୋଚନା ଅଧିକ ମିଳିବ। ତତ୍‌କ୍ଷଣାତ୍ କଥା ଖେଳିଯିବ ପବନରେ। ଅପମାନିତ ହେବେ ବାପା ମା...।

ସାରା ରାତି ଶୋଇପାରିଲି ନାହିଁ। ଆଖି ବୁଜିବାମାତ୍ରେ ଭାସି ଉଠୁଥିଲା ସମଗ୍ର ଘଟଣାର ଦୃଶ୍ୟ। ଏମିତି କାହିଁକି ଜୀବନରେ କେବେ ଭାବି ନଥିବା ଘଟଣା ଘଟେ ? ଜଣେ ଝିଅ ଘରୁ ବାହାରକୁ ଯିବା, ଭିତରକୁ ଆସିବା ମଧ୍ୟରେ କଅଣ ଘଟିବ ସେ ବା କେମିତି ଜାଣିବ ? ବିଦ୍ରୋହ କରୁଥିଲା ମନଟା। ବିନାଦୋଷରେ ଦଣ୍ଡ ଭୋଗିଲି। ଯିଏ ନାଇ ସିଏ ମୋତେ କାହିଁକି ଛୁଇଁବ ? ପ୍ରଥମ ପ୍ରେମର ରୋମାଞ୍ଚ କଅଣ ଜାଣି ନଥିବା ମୁଁ ସେଥିରୁ କାହିଁକି ବଞ୍ଚିତ ହେଲି ? ବିନାପ୍ରେମରେ ମୋର ପ୍ରଥମ ସ୍ପର୍ଶର

ରୋମାଞ୍ଚଙ୍କର ଅନୁଭୂତିର ସ୍ମୃତିକୁ କିଏ ଜଣେ ଅପରିଚିତ ଆସି ବିଗାଡ଼ିଦେଇ ଯିବ ସହ୍ୟ କରିପାରୁନଥିଲି । ଯୁବକକୁ ଉତ୍ତମ ମଧ୍ୟମ କିଛି କହି ନ ପାରିବାର, କ୍ଷତି କରି ନ ପାରିବାର ବିଫଳତାଜନିତ ବିମର୍ଷତା ବେଳକୁବେଳ ତୀବ୍ର ହେଉଥିଲା ମୋ ଭିତରେ । ବିମର୍ଷତା ଅପେକ୍ଷା ଅଧିକ ରାଗ ଆସୁଥିଲା ନିଜ ଉପରେ । ପଛ ବୁଦ୍ଧିଆ ହୋଇଗଲି କାହିଁକି ? ପାଟି କଲି ନାହିଁ କାହିଁକି ? କୁଆଡ଼େ ହଜିଯାଇଥିଲା ମୋର ଉପସ୍ଥିତ ବୁଦ୍ଧି ? ଚପୁଡ଼ାମାରି ଦୁଇପଦ କଡ଼ାକଥା ଶୁଣାଇ ପୋଲିସର ଧମକ୍‌ଦେଇ ଭୟଭୀତ କରାଇଥିଲେ କିଛି ତ ସାନ୍ତ୍ୱନା ମିଳିଥାଆନ୍ତା । ପଚିଶଥର ଖଣ୍ଡେ ସରି....ସରି.... ସରି କ୍ଷମା କରିଦିଅ କହି ଝଡ଼ପରି ଅନ୍ଧାରରେ ମିଳାଇଗଲା । ବୁଡ଼୍‌ବକ୍ ପରି ଚୁପ୍‌ଚାପ୍ ଠିଆହୋଇ ରହିଁରହିବା ବ୍ୟତୀତ କିଛି ବି ତ କରିପାରିଲି ନାହିଁ ? ଏମିତି ପରିସ୍ଥିତିରେ ଝିଅମାନେ ଏତେ ଅସହାୟ ହୋଇଯାଆନ୍ତି କାହିଁକି ?

ତାକୁ କ୍ଷମା କରିଦେବା ବ୍ୟତୀତ ମୋ ପାଖରେ ଅନ୍ୟ କୌଣସି ଚାରା ବି ତ ନଥିଲା । ସେ କିଏ ? ତା ନାଁ କଅଣ ? କିଛି ବି ତ ଜାଣିନି । ସେ ଚାଲିଗଲା ପରେ ସାକ୍ଷୀ ପ୍ରମାଣ ନ ଥିବା ଘଟଣାକୁ କିଏ ବା କାହିଁକି ବିଶ୍ୱାସ କରିବ ? ଭୟରେ ହଜାଇଦେଇଥିବା ଉପସ୍ଥିତ ବୁଦ୍ଧି ଫେରିପାଇଲା ବେଳକୁ ସେ ତ ଉଭାନ୍ !

କ୍ଷମାସିନା କରିଦେଲି, ଦହିହୋଇ କଟିଲା ବେଶ୍ କିଛି ଦିନ । ପ୍ରଥମ ସ୍ପର୍ଶର ଅରୁଚିକର ସ୍ମୃତି ପାଣିଦାଗ ପରି ମୋ ଅସ୍ତିତ୍ୱର ପୋଷାକ ଉପରେ ଆଙ୍କି ହୋଇ ରହିଗଲା ସବୁଦିନପାଇଁ...। ବିନା ଦୋଷରେ ଅନ୍ୟପାଇଁ ବଳି ପଡ଼ିଥିବା କଥାଟା ମନରୁ ଯାଉ ନ ଥିଲା ।

ଦୁଃଖ ବିରକ୍ତି ସତ୍ତ୍ୱେ ଏତିକି ଆଶ୍ୱାସନା ଯେ ତା ମୋ ବ୍ୟତୀତ ଏ ଲଜ୍ଜାଜନକ ବାସ୍ତବତାର ପ୍ରତ୍ୟେକ୍ଷ ସାକ୍ଷୀ କେହି ନଥିଲେ । ସେ ତ ଶାସ୍ତିକୁ ଏଡ଼ାଇ କୌଶଳରେ ଖସିଗଲା । ତା ଅପେକ୍ଷା ଅଧିକ ମଙ୍ଗଳ ହେଲା ମୋର । ଈଶ୍ୱରଙ୍କୁ ଅଶେଷ ଧନ୍ୟବାଦ । ସେ ସମୟରେ ମିଷ୍ଟର ସାମନ୍ତଙ୍କ ଘରେ କେହି ନ ଥିଲେ । ବର୍ଷା ମୋ ସହାୟକ ବନିଥିଲା ।

ଦୋଷ ସେଇଠି ଥାଏ ଯେଉଁଠାରେ ମିଛ ଥାଏ । ଛଳନା ଥାଏ । କୁତ୍ସିତ ଷଡ଼ଯନ୍ତ୍ର ଥାଏ । ପିଲାଟା ମିଛ କହି ନ ଥିଲା । ଭୟରେ ବିବର୍ଣ୍ଣ ପଡ଼ିଯାଇଥିବା ମୁହଁ, କାନପାଖରେ ନୀରବ କ୍ଷମା ପ୍ରାର୍ଥନା, ପଚିଶଥର ସରି... ସରି... ଉଚ୍ଚାରଣରୁ ବାରି ହୋଇପଡୁଥିଲା ଅପରାଧବୋଧର ଗ୍ଲାନି । ମୁଁ ତାର ପ୍ରେମିକା ନୁହେଁ ଅନ୍ୟ କେହି ଜାଣିବା ପରେ ଗୋଟିଏ ଝଟ୍‌କାରେ ମୋତେ ତାଠାରୁ ମୁକ୍ତ କରିଦେବାରୁ ପ୍ରମାଣିତ ହୋଇଥିଲା ଯେ ତାର ମୋତେ ଏପରି କୁଣ୍ଢାଇ ପକାଇବା ଏକ ଦୈବାତ୍ ଘଟଣା । ଅଭିପ୍ରେତମୂଳକ

ନୁହେଁ। ଅଭିପ୍ରେତମୂଳକ କାହିଁକି ବା ହେବ ? ମୁଁ ତା ପାଇଁ ସଂପୂର୍ଣ୍ଣ ଅପରିଚିତ। ଜଣେ ଅଜଣା ଅଶୁଣା ଅପରିଚିତ ଝିଅକୁ ହଠାତ୍ ପଛଆଡୁ ଭିଡ଼ିଧରି ତାକୁ ଆକ୍ତାମାକ୍ତା କରି, ଦେହର ସ୍ଥାନଅସ୍ଥାନରେ ହାତମାରିବା କାର୍ଯ୍ୟ କେବଳ ଜଣେ ପାଗଳ କିମ୍ବା ଦୁଷ୍କର୍ମ ପ୍ରବୃତ୍ତିର ମଣିଷ ହିଁ କରିବ। ଶିକ୍ଷିତ ସୌମ୍ୟଦର୍ଶନ, ସମ୍ଭ୍ରାନ୍ତ ମନେହେଉଥିବା ପିଲାଟାର ବ୍ୟବହାର ଆଚରଣ ଓ ଉପସ୍ଥିତ ବୁଦ୍ଧି ପ୍ରୟୋଗ କୌଶଳରୁ ଯେ କେହି କହିବ ସେ ଆଦୌପାଗଳ ନୁହେଁ। ବରଂ ଜଣେ ପ୍ରେମପାଗଳ।

ଜୀବନର କୌଣସି ଘଟଣା ବା ଦୁର୍ଘଟଣା ପୂର୍ବାନୁମାନ କରାଯାଇପାରେନା। ପୂର୍ବରୁ ନ ଜଣାଇ ହଠାତ୍ ଦୁଃଖ ଅଶାନ୍ତି କବଳିତ କରିପାରେ, ତେଣୁ ଘଟଣାକୁ ଏକ ଦୁର୍ଘଟଣା ଭାବରେ ଗ୍ରହଣକରି ନିତିଦିନିଆ ଜୀବନକୁ ହାଲୁକା କରିବାକୁ ଗ୍ରହଣକରିନେଲି। ଭାବିଲି ଆଉ ସେ କଳଙ୍କିତ କୁକ୍ଷଣକୁ ଆଉ କେବେ ମନେପକାଇବି ନାହିଁ। ଯେଉଁଥିରେ ପ୍ରେମନାହିଁ, ଅପରପକ୍ଷ ନାହିଁ କି ଦେବାନେବାର ଛକାପଞ୍ଝା ହିସାବବୋଲି କିଛିନାହିଁ ସେ ଭଳି ଏକ ଅଜଣା ସଂପର୍କକୁ ନେଇ ଏତେ ଭାବିହେବାର କିଛିମାନେ ନାହିଁ। ଏତେ ଭାବିହେଇ କଅଣ ବା କରିପାରିବି ?

ଆଉ ସେ କୁକ୍ଷଣକୁ କେବେ ମନେ ପକାଇବି ନାହିଁ ସ୍ଥିର କଲାପରେ କାହିଁକି କେଜାଣି ହଠାତ୍ ମୋ ଭିତରେ ଏକ ଭିନ୍ନ ଭାବନା ଜାଗ୍ରତ ହେଲା। ଘଟଣାକୁ ନେଇ ଏକ ଅନୁସନ୍ଧିତ୍ସୁ ଭାବ, ଏକ କୌତୁହଳ। ଅନ୍ୟ ରୂପରେ ମୋ ଉପରେ ସବାର ହୋଇଯାଇଥିଲା। ପିଲାଟାକୁ ନେଇ ଅନେକ ପ୍ରଶ୍ନ। କିଏ ସେ ତା ପ୍ରେମିକା ? ମିଷ୍ଟର ସାମନ୍ତଙ୍କ ଘରେ କିଏ ଅଛି ଯାହା ପାଇଁ ଛପି ଛପି ଆସି ଏତେ ଡ୍ରାମା କରିଦେଇଗଲା। ଯାହାପାଇଁ ମୁଁ ପ୍ରକ୍ସି ପଡ଼ିଥିଲି। ପ୍ରତିନିଧି ସାଜିଥିଲି। ତା ପ୍ରେମିକାର ନାମ ଉଚ୍ଚାରଣ କରୁ କରୁ ଅଟକିଗଲା କାହିଁକି ? ଅନ୍ତତଃ ପ୍ରଥମ ଅକ୍ଷର ଉଚ୍ଚାରଣ କରିଥାଆନ୍ତା ଭଲା ! ଜାଣିବା ପାଇଁ ଉଦ୍‌ଗ୍ରୀବ ହୋଇ ଉଠୁଥିଲା ମନଟା।

XXXXX

ଏମିତି ଏକ ସ୍ୱପ୍ନ ମୋ ପାଇଁ ଅନାହୂତ ଅବାଞ୍ଛିତ ଅତର୍କିତ। ହଁ, ତାକୁ ସ୍ୱପ୍ନ ଦେଖିଲି। ପାହାନ୍ତା ପହରରେ। ନିଦ ବି ଭାଂଗିଯାଇଛି। ସ୍ୱପ୍ନରେ ପିଲାଟାର ଆଖିରେ ଭୟ ପରିବର୍ତ୍ତେ ଥିଲା ଏକ ଅଜବ ପ୍ରକାରର ଚମକ୍। ଜଣେ ଝିଅକୁ ପଛପଟରୁ ଭିଡ଼ିଧରିଥିଲା। ଅବିକଳ ସେ ଦିନ ମୋତେ ଭିଡ଼ି ଧରିଥିଲା ପରି। ଝିଅଟାକୁ ତା ଭୁଜବନ୍ଧନରେ ଭିଡ଼ିଧରି ଇତଃସ୍ତତ ସଞ୍ଚାରିତ କରି ମୃଦୁମୃଦୁ ହସୁଛି। ତା ଚିବୁକ ଝିଅର ଚିବୁକ ସହିତ ସଂଲଗ୍ନ କରି ଫିସ୍ ଫିସ୍ କଣ୍ଠରେ କହୁଛି "କାଲି ରାତିରେ କି ସ୍ୱପ୍ନ ଦେଖିଲ"? ସ୍ୱପ୍ନରେ ମୋତେ ଦେଖିଲ କି ନାହିଁ ? ଝିଅଟା ଦୋଦୋ ଚିହ୍ନା

ଲାଗୁଥିଲା.... ମନେହେଲା କେଉଁଠି ଦେଖିଛି....। ଝିଅଟା ବି ମୃଦୁ ମୃଦୁ ହସି କହୁଛି, ତୁମେଁ ଯେଉଁ ସ୍ୱପ୍ନ ଦେଖିଥିଲ....! ତା ହେଲେ ତୁମେ ଆଉ ମୁଁ ଏକାପରି ସ୍ୱପ୍ନ ଦେଖିଲା। ପୁଅଟା ଝିଅର ବେକମୂଳ ଚୁମ୍ବନରେ ପୋତି ପକାଇ କହୁଛି, ଜାଣ.... ଅନେକ ଦିନ ହେଲା ମୋର ଇଚ୍ଛା..... ତୁମକୁ ଟିକେ ସ୍ପର୍ଶ କରିବି ଛୁଇଁବି.... ସାହସ ଜୁଟାଇ ପାରୁ ନ ଥିଲି.... ଝିଅଟା ପଚାରୁଛି ଆଚ୍ଛା କୁହତ ତୁମେ ମୋ ଭିତରେ କଅଣ ଏତେ ଖୋଜୁଛ ? ପୁଅଟା ଉତ୍ତର ଦେଉଛି ଯାହା ତୁମେ ମୋ ଭିତରେ ଖୋଜିବାକୁ ଚାହୁଁଛ....।

ଝଉଁକିନା ନିଦ ଭାଂଗିଗଲା।

ସ୍ପର୍ଶର ଆକର୍ଷଣରେ ଜଡ଼ ବି ଜୀବନ୍ତ ହୋଇଯାଏ। ସେ ଦିନ ସେ ଯୁବକର ସ୍ପର୍ଶରେ ମୋ ଭିତରେ  ଏକ ମୃଦୁକଂପନ ସୃଷ୍ଟି ହୋଇଥିବା କଥାକୁ ମୁଁ ଅସ୍ୱୀକାର କରିବି ନାହିଁ। ପୂର୍ବରୁ କୌଣସି ପୁରୁଷକୁ ନେଇ ଏମିତି ସ୍ୱପ୍ନ କେବେ ଦେଖି ନ ଥିଲି। ହୋଇପାରେ ଏହା ମୋ ଅବଚେତନ ମନର ଦୁନ୍ଦୁଭିଘୋଷ। ନିଜ ଅଦେଖାମନର ସ୍ୱୀକାରୋକ୍ତି। ସମ୍ଭବତଃ ସେ ଦିନର ଘଟଣା ମୋ ଅବଚେତନ ମନରେ କେଉଁଠି ଆସନ ଜମେଇଦେଇଛି। ସେଥିପାଇଁ ଏ ସ୍ୱପ୍ନ। ତେବେ ଯେ ତ ମୋ ସହିତ ଘଟିଥିବା ଘଟଣାର ଅବିକଳ ସ୍ୱପ୍ନ ନୁହେଁ? ସ୍ୱପ୍ନରେ ପ୍ରକୃତ କଥାଟା ରୂପାୟିତ ନ ହୋଇ ଅନ୍ୟଭାବରେ କାହିଁକି ହେଲା? ଏମିତି ଏକ ସ୍ୱପ୍ନ ତ ମୋର ନିୟତି ନୁହେଁ ? ତେବେ ଏମିତି ସ୍ୱପ୍ନ କାହିଁକି ଦେଖିଲି? ମନସ୍ତତ୍ୱବିତ୍‌ମାନଙ୍କ ଅନୁସାରେ ମଣିଷ ନିଜର ବାସନା ଇଚ୍ଛା ଅଭିଳାଷକୁ କାଳେ ସ୍ୱପ୍ନରେ ଦେଖେ। ହୋଇଥିବ।

କେଉଁଠି ପଢ଼ିଥିଲି ଆକସ୍ମିକ ଭାବରେ ଜୀବନରେ ପ୍ରେମ ଆସିପାରେ...। କଥାଟା ସତ୍ୟ ପ୍ରମାଣିତ ହୋଇଗଲା ମୋ ପାଇଁ...।

ଏମିତି ଏକ ରୋମାଣ୍ଟିକ ସ୍ୱପ୍ନ ଦେଖିଲାପରେ ମୋ ଭିତରେ କିଛି ଅରମାନ୍ ଯେ କଡ଼ ଲେଉଟାଇ ନାହାନ୍ତି ସେ କଥା ମୁଁ ଅସ୍ୱୀକାର କରିବିନାହିଁ। ଅନେକ ସମୟରେ ଏମିତି ଅନେକ ଅବୁଝା ଇଚ୍ଛାମାନେ ଆସିଛନ୍ତି ଆଉ ଯାଇଛନ୍ତି। ସେ ଦିନର ଘଟଣାଟା ସେମିତି ନ ହୋଇ ସ୍ୱପ୍ନର ଦୃଶ୍ୟପରି କିଛି ଘଟିଥିଲେ କଅଣ ହୋଇଥାଆନ୍ତା ? କିଛି କ୍ଷଣପାଇଁ ହେଉପଛେ ସ୍ୱପ୍ନ, ପ୍ରେମର ଆକର୍ଷଣ ଆଗରେ ନିଜକୁ ଅସହାୟ ବୋଧ କରିଥିଲି। ପ୍ରେମ କଅଣ ଜାଣି ନ ଥିବା ମୁଁ ଲାଗିଲା ମୁଁ ସେ ଯୁବକର ପ୍ରେମରେ ପଡ଼ିଯାଇଛି।

ସ୍ୱପ୍ନ ସ୍ୱପ୍ନ ! ବାସ୍ତବ ନିଷ୍ଠୁର। ସ୍ୱପ୍ନ ଯେତେ ସୁନ୍ଦର ହେଲେ ବି ଭିତ୍ତିହୀନ। ତାକୁ ବାସ୍ତବବୋଲି ଭାବିବାର ଅନୁଭବ ହିଁ ତାକୁ ମଧୁର କରିଦିଏ। ପିଲାଟା

ଭୁଲ୍‌କରିସାରି କହିଲା କଅଣ ନା ସରି.... ସରି.... ଏ ସବୁ ତୁମ ପାଇଁ ନୁହେଁ। ମୋର ଭୁଲ୍‌ହୋଇ ଯାଇଛି। ମୋତେ କ୍ଷମା କରିଦିଅ। ଦୟାକରି ପାଟିକର ନାହିଁ।

ଛେ.... କେବେ ଭାବି ନଥିବା ଘଟଣା ଘଟେ କାହିଁକି କେଜାଣି !!

XXXXX

ଆମେ ଥିଲୁ ସହରର ଶେଷମୁଣ୍ଡରେ। ସରକାରୀ କ୍ୱାର୍ଟର୍ସରେ। ସେଠାରୁ ସହର ଭିତରକୁ ଯେଉଁ ସୁନ୍ଦର କଳା ମଚ୍ ମଚ୍ ପିଚୁରାସ୍ତା କଢ଼ାଇନିଏ ତାର ଉଭୟ ପାର୍ଶ୍ୱରେ ଅଛି ସ୍ଥପତିବିଦ୍ୟାବିତ୍ ମାନଙ୍କ ଦ୍ୱାରା ପ୍ରସ୍ତୁତ ନକ୍‌ସାରେ ତିଆରି ଅନେକ ସୁନ୍ଦର ଆଧୁନିକ ଶୈଳୀରେ ତିଆରି ଗୃହଗୁଡ଼ିକ। ବିତ୍ତଶାଳୀ ମାଲିକମାନେ ପ୍ଲଟକିଣି ନିଜ ମନମୁତାବକ ତିଆରି କରିଥିବା ଶ୍ରେଣୀବଦ୍ଧ ଗୃହ। ତା ଭିତରୁ ମିଷ୍ଟର ସାମନ୍ତଙ୍କ ଘର ଗୋଟିଏ। ପ୍ରାୟ ସମସ୍ତଙ୍କ ଘର ଆଗରେ ପଛରେ ବଗିଚା। ଆମ୍ବ ପଣସ ଦେବଦାରୁ ଇତ୍ୟାଦି ଘଞ୍ଚ ଗହଳ ମଧ୍ୟରେ କିଛି କିଛି ବ୍ୟବଧାନରେ ସିମେଣ୍ଟବେଞ୍ଚ, ଦୋଳି। ଯେଉଁଠି ସଂଧ୍ୟା ସମୟରେ କିମ୍ବା ଶୁକ୍ଳପକ୍ଷର ଚନ୍ଦ୍ରାଲୋକରେ, ନିଷ୍ପ୍ରଭ ଜହ୍ନ ଆଲୁଅରେ କିଛି ସମୟ ଆତ୍ମ ବିସ୍ମୃତ ହୋଇଯିବା ପାଇଁ। ଉପଭୋଗ କରିବା ପାଇଁ ଶୀତ ସକାଳର ଆରାମଦାୟକ ଉଷ୍ମ ଖରା। ବାଃ କି ଚମତ୍କାର ଆୟୋଜନ ! ଆଉ କାହା କାହା ଘର ଆଗରେ ସ୍ୱିମିଙ୍ଗପୁଲ। ପଛରେ ଛୋଟ ଜଳାଶୟ। ଯେଉଁଥିରେ ଛଡ଼ାଯାଇଛି ରଂଗୀନ ମାଛ କଇଁଛ ହଂସ। ତା ସହିତ ନିଅନ୍ ଲାଇଟର ସମ୍ଭାର। ରାଜକୀୟ ଉଦ୍ୟାନ ଭଳି ନ ହେଲେ ବି ବେଶ୍ ଆକର୍ଷଣୀୟ। ଜହ୍ନ ରାତିରେ କେଡ଼େ ମାୟାମୟ ଦିଶୁ ନ ଥିବ ଏ ବଗିଚାଟା ! ଗୋଟିଏ କଳାତ୍ମକ ଲାସ୍ୟ, ବିଭବ ସହରର ସେ ଅଂଶକୁ ଆଚ୍ଛନ୍ନ କରି ରଖିଛି । ଯାହାକୁ ଦେଖି ମୁଁ ଅତିମାତ୍ରାରେ ଇର୍ଷାନ୍ୱିତ ହୋଇ ପଡୁଥିଲି। ତାର କାରଣ ଆମର ନିଜସ୍ୱ ଘରଟିଏ ନଥିଲା। ବାପା ତାଂକ ପୌତୃକ ଭାଗରୁ ଗ୍ରାମରେ ଯେଉଁଘର ପାଇଥିଲେ ତାହାର ଏବେ ଜରାଗ୍ରସ୍ତ ଅବସ୍ଥା। ବାପାଙ୍କର ଇଚ୍ଛା ଅବସର ଗ୍ରହଣ ପୂର୍ବରୁ ତାକୁ ମରାମତି କରିବେ। ମୁଁ ପ୍ରତିବାଦ କରେ, ଭଂଗାଘରକୁ ଉଠିଆ କରିବା ପାଇଁ ଯେତିକି ଖର୍ଚ୍ଚକରିବ ସେଥିରେ କିଛି ଯୁକ୍ତକରି ନୂଆଘରଟିଏ କାହିଁକି ନ ତୋଳିବ ? ଏଇ ସହରରେ ଜାଗା କିଣି। ବାପା ନୀରବ ରହନ୍ତି। ନୀରବ ରହିବାର କାରଣ ମୋତେ ଜଣା। ମୋ ବାହାଘର ପାଇଁ ସଞ୍ଚିତ ଅର୍ଥ ଘର କିଣିବାରେ ବ୍ୟୟ କରିବାକୁ ଚାହାନ୍ତି ନାହିଁ। ମୋ ପଛକୁ ଆଉ ଦୁଇଜଣ ଭାଇ ଭଉଣୀ ବି ଅଛନ୍ତି। ମୁଁ ମନେ ମନେ ପଣ କରିଥିଲି, ଦିନେ ନା ଦିନେ ଏମିତି ଏକ ସୁନ୍ଦରଘର ତିଆରି କିମ୍ବା ଖରିଦକରି ବାପାଙ୍କୁ ଯେ ପର୍ଯ୍ୟନ୍ତ ଉପହାର ନ ଦେଇଛି ବିବାହ କରିବି ନାହିଁ।

ବାପାଙ୍କର ପ୍ରାତଃ ଭ୍ରମଣ ଅଭ୍ୟାସ ଅଛି। ଏଇ କିଛି ଦିନ ହେବ ତାଂକୁ ଚକିତକରି

ମୁଁ ତାଂକ ସହିତ ବାହାରି ପଡୁଛି। ଉଦ୍ଦେଶ୍ୟ ପ୍ରାତଃ ଭ୍ରମଣ ନୁହେଁ। ଆଉ କିଛି। ଏଇ ସମୟରେ ରାସ୍ତାର ଉଭୟ ପାର୍ଶ୍ୱର ସଜ୍ଜିତ ସମ୍ଭ୍ରାନ୍ତ ଘରଗୁଡ଼ିକୁ ନିରୀକ୍ଷଣ କରିବା ମୋର ଅଭ୍ୟାସରେ ପରିଣତ ହୋଇଯାଇଥିଲା। ମୁଖ୍ୟ ଉଦ୍ଦେଶ୍ୟ ଯୁବକକୁ ଖୋଜିବା। ଏଇ ସମ୍ଭ୍ରାନ୍ତ ଘରଗୁଡ଼ିକ ମଧ୍ୟରୁ କୌଣସି ଗୋଟିଏ ଘରର କୁଳଚନ୍ଦ୍ର କୁଳମଣି ହୋଇଥିବ ନିଶ୍ଚିତ। କାଲେ କେଉଁଠି ଦେଖା ହୋଇଯିବ। କେଉଁ ଏକ ଗୃହର ଝରକା ସେ ପଟେ ହାଲୁକା ହୋଇ ତା ଛାଇପରି କିଛି ଦିଶିଯିବ ! କାହିଁକି ଖୋଜୁଥିଲି ଜାଣିନି। ହୁଏତ ମୋ ମନ ଭିତରେ ଏବେ ବି କେଉଁଠି ନା କେଉଁଠି ଲାଗିରହିଥିଲା ଏକ ଅସମାହିତ ଦ୍ୱନ୍ଦ୍ୱ। ତା କଥା ଜାଣିବା ପାଇଁ।

କଲେଜ ଯାଉଥିବା ସମୟରେ ସାଇକେଲ ଚେନ୍ ଠିକ୍ କରିବା ବାହାନାରେ ଗତି ଧିମାକରି ଅନ୍ୱେଷଣକାରୀ ନଜରରେ ଚାରିଦିଗକୁ ନଜର ଗଡ଼ାଉଥିଲି। ମିଷ୍ଟର ସାମନ୍ତଙ୍କ ଘର ଆଡ଼କୁ ତ ଆଖି ଆପେ ଆପେ ଟାଣି ହୋଇଯାଉଥିଲା। ଏମିତିରେ କାହିଁକି କେଜାଣି ଏତେ ନୈପୁଣ୍ୟ ପରିପାଟୀ ଥାଇ ମଧ୍ୟ ସଂଶୟ ଦଗ୍ଧ ଗୁମ୍ଫାତଳର କେଉଁ ଏକ ରହସ୍ୟମୟ ହୀରାଘରପରି ଲାଗେ ତାଙ୍କ ଘର। କୋଳାହଳ ଶୂନ୍ୟ। ଅଧିକାଂଶ ସମୟ ନୀରବ ଗୁମ୍‌ସୁମ୍। କେଉଁଠୁ ଅଳ୍ପ ସ୍ୱର ବି ଶୁଭେ ନାହିଁ। ଛୁଟି ଦିନମାନଙ୍କରେ ମଧ୍ୟ ଉଦ୍‌ବାସ୍ତୁ ଭଳି ବୁଲି ବାହାରିପଡୁଥିଲି। ସାହିର ଗଳିକନ୍ଦି। ଅନିସନ୍ଧିତ୍ସୁ ମନନେଇ। ବାଟ ଚାଲୁଥିବାବେଳେ ଜନଗହଳିରେ କିଏ ବ୍ୟବହାର କରିଥିବା ଚିହ୍ନା ବଡ଼ିସ୍ପ୍ରେର ଗନ୍ଧ ନାକରେ ବାଜିଲେ ଆନମନାହୋଇ ପଡୁଥିଲି। ଚଟ୍‌କିନା ପଛକୁ ବୁଲିପଡ଼ି ଦେଖୁଥିଲି।

ନା.... ଅନେକଦିନ ଖୋଜାଖୋଜି କଲା ପରେ ବି ତାକୁ ପାଇଲି ନାହିଁ।

ତାକୁ ଖୋଜୁଥିବା ଦିନଗୁଡ଼ିକ ବଡ଼ ବିଚିତ୍ରଦିନ ଥିଲା ମୋ ପାଇଁ। ବିରକ୍ତି ହତାଶା ବିଫଳତାଜନିତ ଦୁଃଖ ଓ ନୈରାଶ୍ୟରେ ଭାଂଗିପଡୁଥିବା ଦିନଗୁଡ଼ିକ। ତା ସହିତ ଅପମାନର ବୋଝ ବି ଏକ ଶକ୍ତ ବୋଝପରି ଲାଗୁଥିଲା। ଯଦି କେବେ ହାବୁଡ଼ରେ ପଡ଼ିଯାଏ ପ୍ରତିଶୋଧ ନେବି ନିଶ୍ଚୟ।

ମୋ ଇଚ୍ଛା କେବଳ ଇଚ୍ଛାରେ ରହିଗଲା। କୁଆଡ଼େ ଉଭାନ୍ ହୋଇଗଲା, କେଉଁ ଯାତ୍ରାରେ ବାହାରିଗଲା କେଜାଣି ଆଉ କେବେ ତାକୁ ଦେଖିବାକୁ ପାଇଲି ନାହିଁ।

XXXXX

ଦିନ ଗଡ଼ିଗଲା ମୋ ବୟସକୁ ସାଂଗରେ ନେଇ। ମୋ ସ୍ମୃତିକୁ ମଧ୍ୟ ଏବେ ଦଶବର୍ଷ। ସେ ଏବେ ବି ଲଟକି ରହିଛି ମୋ ସହିତ ବାଦୁଡ଼ିପରି।

ମୁଁ ଏବେ ଅଠର ବର୍ଷର ଝିଅ ନୁହେଁ। ମୋଟା ଅଙ୍କର ଦରମା ପାଉଥିବା ସରକାରୀ କଲେଜର ଜଣେ ପି ଏଚ୍ ଡି ଡିଗ୍ରୀଧାରୀ ଅଧ୍ୟାପିକା। ଅବିବାହିତା। ମୋର ପଣ ମନେଅଛି। ତେଣୁ ଅବିବାହିତା। .

ଇତିମଧ୍ୟରେ କର୍ମଚକ୍ର ଆମକୁ ବିଭିନ୍ନ ସ୍ଥାନକୁ ନେଇ ଯାଉଥିଲା। ବାପାଙ୍କ ଚାକିରୀକାଳ ଅବଧିରେ କେବେ ସଂକୀର୍ଣ୍ଣ ସରକାରୀ କ୍ୱାଟର୍ସରେ ତ କେବେ କିଏ କିଏ ସବୁ ବନାଇଥିବା ଭିନ୍ନ ଭିନ୍ନ ଆକୃତି ଆକାରର ଛୋଟ ବଡ଼ ଭଡ଼ାଘରମାନଙ୍କରେ ଆମ ଦିନ କଟିଛି। ସେମିତି ଘରମାନଙ୍କରେ ରହି ରହି ଏକପ୍ରକାର ବିତୃଷ୍ଣା ଆସିଯାଇଥିଲା ମୋର। ଅବସର ଗ୍ରହଣ ପୂର୍ବରୁ ବାପା ଚାହିଁକରି ପୁନର୍ବାର ଏଇ ସହରକୁ ବଦଳିହୋଇ ଆସିଛନ୍ତି। ଦୁଇଟା କାରଣ। ପ୍ରଥମତଃ ସହରଟା ତାଂକ ପୈତୃକ ଗ୍ରାମକୁ ନିକଟ। ଦ୍ୱିତୀୟ କାରଣ ଘର ତୋଲିବେ ଏଇ ସହରରେ କିମ୍ବା ଗ୍ରାମରେ। ମୁଁ ସହରଠାରୁ ଅଳ୍ପ ଦୂରରେ ଅନ୍ୟ ଏକ ସହରର ସରକାରୀ କଲେଜରେ ଅଧ୍ୟାପିକା। ଶନିବାର ରବିବାର ଛୁଟି ଦିନମାନଙ୍କରେ ଘରକୁ ଆସେ।

ଏବେ କିଛିଦିନ ହେଲା ମୁଁ ଖୁବ୍ ଉତ୍ସାହିତ। ସହରର ସେଇ ସମ୍ଭ୍ରାନ୍ତ ରୁଚିସଂପନ୍ନ ଘରଗୁଡ଼ିକ ମଧ୍ୟରୁ ଦୁଇଟିଘର ବିକ୍ରି ହେବାର ଚର୍ଚ୍ଚା ଜୋର୍ ଧରିଛି ଘରେ। ହାଉସ୍ ଫର ସେଲ୍ ବିଜ୍ଞାପନ ପଢ଼ି ବାପା ଏଜେଣ୍ଟ ବିକ୍ରମ ଠାକୁରଙ୍କ ଫୋନ ନମ୍ବର ମୋତେ ମେସେଜ୍ କରିଥିଲେ। ତୁ ଏଜେଣ୍ଟଙ୍କ ସହିତ କଥାବାର୍ତ୍ତା କର୍। ଘରଗୁଡ଼ିକ ବାବଦରେ ମୁଁ ବିଶେଷ କିଛି ଜାଣି ନାହିଁ। ଘର ଦୁଇଟା ବିଷୟରେ ତୋର ଯାହା ଜାଣିବାର ଅଛି ଏଜେଣ୍ଟ କହିବେ। ତୁ ଘର ଦେଖିଲା ପରେ ପସନ୍ଦ ଲାଗିଲେ ଫାଇନାଲ ହେବ।

ଆଜିକାଲି ବିକ୍ରି ଉଦ୍ଦେଶ୍ୟରେ ଗ୍ରାହକମାନଙ୍କୁ ଘର ଦେଖାଇବା ପାଇଁ ଏଜେଣ୍ଟ ନିଯୁକ୍ତ କରୁଛନ୍ତି ମାଲିକମାନେ। ବିଦେଶୀ ପଦ୍ଧତି। ଗ୍ରାହକମାନଙ୍କୁ ଘର ଦେଖାଇବେ ଏଜେଣ୍ଟ। ଘର ସଂପର୍କିତ ସଂପୂର୍ଣ୍ଣ ବିବରଣୀ ପ୍ରଦାନ କରିବେ ଏଜେଣ୍ଟ। ମୁଲଚାଲ ବି କରିବେ ଏଜେଣ୍ଟ। ମାଲିକ ନୁହେଁ। ବରଂ ଘର ଦେଖିବାକୁ ଯିବା ସମୟରେ ମାଲିକ ଅନୁପସ୍ଥିତ ରହିବେ। କେହି କେହି ଘର ଛାଡ଼ି ବାହାରକୁ ପଳାଇଯାନ୍ତି କିଛି ସମୟ ପାଇଁ। କୌଣସି ଅପ୍ରିତୀକର ପରିସ୍ଥିତି ଏଡ଼ାଇବା ପାଇଁ ହୁଏତ ଏ ବ୍ୟବସ୍ଥା। ଆମ ଦେଶରେ ମଧ୍ୟ ଯେ "ହାଉସ୍ ହଣ୍ଟିଙ୍ଗ୍" ବ୍ୟବସ୍ଥାର ପ୍ରଚଳନ ହେଲାଣି। ଭଲ କଥା।

ମୋ ଭିତରେ ପ୍ରବଳ ଉତ୍ତେଜନା। ମୋ ପ୍ରତିଜ୍ଞା ପୂରଣ ହେବାକୁ ଯାଉଛି। ମୁଁ ଘର ଖରିଦ୍ କରିବାକୁ ଯାଉଛି। ତା ବି ସେ ସମ୍ଭ୍ରାନ୍ତ ଘର ଗୁଡ଼ିକ ମଧ୍ୟରୁ......। ଯେଉଁ ଘରଗୁଡ଼ିକ ଦେଖି ଦିନେ ଅତିମାତ୍ରାରେ ଇର୍ଷାନ୍ୱିତ ହୋଇ ପଡୁଥିଲି। ମୁଁ ମୋର ଉଦ୍‌ବିଗ୍ନତାକୁ ଆୟତ୍ତ କରିବାର ଅବସ୍ଥାରେ ନ ଥିଲି। କଲେଜରୁ ଫେରି ଲୁଗା ବି ନ

ବଦଳାଇ ସିଧାଘର ଦେଖିବାକୁ ବାହାରି ପଡ଼ିଲି। ଏଜେଣ୍ଟଙ୍କୁ ଆଗରୁ ଫୋନରେ ଜଣାଇଦେଇଥିଲି। ପ୍ରସ୍ତୁତ ରହିବେ। ଏଜେଣ୍ଟ ତାଂକ ଗାଡ଼ିରେ। ମୁଁ ସ୍କୁଟିରେ।

ଏକଦା ଭିତ୍ତିପ୍ରସ୍ତର ଫଳକ ଉପରେ ଖୋଦିତ ମାଲିକମାନଙ୍କ ନାମ, ନିର୍ମାଣ ସମୟ ସହିତ ଦେଖିଥିବା ସମ୍ଭ୍ରାନ୍ତ ଘର ଗୁଡ଼ିକ ଅନେକ ବର୍ଷ ପରେ ଦେଖୁଛି। ଦଶବର୍ଷ ତଳର ବାତାବରଣ ସହିତ ତୁଳନାକଲେ ବର୍ତ୍ତମାନର ବାତାବରଣ ଅନେକ ବଦଳି ଯାଇଛି। ଏଥି ପୂର୍ବରୁ ଘରସଂଖ୍ୟା ଅପେକ୍ଷା ଖାଲିସ୍ଥାନର ପରିମାଣ ଅଧିକ ଥିଲା। ଘର ଘର ମଧ୍ୟରେ ବ୍ୟବଧାନ ଥିଲା ଅନେକ। ପୁରା ବିଦେଶୀ ଶୈଳୀରେ। ଏବେ ବାଲିକଣାଟିଏ ଗଳି ନପାରିବାର ଜନଗହଳି। ଚତୁର୍ଦ୍ଦିଗରେ ଅବର୍ଣ୍ଣନୀୟ କୋଳାହଳ। ଖୋଲାମେଲା ସ୍ଥାନ ଟିକେ ଦୃଶ୍ୟମାନ ହେଉନାହିଁ। ଯାହା ବି ଖାଲି ସ୍ଥାନ ଟିକେ ଅଛି ଲାଗୁଛି ତାର ବି କେହି ନା କେହି ଦଖଲକାରୀ ଥିବେ। ଖାଲିସ୍ଥାନର ଦାମ୍ ମଧ୍ୟ ଆଶାତୀତ ଭାବରେ ବୃଦ୍ଧିହେବାରେ ଲାଗିଛି। ଏମିତିରେ ପୁରୁଣା ହେଉ ପଛେ ଏଇ ମାର୍ଜିତ ରୁଚିସଂପନ୍ନ ଗୃହମାନଙ୍କ ମଧ୍ୟରୁ ଗୋଟିଏ କିଣିନେବା ବୁଦ୍ଧିମାନୀ ହେବ।

ସଂଧ୍ୟା ଆଗତ ପ୍ରାୟ। ହାଲୁକା ଶିତୁଆ ପବନର ଶିଆରକାଟି ସ୍କୁଟି ଚଳାଇବାକୁ ଖୁବ୍ ଭଲ ଲାଗୁଥିଲା। ମନ ହାଲୁକା ଲାଗୁଥିଲା। ଏଜେଣ୍ଟଙ୍କ ଗାଡ଼ି ଗୋଟିଏ ଘର ସାମନାରେ ଅଟକିଲା।

ସଂସାର ଯାକର ଆକସ୍ମିକତା ବିସ୍ମୟ ଯେମିତି ମୋରିପାଇଁ ଥୁଆ ହୋଇଛି। ମୁଣ୍ଡ ଝିମ୍ ଝିମ୍ ହୋଇଗଲା କିଛିକ୍ଷଣ ପାଇଁ। ମୋ ସ୍ମୃତି ବେତାଳ ପରି ମୋ ପିଛା ଛାଡ଼ିବାକୁ ନାରାଜ। ପ୍ରାୟ ପ୍ରାୟ ଫିକା ପଡ଼ି ଆସୁଥିବା ଅପ୍ରିତୀକର ସ୍ମୃତିର କ୍ଷତ ଉପରେ କିଏ ଯେମିତି ଝପଦେଇ ତାଜା କରିଦେଲା। ଶୋଇଥିବା ସ୍ମୃତିକୁ ଚାଉଁକିନା ଉଠେଇଦେଲା।

ଯେ କି ସଂଯୋଗ !! ଯେ ତ ମିଷ୍ଟର ସାମନ୍ତଙ୍କ ଘର !! ବାପା କେବଳ ଏତିକି କହିଥିଲେ, ତୁ କିଣିବୁ  ତତେ ଏଜେଣ୍ଟ ସବୁକଥା ବୁଝାଇଦେବେ। ସବୁ କଥାବାର୍ତ୍ତା ଫୋନରେ ହୋଇଥିଲା। ତେଣୁ ସବିଶେଷ ତଥ୍ୟ କିଛି ଏଜେଣ୍ଟ ଜଣାଇ ନ ଥିଲେ। ପସନ୍ଦ ହେଲା ପରେ ଯାହା କଥା।

ଜୀବନରେ ଏଡ଼େ ହତଭମ୍ୱ କେବେ ଅନୁଭବ କରିନଥିଲି। ସମୟ ଏକବୃତ୍ତରେ ଘୁରି ଘୁରି ଆସି ପୁନର୍ବାର ସେଇଘର ସାମନାରେ ମୋତେ ଠିଆ କରାଇଦେଲା। ଛିଗୁଲାଇଲା ପରି। ଯେ କି ବିଡ଼ମ୍ୱନା ?

ଏଜେଣ୍ଟ ସହଯୋଗୀଙ୍କ ସହାୟତାରେ ଗେଟ୍ ଖୋଲିବା ପ୍ରୟାସରେ ବ୍ୟସ୍ତ। ଆଉ ମୁଁ ସେଇଠି ଛିଡ଼ା ହୋଇ ରହିଲି। ନିରୁପାୟ କିଂକର୍ତ୍ତବ୍ୟବିମୂଢ଼ତାର ମଣିଷଟିଏପରି।

ହଠାତ୍ ନାକରେ ବାଜିଲା ଏକ ଅସହ୍ୟ ଦୁର୍ଗନ୍ଧ। ଓଢ଼ଣିକାନିକୁ ନାକରେ ଚାପିଧରିଲି। କିଛିକ୍ଷଣ ପାଇଁ ତପସ୍ୟା ଭୁଲି ଯାଇଥିବା ମୁନିମାନଙ୍କ ପରି ନିଃଶ୍ୱାସ ପ୍ରଶ୍ୱାସ ବନ୍ଦକରି। ନାସାରନ୍ଧ୍ର ମୋତେ ପ୍ରଦାନ କରୁଥିବା ଘ୍ରାଣଶକ୍ତି ଆଧାରରେ ଦୁର୍ଗନ୍ଧର ମୂଳସ୍ରୋତକୁ ଚିହ୍ନଟ କରିବାପାଇଁ ଚତୁର୍ଦ୍ଦିଗକୁ ଚାହିଁଲି। ଦୁର୍ଗନ୍ଧର ସ୍ରୋତ ଥିଲା ମୋ ସାମନାରେ। ଆଚ୍ଛାଦନ ବିହୀନ ନିର୍ଲଜ ଭିକାରୁଣୀପରି ଦଣ୍ଡାୟମାନ ବିରାଟ ଆବର୍ଜନାର ସ୍ତୂପ। ମାଲିକଙ୍କ ଅନୁପସ୍ଥିତିରେ ଯେମିତି ଘର ଜଗୁଆଳି କାମ କରୁଛି....।

ମୋ ନାକ ଛାପିବା ଦେଖି ଏଜେଣ୍ଟ ଆଶ୍ୱାସନା ଦେଲେ। ଘରେ କେହି ରହୁନଥିବାର ସୁଯୋଗ ନେଇ ଆଖପାଖ ଲୋକ କାନ୍ଥ କଡ଼ରେ ଆବର୍ଜନା ପକାଇବା ଆରମ୍ଭ କରିଦେଇଛନ୍ତି। ଚିନ୍ତା କରନ୍ତୁ ନାହିଁ। ଆପଣ କିଣିଲେ ଘର ଆପଣଙ୍କର ହେବ। ଆବର୍ଜନା ପକାଇବାକୁ କେହି ସାହସ କରିବେ ନାହିଁ। ପୌରପାଳିକାକୁ ଖବର ଦେଇ ମୁଁ ଅବର୍ଜନା ସଫା କରିଦେବାର ବ୍ୟବସ୍ଥା କରିଦେବି।

ବିରାଟ ଲୌହଗେଟ। ସନ୍ଧିସ୍ଥଳମାନଙ୍କରେ ତେଲ ଟିକିଏ ନ ବାଜି କେତେଦିନ ହେଲା କେଜାଣି ଖୋଲିବା ପାଇଁ ସମୟ ଲାଗୁଥିଲା। କିଛିସମୟର ପରିଶ୍ରମ ପରେ ଏକ ବିକଟାଳ ଶବ୍ଦକରି ଗେଟ୍ ଖୋଲିଲା। ଆଖିକୁ ବିଶ୍ୱାସ କରିପାରୁ ନ ଥିଲି। ଏକଦା ବାଟ ଚାଲୁଥିବାବେଳେ ଯେଉଁ ଘରର ସୌନ୍ଦର୍ଯ୍ୟରେ ମୁଗ୍ଧ ହୋଇ ପଡୁଥିଲି, ରମ୍ୟବନର ପୁଷ୍ପବାଟିକା ସଦୃଶ ଉଦ୍ୟାନ ଦେଖି ଇର୍ଷାନ୍ୱିତ ହୋଇପଡୁଥିଲି ଏବେ ଚତୁର୍ଦ୍ଦିଗ ଘାସ ବୁଦାମୟ। ଅଯତ୍ନ ବର୍ଦ୍ଧିତ ବଣୁଆଗୁଳ୍ମରେ ସମଗ୍ର ପରିବେଶ ଆଚ୍ଛାଦିତ। ସ୍ୱିମିଙ୍ଗପୁଲ ଶୁଷ୍କ। ସିମେଣ୍ଟବେଞ୍ଚ ଶିଉଳିରେ ଭର୍ତ୍ତି। ପୁଷ୍ପ ବାଟିକା ଏବେ ବିଧବା ସ୍ତ୍ରୀର ଶୋକକାଳୀନ ପରିଧାନ ପରି ବିବର୍ଣ୍ଣ....। ବାରଣ୍ଡାସାରା ମକଡ଼ା ଜାଲରେ ଭର୍ତ୍ତି। ଅପେକ୍ଷିକ ମହକିଲମାନଙ୍କ ପାଇଁ ଉଦ୍ଦିଷ୍ଟ ଚୌକି କେତୋଟି ଏବେ ବି ପଡ଼ିରହିଛି। ଇତଃସ୍ତତ, ମୃତବତ୍। କୋଣରେ କେତେଯୋଡ଼ା ପୁରୁଣା ଚପଲ। ମହଣ ମହଣ ଧୂଳିର ଆସ୍ତରଣ ତଳେ ପୋତି ହୋଇ ପଡ଼ିଛି ସମଗ୍ର ବାରଣ୍ଡା। ବାମପଟରେ ଥିବା ମିଷ୍ଟର ସାମନ୍ତଙ୍କ ଅଫିସରେ ତାଲା ଝୁଲୁଛି। ସେ ଦିନର ହାଁ ମେଲା ହଲର ପ୍ରବେଶଦ୍ୱାର କବାଟ ଭିଡ଼ାହୋଇଛି। ଅନେକଦିନ ଖୋଲା ନ ହେଲେ ଭିଡ଼ିହୋଇଯିବା ଏମାନଙ୍କର ଲକ୍ଷଣ। ବଳ ପ୍ରୟୋଗକରି ଖୋଲିବାକୁ ପଡ଼ିଲା।

ଅଠରବର୍ଷ ବୟସରେ ଏ ହଲ୍ ମଧ୍ୟକୁ ପ୍ରବେଶ କରିଥିଲି ପ୍ରଥମଥର ପାଇଁ। ଏକ ଅପ୍ରିତୀକର ଅଭିଜ୍ଞତା ନେଇ ଏଇ ହଲରୁ ହିଁ ବାହାରିଯାଇଥିଲି। ଏ ଘରେ କେତୋଟି କୋଠରୀ ଅଛି। ରୋଷେଇଘର କେମିତି କେତେ ବଡ଼, ବେଡ୍‌ରୁମ୍ କେତୋଟି କହିପାରିବି ନାହିଁ।

ଆମେ ଘର ଦେଖିବାକୁ ଆସିଥିଲୁ ଅପରାହ୍ନ ଚାରିଟା ସମୟରେ। ସାୟାହ୍ନର ମହଳଣ ପଡ଼ିଯାଇଥିବା ଆଲୋକ ପ୍ରଭାବରେ ଭିତରଟା ଝାପସା। ଅବିକଳ ସେ ଦିନ ପରି।

ମୋ ଭିତରେ ଚାଲିଥିଲା ଏକ ଉତ୍ତେଜନାର ପ୍ରବାହ। ଘର ଭିତରକୁ ପାଦବଢ଼ାଇବା ପୂର୍ବରୁ ଆଉଥରେ ଚିନ୍ତାକଲି। ପ୍ରବେଶ କରିବି ନା ଅନ୍ୟଘର ଦେଖିବି। ଦ୍ୱନ୍ଦ୍ୱରେ ଆଗପଛହୋଇ ନିଜର ହୃତ୍‌ସ୍ପନ୍ଦନ ସହିତ ତାଳଦେଇ ମନ୍ଥର ପଦପାଦରେ କେତେବେଳେ ହଲମଧ୍ୟକୁ ପ୍ରବେଶ କରିଗଲି ଜାଣିପାରିଲି ନାହିଁ। ଭିତରେ ପାଦଦେବାକ୍ଷଣି ଲାଗିଲା କିଏ ଯେମିତି କୁଢ଼େଇହୋଇ ପଡ଼ିଲା ମୋ ଉପରେ ....। ଧକ୍‌କାଦେଇ କେହି ଜଣେ ଯେମିତି ଝଡ଼ପରି ନିଷ୍କ୍ରାନ୍ତ ହୋଇଗଲା। କୁଦା ମାରି..... ମାରି...। ସେଇ ଝାପସା ଅନ୍ଧାରରେ ଦୃଶ୍ୟାୟିତ ହେବାକୁ ଲାଗିଲା ଦଶବର୍ଷ ତଳର ସ୍ୱପ୍ନଜାଗରଣ ମିଶା ସ୍ମୃତି। ମସ୍ତିଷ୍କ ପରଦାରେ। ଏକଦା ଫ୍ରିଜ ପ୍ରୟୋଗ ଫଳରେ ନିଷ୍କ୍ରିୟ ହୋଇଯାଇଥିବା ଦୃଶ୍ୟ ଧିରେ ଧିରେ କ୍ରୀୟାଶୀଳ ହୋଇ ସଂକ୍ରମିତ ହୋଇଗଲା ମୋ ସମଗ୍ରଚେତନାକୁ। ପ୍ରାୟ ପ୍ରାୟ ବିସ୍ମୃତ ସ୍ମୃତି ପାଖକୁ ନିମିଷକେ ଟାଣିହୋଇଗଲି। ସବୁକିଛି ଦେଖିପାରୁଥିଲି..... ଶୁଣିପାରୁଥିଲି। କଥାବାର୍ତ୍ତାର ଚିନ୍ନାଂଶ.... ପ୍ରେମ ସଂଳାପ.....। ଫିସ୍ ଫିସ୍ କଥା.....। ମୋ ଗ୍ରୀବା ମୂଳର ଘନକେଶଗୁଚ୍ଛ ହଟାଇ ଚୁମ୍ବନପରେ ଚୁମ୍ବନ ଆଙ୍କି ଦେଉଥିବା ଦୃଶ୍ୟ....। ପାଟିକୁ ଜାବୁଡ଼ିଧରି ପାଟି ନ କରିବା ପାଇଁ ଅନୁନୟ ବିନୟ....। କିଛି ବି ତ ଭୁଲିନି ? ସବୁକିଛି ଜୀବନ୍ତ ହୋଇ ରହିଛି ମୋ ସ୍ମୃତିପଟରେ।

ସୁଇଚ୍ ଟିପିବା ପାଇଁ ହାତ ବଢାଇଲି। ଅନେକବର୍ଷ ବନ୍ଦ ପଡ଼ିଥିବା ଘର। ବିଦ୍ୟୁତ ଯୋଗାଯୋଗ ବିଛିନ୍ନ ହୋଇଥିବ। ଜଳିବ ନାହିଁ ଜାଣିସୁଦ୍ଧା। ଆଜି ଲକ୍ଷ୍ୟକଲି ହଲ୍‌ରୁ ଆରପଟକୁ ବାହାରିଯିବା ପାଇଁ ରାସ୍ତାଅଛି। ପୁଣି ମୁଖ୍ୟଦ୍ୱାରକୁ ଫେରିବାର ଆବଶ୍ୟକତା ନାହିଁ।

ଏଜେଣ୍ଟଙ୍କର ଅନକ ଅଭିଜ୍ଞତା। ଏଠି ବିଦ୍ୟୁତ ସଂଯୋଗ ନ ଥିବ ପୁର୍ବାନୁମାନ କରି ଆବଶ୍ୟକ ସ୍ଥଳରେ ବ୍ୟବହାର ପାଇଁ ସାଂଗରେ ନେଇ ଆସିଥିଲେ ମହମବତୀ ଓ ଦିଆସିଲି। ମହମବତୀ ମୋ ହାତକୁ ବଢ଼େଇଦେଇ ଦିଆସିଲି ପ୍ରଜ୍ୱଳିତ କଲେ। ଯଦିଓ ଏତେଟା ଆବଶ୍ୟକ ନ ଥିଲା।

ବାହାରୁ ଘରଟାକୁ ଦେଖିଛି ଅନେକଥର। ଲୋଭାତୁର ଆଖିରେ। ମୁଣ୍ଡକୁ ଏପଟ ସେପଟ କରି ଚତୁର୍ଦ୍ଦିଗକୁ ନିରୀକ୍ଷଣ କଲି। ହଲର କାନ୍ଥରେ ଅନେକ ଫୋଟଚିତ୍ର। କିଛି ସ୍ତ୍ରୀ ପୁରୁଷଙ୍କର। ଗୋଟିଏ ଦୁଇଟି ଝୁଲୁଛନ୍ତି ଅସନ୍ତୁଳିତ ଅବସ୍ଥାରେ। ମୁଁ ମିଷ୍ଟର

ସାମନ୍ତଙ୍କୁ କେବେ ଦେଖିନି । କିନ୍ତୁ ଫୋଟ ଚିତ୍ରରେ ଥିବା ସୁନ୍ଦରୀ ତନୁ ପାତଳୀ ରମଣୀଙ୍କୁ ରମ୍ୟବନରେ ପଦଚାରଣ କରୁଥିବା, ଆଉ କେବେ ଏକ ସ୍ଥାପତ୍ୟ ଭଳି ଏକୁଟିଆ ଛାୟାମଣ୍ଡପରେ ବସିଥିବା ଲକ୍ଷ୍ୟକରିଛି । ଏ ଫୋଟ ଚିତ୍ର ମାନଙ୍କରେ ସେ ଯୁବକର ତ ଫୋଟ ନାହିଁ ? ମୋ ଅନୁମାନ ତା ହେଲେ ଅବ୍ୟର୍ଥ । ସେ ଏ ଘରର କେହି ନୁହେଁ । ଅନ୍ୟଥା ସେ ଦିନ ଏମିତି ଲୁଚିଛପି କାହିଁକି ଘରେ ପ୍ରବେଶ କରିଥାଆନ୍ତା ।

ସମଗ୍ରଘର ବୁଢ଼ୀଆଣିମାନଙ୍କ ଅକ୍ତିଆରରେ । ପରିତ୍ୟକ୍ତ ବାସରୁ ଉଠୁଥିଲା ସନ୍ତସନ୍ତିଆ ଡୁମୁରା ବାସନା । ମନେ ପଡ଼ିଗଲା ଏକଦା ଏଇ ହଲରେ ଖେଳିବୁଲୁଥିବା ବିଦେଶୀ ବଡିସ୍ପ୍ରେର ସୁଗନ୍ଧ ।

ଶୟନ କକ୍ଷର ଦ୍ୱାର ଖୋଲା । ବିଶାଳ କିଙ୍ଗସାଇଜ ପଲଙ୍କ ଉପରେ ଚାଦର ତକିଆ ରେଜେଇ କ୍ୱିଲ୍ଟ ପଡ଼ିରହିଛି ଇତଃସ୍ତତ । କିଏ ଯେମିତି ଶୋଇଥିବା ଅବସ୍ଥାରୁ ଉଠି ଚାଲିଯାଇଛି । ସେ ସବୁ ଯଥାସ୍ଥାନରେ ଠିକ୍‌ଠାକ୍ ସଜାଡ଼ି ରଖିବା ବି ଆବଶ୍ୟକ ମଣିନାହିଁ ।

ବେଡ୍‌ସାଇଡ ଟିପୟ ଉପରେ ଅର୍ଦ୍ଧଡଜନ ସରିକି ଗ୍ଲାସ ଓ କିଛି ମଦବୋତଲ । ବିବର୍ଣ୍ଣକରଣ ପଦ୍ଧତିରେ ଅନ୍ୟରଂଗର ପ୍ରଲେପନ ଦିଆଯାଇ ରଂଗ ପରିବର୍ତ୍ତନ କଲାପରି ଗ୍ଲାସଗୁଡ଼ିକର ରୂପ ବିବର୍ଣ୍ଣ । କେଉଁ କାଳରୁ ଏଗୁଡ଼ିକ ପଡ଼ିରହିଛି ଏମିତି ? କେତେ ଦିନ କେତେ ମାସ କେତେ ବର୍ଷ ହେଲା ?

ଝରଖା ଖୋଲିବା ଆବଶ୍ୟକ ପଡ଼ିଲା ନାହିଁ । ଖୋଲାଅଛି । ଘର ଛାଡ଼ିଯିବା ପୂର୍ବରୁ ବନ୍ଦ କରିଯିବାକୁ ଭୁଲିଯାଇଛନ୍ତି ହୁଏତ । ନଚେତ୍ ଜାଣିଶୁଣି କିଏ କାହିଁକି ଖୋଲା ଛାଡ଼ିବ ! ଖୋଲା ଝରକାଦେଇ ଶୟନକକ୍ଷ ଭିତରକୁ ପଶିଆସୁଥିବା ପବନର ସାଁ ସାଁ ଶବ୍ଦ ମନେ ହେଉଥିଲା କେଉଁ ଏକ ଉଦାସ ଅତୃପ୍ତ ଆତ୍ମାର ଦୀର୍ଘ ଶ୍ୱାସ ପରି .....। କିଛି ଘର ଚଟିଆ ପଶିଆସି ବିରାଟ କାରୁକାର୍ଯ୍ୟପୂର୍ଣ୍ଣ ଦର୍ପଣରେ ମୁହଁ ଦେଖୁଥିଲେ । କାଠହଣା ଚଢ଼େଇପରି ନିଜ ପ୍ରତିବିମ୍ବକୁ ଥଣ୍ଟରେ ପିଟି ଚାଲିଥିଲେ ଠୁକ୍ ଠୁକ୍ ।

ଆହୁରି ଶୟନ କକ୍ଷ ଅଛି ! ଦେଖିବାର ଧୈର୍ଯ୍ୟ ନାହିଁ......।

ଶୟନ କକ୍ଷରୁ ବାହାରି ଆସି ରୋଷେଇ ଘରେ ପଶି ଆହୁରି ଅଧିକ ଅସ୍ୱସ୍ତି ଅନୁଭବ କଲି । ମୁଁ ଯେମିତି ଘର ଦେଖିବାକୁ ଆସିନାହିଁ, ବନ୍ୟା ବାତ୍ୟା ଭୂମିକଂପର ପରବର୍ତ୍ତୀ ଅବସ୍ଥାର ସର୍ବେକ୍ଷଣ କରିବାକୁ ଆସିଛି । ଅତ୍ୟାଧୁନିକ ଶୈଳୀରେ ନିର୍ମିତ ପ୍ରକାଣ୍ଡ ରୋଷେଇଘର । ଡାଇନିଂ ଟେବୁଲ ଉପରେ ପଡ଼ିରହିଛି ଅନାଦିକାଳରୁ ବ୍ୟବହୃତ ହୋଇଥିବା ଗ୍ଲାସ କପ୍ ଚାମୁଚ, କଣ୍ଟାଚାମୁଚ । ଅର୍ଦ୍ଧଭୁକ୍ତ ଅଇଁଠା ପ୍ଲେଟ । କିଛି ଜରୀ ପ୍ୟାକେଟ୍ । ସମ୍ଭବତଃ ହୋଟେଲରୁ ମଗାଯାଇଥିବା ହଟ୍‌ପ୍ୟାକ୍ । ସବୁ କିଛି ଶୁଖି ଡାଙ୍ଗ ।

ରାସାୟନିକ ପ୍ରକ୍ରିୟା ପରେ ବି ଏ ସବୁ କି ଧାତୁ ଦ୍ରବ୍ୟ ଚହ୍ଲଟ ହୋଇପାରିବ କି ନାହିଁ ସନ୍ଦେହ। ନିଜ ଭାଗ୍ୟ ଭୋଗିବାକୁ ଛାଡ଼ିଦେଇ ପଡ଼ି ରହିଥିବା ଜେନେରାଲ ୱାର୍ଡରେ ରୋଗୀମାନଙ୍କ ପରି ସିଙ୍କ୍ ଭର୍ତ୍ତି ପଡ଼ିରହିଛି କେଉଁ ଅୟୁତଯୁଗର ଅମଜା ଅଇଁଠା ବାସନ। ତଳେ ପଡ଼ିଛି କିଛି ଭଂଗା କ୍ରକେରୀ।

ସମଗ୍ରଘର ଭୟ ସୃଷ୍ଟି କରୁଥିବା ସ୍ପାଇଡର ମଙ୍କି ଭଳି ବୃହଦାକାରର ବୁଢ଼ୀଆଣିମାନଙ୍କ କବଜାରେ। ବନ୍ୟାବାତ୍ୟା ପରି ଆପାତକାଳୀନ ସମୟରେ ଯାହାଯେଉଁଠି ଯେମିତି ଅବସ୍ଥାରେ ଅଛି ଛାଡ଼ିଦେଇ ଗୃହ ତ୍ୟାଗ କରି ଜୀବନ ବଞ୍ଚାଇ ପଳାଇ ଯାଇଥିବା ଏକ ଭୌତିକ ଘରର ଭ୍ରମସୃଷ୍ଟି କରୁଛି। ମୋର ଶିରା ପ୍ରଶିରାରେ ବ୍ୟଥା ଓ ଭୟର ପ୍ରବାହ ସୃଷ୍ଟି କରିଦେଉଥିଲା ସମଗ୍ର ପରିବେଶ। ଦଳି ମକଚି ହେଉଥିଲା ମୋ ଭିତରଟା।

ଏମିତି ଏକ ଜୀବନ ବିରୋଧି ପରିବେଶରେ ଅଧିକ ସମୟ ରହିଲେ ମୁଁ ମୁର୍ଚ୍ଛାଯିବି। ପେଟ ଘାଣ୍ଟି ବାନ୍ତି ଉଠାଇଲା। ଝବୁକ୍ ଖାଇଲାପରି ବାହାରି ଆସିଲି ବାହାରକୁ।

ଏଜେଣ୍ଟ ବାହାରେ ଥିଲେ। ପାଣି ବୋତଲ ହାତକୁ ବଢ଼ାଇଦେଇ ପଋରିଲେ "କଅଣ ହେଲା ମାଡାମ୍ ? ଅସୁସ୍ଥ ଲାଗୁଛନ୍ତି।

ଏକା ନିଃଶ୍ୱାସରେ ପିଇଦେଲି। ଏଜେଣ୍ଟଙ୍କ ହାତରୁ ପାଣି ବୋତଲ ନେଇ...।

ପାହାଚ ଉପରେ ବସୁ ବସୁ ସ୍ୱଗତୋକ୍ତି କଳାପରି ପାଟିରୁ ବାହାରି ଆସିଲା। ଏ ଘରର ଅବସ୍ଥା ଏମିତି କେମିତି ହେଲା ? ଦଶବର୍ଷ ତଳେ ମୁଁ ଦେଖିଥିବା ଘରଟା କଅଣ ଏଇଟା ? ଏତେ ମାତ୍ରାରେ ମଳିନ ଅପରିଷ୍କାର ସୁରକ୍ଷା ବିହୀନ ?

ସେ ଲମ୍ବା କାହାଣୀ ମାଡାମ। ମିଷ୍ଟର ସାମନ୍ତ ଅଚାନକ ଦିନେ ଦେଶ ଛାଡ଼ି ବିଦେଶ ଋଲିଗଲେ। ସବୁଦିନ ପାଇଁ। ଘରର ସୌନ୍ଦର୍ଯ୍ୟ ଅକ୍ଷୁର୍ଣ୍ଣ ସୁରକ୍ଷିତ ରଖିବା ପାଇଁ କାହାକୁ ଦାୟିତ୍ୱ ବି ଦେଲେ ନାହିଁ।

ପଋରିଲି, ସସ୍ତ୍ରୀକ ବିଦେଶ ଋଲିଯିବା ପୂର୍ବରୁ ଏତେ ସୁନ୍ଦର ଘରର ସୁରକ୍ଷା ପାଇଁ ଜଣେ ତତ୍ତ୍ୱାବଧାରକ ତ ନିଯୁକ୍ତ କରି ଯାଇ ପାରିଥାଆନ୍ତେ ? ଘର ଭିତରର ଅବସ୍ଥା ଦେଖି ବଡ଼ ଦୁଃଖ ଲାଗୁଛି। ମନେ ହେଉଛି କୌଣସି ପ୍ରାକୃତିକ ବିପର୍ଯ୍ୟୟରୁ ରକ୍ଷା ପାଇବାପାଇଁ ମଣିଷ ଯେମିତି ବସିଲାଠାନରୁ ଉଠି ଜୀବନବଞ୍ଚାଇ ପଳାଇଯାଏ, ସେମିତି ଜୀବନ ବଞ୍ଚାଇ ପଳାଇଯାଇଛନ୍ତି।

ଏଜେଣ୍ଟ କହିଲେ, ଆପଣ ଠିକ୍ କହିଛନ୍ତି ମାଡାମ୍। ମିଷ୍ଟର ସାମନ୍ତ ବସିଲା ଠାନରୁ ହିଁ ଉଠି ପଳେଇଯାଇଛନ୍ତି। ସାଙ୍ଗରେ କିଛି ଜରୁରୀ କାଗଜପତ୍ର ପାସପୋର୍ଟ କେତେଖଣ୍ଡ ଲୁଗା ବ୍ୟତୀତ କିଛି ନ ନେଇ.....।

ଆଉ ତାଙ୍କ ପତ୍ନୀ ? ସେ ତ କିଛି ବ୍ୟବସ୍ଥା କରିଦେଇ ଯାଇ ପାରିଥାଆନ୍ତେ ?

ସେ ତ ମିଷ୍ଟର ସାମନ୍ତ ବିଦେଶ ଚାଲିଯିବାର ଅନେକ ପୂର୍ବରୁ ଘରଛାଡ଼ି ଚାଲିଯାଇଥିଲେ। ଏକରକମ ନିରୁଦ୍ଦିଷ୍ଟ ହୋଇଯାଇଛନ୍ତି କହିଲେ ଚଳେ। ସେ ଏବେ କେଉଁଠି କେହି ଜାଣନ୍ତି ନାହିଁ। ସେ ଚାଲିଗଲା ପରେ ମିଷ୍ଟର ସାମନ୍ତ ତାଂକୁ ଖୋଜିବାର ଆବଶ୍ୟକତା ମଣି ନ ଥିଲେ।

କାହିଁକି ?

ସେ' ଜାଣିଥିଲେ ସ୍ତ୍ରୀ ନିରୁଦ୍ଦିଷ୍ଟ ହେବାର କାରଣ......।

XXXXX

ସେ ଯୁବକ ଜଣକ କିଏ ? ସେ କାହାପାଇଁ ଛପି ଛପି ମିଷ୍ଟର ସାମନ୍ତଙ୍କ ଘରକୁ ଆସିଥିଲା। ଏକଦା ମୋ ମନ ଭିତରେ ସୃଷ୍ଟି ହୋଇଥିବା ଅନୁସନ୍ଧିତ୍ସାର ତଦନ୍ତ ବେଶିଦୂର ଆଗେଇପାରି ନ ଥିଲା। ଅଠରବର୍ଷ ବୟସର ଝିଅର ବଳବୁଦ୍ଧି ସମ୍ବଳ ସମୟ ବା କେତେଥିଲା ଯେ ତଦନ୍ତକୁ ଜାରି ରଖିପାରିଥାଆନ୍ତା ! ତା ଛଡ଼ା ସେ କିଏ ଜାଣି କଅଣ ବା କରିଥାଆନ୍ତି ର ଏକ ନିସ୍ପୃହ ଭାବନା ମଧ୍ୟ ମୋ ତଦନ୍ତ ପ୍ରକ୍ରିୟାକୁ ଶିଥିଳ କରିଦେଇଥିଲା। ପଢ଼ାପଢ଼ିରେ ମନଦେଇ ଅନୁସନ୍ଧିତ୍ସୁଭାବ ବି ଦବିଯାଇଥିଲା।

ଏବେ ଅନେକ ଦିନ ପରେ ମୋ ଭିତରେ ସୁପ୍ତ ଅବସ୍ଥାରେ ରହିଥିବା ଅନୁସନ୍ଧିତ୍ସା ଭାବ ହଠାତ ସକ୍ରିୟ ହୋଇ ପଡ଼ିବାର କାରଣ ଏ ଘର। ସୁପ୍ତ ଅଗ୍ନେୟଗିରି କୌଣସି ଏକ ବିଘଟନ ସଂସ୍ପର୍ଶରେ ଆସି ହଠାତ୍ ସକ୍ରିୟ ହୋଇ ଉଠିଲାପରି ମନ ଭିତରେ ସୁପ୍ତ ଅବସ୍ଥାରେ ଦବି ରହିଯାଇଥିବା ଅନୁସନ୍ଧିତ୍ସୁ ଭାବ ଯେମିତି ସୁଯୋଗ ଅପେକ୍ଷାରେ ରହିଥିଲା। ତଥ୍ୟ ପ୍ରମାଣ ଅଭାବରୁ ବନ୍ଦ ହୋଇଯାଇଥିବା ମାମଲାର ପୁନରାରମ୍ଭ ପାଇଁ ଏଜେଣ୍ଟ ବିକ୍ରମ ଠାକୁରଙ୍କ ଭଳି ଜଣେ ଇନ୍‌ଫରମର ନିକଟରୁ ହିଁ ମୋତେ କିଛି ସୁରାକ ମିଳିଯାଇପାରେ।

ସତେଯେମିତି ମୁଁ ସାମନ୍ତ ଦମ୍ପତ୍ତିଙ୍କୁ ଭଲଭାବରେ ଜାଣିଛି ର ଏକ କୌଶଳ ପ୍ରୟୋଗକରି ପଚାରିଲି, ଠିକ୍ ତ ଥିଲେ ଦୁହେଁ....। ଏମିତି କଅଣ ହେଲା ଯେ ମିସେସ୍ ସାମନ୍ତଙ୍କୁ ନିରୁଦ୍ଦିଷ୍ଟ ହେବାକୁ ପଡ଼ିଲା ?

ଦୀର୍ଘ ଦଶବର୍ଷର ଅନୁସନ୍ଧିତ୍ସା ଓ କୌତୁହଳର ମୁଦ ଫିଟାଇଲେ ଏଜେଣ୍ଟ। ମିଷ୍ଟର ସାମନ୍ତ ଓ ମିସେସ୍ ସାମନ୍ତଙ୍କ ବିବାହ ପରବର୍ତ୍ତୀ ବୈଷମ୍ୟ ଓ ବିଘଟନର କାହାଣୀ ଶୁଣାଇ।

ସେମାନେ ବିବାହ ପରଠାରୁ କେବେ ବି ଠିକ୍ ନଥିଲେ.......! ବୁଝିଲେ ମାଡାମ୍; ଦାମ୍ପତ୍ୟ ଜୀବନ ଏକ ଦମ୍ପତ୍ତି ଏକାତ୍ମ ହୋଇ ଗୋଟିଏ ଜୀବନକୁ ବଞ୍ଚୁଛନ୍ତି

ବୋଲି ଆଖିକୁ ଏକ ଦିଶିଲେ ବି ସେମାନେ ଏକ ନୁହଁନ୍ତି। ଅନେକ ଅସମତାର ଏକ ବୁଝାମଣା ନେଇ ମିଷ୍ଟର ସାମନ୍ତଙ୍କୁ ବିବାହ କରିଥିଲେ ମିସେସ୍ ସାମନ୍ତ। ବିବାହ ପୂର୍ବରୁ ମିସେସ୍ ସାମନ୍ତଙ୍କର କଲେଜ ଜୀବନରେ ଜଣେ ପୁରୁଷବନ୍ଧୁ ଥିଲେ। ଦୁହେଁ ଏକା ସହରର। ମିସେସ୍ ସାମନ୍ତ ଥିଲେ ନିମ୍ନ ମଧ୍ୟବିତ୍ତ ପରିବାରର। ପିଲାଟା କିନ୍ତୁ ଉଚ୍ଚବର୍ଗର। ବିତ୍ତଶାଳୀ।

ଚୋରାପ୍ରେମର ନିଶା ଅନେକ କିଛି କରାଏ ମାଡାମ.....। ମିସେସ୍ ସାମନ୍ତ ବିବାହ ପରେ ବି ଅଧିକାଂଶ ସମୟ ତାଂକ ପୁରୁଣା ପ୍ରେମରେ ହଜି ଯାଉଥିଲେ। ପୁରୁଷ ବନ୍ଧୁଙ୍କର ଏ ଭଳି ବାରମ୍ବାର ଯିବା ଆସିବାକୁ କେନ୍ଦ୍ରକରି ମିଷ୍ଟର ସାମନ୍ତଙ୍କ ମନରେ ସନ୍ଦେହ ଜମାଟ ବାନ୍ଧିବାରେ ଲାଗିଥିଲା। ସ୍ତ୍ରୀଙ୍କ ଚରିତ୍ରକୁ ସନ୍ଦେହକରି ଅନେକ ସମୟରେ ଭର୍ତ୍ସନା ବି କରୁଥିଲେ।

ମୁଁ ସେ ପିଲାଟାକୁ ଅନେକଥର ଦେଖିଛି। ଅଦ୍ଭୁତ ପ୍ରକାରର। ଦେଖିବାକୁ ସ୍ମାର୍ଟ ଓ ସୌମ୍ୟଦର୍ଶନ। ବ୍ୟକ୍ତିତ୍ୱରେ ଏକ ସମ୍ଭ୍ରାନ୍ତପଣ। ଉଚ୍ଚଶିକ୍ଷା ପାଇଁ ବିଦେଶ ଯାଇଥିବା ସମୟରେ ମିଷ୍ଟର ସାମନ୍ତଙ୍କ ସହିତ ବାହାଘର କରିଦେଲେ ବାପା ମା। ବିଦେଶରୁ ଫେରି ପିଲାଟା ସଂପୂର୍ଣ୍ଣ ଦେବଦାସ ପାଲଟି ଯାଇଥିଲା। ସେ ଏକଦମ୍ ନଛୋଡ଼ବନ୍ଧା।

ଆଶ୍ଚର୍ଯ୍ୟ ମୋର ଏବେ ଚରମ ସୀମାରେ। ଦଶବର୍ଷ ତଳର ଅନୁସନ୍ଧିତ୍ସା ଓ କୌତୁହଳର ଏପରି ଏକ ନିଷ୍କର୍ଷ ବାହାରିବ ମୋର କଳ୍ପନାର ବହିର୍ଭୂତ ଥିଲା। ମିସେସ୍ ସାମନ୍ତ ଯେ ଯୁବକଟିର ପ୍ରେମିକା, ଗୋଟିଏ କ୍ଷଣ ପାଇଁ ବି ମୋ ସନ୍ଦେହର ଘେର ଭିତରକୁ କେମିତି ଆସିନଥିଲା ? କେମିତି ସନ୍ଦେହ କରିଥାଆନ୍ତି ? କେଉଁ ଆଧାରରେ କରିଥାଆନ୍ତି ? ରକ୍ଷଣଶୀଳ ମଧ୍ୟବିତ୍ତ ପରିବାରର ଝିଅ ମୁଁ। କୌଣସି ବିବାହିତା ନାରୀର ଚରିତ୍ରକୁ ସନ୍ଦେହ କରିବାର ମାନସିକତା ଠାରୁ ବହୁତ ଦୂରରେ ଥିଲି। ତାହା ହିଁ ଥିଲା ମୋ ସଂସ୍କାର।

ରହସ୍ୟର ମୁଦ ଫିଟିଲାପରେ ଦୀର୍ଘଦିନର ନିରର୍ଥକ ବୋଝରଭାର ହାଲୁକା ହୋଇଗଲା ସିନା, ଏକ ସହୃଦୟା ନାରୀର ମନନେଇ ବ୍ୟତିବ୍ୟସ୍ତ ହୋଇପଡ଼ିଲି ମିସେସ୍ ସାମନ୍ତଙ୍କ ପାଇଁ।

ଜୀବନରେ ସମସ୍ତଙ୍କର କିଛି ନା କିଛି ଶୂନ୍ୟତାଥାଏ। ପରିପୂର୍ଣ୍ଣତା କାହାରିକୁ ମିଳେ ନାହିଁ। ପରିପୂର୍ଣ୍ଣତା ଭିତରେ ଶୂନ୍ୟତା ନିଶ୍ଚୟ ରହିବ। ତାକୁ ସହିବାକୁ ପଡ଼େ। ସ୍ୱଳ୍ପ ଅଭିଜ୍ଞତାରୁ ଏତିକି ଅନ୍ତତଃ ଜାଣିଥିଲି।

ମିସେସ୍ ସାମନ୍ତଙ୍କର ଶୂନ୍ୟତା ରହିଥିଲା। ତମାମ ଜୀବନ ଏକ ଶୂନ୍ୟତାକୁ ନେଇ ଜିଇଁବା ତାଙ୍କ ପାଇଁ ସହଜ ହୋଇନଥିବ ହୁଏତ।

ଭଲପାଇବାର ନିୟମ ଶାସ୍ତ୍ର ସତରେ ବଡ଼ ବିଚିତ୍ର ! ଦେହମନକୁ ନେଇ ପ୍ରେମ। ଅପୂର୍ଣ୍ଣତା ଓ ଆକର୍ଷଣ ନ ଥିଲେ ଇଚ୍ଛା ଉତ୍ପନ୍ନ ହୁଏ ନାହିଁ। ପତି ପତ୍ନୀଙ୍କ ମଧ୍ୟରେ ପ୍ରେମ ହିଁ ଆକର୍ଷଣର ରଜ୍ଜୁ। ମାତ୍ର ମିସେସ୍ ସାମନ୍ତଙ୍କ ଜୀବନରେ ପ୍ରକୃତ ପ୍ରେମର ଦୁନ୍ଦୁଭି ବିବାହର ଅନେକ ଆଗରୁ ନାଦିତ ହୋଇ ସାରିଥିଲା। ବିବାହ ପରେ ସେ ଜିଇବାକୁ ଚାହୁଁ ନଥିବା ଜୀବନ ଜିଇଁବାକୁ ବାଧ୍ୟ ହୋଇଥିବେ। ସ୍ୱାମୀଙ୍କ ସହିତ କିଛିଦିନ ପ୍ରେମହୀନ ଜୀବନ ଅତିବାହିତ କରିଥିବେ। ଦାମ୍ପତ୍ୟ ନିର୍ବାହର ଅଭିନୟକରି ଚଳପ୍ରଚଳ ହୋଇଥିବେ। ପରେ ହୁଏତ ସେ ସଂପର୍କ ଆଉ ସହଜ ଲାଗିନଥିବ। ସେ ହୁଏତ ଚାହିଁଥିବେ ତାଂକ ପ୍ରେମିକର ପ୍ରେମିକା ହୋଇ ସବୁଦିନ ବଞ୍ଚି ରହିବାକୁ। ଜୀବନକୁ ଏକ ୟୁ ଟର୍ନ ଦେଇ ପଛକୁ ଫେରିଯିବାକୁ। ତାହା ହିଁ କଲେ। ତାଙ୍କୁ ଦୋଷ ଦେଇ ହେବ ନାହିଁ।

ଏ ସବୁ ମୋର ଭାବନାମାତ୍ର। ପ୍ରକୃତ କଥା ମୁଁ ଜାଣିନି। ସାଥେ ସାଥେ ମିଷ୍ଟର ଇନ୍ଦ୍ରଜିତ ସାମନ୍ତଙ୍କ ପ୍ରତି ମଧ୍ୟ ଅନୁକମ୍ପା ଜାତ ହେଉଛି। ଉପେକ୍ଷିତ ପତିତ୍ୱ ଦୁଃଖ ଦିଏ। ପରପୁରୁଷଗାମୀ ନାରୀର ସ୍ୱାମୀତ୍ୱକୁ ସଂସାର କେବଳ ଦୟାକରେ।

ଏଜେଣ୍ଟ କହି ଚାଲିଥିଲେ। ସ୍ତ୍ରୀ ତାଙ୍କୁ ଛାଡ଼ି ଚାଲିଗଲା ପରେ ମିଷ୍ଟର ସାମନ୍ତ ଏକଦମ୍ ନିଃସଙ୍ଗ ହୋଇ ପାଗଳ ପ୍ରାୟ ହୋଇଯାଇଥିଲେ। କାମରେ ମନ ଦେଲେନାହିଁ। ଅଫିସ ବନ୍ଦ ରହିଲା ଦିନଦିନ। କ୍ଲାଏଣ୍ଟ ହରାଇଲେ। ନିଃସଙ୍ଗତା ବିଷାଦ ଓ ଅପମାନରବୋଝ ବୋହି ନପାରି ଅଧିକାଂଶ ସମୟ ନିଶାସକ୍ତ ହୋଇ ଦିନକାଟିଲେ। ଚାକରବାକରଙ୍କୁ ବାହାର କରିଦେଲେ। ହୋଟେଲରୁ ଖାଦ୍ୟଆଣି ଖାଇଲେ। ତାପରେ ହଠାତ୍ ଦିନେ ବସିଲା ଜାଗାରୁ ଉଠି ସୁଟକେଶଧରି ଚାଲିଗଲେ। ଆଉ ଏ ଘର ଆଡ଼କୁ ଫେରି ଚାହିଁ ନାହାଁନ୍ତି। ଫେରିବେ କି ନାହିଁ ଜଣା ନାହିଁ। ବିଦେଶରେ ପଢୁଥିଲେ। ବିଦେଶ ତାଙ୍କ ପାଇଁ ଅଚିହ୍ନା ଜାଗା ନୁହେଁ। ସେଠାରେ ତାଙ୍କର ଅନେକ ବନ୍ଧୁ ଅଛନ୍ତି।

ଏଇ କିଛିଦିନ ତଳେ ଗୋଟିଏ ମେଲ୍ ପାଇଲି। ପାୱାର ଅଫ ଏଟର୍ଣ୍ଣି ଚିଠି ସହିତ। ଘର ବିକ୍ରି କରିଦେବା ପାଇଁ। ଘରବିକ୍ରି ଅର୍ଥ ଆସବାସପତ୍ର ଯାହାକିଛି ଅଛି ତାଙ୍କ ପରିଚିତ ଏକ ଆଶ୍ରମକୁ ଦାନ କରିଦେବା ପାଇଁ। ଆପଣଙ୍କ ସହିତ ଡିଲ୍ ଫିକସ୍ ହେବା ପରେ ମୁଁ ଏ ଘର ଖାଲି କରିଦେବାର ବ୍ୟବସ୍ଥା କରିଦେବି।

ମନଟା ବିଷାଦରେ ଭରିଗଲା ମିଷ୍ଟର ସାମନ୍ତଙ୍କ ପାଇଁ। ସକଳ ତିକ୍ତତା ଓ ବ୍ୟର୍ଥତା ସତ୍ତ୍ୱେ ଜୀବନ ବଞ୍ଚିବାକୁ ହେବ। ବଞ୍ଚିବା ପାଇଁ ଭିନ୍ନ ଏକ ପରିବେଶର ଆବଶ୍ୟକତା ଥିଲା ତାଙ୍କ ପାଇଁ। ତେଣୁ ବିଦେଶ ଚାଲିଗଲେ।

କେତେ କେତେ ଦିନ ମାସ ବର୍ଷରେ ଗଢ଼ା ଏ ଘରୁକଳା ଏବେ ଧୂଳି ଆଚ୍ଛାଦିତ

ଏକ ବାଲୁକାମୟ ଅଞ୍ଚଳ ! ଏ ଭବ୍ୟଘରର ବିପର୍ଯ୍ୟୟ ପାଇଁ ପ୍ରତ୍ୟକ୍ଷ୍ୟ କିମ୍ବା ପରୋକ୍ଷରେ ଜଡ଼ିତ ହୋଇ ନଥିଲେ ବି ମୁଁ ଯେ ଏକ ନୀରବ ମୂକସାକ୍ଷୀ ମୋ ବ୍ୟତୀତ ଅଧିକ କିଏ ଜାଣିବ !!

ଏବେ ମୋ ଭିତରେ ଏକ ଭାବାନ୍ତର ତୀବ୍ର ହେବାରେ ଲାଗିଛି । ସତ୍ୟ ଅସତ୍ୟର ଦ୍ୱନ୍ଦ୍ୱ । ଏଠି କିଏ ସତ୍ୟ ? କିଏ ଅସତ୍ୟ ? କିଏ ଦୋଷୀ ? କିଏ ନିର୍ଦ୍ଦୋଷ ? ବେଳେ ବେଳେ ସତ୍ୟ ଅସତ୍ୟର ଦ୍ୱନ୍ଦ୍ୱ ଏତେ ତୀବ୍ର ହୋଇଯାଏ ଯେ ମଣିଷ କିଂକର୍ତ୍ତବ୍ୟବିମୂଢ଼ ହୋଇଯାଏ । ମୋର ଏବେ ସେଇ ଅବସ୍ଥା । କେତେବେଳେ ମିସେସ୍ ସାମନ୍ତ ସତ୍ୟ ତ କେତେବେଳେ ତାଂକ ପ୍ରେମିକ ଦେବଦାସ ।

ପ୍ରେମ ଉଚିତ୍ କି ଅନୁଚିତ ଜାଣିନି । ଏହା ପ୍ରେମ ନା କୌଣସି ଅଭାବବୋଧର ତୃପ୍ତିସାଧନ ତା ବି ଜାଣିନି । ଇତିହାସ ସାକ୍ଷୀ ଅଛି । ପ୍ରେମର ଅମରତ୍ୱକୁ ପ୍ରତିପାଦିତ କରିଛି ଅନେକ ପ୍ରେମ କାହାଣୀ । ତେଣୁ ପ୍ରେମକୁ ଦୋଷଦେଇ ଲାଭ ନାହିଁ ।

ମିଷ୍ଟର ଇନ୍ଦ୍ରଜିତ୍ ସାମନ୍ତ ସବୁକିଛି ଜାଣିବା ସତ୍ତ୍ୱେ ସ୍ତ୍ରୀକୁ ନିଜ ତରଫରୁ ପରିତ୍ୟାଗ ନ କରିବାର ମହାନତା ଦେଖାଇଛନ୍ତି । ଲୈଲାର ସ୍ୱାମୀ ଲୈଲାର ପ୍ରେମକୁ ବୁଝିପାରି ତାକୁ ମୁକ୍ତ କରିଦେଲାପରି ମିଷ୍ଟର ସାମନ୍ତ ମୁକ୍ତ କରିଦେଇଥିଲେ ମିସେସ୍ ସାମନ୍ତଙ୍କୁ । ବରଂ ଅପର ପକ୍ଷରେ ସେ ପତ୍ନୀଦ୍ୱାରା ପରିତ୍ୟକ୍ତ । ସେ ସଂପୂର୍ଣ୍ଣ ନିର୍ଦ୍ଦୋଷ ।

ଦୂର୍ଭାଗ୍ୟର ଶିଖର ଦେଶରେ ମୁଁ... ବିନା ଦୋଷରେ ଦଣ୍ଡିତ..... । ଏବେବି ମୋ ଦେହର ପ୍ରତିଟି ଭାବକୋଷରେ ଦେବଦାସର ସ୍ପର୍ଶ ଲାଖିରହିଛି । ଯଦିଓ ସେସବୁ ଏବେ ମୋ ପାଇଁ ଅର୍ଥହୀନ ।

ଏ ଭଳି ଏକ ଦୁଃଖଦାୟକ ପରିସ୍ଥିତିରେ ବି ହସମାଡ଼ିଲା । ଏତେସବୁ ଯୁକ୍ତି ମୋ ନିଜ ପାଖରେ ମୁଁ କାହିଁକି ବାଢ଼ୁଛି ? ମୋ ଯୁକ୍ତି ଶୁଣିବାକୁ କିଏ ଅଛି ?

ଆଉଥରେ ଘରଆଡ଼କୁ ଅନାଇଲି..... ।

ଏବେ ଏ ଘର ଏକ ପ୍ରେମଶୂନ୍ୟଘର । ପ୍ରେମ ପ୍ରଳୟର ଏକ ଅବଶେଷ..... । ଅପ୍ରାପ୍ତିର ଏକ ଭଗ୍ନ ସ୍ତୂପ..... । ଏଠି କେହିକାହାରି ଅପେକ୍ଷାରେ ନାହାନ୍ତି .... । ଏଠି ସବୁ ସଂପର୍କ ସଂପର୍କରହିତ ।

ଏ ଘରେ ଏକ ବିବାହିତା ନାରୀର ଅବିଶ୍ୱସ୍ତତାର ପ୍ରମାଣପତ୍ର ଝୁଲୁଛି.....

କାନ୍ଥରେ ଛପା ହୋଇଛି ଜଣେ ବିବାହିତା ପ୍ରେମିକା ନିରୁଦ୍ଦିଷ୍ଟ ହେବାର ବିଜ୍ଞାପନ ପତ୍ର.....

ଏଠି ଘୁରିବୁଲୁଛି ଏକ ଅସଫଳ ସ୍ୱାମୀତ୍ୱ, ଉପେକ୍ଷିତ ପତୀତ୍ୱର ଦୀର୍ଘଶ୍ୱାସ.......

ଏବେ ଏ ଘରେ ଖାଲି ଖେଳି ବୁଲୁଛି ସନ୍ତସନ୍ତିଆ ଢୁମୁରା ବାସନା.... ।

ପ୍ରେମିକ ପ୍ରବର ଯୁବକ ଦେବଦାସ ଟ୍ରୟର ରାଜକୁମାର ଗ୍ରୀସ୍‌ର ରାଜବଧୂ ହେଲେନ୍‌କୁ ଧରି ପଳାୟନ କରିବା ଦିନରୁ ବଡ଼ିସ୍ତ୍ରେର ଅଦ୍ଭୁତ ମିଠା ସୁଗନ୍ଧ ବି ନିଖୋଜ..... ।

ଆଉ ମୁଁ ? ମୋର ପ୍ରଥମ ସ୍ପର୍ଶର ଅପ୍ରିତୀକର ସ୍ମୃତିର ନିରର୍ଥକ ବୋଝକୁ ବହନକରି ଚିରକାଳ କଅଣ ଏ ଘରେ ରହିପାରିବି ?

ଏବେ ମୋ ମୁହଁରେ ପ୍ରକଟିତ ହେଉ ନ ଥିବ ଘର ଦେଖିବାକୁ ଘରୁ ବାହାରି ଆସିଥିବା ସମୟର ଆସକ୍ତି, ଉତ୍ସାହର ଦ୍ୟୁତି !

ପାଖ ଷ୍ଟଲରୁ ଚାହା ମଗାଇ ଆଣିଥିଲେ ଏଜେଣ୍ଟ.......।

କହିଲି, ହଁ ଦିଅନ୍ତୁ ପିଇବା, ଅନେକବେଳୁ ମୁଣ୍ଡଟା ବିନ୍ଧୁଛି....।

ପିଇସାରି କହିଲି, ଚାଲନ୍ତୁ ଆର ଘର ଦେଖିବା.......।

■

# ତରଳ କଷାୟ

ଲୋକଟା ଠିଆ ହୋଇଥିଲା । ମୋ କୋଠରୀ ଦୁଆରବନ୍ଧ ସମ୍ମୁଖରେ । ଉଭୟପାର୍ଶ୍ୱରେ ଦୁଇହାତ ଭରାଦେଇ । ବାଟ ଓଗାଳିବା ଭଂଗିରେ । ଦୀର୍ଘକାୟ, ମଧ୍ୟମ ସ୍ୱାସ୍ଥ୍ୟ, ଶ୍ୟାମଳବର୍ଣ୍ଣ । ଚଳଚିତ୍ରର ଷଣ୍ଢ ହିରୋ ପରି । ପରିଧାନ କଳା ଶେରବାନୀ ।

ଚେହେରାଟା କିନ୍ତୁ ରକ୍ତ ମୁଖା ଜହ୍ଲାଦପରି । କ୍ରୋଧ ଜର୍ଜରିତ ରୋଷ କଷାୟିତ ଚକ୍ଷୁ । ହାତରେ ଚକ୍ ଚକ୍ ଧାରୁଆ ଛୁରୀ । ଅବିକଳ ଖଳନାୟକ ପରି ।

ମୁଁ କୋଠରୀ ଭିତରେ ଠିଆ ଥରୁଥିଲି ।

ଲୋକଟା ମୋତେ ତୀକ୍ଷଣ୍ ଦୃଷ୍ଟିରେ ଚାହିଁଥିଲା । ମୁଁ ଯେମିତି କିଛି ଗୋଟାଏ ସଂଗୀନ୍ ଅପରାଧ କରି ପକାଇଛି । ତା ପରେ, ତା ମୁହଁକୁ ଅନ୍ୟ ଦିଗକୁ ଘୁରାଇ ସାମାନ୍ୟ କଡ଼କୁ ଘୁଞ୍ଚିଯାଇ କହିଲା ! ରାସ୍ତା ଦେଉଛି, ପାରୁଛୁ ଯଦି ଜୀବନବଞ୍ଚାଇ ପଳାଇ ଯା... । ତା ପରେ ତୁ ହରିଣ... ମୁଁ ବ୍ୟାଘ୍ର । ଶୀକାର ଆରମ୍ଭ... ।

ତାର ଏ ଭଳି କଥାରେ ଅର୍ଦ୍ଧଚେତନ ଅବସ୍ଥାରୁ ଜାଗି ଉଠିଲି । ଆଖି ଭଲକରି ମେଲି ହୋଇଗଲା । ସମୟ ନ ଥିଲା ଚିନ୍ତା କିମ୍ବା ପ୍ରଶ୍ନ କରିବାର । ସେ ପ୍ରଦାନ କରୁଥିବା ସୁଯୋଗର ସଦ୍‌ବ୍ୟବହାର

କରିବା ବ୍ୟତୀତ। ଗୋଟିଏ ଝଟ୍‌କାରେ କୋଠରୀ ଭିତରୁ ବାହାରି ଲୋକଟାକୁ ଅତିକ୍ରମ କରି ଦଉଡ଼ିବାକୁ ଲାଗିଲି ଅନ୍ଧାଧୁନ। ସେ ମଧ୍ୟ ଦଉଡ଼ିବା ଆରମ୍ଭ କରିଦେଲା ମୋ ପଛରେ। ଭୋକିଲା ଚିତାବାଘ ପରି ! ଶିକାରୀ କାଇଦାରେ !

ଦଉଡୁଥିଲି ପ୍ରାଣ ବିକଳରେ। ପ୍ରତିଦିନ ଯା ଆସ କରୁଥିବା ରାସ୍ତା, ଦୁଇକଡ଼ର ଧରାବନ୍ଧା ଦୃଶ୍ୟ, ଅଚିହ୍ନା ଅଚିହ୍ନା ଲାଗୁଥିଲା ସବୁକିଛି। ଶୁଣିପାରୁଥିଲି ମୋ ପଶ୍ଚାତ୍‌ଦେଶରେ ତାର ଧପଧାପ୍ ପାଦଶବ୍ଦ। ଧପ୍‌ଧାପ୍ ଶବ୍ଦ ମାଟି ଉପରେ ତ ନୁହେଁ ସିଧା ଆସି ପଡୁଥିଲା ମୋ ଛାତି ଭିତରେ ! ଛାତିରୁ ସଂପ୍ରସାରୀତ ହୋଇ କାନ ଭିତରକୁ।

ଲୋକଟା ମୋ ପଛରେ କେତେ ବ୍ୟବଧାନରେ ଅଛି ? ଜାଣିବାର ଉପାୟ ନାହିଁ। ଭୟ ଲାଗୁଥିଲା ପଛକୁ ଫେରି ଚାହିଁବାକୁ। ଅନୁମାନ କରି ପାରୁଥିଲି ସେ ମୋତେ ଅନୁଧାବନ କରୁଛି। ହାତ ବଢ଼ାଇ ଧରିବାକୁ ଚେଷ୍ଟା କରୁଛି। ଲମ୍ବି ଆସିଥିବା ତା ହାତଟା ମୋର ନିକଟରୁ ନିକଟତର ହେଉଛି। ଏଇ... ଏଇ କ୍ଷଣି ପଡ଼ିବ ଖପ୍‌କିନା ମୋ କାନ୍ଧରେ। ଆଶଙ୍କା ସତ୍ୟରେ ପରିଣତ ହେଲା। ଲୋକଟା ସଫଳହେଲା ମୋତେ ଧରିବାରେ। କାନ୍ଧରେ ପଡ଼ିଲା ତାର ବଳିଷ୍ଠ ହାତ। ଧରାଶାୟୀ ହେଲି ହନ୍ୟମାନ ବୃକ୍ଷପରି।

ଆଃ... ଏକ ତୀବ୍ର ଆର୍ତ୍ତ ଚିତ୍କାର ସହିତ ଉଠି ବସିଲି ନିଦରୁ। ସ୍ୱପ୍ନ ! ବଡ଼ି ଭୋର୍‌ର ଭୟଙ୍କର ସ୍ୱପ୍ନ ! ଭୟରେ ଥରଥର କଂପି ଉଠିବା ଭଳି ! ପ୍ରଗାଢ଼ ନିଦ୍ରାବସ୍ଥାରେ ସ୍ୱପ୍ନ ଦୃଷ୍ଟ ଦୃଶ୍ୟ ଗୁଡ଼ିକ ବାସ୍ତବ ଭଳି ଅନୁଭୂତ ହୁଏ। ମୋତେ ବି ଲାଗିଲା ଯେମିତି ଏ ସବୁ କିଛି ସ୍ୱପ୍ନ ନୁହେଁ ବାସ୍ତବରେ ଘଟି ଯାଉଛି ମୋ ସହିତ।

ପାଖାପାଖି ଛମାସ ହେବ ଏଇ ସହରକୁ ଆସିବାର। ଏକ ସମ୍ବାଦପତ୍ର ଅଫିସରେ ରିପୋର୍ଟର ତଥା ଫଟୋଗ୍ରାଫର ଚାକିରୀରେ ଯୋଗଦେବା ପାଇଁ। ଅବିବାହିତ। ସେଥିପାଇଁ ହୁଏତ ଛଅ ମାସ ଲାଗିଗଲା ଭଡ଼ାରେ କୋଠରୀଟିଏ ପାଇବା ପାଇଁ। ଏଥି ପୂର୍ବରୁ ବନ୍ଧୁବାନ୍ଧବ ମାନଙ୍କ ଘରେ ଦୁଇମାସ। ତା ପରେ ଜଣେ ପରମମିତ୍ର ସହିତ ତା ରୁମ୍‌ରେ ଏକମାସ କାଳ ଯାଇତାଇ କଟାଇ, ମାତ୍ର ତିନିମାସ ହେବ ବର୍ତ୍ତମାନର ଭଡ଼ାଘରକୁ ଆସିବା। ଏଇ ଛଅମାସ ଅବଧିକାଳ ମଧ୍ୟରେ ଏମିତି ଦୁଃସ୍ୱପ୍ନ କେବେ ଦେଖି ନଥିଲି।

ମଣିଷର ସ୍ୱପ୍ନ ଦେଖିବା ଏକ ସ୍ୱାଭାବିକ ପ୍ରକ୍ରିୟା। ସାନବଡ଼, ବିତ୍ତଶାଳୀ ଦରିଦ୍ର, ସାଧୁସଇତାନ ପ୍ରାୟ ସବୁବର୍ଗର ଲୋକ ସ୍ୱପ୍ନ ଦେଖନ୍ତି। ସ୍ୱପ୍ନଦର୍ଶନ କରୁନଥିବା ଲୋକ ବୋଧେ କେହି ନ ଥିବେ।

ସ୍ୱପ୍ନବିଚାରୀ ସିଗ୍‌ମଣ୍ଡ୍ ଫ୍ରଏଡଙ୍କ ମତ ଅନୁସାରେ ମଣିଷର ଚେତନ ଅବସ୍ଥାର କଳ୍ପନା କାମନା କୁଆଡ଼େ ଅବଚେତନ ମନରେ ପ୍ରତିଫଳିତ ହୋଇଥାଏ। ମାନବ ଚିନ୍ତାଧାରାରେ ପ୍ରବୃଦ୍ଧ ମାନବହିତୈଷୀ ମହା ମାନବମାନେ ସର୍ବଦା ମାନବ ହିତସାଧନ ଓ ସମାନତାର ଚିତ୍ରକୁ ନେଇ ସ୍ୱପ୍ନ ଦେଖନ୍ତି। ଆଉ ମୋପରି ବିଶେଷତ୍ୱ ବିହୀନ ସାଧାରଣ ମଣିଷମାନେ ନିଜର ପରିଧି ପରିସୀମା ମଧ୍ୟରେ ନିରନ୍ତର ଘଟୁଥିବା, ଅଂଗେ ନିଭାଉଥିବା ଘଟନାକୁ ନେଇ ସ୍ୱପ୍ନ ଦେଖନ୍ତି। ଏ କଥା ସମସ୍ତେ ଅନୁଭବୀ।

ଶୈଶବରେ ବାପା ମା' ବଡ଼ମାନେ ମୋତେ ଗେହ୍ଲାକରୁଥିବାର ସ୍ୱପ୍ନ ଦେଖୁଥିଲି। କିଶୋରୀ ବୟସରେ ଯେଉଁଦିନ ଜେଜେମାଠୁ ଭୂତପ୍ରେତ ଡାହାଣୀ ଗପ ଶୁଣୁଥିଲି ସେ ଦିନ ରାତିରେ ଭୂତଅଇରୀ ମାନଙ୍କୁ ସ୍ୱପ୍ନରେ ଦେଖି ବିଲବିଲାଉଥିଲି। ସିନେମାଦେଖି ଫେରିଲା ଦିନ ନିଜେ ହିରୋଇନ ଭୂମିରେ ଅଭିନୟ କରୁଥିବାର ସ୍ୱପ୍ନ। କଲେଜ ଦିନମାନଙ୍କରେ ଅଧ୍ୟାପକ ପୁଅଝିଅ ସାଂଗସାଥି ଚଳଚିତ୍ର ଅଭିନେତାମାନଙ୍କ ସ୍ୱପ୍ନ। ପାଠ ପଢ଼ା ସମାପ୍ତ ଅପରାନ୍ତରେ ଚାକିରୀ ମୌଖିକ ପରୀକ୍ଷା ସମ୍ମୁଖୀନ ହେଉଥିବାର ସ୍ୱପ୍ନ। ତାପରେ ନିଯୁକ୍ତି କ୍ଷେତ୍ରରେ ଯୋଗଦାନର। ଚାକିରୀ ପାଇବା ପରେ ବାହାଘରର।

କିନ୍ତୁ ନିହାତି ଅପରିଚିତ କେହି ଜଣେ ହାତରେ ଛୁରୀଧରି ହତ୍ୟା ଅଭିପ୍ରାୟରେ ମୋ ଘରେ ପହଞ୍ଚିବ ଏଭଳି ଅସଙ୍ଗତ ଅବାନ୍ତର କଥାଟା ମୋ ଚେତନ ଅବସ୍ଥାରେ କେବେ ତ ଚିନ୍ତା କରିନଥିଲି ! କାହିଁକି ବା କରିବି ? ମୋତେ କିଏ କାହିଁକି ବା ହତ୍ୟା କରିବାକୁ ଚାହିଁବ ? ମୁଁ କାହାର କି କ୍ଷତି କରିଛି ?

ଫ୍ରଏଡ୍‌ଙ୍କ ତର୍ଜମା ଅନୁସାରେ ମୋର ଏ ଭଳି ସ୍ୱପ୍ନ ଦେଖିବା ପଛରେ କି କାରଣ ଥାଇପାରେ ?

ମନେ ପଡ଼ିଗଲା ଚାର୍ଲସ ମେକେଙ୍କ "ମିଲର ଅଫ ଦି ଡି" କବିତାର ଦୁଇଧାଡ଼ି। ଯାହା ଇଂଲଣ୍ଡର 'ଡି' ନଦୀକୂଳରେ ବାସ କରୁଥିବା ଜଣେ ସୁଖୀ ମିଲର କର୍ମରତ ଅବସ୍ଥାରେ ସର୍ବଦା ଗାଉଥିଲେ। 'ମୁଁ' "କାହାକୁ ଈର୍ଷା କରେ ନାହିଁ। ମୋତେ କେହି ଈର୍ଷା କରନ୍ତି ନାହିଁ"। ଦିନେ 'ଡି' ନଦୀକୂଳ ବାଟଦେଇ ଯାଉଥିବା, ଇଂଲଣ୍ଡର ରାଜା ଶୁଣିପାରି କହିଥିଲେ ! "ହେ ମିଲର ତୁମେ କାହାକୁ ଈର୍ଷା କରୁ ନ ଥାଇ ପାର, କିନ୍ତୁ ତୁମକୁ କେହି ଈର୍ଷା କରନ୍ତି ନାହିଁ ଏପରି କଥା କେବେ ଗାଇବ ନାହିଁ।" ମୁଁ ଇଂଲଣ୍ଡର ରାଜା ହୋଇ ସୁଦ୍ଧା ତୁମ ସୁଖୀ ଜୀବନକୁ ଦେଖି ଈର୍ଷା କରୁଛି।

ମୁଁ ମଧ୍ୟ 'ମିଲର ଅଫ ଦି ଡି' ଭଳି ଜଣେ ସାଧାରଣ ଝିଅ। ମୋ ବୃତ୍ତି, ଜୀବନକୁ ନେଇ ମୁଁ ଖୁସି। କିଏ ବା କାହିକି ମୋତେ ଈର୍ଷା କରିବ ? ତା ଛଡ଼ା ଖ୍ୟାତି ସଂପନ୍ନା ସେଲିବ୍ରିଟି ବି ନୁହେଁ ଯେ, କେହି ମୋତେ ହତ୍ୟା ପାଇଁ "ହିଟ୍ ଲିଷ୍ଟଡ" କରିବ।

ସାମାନ୍ୟ ସ୍ୱପ୍ନକୁ ନେଇ ମୋର ମାନସିକ ତନନ ଓ ଉଦ୍‌ବେଗ ପଛରେ ରହିଥିବା କାରଣ ଶୁଣିଲେ ଯେ କେହି ଆଶ୍ଚର୍ଯ୍ୟ ଓ ବିସ୍ମୟରେ ଭୃକୁଞ୍ଚିତ କରିବା ସୁନିଶ୍ଚିତ। ସ୍ୱପ୍ନରେ ଦେଖାଦେଇ ମୋତେ ହତ୍ୟା କରିବାକୁ ଚାହୁଁଥିବା ଖଳନାୟକ ଜଣକ ବାସ୍ତବ ଜୀବନରେ ଜଣେ ହିରୋଭାବରେ ପରିଚିତ।

ଆମେ ଜାଣିଥିବା ହିରୋମାନେ ସମସ୍ତେ ଯେ ବ୍ୟକ୍ତିଗତ ଭାବରେ ପରିଚିତ ହୋଇଥିବେ ସେମିତି କିଛି ମାନେ ନାହିଁ। ସେ ବି ସେମିତି। ମୋର ପରିଚିତ ନୁହେଁ। ତାକୁ ମୁଁ ସର୍ବମୋଟ ଚାରିଥର ଦେଖିଛି। ଭିନ୍ନ ଭିନ୍ନ ସ୍ଥାନରେ। ଭିନ୍ନ ଭିନ୍ନ ଘଟଣା ପରିପ୍ରେକ୍ଷିରେ। ଲୋକଟା ଘଟିଥିବା ଘଟଣାଗୁଡ଼ିକ ସହିତ ଜଡ଼ିତ ହୋଇପଡ଼ି ନିଜର ମହାନ ମାନବୀୟ ଆଚରଣ ଦ୍ୱାରା ଯେଉଁ ଢଙ୍ଗରେ ସମସ୍ତଙ୍କୁ ପ୍ରଭାବିତ କରିଥିଲା ତାହା ଥିଲା ପ୍ରକୃତରେ ପ୍ରଂଶସାର୍ହ।

ମୁଁ ତାକୁ ଦେଖିଛି କେବେ ବୀରୋଚିତ ନିର୍ଭୀକ ହୀରୋଭଳି ତ କେବେ ମାନବପ୍ରକୃତି ଅନୁଶୀଳନକାରୀ ଜଣେ ସହୃଦୟ ବ୍ୟକ୍ତିଭାବରେ। ଆଉ କେବେ ଦୁଃଖୀ ଅସହାୟ ଲୋକଙ୍କ ପାଇଁ ଜଣେ ପରୋପକାରୀ ସମ୍ବେଦନଶୀଳ ଉଦାର ବ୍ୟକ୍ତି ରୂପରେ।

ଅବଳା, ବୃଦ୍ଧ ବୃଦ୍ଧା, ବାଳଅପରାଧୀ, ପ୍ରବଞ୍ଚିତ ମାନଙ୍କ ସାହାଯ୍ୟାର୍ଥେ ନିରନ୍ତର ଦୃଢ଼ ପାଚେରୀ ସଦୃଶ ଠିଆ ହେଉଥିବା ଲୋକଟାର କାର୍ଯ୍ୟକଳାପକୁ ଅତି ନିକଟରୁ ଲକ୍ଷ୍ୟ କରିଥିବା ଯେ କେହି ତାକୁ ଜଣେ ହିରୋର ଦରଜା ଦେବାକୁ ବାଧ୍ୟ ହେବ।

ସବୁ ରିପୋର୍ଟର ମାନଙ୍କ ପରି ମୋର କାମ ହେଲା, ସମ୍ବାଦପତ୍ର ଅଫିସକୁ ସର୍ବଦା ଆଖି ଝଲସାଇଦେଲାଭଳି ଫୋଟଗ୍ରାଫସ୍ ସହିତ ଫ୍ରେସ୍ ନିଉଜ ଯୋଗାଇଦେବା।

ଚାକିରୀ ଯୋଗଦାନର ପ୍ରଥମ ଦିନ ହିଁ ସଂପାଦକ ମୋତେ ସତର୍କବାଣୀ ଶୁଣାଇଲା ଭଳି ପ୍ରଶ୍ନ କରିଥିଲେ। ଘଟନା ଘଟୁଥିବା ବେଳର ଛବି କେବେ ଉଠାଇଛ ? ଯାହା ଏକସ୍‌କ୍ଲୁସିଭ ଆଉ ୟୁନିକ ହୋଇଥିବ। ଯଦି ଉଠାଇନାହଁ ତେବେ ଉଠାଇବାକୁ ଚେଷ୍ଟାକର। ନିଉଜଭେଲ୍ୟୁଥିବା ଛବି ଉପରେ ତୁମ ଚାକିରୀର ସ୍ଥାୟୀକରଣ ନିର୍ଭର କରୁଛି। ସେ ଦିନ ମନେ ମନେ ଚିଡ଼ିଉଠିଥିଲି ! ଏଇ ସଂପାଦକ ମାନଙ୍କ ପାଇଁ ମଣିଷ ଜୀବନର ମୂଲ୍ୟଠାରୁ ସମ୍ବାଦର ମୂଲ୍ୟ ଅଧିକ !

ମୋର ବି ଇଚ୍ଛା, କିଛି ଗୋଟାଏ ମଜାଦାର କିମ୍ବା ଭୟଙ୍କର ଘଟନା ଘଟିବା ପୂର୍ବରୁ ମୁଁ ସେଇଠି ଉପସ୍ଥିତ ଥାଆନ୍ତି। ଆଉ ତତ୍‌କ୍ଷଣାତ୍ ଫୋଟ ଉଠାଇ ସଂପାଦକଙ୍କୁ ଭେଟି ଦେଇ ମୋ ଚାକିରୀ ସ୍ଥାୟୀକରଣ ଚିଠିଟା ନେଇ ଆସନ୍ତି।

ମୋ ଯତ୍ନରେ କେବେ ତୃଟି ନଥିଲା। ମୋ ବସ୍‌ର ସତର୍କବାଣୀ ଶୁଣିବା ପରଠାରୁ ଘରେ ଅଫିସରେ ବଜାରରେ ସବୁଠି ବୁଡ଼ିଯିବାକୁ ଲାଗିଲି କଳ୍ପନାର ଘଟନାମୟ ଜଗତରେ।

ମନେହୁଏ ଯେମିତି ସେମିତି କିଛି ଘଟନା ଘଟିଯାଉଛି ମୋ ଆଖି ଆଗରେ। ଆଉ ମୁଁ କ୍ୟାମେରା ଲେନ୍‌ସ୍‌ରେ ସେ ସବୁ ଦେଖୁଛି। ଘଟନାର ଶୀର୍ଷବିନ୍ଦୁରେ ଫୋଟ ଉଠାଉଛି। ସଂପାଦକଙ୍କୁ ଭେଟି ଦେଉଛି। ଏଭଳି କଳ୍ପନା ରାଜ୍ୟରେ ବୁଡ଼ିଯାଉଥିବା ସମୟରେ ମୋ ଚକ୍ଷୁ ମୁହଁ ଉଜ୍ଜଳି ଉଠେ। ଶିରା ପ୍ରଶିରାରେ ରକ୍ତର ବେଗ ପ୍ରଖର ହୋଇଯାଏ !

ସେମିତି ଏକ ଚାଞ୍ଚଲ୍ୟକର ଆଖି ଝଲସିଲାପରି ନେସ୍‌ନାଲ୍ ନିଉଜ ସନ୍ଧାନରେ କାନ୍ଧରେ କ୍ୟାମେରା ଝୁଲାଇ ସହରର ଗଳିକନ୍ଦି ଘୁରିବୁଲୁଥିବା ସମୟରେ ପ୍ରଥମଥର ପାଇଁ ଭେଟିଥିଲି ହିରୋକୁ, ସହରର ବ୍ୟସ୍ତତମ ରାଜରାସ୍ତାର ମଝାମଝିରେ ଥିବା ଏକ ସିନେମା ଗୃହ ପରିସରରେ। ଲୋକମାନେ ପରସ୍ପର ଦେହରେ ଘଷିହୋଇ କିଛିଗୋଟେ ମଜାଦାର ଦୃଶ୍ୟ ଦେଖୁଛନ୍ତି। କୌତୁହଳି ହୋଇ ମୁଁ ବି ଲୋକଙ୍କ ଦେହରେ ଘଷି ହୋଇ ଭିଡ଼ଠେଲି ଭିତରକୁ ପ୍ରବେଶ କଲି। ବିସ୍ମିତ ହେବାର କିଛି ନ ଥିଲା। ଗଳିକନ୍ଦି ଗହଳି ଜାଗାମାନଙ୍କରେ ଘଟୁଥିବା ନିତିଦିନିଆ ଘଟଣା। "ଇଭ୍ ଟିଜିଙ୍ଗ୍"। କ୍ୟାମେରାରେ ଉତ୍ତୋଳନ କଲା ଭଳି ସେମିତି କିଛି ସେନ୍‌ସେସ୍‌ନାଲ ନ ଥିଲା।

ପଚାରି ବୁଝିଲି ଜଣେ ଜୁଲ୍‌ପିକେଶଧାରୀ ରୋଡ଼ସାଇଡ଼ ରୋମିଓ ସାଦାସିଧା କଲେଜ ଝିଅକୁ ଟିପ୍ପଣୀମାରି କିଛି ଆଶାଳୀନ ମନ୍ତବ୍ୟ କଲା। ଜୁଲ୍‌ପିର ଅଶାଳୀନ ମନ୍ତବ୍ୟରେ ବିରକ୍ତି ପ୍ରକାଶକରି ଝିଅଟା ତା ସାଥି ବାନ୍ଧବୀକୁ ଗୁଣଗୁଣାଇ କିଛି କହିଲା। ଯାହା ଜୁଲ୍‌ପିର କର୍ଣ୍ଣଗୋଚର ହୋଇ ପାରିଥିଲା। ବାସ୍ ! ଏମିତି ଏକ ସୁଯୋଗର ଅପେକ୍ଷାରେ ଥିବା ଜୁଲ୍‌ପି ଉତ୍ତେଜିତ ହୋଇ ଆହୁରି ଅଶାଳୀନ ଭାଷା ପ୍ରୟୋଗକରି ଝିଅଟାକୁ ନିନ୍ଦା କରିବା ଆରମ୍ଭ କରିଦେଇଥିଲା। ଫଳ ସ୍ୱରୂପ ଦୁହିଁଙ୍କ ମଧ୍ୟରେ ଆରମ୍ଭ ହୋଇଥିଲା ଯୁକ୍ତିତର୍କ ବଚସା। ଘଟଣା ଘଟୁଥିଲା ଅନେକ ଦେଖଣାହାରୀଙ୍କ ସମ୍ମୁଖରେ। କାହାରି ଭିତରେ ହସ୍ତକ୍ଷେପକରି ଝିଅଟିର ପକ୍ଷନେଇ ପ୍ରତିରୋଧ କରିବାର ଇଚ୍ଛା ଯେ ଜାଗ୍ରତ ହୋଇ ନଥିବ ତାହାନୁହେଁ। ସମ୍ଭବତଃ ଜୁଲପି ସହିତ ଆଉ ତିନିଜଣ ଜୁଲ୍‌ପିଙ୍କୁ ଦେଖି ସାହସ ଜୁଟାଇ ପାରୁ ନଥିଲେ। ନିଜ ନିଜ ଭିତରେ ଆଲୋଚନାର ଚାପା ଗୁଞ୍ଜରଣ ଖେଳାଇ ନୀରବ ଦର୍ଶକ ସାଜିବା ବ୍ୟତୀତ !

ଇଚ୍ଛା ହେଉଥିଲା ଜୁଲ୍‌ପି ଗାଲରେ ଶକ୍ତ ଚଟକଣାଟିଏ ବସାଇ ଦେବାକୁ.... ଉଦ୍ଧତ ଅଭଦ୍ର ସମାଜର ରାଜା ଏମାନେ। ସହର ପରିକ୍ରମା କରୁଥାନ୍ତି ବିଜୟୀ ସାମ୍ରାଟ ପରି। ଜାଗେ ଜାଗେ ଖଟିମାରିବା, ଯିବା ଆସିବା ଝିଅମାନଙ୍କୁ କମେଣ୍ଟ ମାରିବା ଏମାନଙ୍କ ପ୍ରବୃତ୍ତି ବନିଯାଇଥାଏ। ଝିଅଟିଏ ଦେଖିଲେ ଶସ୍ତା ରସିକତା ଦେଖାନ୍ତି। ଏ ଦେଶରେ ଏଭଳି ମୂର୍ଖମାନଙ୍କର ଅଭାବ ନାହିଁ। ସତରେ ଏମାନଙ୍କୁ କିଏ ପ୍ରତିରୋଧ କରିବ ? ଏମିତିରେ ମୁଁ ଏ ସହରରେ ନୂଆଁ।

ପୁରାଣ ଯୁଗରେ ଗର୍ଭଧାରିଣୀ କୁଳସତୀ ହେଉ କି ଏକବିଂଶ ଶତାବ୍ଦୀର ଭରିବଜାରରେ କୁଳୀନ ଯୁବତୀର ବସ୍ତ୍ରହରଣ, କିଛି ବିଚିତ୍ର କଥା ନୁହେଁ। ଏମାନଙ୍କ ଉଦ୍ଧାର ନିମନ୍ତେ ସ୍ୱୟଂ ଭଗବାନ କୌଣସି ଏକ ଅବତାର ଧାରଣକରି ଅବତୀର୍ଣ୍ଣ ହେବେ ଦୃଢ଼ବିଶ୍ୱାସ ନେଇ ବସ୍ତ୍ରହରଣ ଦୃଶ୍ୟକୁ ଉପଭୋଗ କରିବାକୁ ହାତଛଡ଼ା କରନ୍ତି ନାହିଁ ଭାରତର ସ୍ୱୈରବୀରମାନେ। କେହି ବି ଝିଅଟାର ପକ୍ଷନେଇ ସମର୍ଥନର ହାତ ବଢ଼ାଇବା ପାଇଁ ଆଗେଇଯାଇ ନ ଥିଲୁ।

ଜୁଲ୍‌ଫିର ଅଶାଳୀନ ବାକ୍ୟବାଣ ଓ ସାଥି ଜୁଲ୍‌ଫିଙ୍କ କୁତ୍ସିତ ପରିହାସରେ କୁଂଚିତ ଓ ବ୍ୟତିବ୍ୟସ୍ତ ହୋଇ ଝିଅଦୁହେଁ ଘଟଣାସ୍ଥଳ ଛାଡ଼ି ଚାଲିଯିବାକୁ ଉଦ୍ୟତ ହେଉଥିବା ସମୟରେ ସମସ୍ତଙ୍କ ଭାବନାକୁ ସତ୍ୟ ପ୍ରମାଣିତ କରି ସାକ୍ଷାତ ଶ୍ରୀକୃଷ୍ଣଙ୍କ ପରି ପ୍ରତ୍ୟକ୍ଷ ହୋଇଥିଲା ହିରୋ। ସମସ୍ତଙ୍କୁ ଚମକାଇ ଜୁଲ୍‌ଫି ମାନଙ୍କ ଉଦ୍ଦେଶ୍ୟରେ ଏକ ହୁଂକାର ଦେଇଥିଲା। ଏଇ... ମୁଁ କିଏ ଜାଣିଛୁ ? ସଗର୍ବେ ନିଜ ନାଁ ଘୋଷଣା କରି ମାଡ଼ିଯାଇଥିଲା ସେମାନଙ୍କ ଆଡ଼କୁ। ନାଁଟା ଯାହା ବି ହେଉ ସେ ସମୟରେ ଲୋକଟାକୁ କୌଣସି ଏକ ପୌରାଣିକ ଚରିତ୍ରର କେହି ଜଣେ ବୀର ପରି ମନେହେଲା। ପୋଲିସକୁ ଫୋନ କରିବି ? କଲରଧରି ଝଣଝଣେଇ ଦେଲା ଭଳି ଚଟକଣାଟିଏ ବଜାଇଥିଲା ଜୁଲ୍‌ଫି ମୁହଁରେ......।

ଲୋକଟାର ଏତିକିମାତ୍ର ବୀରୋଚିତ ଆଚରଣରେ ନିର୍ଜୀବ ଦେଖଣାହାରୀଙ୍କ ମଧ୍ୟରେ ଖେଳିଯାଇଥିଲା ସକ୍ରିୟତା ଓ ଉତ୍ସାହର ଲହରୀ। ଜଡ଼ମାନଙ୍କ ମଧ୍ୟରେ ଯେମିତି ଚୈତନ୍ୟ ଜାଗ୍ରତ ହେଲା।

ଝିଅଟିର ସମର୍ଥକ ମାନଙ୍କ ସଂଖ୍ୟା ବର୍ଦ୍ଧିତ ହେଉଥିବା ଦେଖି ଭୟ ପାଇ ଯାଇଥିଲେ ଜୁଲ୍‌ଫିମାନେ। ଆଉ ଅଧିକ ମାଡ଼ ହଜମ କରିବାର ଦୁଃସାହସ ନ ଥିଲା ତା ନିକଟରେ। ହିରୋର ନିର୍ଦ୍ଦେଶରେ ଆଣ୍ଠେଇପଡ଼ି ଝିଅ ଦୁହିଙ୍କୁ କ୍ଷମା ମାଗି ବାଇକ୍‌ରେ ବସି ପଳେଇଯିବାକୁ ତର ସହି ନ ଥିଲା। ଆହୁରି ନିର୍ଘାତମାଡ଼ରୁ ବଞ୍ଚିଗଲା ଯାହା।

ମୋର ଏବେ ବି ସ୍ପଷ୍ଟ ମନେ ଅଛି ସେ ଦିନ ଲୋକଟା ଦେଖଣାହାରୀଙ୍କ ଉଦ୍ଦେଶ୍ୟରେ ଝାଡ଼ିଥିବା ସଂଳାପ "ଦୁଷ୍ଟଲୋକଙ୍କ ପ୍ରବୃତ୍ତି ପାଇଁ ସମାଜ ଖରାପ ହୁଏ ନାହିଁ। ଆମ ନିଷ୍କ୍ରିୟତା ଯୋଗୁ ସମାଜ ନଷ୍ଟ ହୁଏ।"

ଇଚ୍ଛା ହେଉଥିଲା ଲୋକଟାର ତାରିଫରେ ତାଳିମାରି ମୁଁ ବି ଦୁଇପଦ ଡାଏଲଗ ଝାଡ଼ିଦିଅନ୍ତି। ବାଃ...ବାଃ ଭାଇ ଠିକ୍ କହିଛ। ଏମିତି କିଛି ଆଇନ୍ ନାହିଁ ଯେଉଁଥିରେ ଖରାପ ଲୋକଙ୍କୁ ରୋକିଦେଇ ହେବ। ମାତ୍ର ଏମିତି କିଛି ଲୋକ ମିଳିବେ ଯିଏ ଜୁଲ୍‌ଫି ଭଳି ଦୁଷ୍ଟ ଲୋକଙ୍କୁ ରୋକି ଦେଇ ପାରିବେ। ଠିକ୍ ତମପରି ! ସାବାସ୍ !

ଦେଖଣାହାରୀମାନେ ମଧ୍ୟ ମେଳ ଭାଂଗି ନିଜ ନିଜ କାମରେ ଫେରିଲା ବେଳେ ଶତମୁଖ ହୋଇଉଠିଥିଲେ ହିରୋର ପ୍ରଂଶସାରେ। ସେ ଦିନର ସେଇ ଘଟଣା ପରଠାରୁ ତାକୁ ତା ନାମରେ ନୁହେଁ 'ହିରୋ' ଭାବରେ ମନେ ରଖିଥିଲି।

ଦ୍ୱିତୀୟ ଘଟନାଟା ଥିଲା ପୁରାପୁରି ଚଳଚିତ୍ରର କିମ୍ବା କୌଣସି ଟିଭି ସିରିଆଲର ଏକ ନାଟକୀୟ ଦୃଶ୍ୟପରି।

ମଲ୍‌ରେ ଜଣେ ଷୋହଳବର୍ଷିୟ ନାବାଳକ ପକେଟମାର କରୁଥିବା ଶୀର୍ଷବିନ୍ଦୁରେ ଜଣେ ଆବିଷ୍କାରକଙ୍କ ଦ୍ୱାରା ଧରାପଡ଼ି ଉତ୍ତମ ମଧ୍ୟମ ଛେଚା ଖାଉଥିବା ସ୍ୱର୍ଣକାତର ମୁହୂର୍ତ୍ତରେ ରକ୍ଷାକର୍ତ୍ତା ସାଜି ବର୍ମଭଳି ଠିଆ ହୋଇଯାଇଥିଲା ନାବାଳକ ସାମନାରେ। ଭୂପତିତ ଭୟାଳୁ ପିଲାଟାକୁ ତଳୁ ଉଠାଇ ଧୂଳିଝାଡ଼ି ମାରାମାରି କରୁଥିବା ଲୋକଙ୍କ ଉଦ୍ଦେଶ୍ୟରେ ପୁନର୍ବାର ଝାଡ଼ିଥିଲା ଏକ ତିନି ଧାଡ଼ିଆ ସଂଳାପ। "ଅନାୟାସରେ ଧରାପଡ଼ି ଯାଇଛି ଯେତେବେଳେ ପିଲାଟା ଏ ଧନ୍ଦାରେ ନିଶ୍ଚୟ ନୂଆ !" ମାରାମାରି କରି କି ଲାଭ ! ପିଲାଟା ଜାଣିପାରୁ ନାହିଁ କେଉଁ ଦିଗଆଡ଼କୁ ଗତି କରୁଛି। ଏମିତିରେ ଏମାନଙ୍କ ଜୀବନ ଆରମ୍ଭରୁ ଅନ୍ଧାର। ପୋଲିସରେ ଦେଲେ ଜୀବନ ଆହୁରି ଦୁର୍ବିସହ ହୋଇ ପଡ଼ିବ। ଉଚିତ୍ ମାର୍ଗଦର୍ଶନ ପାଇଲେ ନିଶ୍ଚୟ ଭଲ ମଣିଷ ହେବ !

ନାବାଳକର କାନ୍ଧରେ ହାତ ପକାଇ ଧୀର ସ୍ୱରରେ ତାକୁ କିଛି ପରାମର୍ଶ ଦେବା ଢଙ୍ଗରେ କଥାବାର୍ତ୍ତା କରି ବାହାରକୁ ନେଇଗଲା। ପୁଣିଥରେ ଲୋକଟାକୁ ପ୍ରଂଶସା ନ କରି ରହିପାରିଲି ନାହିଁ। ଭାବନାରେ ବିଶାଳତା ଥିଲେ କର୍ମରେ ବିଶାଳତା ଆସେ। ମାନିବାକୁ ପଡ଼ିବ ଲୋକଟାର ଭାବନାରେ ବିଶାଳତା ଅଛି। ଅଛି ମଧ୍ୟ ଡାଏଲଗ୍ ଝାଡ଼ି ଭିଡ଼କୁ ବୁଝାଇ ପାରିବାର ଦକ୍ଷତା !

ବାଃ...। କିଏ ଇଏ ? କ'ଣ କରେ ? ଯିଏ ବି ହେଉ ମନରେ ଛାପ ଛାଡ଼ିଗଲା ଭଳି ଚରିତ୍ରଟିଏ !

ହିରୋ ସେ ଦିନ ନାବାଳକକୁ ନେଇ ତା ଘରକୁ ଗଲା। ତାକୁ କି ଦିଗଦର୍ଶନ ଦେଲା ଜାଣିନି। ମୋ ଦୃଷ୍ଟିରେ କିନ୍ତୁ ବନିଯାଇଥିଲା ହିରୋରୁ ସୁପର ହିରୋ।

ତୃତୀୟଥର। ଗୋଡ଼ର ତ୍ରୁଟିଯୋଗୁଁ ସ୍ୱାଭାବିକ ଭାବରେ ଚାଲିପାରୁ ନ ଥିବା ଜଣେ ବୃଦ୍ଧାଙ୍କୁ ଟ୍ରାଫିକ୍‌ଜାମର ଭିଡ଼କାଟି ଏକରକମ କୁଣ୍ଢାଇଧରି ରାସ୍ତା ପାରିକରାଉଥିବା ଦୃଶ୍ୟ ସତରେ ମାନବିକତାରେ ଭରପୁର। ମନକୁ ଅଭିଭୂତ କରିଦେଲାଭଳି। ମୋ ଚକ୍ଷୁରେ ଲୋକଟାର ମହାନତାର ଅନୁପାତ ବୃଦ୍ଧିହେବାରେ ଲାଗିଥିଲା କ୍ରମଶଃ। ପରବର୍ତ୍ତି ଚତୁର୍ଥ ଘଟଣାଥିଲା ଏହିପରି:

ବସ୍ ଷ୍ଟପେଜ। ଜଣେ ଗାଉଁଲୀଲୋକ ଅଟୋରୁ ଓହ୍ଲାଇ ଅଟୋଚାଳକକୁ ପଚାଶ ଟଂକିଆ ନୋଟ୍‌ଟିଏ ବଢ଼େଇଦେଇ ବାକି ପନ୍ଦର ଟଂକା ଫେରସ୍ତ ଅପେକ୍ଷାରେ ରହିଲେ ! ଧୂର୍ତ୍ତ ଅଟୋଚାଳକ ଖୁଚୁରା ଅଭାବ ଦର୍ଶାଇ ବାକି ଟଂକା ଫେରସ୍ତ ଦେବାରେ ବିଳମ୍ବ କରୁଥିଲା। ଏଣେ ଗାଉଁଲିଲୋକ ଯେଉଁ ବସ୍‌ରେ ଯିବାପାଇଁ ଆସିଥିଲେ ସେ ବସ୍ ବାହରିବ ବାହାରିବ ହେଉଛି। ଡ୍ରାଇଭର ଗାଡ଼ି଼ଷ୍ଟାର୍ଟମାରି ଅପେକ୍ଷା କରିଥିଲା ହେଲ୍‌ପର୍‌ର ଦୁଇବାଡ଼ିଆ ସଂକେତ ସୂଚକ ଶବ୍ଦକୁ। ସମ୍ଭବତଃ ସମସ୍ତ ଘଟନାକୁ ନିକଟରୁ ଲକ୍ଷ୍ୟକରୁଥିଲା ହିରୋ। କେଉଁ ସନ୍ଧିରୁ ବାହାରି ଆସି ନିଜ ବଟୁଆରୁ ଖୁଚୁରା ବାହାର କରି ତରବର ଗାଉଁଲୀ ଲୋକକୁ ଦେଇ ବିଦା କରିବାପରେ ଅଟୋଚାଳକ ନିକଟକୁ ଯାଇ ମୃଦୁଧମକ ସହିତ ସତର୍କବାଣୀ ଶୁଣାଇଲାପରି କହିଲା ଖୁଚୁରା ଆଳରେ ଗାଉଁଲୀ ଲୋକମାନଙ୍କୁ ହଇରାଣ କରିବା ବନ୍ଦ୍‌କର। ସର୍ବଦା ଖୁଚୁରା ରଖିବାକୁ ଚେଷ୍ଟାକର। ଅନ୍ୟଥା ତୋ ନାଁରେ ପୋଲିସ୍‌ରେ ଅଭିଯୋଗ ପହଞ୍ଚିଲେ ଅସୁବିଧାରେ ପଡ଼ିବୁ।

ପରେ ହସପିଟାଲ ପରିସର୍‌ରେ ଲୋକଟାକୁ ଦେଖି ଜାଣିବାକୁ ପାଇଲି ସେ ଜଣେ ରେଗୁଲାର ବ୍ଲଡ଼୍ ଡୋନର। ଅସହାୟ ରୋଗୀମାନଙ୍କର ବ୍ଲଡ ଆବଶ୍ୟକ ହେଲେ ତା ସହିତ ଯୋଗାଯୋଗ କରିବା ପାଇଁ ବ୍ଲଡବ୍ୟାଙ୍କ୍‌ରେ ତା ଫୋନ ନମ୍ବର ପଞ୍ଜିକୃତ କରିଛି।

ବାଃ..ରେ ହିରୋ ବାଃ...। ଏପରି ଲୋକଙ୍କୁ ସିନା କୁହାଯାଏ ପ୍ରକୃତ ସମାଜସେବୀ !!

ଲୋକଟାର ବ୍ୟକ୍ତିତ୍ୱ ଔଜ୍ୱଲ୍ୟ ପ୍ରତିବଦ୍ଧତାରେ ବିସ୍ମିତ ଓ ମୁଗ୍ଧ ହୋଇପଡୁଥିଲି କ୍ରମଶଃ....।

ନାରୀ, ନାବାଳକ ଅସହାୟ ମାନଙ୍କ ତ୍ରାଣକର୍ତ୍ତା ସାଜିଥିବା ହିରୋ ପଞ୍ଚମଥର ମୋ ସ୍ୱପ୍ନରେ  ହନ୍ତକ ସାଜି ଖଳନାୟକ ଭୂମିକାରେ ଅବତୀର୍ଣ୍ଣ ହୋଇଥିବା କଥାଟା ଯଦି କହେ, ତାକୁ ଜାଣିଥିବା ଚିହ୍ନିଥିବା ବିଜ୍ଞ ଅବିଜ୍ଞ କେହି ବିଶ୍ୱାସ କରିବେ ନାହିଁ। ମୁଁ ବି ବିବ୍ରତ ବୋଧ କରୁଥିଲି, ତା ଭିତରର ପ୍ରାକୃତିକ ରୂପ ଏମିତି ଉନ୍ମୋଚିତ ହେବା କାରଣରୁ।

ପ୍ରତ୍ୟେକ ମଣିଷ ଭିତରେ ଭଲମନ୍ଦ ଦୁଇଟି ଅନ୍ତର୍ନିହିତ ପାର୍ଶ୍ୱଥାଏ। ଭଲ ମନ୍ଦକୁ ଦମନ କରିବାର କ୍ଷମତା ରଖିଲେ ସତ୍‌ମାର୍ଗୀ। ଅପର ପକ୍ଷରେ ମନ୍ଦ ଶକ୍ତିଶାଳୀ ହୋଇ ଭଲକୁ ଦମନକଲେ ଅସତ୍‌ମାର୍ଗୀ।

ସ୍କଟଲାଣ୍ଡର ବିଖ୍ୟାତ ଲେଖକ ରବର୍ଟ ଲୁଇସ୍‌ଙ୍କ "ମିଷ୍ଟର ଜାକିଲ ଏଣ୍ଡ ମିଷ୍ଟର ହାଇଡ୍" ଉପନ୍ୟାସରେ, ଶାନ୍ତଶିଷ୍ଟ ସମ୍ବେଦନଶୀଳ ମାନବୀୟ ଆଚରଣ ପ୍ରଦର୍ଶନ

କରୁଥିବା ନାୟକ 'ଜାକିଲ' 'ପୋଷନ୍' ନାମକ ଏକ "ତରଳ କଷାୟ" ଦ୍ରବ୍ୟ ପାନକରି ଖଳନାୟକ "ହାଇଡ୍' ରେ ପରିବର୍ତ୍ତିତ ହୋଇ ଶିଷ୍ଟାଚାର ବିରୁଦ୍ଧ ଆଚରଣ କରେ। ଆକ୍ରାନ୍ତ ହୋଇପଡ଼େ ଉନ୍ମତ୍ତ ନରହନ୍ତା ସ୍ୱଭାବରେ। ସେଇ 'ହାଇଡ' ଆଉ ଏକ 'ତରଳ କଷାୟ' ପାନକରି ପୁନର୍ବାର ନାୟକ 'ଜାକିଲ' ପାଲଟିଯାଏ। ଶାନ୍ତଶିଷ୍ଟ ମାନବୀୟ ଆଚରଣ ପ୍ରଦର୍ଶନ କରୁଥିବା ମଣିଷ ବନିଯାଏ। ଶାରୀରିକ ଭାବରେ ହାଇଡ ଓ ଜାକିଲ ଜଣେ ମଣିଷ।

ମସ୍ତିସ୍କ ଉପରେ ପ୍ରଭାବ ପକାଉଥିବା ଯେ କି ପ୍ରକାର 'ତରଳ କଷାୟ' ? ଯାହାର ସେବନମାତ୍ରକେ ମନୁଷ୍ୟ ମସ୍ତିଷ୍କର ବୋଧଶକ୍ତି, ବିଚାରଧାରା ଆବେଗର ଦିଗ ବେଗ ଅକସ୍ମାତ୍ ପରିବର୍ତ୍ତିତ ହୋଇଯାଇପାରେ ? ଅଦଳବଦଳ ହୋଇଯାଇପାରେ ଏକ ନିର୍ଦ୍ଦିଷ୍ଟ ମନୋବୃତ୍ତିର ! ପଟପରିବର୍ତ୍ତନ ଘଟିଯାଇପାରେ ଚିନ୍ତାକଞ୍ଚର ! ରୂପାନ୍ତରୀତ ହୋଇଯାଇ ପାରେ ନାୟକ ଖଳନାୟକରେ !

ମୋ ହିରୋ ସେଇଭଳି କିଛି ସମ୍ମୋହକ 'ତରଳ କଷାୟ' ପାନ କରିଥାପାରେ କି ? ସେଇପରି କିଛି ଚମତ୍କାରୀ ପଦାର୍ଥ ଥାଏ କି ?

ଯେତେ ଭାବୁଥିଲି ସେତେ ବିବ୍ରତ ବୋଧ କରୁଥିଲି। ମୋ ହିରୋ ଜଣେ ହୃଦୟବାନ ମଣିଷ ବୋଲି ସମସ୍ତଙ୍କ ମନ ଭିତରେ ସୃଷ୍ଟି ହୋଇଥିବା ଧାରଣା ଏତେ ଚଞ୍ଚଳ ମେଟିଯିବ ? ଦୁଃଖ ଲାଗୁଥିଲା। ପୁଣି ମନ ଭିତରେ ଏକ ସଂଶୟ ଭାବନେଇ ଯୁକ୍ତି ବାଢୁଥିଲି ନିଜପାଖରେ ! ମୋ ହତ୍ୟା ତାକୁ ପୁନର୍ବାର ଖଳନାୟକରୁ ନାୟକରେ ରୂପାନ୍ତରୀତ କରିଦେଇ ପାରେ କି ? ମୋର ଏ ଭଳି ଯୁକ୍ତି ପଛରେ ନିହିତ କାରଣ, ତା ପ୍ରତି ମୋ ମନ ଭିତରେ ଥିବା ଆରାଧନା ଭାବ।

ମୋ ସ୍ୱପ୍ନକୁ ନେଇ ମନ ଭିତରେ ଅଜସ୍ର ସନ୍ଦେହ, ଦ୍ୱନ୍ଦ୍ୱ !

ଅନ୍ୟାୟକୁ ବରଦାସ୍ତ କରୁ ନ ଥିବା ଜଣେ ନ୍ୟାୟନିଷ୍ଠ ପରୋପକାରୀ ବ୍ୟକ୍ତି ମୋପରି ଜଣେ ଅଜଣା ଅଶୁଣା ଅନାମଧେୟ ଅପରିଚିତ ଝିଅକୁ ହତ୍ୟା କରିବାକୁ କାହିଁକି ମନ ବଳାଇଛି ? ମୁଁ ତାର କି କ୍ଷତି କରିଛି ? ବୁଝିପାରୁ ନ ଥିଲି। ଆଦି ଅନ୍ତ ପାଉ ନ ଥିଲି।

ଫ୍ରଏଡ୍‌ଙ୍କ ତର୍ଜମା ଅନୁସାରେ ସ୍ୱପ୍ନକୁ ହାଲୁକା ଭାବରେ ଗ୍ରହଣକରି ହେୟଜ୍ଞାନ କରିବା ଉଚିତ୍ ନୁହେଁ। ଗଭୀର ବିଶ୍ଳେଷଣ ପୂର୍ବକ ସ୍ୱପ୍ନର ଭାବାର୍ଥ, ନିର୍ଯ୍ୟାସ ବାହାର କରିବା ପ୍ରଯତ୍ନର ଆବଶ୍ୟକତା ରହିଛି।

ତେବେ ମୁଁ ଦେଖିଥିବା ସ୍ୱପ୍ନର କି ପ୍ରକାର ନିର୍ଯ୍ୟାସ ବାହାର କରାଯାଇ ପାରେ ?

ଆଜିକାର ସମାଜ ସ୍ୱାର୍ଥ ବିଜଡ଼ିତ। କେହି କାହାକୁ ପଚାରୁ ନାହାନ୍ତି। ମଣିଷ

ମଣିଷ ଭିତରେ ମଧୁର ସଂପର୍କ, ଭଲ ପାଇବା କମିଯାଉଛି। ନିଜପ୍ରତି ବ୍ୟଗ୍ର, ଆଗ୍ରହାନ୍ୱିତ ଲୋକଙ୍କ ସଂଖ୍ୟା ମାତ୍ରାଧିକ। ନିଜ ଭାବନାରେ ଉବୁଟୁବୁ ହେଉଥିବା, ନିଜକୁ ଠିକ୍‌ବୋଲି ଭାବୁଥିବା ଲୋକ ହିଁ ନେତା ସାଜୁଛନ୍ତି।

ତେବେ ମୋ ଭଳି ସାଦାସିଧା ଢଙ୍ଗଢାଙ୍ଗର ଲୋକମାନଙ୍କ ମନର କେଉଁ ଏକ ନିର୍ଭୃତ କୋଣରେ ଯେ, ଅପରାଧବୋଧ ଭାବ ନାହିଁ କହିହେବ ନାହିଁ। ସେଥିପାଇଁ ହୁଏତ ନିଃସ୍ୱାର୍ଥପର ଭାବରେ ବଞ୍ଚୁଥିବା ସ୍ୱତନ୍ତ୍ର ଧରଣର ଲୋକଙ୍କୁ ଦେଖିଲେ ଆମେ ହୀନମନ୍ୟତା ଜନିତ ଭାବନାରେ ଆକ୍ରାନ୍ତ ହେଇପଡୁ। ସେମାନଙ୍କ ନିଃଦ୍ୱେଷ ଭାବକୁ ଆଘାତ ପହଞ୍ଚାଇବାକୁ ତତ୍‌ପର ହୋଇ ଉଠୁ। ବେଳେ ବେଳେ ପ୍ରତିକ୍ରିୟାଶୀଳ ଆଚରଣ ମଧ୍ୟ ପ୍ରକଟ କରିଥାଉ। ରାଜନେତାମାନେ ତାଙ୍କ ଦେଇ ହୋଇ ପାରୁ ନଥିବା କାର୍ଯ୍ୟ ନିର୍ବିଘ୍ନରେ ସଂପାଦିତ କରିପାରୁଥିବା ସଜ୍ଜନମାନଙ୍କ ଉପରକୁ ମିଡିଆରେ କାଦୁଅ ଫୋପାଡ଼ନ୍ତି। ଆଉ ମୋ ଭଳି ଲୋକ ନିଦ୍ରାରେ ସ୍ୱପ୍ନ ଦେଖନ୍ତି।

ବାସ୍ତବରେ ମୋର ଏପରି ଭାବନା ମଧ୍ୟ ହୀନମନ୍ୟତାର ପରିଚାୟକ ବ୍ୟତୀତ କିଛି ନୁହେଁ। ତେଣୁ ମୋର ବିଚାରଧାରାକୁ ଅନ୍ୟମାର୍ଗରେ ପରିଚାଳିତ କରିବାକୁ ବାଧ ହେଲି। ଯେତେସବୁ ଚକ୍ ଚକିଆ ପଦାର୍ଥ ସୁବର୍ଣ୍ଣ ନୁହେଁ। ଯାହା କଳା ତାହା ଜଳ, ସମସ୍ତ ଧଳାସିଆ ଦୁଗ୍ଧ ନୁହେଁ। କଂସା ଭଳି ସୁବର୍ଣ୍ଣ କେବେ କର୍କଶ ଧ୍ୱନି କରେ ନାହିଁ।

ମୋ 'ହିରୋ' ଭିତରେ ଜଣେ ଭିଲେନ୍ ମହଜୁଦ୍ ଅଛି। କୌଣସି ନା କୌଣସି ଦିନ ତାର ପ୍ରକୃତ ସ୍ୱଭାବ ପଦାରେ ପ୍ରକାଶିତ ହେବ। ଚେହେରା ଆଢୁଆଳର ପ୍ରକୃତ ସତ୍ୟ ଜଣିବାକୁ ସମୟ ଲାଗେ। ପ୍ରକୃତ ଚେହେରା ଦିନେ ନା ଦିନେ ପରିପ୍ରକାଶ ହେବ ହିଁ ହେବ। ସମ୍ଭବତଃ ଏହା ହିଁ ହୁଏତ ମୋ ସ୍ୱପ୍ନର ସାରମର୍ମ।

ମୋ ଭାବନାକୁ ଏମିତି ଅନ୍ୟ ଦିଗକୁ ମୁହାଁଇନେଉଥିବା ବେଳେ ସେ ଦିନ ରାତିରେ ବାସ୍ତବରେ ମୋ ସହିତ ଏମିତି କିଛି ଘଟିବ ମୁଁ କଳ୍ପନାରେ ସୁଦ୍ଧା କେବେ ବିଚାରି ନ ଥିଲି।

ଅର୍ଦ୍ଧରାତ୍ର। ସମୟ ସମ୍ଭବତଃ ଦୁଇଟା। ବୁଡ଼ିଯାଇଥିଲି ଗଭୀର ନିଦ୍ରାରେ। ନିଦ୍ରା ଭଂଗ ହେଲା କଲିଂବେଲର ତୀବ୍ର ଶବ୍ଦରେ। ଲାଗିଲା ଭ୍ରମ, କିମ୍ବା ସ୍ୱପ୍ନ ଦେଖୁଛି। ପୁନର୍ବାର ବାଜିଲା। ବେତ୍ରାହତପରି ଖଟରେ ଉଠି ବସିଲି। ମଦ୍ୟପାନ ଜନିତ ହେଙ୍ଗଓଭର ପରି ଟଳିଟଳି ବାହାର ରୁମକୁ ପ୍ରବେଶ କରି ଆଲୁଅ ଜଳାଇବା ଅବଧି ମଧ୍ୟରେ ପୁନର୍ବାର ବେଲ୍....।

ଏତେ ରାତିରେ କିଏ ହୋଇପାରେ ? ମୋ ପାଖ ପଡ଼ୋଶୀ ସମସ୍ତେ ମଧ୍ୟବିତ୍ତ ଗୃହସ୍ଥ। ପିତାମାତା ଭାଇ ଭଉଣୀ ସନ୍ତାନ ସନ୍ତତିଙ୍କୁ ନେଇ ଚଳନ୍ତି। ସଂପୂର୍ଣ୍ଣ ପାରିବାରିକ

ପରିବେଶ। ମୋପରି ଜଣେ ଅବିବାହିତା ଝିଅ ପାଇଁ ଯାଠାରୁ ବଳି ନିରାପଦ ସୁରକ୍ଷିତ ସ୍ଥାନ ପାଇନଥିଲି ଅନ୍ୟ କୌଣସିଠାରେ। ପାଇବା ମାତ୍ରକେ ଅଗ୍ରୀମ ଦେଇ ଦଖଲ କରିନେଇଥିଲି, ତତ୍‌କ୍ଷଣାତ୍।

କାହାର କିଛି ଆବଶ୍ୟକ ପଡ଼ିଲା କି ? ଛାତି ଧଡ଼୍ ଧଡ଼୍ ହେଲା। ତନ୍ଦ୍ରାଭିଭୂତ ଅବସ୍ଥାରେ କବାଟ ଖୋଲି ଚମକି ପଡ଼ିବା ସହିତ ବଜ୍ରାହତ ଅନୁଭବ କଲି।

ମୋ ସାମନାରେ ମୋ ସ୍ୱପ୍ନଦୃଷ୍ଟ 'ହିରୋ'। ସେଇ ସମୟରେ ସେ କି 'କଷାୟ' ପାନ କରି ଆସିଥିଲା କେଜାଣି ନେତ୍ର ଦ୍ୱୟ ରୋଷ କଷାୟିତ। ରକ୍ତିମ ଆଖି ଦୁଇଟି ତାକୁ କରିଦେଇଥିଲା ଆହୁରି ଭୟଙ୍କର। ହାତରେ ଚକ୍‌ଚକ୍ ଧାରୁଆ ଛୁରୀ। ଅବିକଳ ମୁଁ ସ୍ୱପ୍ନରେ ଦେଖିଥିବା ଖଳନାୟକ ପରି।

ଲୋକଟାକୁ ଆଶ୍ଚର୍ଯ୍ୟ ଚକିତ ଆଖିରେ ଅନାଇଲି। ମୁହଁରେ ବିକଳ ହସଟାଏ ଉପୁଜାଇ ଭୟ ଓ ଆଶ୍ଚର୍ଯ୍ୟ ମିଶ୍ରିତ ସ୍ୱରରେ ପଚାରିଲି। ତୁମେ ? ଏତେ ରାତିରେ ? କ'ଣ ଦରକାର ?

ବିନା କୌଣସି ଉପକ୍ରମରେ ଲୋକଟା କହିଲା - "ମୁଁ ତୁମକୁ ହତ୍ୟା କରିବାକୁ ଆସିଛି"। ତା ଆଗମନର ଉଦ୍ଦେଶ୍ୟ ଅବଗତ କରାଇଲାବେଳେ ତା କଣ୍ଠସ୍ୱର ତା ଉଦ୍ଦେଶ୍ୟ ଅପେକ୍ଷା ଆହୁରି କଠୋର ଶୁଭୁଥିଲା। ମନେ ହେଉଥିଲା ଯେପରି କି ମୃତ୍ୟୁଦେବତା ଯମ ଅଦୃଶ୍ୟ ଭାବରେ ତା ଉପରେ ସବାର ହୋଇ ଯାଇଛନ୍ତି।

ତାର ଏପରି କଥାରେ ଯେ କେହି ବିବୁଦ୍ଧି ହୋଇପଡ଼ିବା ସ୍ୱାଭାବିକ। କିଛିକ୍ଷଣ ପାଇଁ ଚେତାଶୂନ୍ୟ ହୋଇଗଲା ପରି ଅନୁଭବ ! ଭୂତାବିଷ୍ଟ ବୋବା ବନିଯାଇଥିଲି। ଭୁଲିଗଲି ମୁଁ କିଏ ! କେଉଠି ଅଛି। ଏଥର ମଧ୍ୟ ଅନୁଭବ ହେଲା ଯେମିତି ମୁଁ ସ୍ୱପ୍ନରୁ ଜାଗିଛି। ଯାହା ଦେଖୁଛି ଶୁଣୁଛି ସତ୍ୟ ନୁହେଁ।

ନିକଟକୁ ଯାଇ ପଚାରିଲି। ଆମେ ଯେତେବେଳେ ପରସ୍ପରର ଅପରିଚିତ ବୈରୀଭାବ ନ ରହିବା ସ୍ୱାଭାବିକ। ମୋତେ ହତ୍ୟା କରିବାକୁ ଚାହିଁବାର କୌଣସି ବଳିଷ୍ଠ କାରଣ ? ମୁଁ ତୁମର କିଛି କ୍ଷତି କରିଛି କି ?

ଠିକ୍ କହିଛ। ହନନ ପୂର୍ବରୁ ହନନର କାରଣ ଜାଣିବା ଅଧିକାର ସମସ୍ତଙ୍କର ଅଛି। ତେଣୁ ଶୁଣ: ତୁମ ସଂପ୍ରଦାୟର କିଛିଲୋକ ଆମ ସଂପ୍ରଦାୟର ଦଶଜଣଙ୍କୁ ଗୋଡ଼େଇ ଗୋଡ଼େଇ ମାରିଛନ୍ତି। ସେଥିପାଇଁ ଆମେ ତୁମ ସଂପ୍ରଦାୟର ଅନ୍ତତଃ କୋଡ଼ିଏ ଜଣଙ୍କୁ ହତ୍ୟା କରିବା ପାଇଁ ଟାରଗେଟ୍ ରଖିଛୁ। ତୁମେ ଆମ ମହଲ୍ଲାରେ ରହୁଥିବା ଏକମାତ୍ର ହିନ୍ଦୁ ସଂପ୍ରଦାୟର ଝିଅ। ତୁମକୁ ହତ୍ୟା କରିବା ମୋ ଭାଗରେ ପଡ଼ିଛି। ଲୋକଟାର ମୁହଁରେ ପ୍ରଚଣ୍ଡ କ୍ରୋଧ ଓ ବିରକ୍ତି।

ଆଶ୍ଚର୍ଯ୍ୟ ହେଉଥିଲି, ସର୍ବଦା ଏକ ସ୍ମିତ ବନ୍ଧୁଭାବାପନ୍ନ ହସ ଲାଖି ରହିଥିବା ମୁହଁଟା ଏତେ କ୍ରୋଧ ଓ ଜ୍ୱାଳା ବି ଧରି ରଖିପାରେ ! ଏ ସବୁ ସେଇ ତରଳ କଷାୟର ପ୍ରଭାବ ନିଶ୍ଚୟ !!!

ମୋ ନିଦ ଏକଦମ୍ ଛାଡ଼ିଗଲା। ବର୍ତ୍ତମାନ ବୁଝିଲି 'ହିରୋ' କାହିଁକି ଭିଲେନ୍‌ର ଅପବାଦ ମୁଣ୍ଡାଇବାକୁ ଯାଉଛି। ଗତକାଲି ମୁଁ କାର୍ଯ୍ୟରତ ସମ୍ବାଦପତ୍ର ଅଫିସରେ ତନାଘନା ଚାଲିଥିଲା। କିଏ ଜଣେ ଏକ ଭାଇରାଲ ମେସେଜ ଫେସ୍‌ବୁକ୍‌ରେ ପୋଷ୍ଟ କରି ସାଂପ୍ରଦାୟିକ କଳହର ବୀଜ ବପନ କରିଦେଇଛି। ଦଂଗାର ରୂପରେଖ ବିଷୟରେ କୌଣସି ଧାରଣା ନ ଥିବା ମୁଁ କଥାଟାକୁ ଏତେଟା ଗୁରୁତ୍ୱ ଦେଇ ନ ଥିଲି।

ଦଂଗା କେମିତି ହୁଏ ? ଭାରତ-ପାକିସ୍ଥାନ ବିଭାଜନ ଓ ପରବର୍ତ୍ତୀ ସମୟରେ ସଂଘଟିତ ଭୟାବହ ଦଂଗା ବିଷୟରେ ଛୋଟବେଳୁ ଶୁଣି ଆସିଛି। କେତୋଟି ଆର୍ଟିକଲ୍ କାହାଣୀ ପଢ଼ିଛି। ତା ଉପରେ ଆଧାରିତ ଗୋଟିଏ ଦୁଇଟି ଚଳଚିତ୍ର ଦେଖିଛି । ତାର କିୟଦାଂଶ ତା ହେଲେ ଏଇ ସହରରେ ପ୍ରତିଫଳିତ ହୋଇସାରିଛି !

ସେଇକ୍ଷଣି ବିଦ୍ୟୁତର ଏକ ଝଲକ୍‌ପରି ମୋର ଚେତନାରେ ଖେଳିଗଲା। ମୋ ଚତୁର୍ଦ୍ଦିଗରେ ବାସ କରୁଥିବା ଲୋକମାନେ ମୋ ସଂପ୍ରଦାୟର ନୁହଁନ୍ତି। ମୁଁ ଗୋଟିଏ ମୁସ୍‌ଲିମ୍ ବସ୍ତିରେ ଘରଭଡ଼ା ନେଇ ରହୁଛି।

ସବୁ ସଂପ୍ରଦାୟର ଲୋକମାନଙ୍କ ପାଇଁ ଗଳାରହାର ବନିଥିବା ହିରୋର ନାଁଟା ଆତିଫ ଆସ୍‌ଲମ୍ ବୋଲି ମନେପଡ଼ି ସେ ମୋ ସଂପ୍ରଦାୟର ନୁହଁ ଭଳି ସ୍ପର୍ଶକାତର ବିଷୟଟା କଣ୍ଟା ଭଳି ଫୋଡ଼ି ହୋଇଗଲା ଦେହରେ !

ଏ ସାଂପ୍ରଦାୟିକ ବିଷମଞ୍ଜି ପ୍ରଥମେ କିଏ ବପନ କରିଛି ? ଯିଏ ବି ବୁଣିଥାଉ ବିଷ ଫସଲ ଅମଳ ତ ଆରମ୍ଭ ହୋଇଗଲାଣି ! ବାତାବରଣ ଥରେ ଖରାପ ହୋଇଗଲେ ମନୁଷ୍ୟ ଭିତରେ ଶୋଇ ରହିଥିବା ଆତତାୟୀ ଜାଗି ଉଠିବା ସ୍ୱାଭାବିକ।

ମତଭେଦ ଉତ୍ପତ୍ତିର ବୀଜ କିଏ ? ଗଛ କିଏ ? ବୀଜ ପ୍ରଥମ ନା ଗଛ ପ୍ରଥମ ? ଏ ଯାବତ ସ୍ପଷ୍ଟ ହୋଇ ପାରି ନ ଥିବା ଦ୍ୱନ୍ଦ୍ୱ ଏ ମତ କଳହ।

ମତଭେଦ ଓ ବିଦ୍ୱେଷରୁ ମୁକ୍ତ ହୋଇ ନିତାନ୍ତ ଅପରିଚିତ ମଣିଷଙ୍କ ସହିତ ମିଶିଯାଇ ଜଣେ ମେଳାପୀ ବନ୍ଧୁ ଭଳି ଆପଦବିପଦରେ ସାହାଯ୍ୟର ହାତ ବଢ଼ାଇ ସେମାନଙ୍କ ପାଇଁ ଦେବତା ସାଜିଥିବା ହିରୋ, ଅପରପକ୍ଷରେ ଆଦୌ ପରିଚୟ ନ ଥିବା ଅଜଣା ଅଶୁଣା ଲୋକମାନଙ୍କୁ ହତ୍ୟା କରିବା ପାଇଁ ନିଜ ଭିତରେ ପ୍ରବଳ ଆବେଗ ସ୍ଫୁର୍ତ୍ତି ସୃଷ୍ଟି କରିପାରୁଥିବାର କ୍ଷମତା ମଧ୍ୟ ରଖିପାରେ। ଏବେ ବୁଝିଗଲି ଏହାହିଁ ହୁଏତ ମୋ ସ୍ୱପ୍ନ ମୋତେ ପ୍ରଦାନ କରୁଥିବା ସନ୍ଦେଶ। ମୋର ସ୍ୱପ୍ନ ଦର୍ଶନର କାରଣ।

ରବର୍ଟ ଲୁଇସଙ୍କ ଉପନ୍ୟାସରେ ବର୍ଣ୍ଣିତ 'ପୋଷନ୍' ବା 'ତରଳ କଷାୟ' କଥାଟା ଏକ କଳ୍ପନା ପ୍ରସୂତ ବିଷୟ ନୁହେଁ। ସବୁ ସଂପ୍ରଦାୟର ଲୋକ ସେଇଭଳି 'କଷାୟ' ଉଣା ଅଧିକେ ପାନ କରିଥାଆନ୍ତି। ସେଇ ତରଳ କଷାୟର ପ୍ରଭାବ ମଣିଷ ଭିତରେ ଏତେଟା ଆବେଶଭାବ ସୃଷ୍ଟି କରି ନ ପାରିଲେ ବି ତାର ସାମାନ୍ୟ ସ୍ଫୁରଣ ସାଧାରଣ ବ୍ୟକ୍ତି ମଧ୍ୟରେ ସନ୍ଦେହ ଭୟ ସୃଷ୍ଟି କରିପାରିବାର କ୍ଷମତା ରଖିଥାଏ।

ମୋ 'ହିରୋ' ଧର୍ମାନ୍ଧ ବୋଲି ଆଦୌମନେ ହୁଏନା ! ହିନ୍ଦୁ ମୁସଲମାନ ନିର୍ବିଶେଷରେ ସମସ୍ତଙ୍କୁ ରକ୍ତ ଦାନ କରେ। ଆବଶ୍ୟକ କ୍ଷେତ୍ରରେ ସୁରକ୍ଷା ପ୍ରଦାନ କରେ। ସେ ଜଣେ ପରୋପକାରୀ ନ୍ୟାୟବାନ୍ ଉଦାର ହୃଦୟର ମଣିଷଟିଏ ବୋଲି ସମସ୍ତଙ୍କ ମନ ଭିତରେ ପ୍ରସ୍ତୁତ ଚିତ୍ରକଳ୍ପ, ତରଳ କଷାୟ ପ୍ରଭାବରେ ଏତେ ଚଞ୍ଚଳ ପରିବର୍ତ୍ତିତ ହୋଇଯିବ ଦୁଃଖ ଲାଗୁଥିଲା।

'ହିରୋ' ଭିଲେନ୍ ଭଳି ମୋ ଆଡ଼କୁ ଅନାଇ ଧମକାଇବା ସ୍ୱରରେ ହୁକୁମ ଦେଲା। ଆଉ ଡେରୀ କାହିଁକି ? ଶୀଘ୍ର... ହୁଁ.... ହୁଙ୍କାରଟେ ଦେଲା।

କିଏ ଯେମିତି ବଳପୂର୍ବକ ଧକ୍କା ମାରି ଠେଲିଦେଲା ! କୋଠରୀ ଭିତରୁ ବାହାରି ଦଉଡ଼ିବା ଆରମ୍ଭ କରିଦେଲି !

ଦଉଡ଼... ଦଉଡ଼...। ମୋ ପଶ୍ଚାତ୍ ଦେଶରେ ଶୁଣି ପାରୁଥିଲି ତାର ଧପ୍...ଧପ୍... ପାଦଶବ୍ଦ...।

ଭାରତ-ପାକିସ୍ଥାନ ବିଭାଜନ ସମୟରେ ଏମିତି ରକ୍ଷାକର ରକ୍ଷାକର ଭୟାର୍ତ୍ତ ଚିତ୍କାର କରି ଦଉଡୁଥିଲା ବାଲିପରୀ। ମରୁଭୂମିର ବାଲିରେ। ଷୋହଳ ବର୍ଷର ମୁସଲମାନ ଝିଅ 'ଜେନିବ'। ତାକୁ ପିଛା କରୁଥିଲା ଜଣେ ହିନ୍ଦୁ ସଂପ୍ରଦାୟର ଯୁବକ। ଧର୍ଷଣ ଓ ହତ୍ୟା ଅଭିପ୍ରାୟରେ ! ସେ ସମୟରେ ସେ ବି ହୁଏତ ପାନକରିଥିବ ଏ ଭଳି କିଛି 'ତରଳ କଷାୟ' ! ଲୁଗାଚିରା ପୁଙ୍ଗୁଳା ଅସ୍ତବ୍ୟସ୍ତ ଜେନିବ ମୋତେ ରକ୍ଷାକର... ମୋତେ ରକ୍ଷାକର କହି ପଡ଼ିଯାଇଥିଲା ପ୍ରୌଢ଼ ବୁଟାସିଂହର ପାଦଧରି।

ଯୁବକ ଜଣକ ବୁଟାସିଂହକୁ ଧମକାଇଲା ଜେନିବକୁ ଫେରାଇଦେବାକୁ। ବୁଟାସିଂହ ଜେନିବକୁ ନିଜ ପିଠି ପଟେ ଲୁଚାଇ କହିଲା: ହିନ୍ଦୁସ୍ଥାନ - ପାକିସ୍ଥାନ ବନିଗଲା ତ ବନିଗଲା ହେଲେ ବଣ୍ଟୁଆରା ନାଆଁରେ ନାରୀର ଇଜ୍ଜତର ବଣ୍ଟୁଆରା କଦାପି ହୋଇ ପାରିବ ନାହିଁ। ହିଂସ୍ର ଯୁବକ ଜଣକ ବୁଟାସିଂହକୁ ଜଳିଲା ଆଖିରେ ଅନାଇ କହିଲା - ତୋର ଯଦି ଇଚ୍ଛା ତେବେ ତା ଇଜ୍ଜତ କିଣି ନେ। ବୁଟାସିଂହ ତାର ବହୁଦିନର ସଞ୍ଚୟ ପନ୍ଦରଶହ ଟଙ୍କାର ବିନିମୟରେ ଜେନିବର ମାନରକ୍ଷା କରିଥିଲା ସେ ଦିନ।

ମୁଁ ମଧ୍ୟ ଦଉଡ଼ୁଛି । ସ୍ୱାଧୀନ ଭାରତର କଂକ୍ରିଟ ରାସ୍ତାରେ । ପଡ଼ିଯାଇଛି ମହୋଲ୍ଲାର ସମସ୍ତଙ୍କ ତାଟିକବାଟ । ସାରା ସହର ନୀରବ ନିଃସ୍ତବ୍ଧ । ଏକ ଅଜଣା ଭୟର କୁହେଳି ଘୁରିବୁଲୁଛି ସାରା ସହରରେ ।

ଦୂରରୁ ଶୁଭୁଛି ପୋଲିସ ପେଟ୍ରୋଲିଂର ସାଇରନ୍ ଧ୍ୱନି.... !

ମୋତେ କିଏ ରକ୍ଷା କରିବ ମୁଁ ଜାଣିନି । ଦଉଡ଼ର ବେଗ ବୃଦ୍ଧି କରିବାକୁ ଚାହୁଁଛି... କାନ୍ଧ ଉପରେ ଦାଉଁକିନା ପଡ଼ିଲା କାହାର କଠୋର ବଳିଷ୍ଠ ହାତ.... ।

ଯଦି ଏହି ଦୃଶ୍ୟ ବାସ୍ତବ ତେବେ ଆଃ... ଚିତ୍କାରଟିଏ କରି ତଳେ ପତିତ ହେବି । ଯଦି ସ୍ୱପ୍ନରେ, କିଞ୍ଚିତ ଅବଚେତନ ଚିତ୍ତରେ ଦେଖୁଛି ତେବେ ଖଟ ଉପରେ ଉଠି ବସିବି.... !

ମୁଁ ଜାଣେ, ଏଇ ଦୁଇଟିଯାକ ଘଟନା ଘଟିବାର ଆଶଙ୍କା ଅଛି... ! !

■

# ସବୁଠାରୁ ଦୀର୍ଘ ଯାତ୍ରା

ଆମେ ଭାବୁ ଗପ ଏକ ଅବାସ୍ତବ ମନଗଢା ସାହିତ୍ୟ। କାରଣ ମୂଳତଃ ଗପ ସବୁ ଲେଖକର କଳ୍ପନାରୁ ସୃଷ୍ଟି ହୋଇଥାଏ ବୋଲି ମନେ କରାଯାଏ। କିନ୍ତୁ ବେଳେବେଳେ ଲେଖକର ଜୀବନରେ ବି ଏମିତି ଘଟଣା ଘଟେ ଯାହା ଲେଖିଥିବା ଗପରୁ ବି ଆହୁରି ଚମତ୍କାର ବା ଭୟାନକ ହୋଇପାରେ।

ମୋ ଜୀବନରେ ବି ଘଟିଥିଲା କେବେ ଭୁଲିପାରୁ ନ ଥିବା ଏକ ଚମତ୍କାର ଘଟଣା। ଘଟଣା ତ ନୁହେଁ ଏକ ଭୟପ୍ରଦ ଯାତ୍ରାର ନିଛକ ଅନୁଭୁତି। ସେ ଅନୁଭୂତିରୁ ସ୍ପଷ୍ଟ ହୋଇଯାଇଥିଲା ଯେ କିଛିବି ମଣିଷର ନିୟନ୍ତ୍ରଣରେ ନ ଥାଏ।

ସେ ଥିଲା ବିଂଶତମ ଶତାବ୍ଦୀର ଉତ୍ତରକାଳ। ଅନେକ ବର୍ଷ ତଳର କଥା। ମୁଁ ମାଟ୍ରିକ ପଢୁଥାଏ। ଷୋହଳ ବର୍ଷର ନାବାଳିକାଟିଏ। ତାପରେ କେତେ ଜାଗାରେ ପଢିଛି। କେତେ ଜାଗାରେ ଚାକିରୀ କରିଛି। ସେ ଦିନର ରାତ୍ରିଟା ମହାକାଳର ଅନ୍ଧାକାର ମଧ୍ୟରେ ନିଶ୍ଚିହ୍ନ ହୋଇଯାଇଛି। ହେଲେ ସେ ରାତ୍ରିର ଯାତ୍ରାଟା ଏତେ ଦୀର୍ଘ ଥିଲା ଯେ ଏତେ ଦୀର୍ଘ ଯାତ୍ରା ମୁଁ ଏ ଯାଏ କେବେ କରି ନ ଥିଲି।

ସେ ସମୟରେ ମୋର ବାପା ଜେଜେବାପା ସମସ୍ତେ ଗାଁରେ ରହୁଥିଲେ। ମୋ ଜେଜେ ଥିଲେ ଇଂରେଜ ଅମଳର ଛୋଟ କାଟିଆ ଜମିଦାର। ଜମିଦାର ପଦବୀ, ଜମିଦାରୀ ସବୁ କିଛି ଉଚ୍ଛେଦ ହେବା ପରେ ବି ଆମ ପରିବାର ଏକ ଆଭିଜାତ୍ୟ ସଂପନ୍ନ ପରିବାର ଭାବରେ ଖଣ୍ଡମଣ୍ଡଳରେ ପରିଚିତ ଥିଲା। ବୀରଭଦ୍ର ଦାସମହାପାତ୍ର କିରଣ ଦାସମହାପାତ୍ରଙ୍କୁ କିଏ ବା ନ ଚିହ୍ନେ।

ଅଧିକାଂଶ ଉନ୍ନତ ଗ୍ରାମମାନଙ୍କ ପରି ଆମଗ୍ରାମରେ ବି ଉଚ୍ଚ ମାଧ୍ୟମିକ ଓଡିଆ ସ୍କୁଲ ଥିଲା। ଆମକୁ ସେଠି ନ ପଢାଇ ସହରର ନାମିଦାମୀ ଇଂରାଜୀ ମାଧ୍ୟମିକ ସ୍କୁଲ ମାନଙ୍କରେ ପାଠ ପଢାଇବା ଏକ ଆଭିଜାତ୍ୟର ପ୍ରତୀକ ମନେ କରୁଥିଲେ ଜେଜେ। ତେଣୁ ଆମ ପରିବାରର ଏବଂ ଗ୍ରାମର ଆଉ ଗୋଟିଏ ଦୁଇଟି ସଂପନ୍ନ ପରିବାରର ପୁଅଝିଅ ସହରର ଇଂରାଜୀ ସ୍କୁଲମାନଙ୍କରେ ପାଠ ପଢୁଥିଲୁ।

ଆମକୁ ମିଳୁଥିଲା ବର୍ଷକୁ ଦୁଇଟି ଲମ୍ବା ଛୁଟି। ଗୋଟିଏ ପୂଜା ଛୁଟି। ଅନ୍ୟଟି ଗ୍ରୀଷ୍ମାବକାଶ। ସେ ଦୁଇଟି ଲମ୍ବା ଛୁଟି ବ୍ୟତୀତ ଏମିତି ଦୁଇ ଚାରି ଦିନର ସାମୟିକ ଛୁଟି ମଧ୍ୟ ମିଳିଥାଏ। ଆମ ଗ୍ରାମ ସହରଠାରୁ ମାତ୍ର ତିନି ଘଣ୍ଟା ବାଟ। ତେଣୁ ସେହି ସାମୟିକ ଛୁଟିମାନଙ୍କରେ ମଧ୍ୟ ବସ୍ ଚଢି ଗ୍ରାମକୁ ପଳାଇବାରେ ଆମେ ପିଲାମାନେ ବେଶ୍ ଅଭ୍ୟସ୍ତ ଥିଲୁ। କିନ୍ତୁ ବାର୍ଷିକ ପରୀକ୍ଷାପରେ ଦୀର୍ଘ ଗ୍ରୀଷ୍ମାବକାଶ ଛୁଟିରେ ନିଜ ନିଜର ବ୍ୟାଗ କାନ୍ଧରେ ଝୁଲାଇ ପରମ ଉଲ୍ଲାସରେ ହୋ.....ଧୋ ହୋଇ ବସ୍‌ଚଢି ଗ୍ରାମ ଅଭିମୁଖରେ ଯାତ୍ରା କରିବା ଆମ ପିଲାଙ୍କ ପାଇଁ କୌଣସି ଏକ ଉତ୍ସବର ଦିନ ଠାରୁ କମ ନ ଥିଲା। ଉତ୍କଣ୍ଠାର ସହିତ ଅପେକ୍ଷା କରିଥାଉ ସେ ଦିନଟି ପାଇଁ। ଗୋଟିଏ ଦିନ କି ବେଳା ସହରରେ ଅଟକିଯିବାର ଧୈର୍ଯ୍ୟ କାହାରି ପାଖରେ ନ ଥାଏ।

ପ୍ରତିବର୍ଷ ପରି ସେ ବର୍ଷ ମଧ୍ୟ ଗ୍ରୀଷ୍ମଛୁଟି ଆସିଲା। ଆମେ ପିଲାମାନେ ସେ ବର୍ଷ ଛୁଟିରେ ଆହୁରି ତତ୍‌ପର ହେବାର କାରଣ ମାତ୍ର ଦୁଇଦିନ ପରେ ଆମର ଜଣେ ନିକଟ ସଂପର୍କୀୟ ଭାଇନାଙ୍କ ବହାଘର। ସେ ସମୟରେ ବାହାଘରର ମଜା ହିଁ ନିଆରା। ଦିନ ତମାମ ମଉଜ ମଜଲିସ ଭୋଜି ଲାଗି ରହିଥାଏ। କୌଣସି କଥାରେ ବଡମାନଙ୍କର କଟକଣା ନ ଥାଏ। ଅନ୍ୟ ବଡ ଆକର୍ଷଣ ଝିଅ ବୋହୂମାନଙ୍କର ମେହେନ୍ଦି ଲଗା ପର୍ବ।

ଦୁର୍ଯ୍ୟୋଗକୁ ମୋର ଶେଷଦିନର ପରୀକ୍ଷାଟା ଥିଲା ଦ୍ୱିତୀୟାର୍ଦ୍ଧରେ। ପ୍ରଥମାର୍ଦ୍ଧ ପରୀକ୍ଷା ସରିବାକ୍ଷଣି ତୁ କାଲି ଆସିବୁ କହି ସମସ୍ତେ ବସ୍ ଚଢି ଗାଁ ପଳେଇଗଲେ।

ମୋ ପରୀକ୍ଷା ସରୁ ସରୁ ଦିନ ଚାରିଟା। ଆମ ଗାଁ ଛକ ଦେଇ ଯାଉଥିବା ବସ୍ ଛାଡିବ ଅପରାହ୍ନ ପାଞ୍ଚଟାରେ। ସେଇ ବସ୍‌ରେ ଗଲେ ରାତି ଆଠଟା ସୁଦ୍ଧା ପହଞ୍ଚିଯିବି।

ମୋର କଲେଜ ପଢା ବଡ ଭାଇନାଙ୍କ ବାରଣ ସତ୍ତ୍ୱେ ସେଇ ବସ୍‌ରେ ଯିବାକୁ ବାହାରିଲି। ମୋ ଉତ୍ସାହ ଦେଖି ଭାଇନା ମଧ୍ୟ ଅଧିକ ବାରଣ କଲେ ନାହିଁ। ସେ ଜାଣିଥିଲେ ଗାଁ ଛକରେ ପହଞ୍ଚୁ ପହଞ୍ଚୁ ଅତିବେଶୀ ହେଲେ ଆଠଟା ବାଜିବ। ସେଠାରୁ ଆମଘର ମାତ୍ର ଅଧ କିଲୋମିଟର। ଖରାଦିନ ଛକରେ ଅନେକ ରାତିଯାଏ ଗହଳ ଚହଳ ଲାଗିରହିଥାଏ। ନିଜ ଗାଁ, ସମସ୍ତେ ପରିଚିତ। କେହି ନେବାକୁ ଆସିବା ଆବଶ୍ୟକ ନାହିଁ। ଏମିତିରେ ବାରମ୍ବାର ଯା ଆସ କରି ଆମର ଅଭ୍ୟାସ ହୋଇଯାଇଥିଲା। ଗାଡିରୁ ଓହ୍ଲାଇ ନିଜ ନିଜର ବ୍ୟାଗ କାନ୍ଧରେ ଝୁଲାଇ ପରମ ଉଲ୍ଲାସରେ କଥାବାର୍ତ୍ତା ପାଟିତୁଣ୍ଡ କରି ଯେ ଯା ଘରେ ପହଞ୍ଚିଯାଉ।

ସେ ସମୟରେ ଆମେ ପୁଅଝିଅ ଖୁବ ମେହେନତି ଥିଲୁ। ପରୀକ୍ଷାକୁ ଖୁବ ଗମ୍ଭୀରତାର ସହିତ ଗ୍ରହଣ କରୁଥିଲୁ। ଦୀର୍ଘ ଏକ ମାସ କାଳ ଦିନରାତି ଉଜାଗର ରହି ଜୋରସୋର୍‌ରେ ପଢାପଢି କରିଥିବା ହେତୁରୁ ଖୁବ୍ ଜୋରରେ ନିଦଟିଏ ଲାଗୁଥିଲା। ଇଚ୍ଛା ହୋଉଥିଲା ଆଖିବୁଜି କେଉଁଠି ଟିକେ ଶୋଇ ପଡିବାକୁ। କଣ୍ଡକ୍‌ଟର ପାଖରୁ ଟିକଟ ନେବାଯାଏ ବହୁ କଷ୍ଟରେ ନିଜକୁ ଅଟକାଇ ରଖିଲି। ଭାଗ୍ୟକୁ ଝରକାପାଖ ସିଟ୍ ମିଳିଯାଇଥିଲା। ବସ୍ ଚାଲିବାକ୍ଷଣି ଦୁଷ୍ଟ ପିଲା ପରି ଏପଟ ଝରକାରେ ପଶି ଆରପଟେ ବାହରିଯାଉଥିବା ସୁଲୁ ସୁଲୁ ଜଙ୍ଗଲି ହାୱାରେ ଆଖି ମୁଦିହୋଇ ପଡୁଥିଲା। ଟିକଟ ଖଣ୍ଡକ ହାତରେ ଧରିବା କ୍ଷଣି କେତେବେଳେ ନିଦରେ ଶୋଇ ପଡିଲି ଜାଣିପାରିଲି ନାହିଁ।

ବାହାରେ ସୂର୍ଯ୍ୟବୁଡି ପ୍ରଥମେ ଗୋଧୂଳିଅନ୍ଧକାର ଗଛବୃକ୍ଷକୁ ଅସଷ୍ଟ କରିଦେଇ କେତେବେଳେ ରାତ୍ରିର ଅନ୍ଧକାର ମାଡି ଆସିଲା ତା ବି ଜାଣିପାରିଲି ନାହିଁ।

ଅଚାନକ ନିଦ ଭାଂଗିଗଲା। ଦେଖିଲି ବସ୍ ରାସ୍ତା କଡରେ ଏକ ନିର୍ଜନ ଅନ୍ଧକାରମୟ ସ୍ଥାନରେ ଅଟକିଛି। ଅର୍ଦ୍ଧଚେତନ ଅବସ୍ଥାରେ ବି ବୁଝି ପାରିଲି ଯେ ଆମ ଗାଁ ଛକ ନୁହେଁ। ପ୍ରକୃତରେ ତାହା କୌଣସି ଗ୍ରାମ ହିଁ ନ ଥିଲା। ତାହା ଥିଲା ଏକ ଅପନ୍ତରା। ଏକ କୁଗ୍ରାମ।

ବିଂଶ ଶତାବ୍ଦୀରେ ବିଭିନ୍ନକ୍ଷେତ୍ରରେ ଗ୍ରାମମାନଙ୍କର ଅଭିବୃଦ୍ଧି ଘଟି ଚାଲିଛିର ବିଶ୍ୱାସ ଦୃଢ଼ ହୋଇ ଚଳିଥିବା ସତ୍ତ୍ୱେ ଏମିତି ଏକ ବିଦ୍ୟୁତ ସଞ୍ଚାର ହୋଇ ନ ଥିବା ଗ୍ରାମ ବି ଥାଇପାରେ ଭାବନାମାତ୍ରକେ ଦୁଃଖ ଲାଗିଲା।

ଆଖି ଭଲକରି ମେଲାକରି ବାହାରକୁ ଚହିଁଲି। ଚତୁର୍ଦ୍ଦିଗରେ ଭୟ ସଞ୍ଚାର କରୁଥିବା କଳା ମିଚିମିଚି ଅନ୍ଧାର। ସତେ ଯେମିତି ସୂର୍ଯ୍ୟ ଚନ୍ଦ୍ରଙ୍କ ସମେତ ପୃଥିବୀର ସବୁ ଆଲୁଅ ଦପ୍‌କରି ଲିଭିଯାଇଛି। ଦିନଟା ଅମାବସ୍ୟା ହୋଇଥାଇ ପାରେ। ଆଖି

ଫାଡି ଫାଡି ଯେତେ ଦେଖିବାକୁ ଚେଷ୍ଟା କଲି କିଛି ଦେଖାଗଲା ନାହିଁ। ଅନ୍ଧକାର ଏତେ ଗାଢ ହୋଇପାରେ ! ପ୍ରଥମ ଅନୁଭବ ହେଲା। ଉପରକୁ ଚାହିଁଲି। ଆକାଶରେ ବିଛୁରିତ ନକ୍ଷତ୍ରମାନଙ୍କ ଉପସ୍ଥିତି ପରିବେଶକୁ ବେଶ ମୋହମୟ କରି ତୋଳୁଥିଲା। ଚତୁର୍ଦ୍ଦିଗର ଘନ ଝଙ୍କାଗଛ ଗୁଡିକ ବୁର୍ଖା ପିନ୍ଧା ମହିଳାମାନଙ୍କ ପରି ବୁରଖାର ଜାଲି ଭିତରୁ ମୋତେ ହିଁ ଅନେଇଛନ୍ତି।

ଯେ କୋଉ ଜାଗା ? ମୁଁ ଏଠିକୁ କେମିତି ଆସିଲି ? ଗାଡିରେ ଏତେ ଲୋକ ଥିଲେ ସବୁ କୁଆଡେ ଗଲେ ? ମୋ ଛଡା ଆଉ କେହି ନାହାନ୍ତି କେମିତି ? ଯେ ତ ଆମ ଗାଁ ମାଧୋପୁର ଛକ ନୁହେଁ ! ମୋତେ କଣ୍ଡକ୍‌ଟର ନିଦରୁ ଉଠାଇଲା ନାହିଁ କାହିଁକି ? ଲାଗିଲା ସ୍ୱପ୍ନ ଦେଖୁଛି। ହାତରେ ଅଣ୍ଡାଳି ପକାଇଲି ଦେହ ମୁଣ୍ଡକୁ। ନା ସ୍ୱପ୍ନ ନୁହେଁ। ବାସ୍ତବ। ବାସ୍ତବତାର କ୍ରୁରତାକୁ ଅନୁଭବ କରିବାକୁ ଢେର କିଛି ସମୟ ଲାଗିଲା। ଛାତି ଧଡ୍ ଧଡ୍ ହେଲା।

ଆନ୍ଦୋଳିତ ମାନସିକ ଅବସ୍ଥାରେ ଡର ମାଡୁଥିଲା ଚିକ୍କଣ ଅନ୍ଧକାର ମଧ୍ୟକୁ ଓହ୍ଲାଇବାକୁ। କିଛି ସମୟ ପୂର୍ବରୁ ଚାରିପାଞ୍ଚ ଜଣ କିଏ ସବୁ ବସ୍‌ରୁ ଓହ୍ଲାଇଲା ପରି ଲାଗିଲା। ସେମାନଙ୍କ ଭିତରେ କେହି ମହିଳା ନ ଥିଲେ।

ଚାରିଆଡେ ସ୍ତବ୍ଧ। ସୋର ଶବ୍ଦ ନାହିଁ । ଅଳ୍ପ ଅଳ୍ପ ବ୍ୟବଧାନରେ କାହାର ବାର୍ତ୍ତାଳାପ ଶୁଭୁଥିଲା। ବୋଧେ ବସରୁ ଓହ୍ଲାଇଥିବା ଯାତ୍ରୀମାନଙ୍କର। ଖୁବ୍ ନିକଟରେ କେଉଁଠି କେନାଲରେ ବୋହିଯାଉଥିବା ପାଣିର କଳକଳ ଶବ୍ଦ କାନକୁ କିନ୍ତୁ ସ୍ପଷ୍ଟ ଶୁଭୁଥିଲା। ଦୂରରେ ମିଞ୍ଜି ମିଞ୍ଜି ଜଳୁଥିବା ଆଲୁଅ ସୂଚନା ପ୍ରଦାନ କରୁଥିଲା ସେଠି ଏକ ଜନବସତି ରହିଥିବାର। ତା ବି ବୋଧେ ଏକ କିଲୋମିଟର ହେବ। ଡରି ଡରି ବସରୁ ଓହ୍ଲାଇଲି। ରାସ୍ତାକଡରେ ଅପେକ୍ଷାକୃତ ଏକ ଅନ୍ଧାରିଆ ସ୍ଥାନରେ ଛିଡାହୋଇ ରାସ୍ତାରେ ଆତଯାତ ଗାଡିମାନଙ୍କ ହେଡଲାଇଟରେ ଯାହା ଦେଖିଲି ମୋର ଚେତା ବୁଡିବା ଉପରେ। ସେଠି ଥିଲେ ପାଞ୍ଚଜଣ ପୁରୁଷଲୋକ। ସେମାନଙ୍କ ବୟସ ଆନ୍ଦାଜ କରିବା କଠିନ ଥିଲା ମୋ ପାଇଁ। ଏହା ନିଶ୍ଚିତ ଯେ ସେମାନଙ୍କଭିତରେ କେହି ବୃଦ୍ଧ କିମ୍ବା ବୟସ୍କ ନ ଥିଲେ। ଜଣକର ଦର୍ପଧାରଣରୁ ମନେ ହେଉଥିଲା ମାଲିକ ସଂପ୍ରଦାୟର। ଗ୍ରାମର ମୁଖିଆ କି ଗୌନ୍ତିଆ ଏମିତି କିଛି। ଆଉ ତିନିଜଣ ଅଣ୍ଟାରେ ଲୁଗା ଭିଡିଛନ୍ତି। ଶ୍ରମିକ ଭଳି। ସଂପୂର୍ଣ୍ଣ ଗ୍ରାମୀଣ। ଆଉ ଜଣେ ପେଣ୍ଟସାର୍ଟ ପିନ୍ଧା ଲୋକଟା ବୋଧେ ଡ୍ରାଇଭର।

ଦୁଇଜଣ ଶ୍ରମିକ ବସ୍ ଉପରୁ ତଳକୁ ବସ୍ତା ଓହ୍ଲାଉଥିଲେ। ବସ୍ତାର ଶିଥିଳ ବନ୍ଧନର ନିୟନ୍ତ୍ରଣକୁ ମୁକ୍ତ ହୋଇ କିଛି କଠିନ ବସ୍ତୁ ସମ୍ଭବତଃ ନଡିଆ, ଠପ୍.... ଠପ୍

ଶବ୍ଦ ସୃଷ୍ଟି କରି ବିଛାଡି ହୋଇ ପଡିଲେ କଂକ୍ରିଟରାସ୍ତା ଉପରେ। ନିର୍ଜନ ପରିବେଶକୁ ଆହୁରି ଭୟଙ୍କର କରି ତୋଳିଥିଲା ସେ ଠପ୍...ଠପ୍ ଶବ୍ଦ।

ପରେ ପରେ ଶୁଭିଲା ସେ ମୁଖିଆଭଳି ଦିଶୁଥିବା ଲୋକଟାର ଧମକପୂର୍ଣ୍ଣ ଓଜନିଆ ସ୍ୱର। ହଇରେ ନାଗା...ବାସୁଆ....ଏଇ କେତେ ଦିନ ହେଲା ଦେଖୁଛି ତୁମେ ସବୁ କାମଚୋର ହୋଇଗଲଣି... ତମ ଦେଇ ବସ୍ତା ବି ଠିକରେ ବନ୍ଧାହୋଇ ପାରୁନି...। ନଡିଆ ସବୁ ରାସ୍ତାରେ ଗଡିଲେଣି। ଶୀଘ୍ର ବେଟ...। ଗାଡି ମଟର ଆତଯାତ ହେଉଛନ୍ତି।

ମୃଦୁ ଭର୍ତ୍ସନା କରି ଲୋକଟା ସିଗାରେଟ୍ ଜଳାଇଲା। ଦିଆସିଲି କାଠିର ଆଲୁଅ ଆତଯାତ ଗାଡିମାନଙ୍କର ହେଡଲାଇଟ ଆଲୁଅରେ ଦେଖିଲି ଲୋକଟାର ବଳିଷ୍ଠ ଦେହ ଲହରିଆ ମାଂସପେଶି, ବେଶଭୂଷା ଅବିକଳ ହିନ୍ଦି ସିନେମାର ଖଳନାୟକ ପରି।

ମୁଖିଆଠୁ ଧମକ ପାଇ ଶ୍ରମିକ ମାନେ ପରସ୍ପର ପ୍ରତି ଦୋଷାରୋପ, ଥଟ୍ଟା ପରିହାସ କରିବା ସହ ନଡିଆ ଗୋଟାଇ ପୁନର୍ବାର ବସ୍ତାରେ ଭରିବା କାମରେ ଜୁଟିଗଲେ।

ସେମାନଙ୍କ ଟଳମଳପାଦ ଅଶ୍ଳୀଳ ଅମାର୍ଜିତ ଭାଷା ପ୍ରୟୋଗରୁ ଏହା ସୁସ୍ପଷ୍ଟ ଯେ ସମସ୍ତେ ମଦ୍ୟପାନ କରିଛନ୍ତି। ସେ ଯାବତ ସଡକ କଡରେ ବସ୍‌ର ପଶ୍ଚାତ ଭାଗରେ ଅପେକ୍ଷାକୃତ ଅନ୍ଧାରୁଆ ଜାଗାରେ ଛିଡା ହୋଇଥିବା ମୋତେ କେହି ନିଘା କରି ନ ଥିଲେ। ମୁଁ ବି ଭୟରେ ଚାହୁଁ ନ ଥିଲି ସେମାନେ ମୋତେ ଦେଖନ୍ତୁ। ଦୁର୍ଯୋଗକୁ ପେଣ୍ଟ ସାର୍ଟପିନ୍ଧା ଲୋକଟା ଗାଡି ଷ୍ଟାର୍ଟକରି ବାହାରିଗଲା ରାଜରାସ୍ତା ଉପରକୁ। ବୋଧେ ଡ୍ରାଇଭର ଗାଡି ନେଇ ଚାଲିଗଲା ତାର ରାତ୍ରି ରହିଣି ସ୍ଥାନକୁ। ମୋ ଉପରୁ ଆଢୁଆଳ ହଟିଗଲା ପରେ ନିଜକୁ ଲୁଚାଇବା ଅସମ୍ଭବ ହୋଇପଡିଲା।

ଠିକ୍ ସେହି ମୁହୂର୍ତ୍ତରେ ଗାଡିଟିଏ ଗତି ମନ୍ଥର କରି ରାସ୍ତା ଉପରୁ ନଡିଆ ଗୋଟାଉ ଥିବା ଶ୍ରମିକମାନଙ୍କ ଉଦ୍ଦେଶ୍ୟରେ ହର୍ଣ୍ଣ ବଜାଇଲା। ଗାଡିର ହେଡଲାଇଟ କ୍ୟାମେରା ଲେନସ୍ ଭଳି କେନ୍ଦ୍ରୀଭୂତ ହୋଇଗଲା ମୋ ଉପରେ। ଭୂତ ଦେଖିଲା ପରି ଚମକି ପଡିଲେ ଚାରିଜଣ। ବସ୍ତାବନ୍ଧା କାର୍ଯ୍ୟ ସ୍ଥଗିତ କରି ଚାରିଜଣ ଏକତ୍ରିତ ମୋରି ଆଡକୁ ଆଗେଇ ଆସୁଥିବା ଦେଖି ଭୟରେ ମୁଁ ମଧ୍ୟ ସେମାନଙ୍କ ଆଡକୁ ମୁହଁକରି ପାଦେ ପାଦେ ପଛାଇବାକୁ ଲାଗିଲି। ଅନ୍ଧକାରାଚ୍ଛନ୍ନ ଇଲାକାରେ ପଛେଇ ପଛେଇ କେତେ ଦୂର ପଛେଇବି ? ସେମାନେ ମୋ ପାଖକୁ ପାଖକୁ ଲାଗି ଆସୁ ଥିବା ଦେଖି ହୃଦକମ୍ପନ ବଢିବାରେ ଲାଗିଲା। ଝାଳରେ ଦେହ ଓଦା ହୋଇଗଲା।

ଘନ କୁହୁଡି ଭିତରେ କୌଣସି ବସ୍ତୁକୁ ଜୋର୍‌କରି ଦେଖିବାକୁ ଚେଷ୍ଟା କଲାପରି କେଇ ଯୋଡା କୌତୁହଳି ଆଖି ମୋତେ ହିଁ ଦେଖି ଚାଲିଥିଲେ।

ମୁଖିଆ ମୋର ଅତି ନିକଟକୁ ଲାଗି ଆସି ପଚାରିଲା। ଝିଅ ତୁ କିଏ ?

କେଉଁ ଗାଁର ? ଏମିତି ନିର୍ଜନ ଅପନ୍ତରାରେ  ଏକାକୀ କାହିଁକି ଛିଡା ହୋଇଛ । ଲୋକଟାର ମଦମତ୍ତ କଣ୍ଠ ସ୍ୱରରେ ମୋର ପଞ୍ଚପ୍ରାଣ ଉଡିଯାଇଥିଲା । ସଳିତାପରି ଦୁର୍ବଳ ଦେହଟା ଥରଥର ଥରିଲା  ? ଗୋଡ ଦୁଇଟାରେ ଯେପରି ଜୀବନ ହିଁ ନ ଥିଲା । ଭିତରର ଭୟକୁ ପ୍ରକଟିତ ହେବାକୁ ନ ଦେଇ ବହୁ କଷ୍ଟରେ କହିଲି । ମୁଁ ମାଧୋପୁର ଗ୍ରାମର କିରଣ ଦାସମହାପାତ୍ରଙ୍କ ଘରର ଝିଅ । ସହରରୁ ଏଇ ବସରେ ଗାଁକୁ ଆସୁଥିଲି । ନିଦରେ ଶୋଇ ପଡିଲି । ମାଧୋପୁର ଛକ କେତେବେଳେ ପାରି ହୋଇଗଲା ଜାଣିପାରିଲି ନାହିଁ । ମୋତେ କେହି ଉଠାଇଲେ ନାହିଁ । ଚେତା ପାଇଲା ପରେ ଦେଖିଲି ମୁଁ ଏଇଠି ଅଛି । ଏଇଟା କୋଉ ଜାଗା ? ଏବେ ଆମ ଗ୍ରାମକୁ ଫେରିଯିବା ପାଇଁ କୌଣସି ବସ୍ ପାଇବି କି ନାହିଁ  ? ବହୁ କଷ୍ଟରେ ଏତିକି ମାତ୍ର ଶବ୍ଦ ଉଚ୍ଚାରଣ କରିପାରିଲି ।

ଚାରି ଜଣଙ୍କର ବାକ୍‌ଶୂନ୍ୟ ଅବସ୍ଥା । ପରସ୍ପର ମୁହଁ ଚାହାଁଚୁହିଁ ହେଲେ । ମୋତେ କେହି କେମିତି ନିଘା କରିପାରିଲେ ନାହିଁ ଯୁକ୍ତି ତର୍କ କଲେ । ହଠାତ୍ ମୁଖିଆ ମୋ ଆଡକୁ ବୁଲିପଡି କହିଲା ତୁମେ ମାଧୋପୁରର କିରଣ ଦାସମହାପାତ୍ରଙ୍କ ଝିଅ ? କି ବିପତ୍ତି ନ କଲ  ? ଏବେ ତ ତୁମ ଗ୍ରାମକୁ ଯିବା ପାଇଁ କୌଣସି ବସ୍ ନାହିଁ ନଚେତ୍ ଆମେ ଛାଡିଦେଇ ଆସିଥାଆନ୍ତୁ ।  ପୁଣି ସକାଳେ ଯାଇ । 'ହଉ... ଯାହା ହେବାର ହେଲା, ଏବେ ତୁମେ ଆମ ସାଂଗରେ ଆମ ଘରକୁ ଚାଲ । ସକାଳେ ଆମଲୋକ ତୁମକୁ ଗାଁରେ ଛାଡିଦେଇ ଆସିବେ ।

ନିଶାର ଆଧିକ୍ୟ ହେତୁ ପାଟି ଖନିମାରିଯାଉଥିଲେ ବି କଥାବାର୍ତ୍ତା ଏତେଟା ଅଶାଳୀନ ଲାଗିଲା ନାହିଁ । ମନରେ ଭରସା ଆସିଲା । ବାସ୍ତବରେ ଏମାନେ ମୋର ପୈତୃକ ପରିଚୟ ଜାଣିବା ପରେ ମୋତେ ହାଲୁକା ଭାବରେ ଗ୍ରହଣ କରିବାର ପ୍ରଶ୍ନ ଉଠୁନାହିଁ ।

ତା ବୋଲି  ? କେଉଁ ଭରସାରେ ଜଣେ ଅଜଣା ଅଶୁଣା ନିଶାଗ୍ରସ୍ତ ଲୋକଟା ସହିତ ତା ଘରକୁ ଯିବି ?ମୋର ପୈତୃକ ପରିଚୟ ମୋର ରକ୍ଷାକବଚ ବନିବାରେ କେତେ ଦୂର ସହାୟକ ହେବ  ? ଏମାନେ କେହି ହୋସରେ ନାହାନ୍ତି । ପଶୁରେ ପରିଣତ ହେବାକୁ କେତେ ସମୟ ବା ଲାଗିବ  ? ଇଚ୍ଛା କଲେ ଏହି ନିର୍ଜନ ପ୍ରାନ୍ତରରେ ମୋ ସହିତ କିଛି ବି କରିପାରିବେ । ମଦ୍ୟପାନ ପୁରୁଷମାନଙ୍କୁ ନିଷ୍ଠୁର କରିଦିଏ । ବୁଦ୍ଧି ବିବେକ ନଷ୍ଟ କରିଦିଏ । ସୁଯୋଗ ପାଇଲେ ମଦ୍ୟପ ପାଲଟିଯାଏ ନାରୀ ଶିକାରୀ । କଥାରେ ଅଛି "କୁଆ କଅଣ ନ ଖାଏ ମଦୁଆ କ'ଣ ନ କହେ ବା ନ କରେ" ।

ବୁଝିପାରୁ ନ ଥିଲି ଏମାନଙ୍କୁ କେତେଦୂର ବିଶ୍ୱାସ କରିବି । ସେ ସମୟରେ ମୁଁ

ସାନପିଲା ନ ଥିଲି କି ନ ବୁଝିବାର ପିଲା ବି ନ ଥିଲି। ଦୁନିଆ ବିଷୟରେ ଅନେକ କିଛି ବୁଝିସାରିଥିଲି। ଭାଇନାଙ୍କ କଥା ନ ମାନି କି ସାଂଘାତିକ ଭୁଲଟିଏ ନ କରି ପକାଇଛି ସତେ ! ଏ ସବୁ ତ ନିଜେ ଭିଆଇଛି। କାହାକୁ ବା ଦୋଷ ଦେବି ?

ଚିତ୍କାରଟିଏ କରି ଡାକିବାକୁ ଇଚ୍ଛା ହେଉଥିଲା, ମୁଁ ଏକ ନିଷିଦ୍ଧ ଅଞ୍ଚଳରେ ପହଞ୍ଚିଯାଇଛି ପ୍ରଭୁ..., ମୋତେ ଏ ବିପତ୍ତିରୁ ଉଦ୍ଧାର କର...। କିନ୍ତୁ ବାକ୍‌ସ୍ଫୁରଣ ହେଲା ନାହିଁ। ଦୂରର ସେଇ ମିଞ୍ଜି ମିଞ୍ଜି ହଳଦିଆ ଆଲୁଅ ଦିଗ ଆଡେ ବୋଧେ ଏମାନଙ୍କ ଗ୍ରାମ। ହାରାହାରି ଏକ କିଲୋମିଟର ଚାଲିବାକୁ ପଡିବ ଏମାନଙ୍କ ସହିତ ! ଭାବନାମାତ୍ରକେ ନିଃଶ୍ୱାସ ଅଟକି ଯାଉଥିଲା ଗଳାରେ ପଥର ପରି। ଅନ୍ଧକାର ରାତିରେ କିଛି ଅଜ୍ଞାତ ଲୋକଙ୍କ ସହିତ ଅଜଣା ଗନ୍ତବ୍ୟସ୍ଥଳ ଆଡକୁ ବାଟ ଚାଲିବାକୁ ପଡିବ, ବସ୍ ଚଢିବାର ଏକ ଲିପ୍ସା ବିଲିପ୍ସା ସମୟ ପୂର୍ବରୁ ଯଦି ଆଭାସଟିଏ ପାଇଥାଆନ୍ତି ! ମୋ ସହିତ ଏମିତ କିଛି ଘଟିବାକୁ ଯାଉଛି...!

ଯଦି ଏମାନଙ୍କ ପ୍ରସ୍ତାବ ଗ୍ରହଣ ନ କରେ ତେବେ ଏ ଅପନ୍ତରାରେ ଛିଡା ହେବାପଇଁ ଗଛମୂଳ, କି ଆଉଜିବାକୁ ଭଙ୍ଗା କାନ୍ଥଟିଏର ଆଶ୍ରା ନେବାକୁ ପଡିବ। ଆଖ ପାଖରେ ଭଙ୍ଗା କାନ୍ଥ ନାହିଁ। ଗଛମୂଳ ଅଛି। ଦୈବାତ୍ କୌଣସି ଗାଡିଚାଳକ ହେଡ୍‌ଲାଇଟରେ ମୋତେ ଦେଖିନେଲା ! ଆହୁରି ସର୍ବନାଶ ! "ବରଂ ଭଲ ନିବାସ ରଣକ୍ଷେତ୍ରରେ ଭୟରେ ଯହିଁ ହୃଦୟ ଥରେ" ନ୍ୟାୟରେ ଏମାନେ ଅନ୍ତତଃ ମୋ ବାପା ଜେଜେବାପାଙ୍କୁ ଚିହ୍ନିଛନ୍ତି। ମୋ ସହ ଛୁଞ୍ଚିପ୍ରମାଣେ ଅସଦ୍ ଆଚରଣ କରିବା ପୂର୍ବରୁ ଶତବାର ଚିନ୍ତା କରିବେ।

ଇତି ମଧ୍ୟରେ ଜଣେ ଶ୍ରମିକ ଲଣ୍ଠନଟିଏ ବାହାର କରି ପ୍ରଜ୍ୱଳିତ କଲା। ଲଣ୍ଠନଆଲୁଅରେ ଶ୍ରମିକମାନଙ୍କ ମୁହଁ ଗୁଡିକ ଆଗ ଅପେକ୍ଷା ସ୍ପଷ୍ଟ ଦିଶିଲା। ଡିମ ଡିମା ହୋଇ ଉପରକୁ ଉଠି ଆସିଥିବା ଲାଲ୍ ଲାଲ୍ ଆଖି, ଅନ୍ଧକାରରେ ସତ୍ତା ହଜିଯାଉଥିବା ପୁରାଣ ବର୍ଣ୍ଣିତ ଯମରାଜଙ୍କ ବାହନ କଳା ମଇଁଷି ଭଳି ଦେହର ରଂଗ ଦେଖି ରୁମ ଟାଙ୍କୁରି ଉଠୁଥିଲା।

ସେମାନେ ସବୁ ଆଗେଇଲେ। ମଦଝୁଙ୍କରେ। ଟଳମଳ ପାଦରେ। ଲଣ୍ଠନଧାରୀ ବାଟ ଦେଖାଇ ଆଗେ ଆଗେ, ତା ପଛକୁ ଗୋଟିଏ ଲେଖାଏଁ ନଡିଆ ବସ୍ତା କାନ୍ଧରେ ଧାରଣ କରି ଦୁଇ ଜଣ ଶ୍ରମିକ। ସେମାନଙ୍କ ପଛକୁ ମୁଖିଆ, ସବା ଶେଷରେ ମୁଁ। ମର୍ଯ୍ୟାଦା ସଂପନ୍ନ ବୀରଭଦ୍ରଦେବ ଦାସମହାପାତ୍ରଙ୍କ ଘରର ଇଂରାଜୀ ପଢା ଝିଅ ନୟନା ଦାସ ମହାପାତ୍ର ! କି ବିଚିତ୍ର ସମ୍ମିଳନ ! ସତରେ ମଣିଷ ନିୟନ୍ତ୍ରଣରେ କିଛି ନାହିଁ।

ଅନେକ ଦ୍ୱନ୍ଦ୍ୱ ଦ୍ୱିଧା ସତ୍ତ୍ୱେ ସେମାନଙ୍କୁ ଅନୁସରଣ କରିବା ବ୍ୟତୀତ ଅନ୍ୟ

ବିକଳ୍ପ ନ ଥିଲା ମୋ ପାଖରେ । ରହି ରହି ପବନରେ ସେମାନଙ୍କ ଦେହର ଝାଳ ମିଶ୍ରିତ ମଦଗନ୍ଧ ନାକରେ ବାଜି ଅଇ ଉଠଉଥାଏ ।

ଶୁଣିଥିଲି ମଦ୍ୟପ ଘରକୁ ଫେରିବାରାସ୍ତା ଭୁଲିଯାଏ । ଏମାନେ ଘରକୁ ଯାଉଛନ୍ତି ତ ! ଘରେ ମା'ଭଉଣୀ ଝିଅ ନାନୀ ଭଳି ସ୍ତ୍ରୀ ଲୋକମାନେ ଥିବେ ତ ?

ଗାଢ଼ ଅନ୍ଧକାରରେ ଅଳ୍ପ କିଛି ଖାବ୍‌ଖାବୁଆ ଗ୍ରାମ୍ୟ ସଡକ ପାରିହେବା ପରେ ପଡିଲା ବିଲ ହିଡ । ଦୁଇ ପାର୍ଶ୍ୱରେ କ୍ଷେତ । ମନେ ପଡ଼ିଗଲା ହିଡ ତଳ ଗାତରେ ସାପ କଣ୍ଟିଆ ରହନ୍ତି । ଗ୍ରୀଷ୍ମ ଦିନ ରାତିରେ ଶୀତଳ ପବନ ଓ ଖାଦ୍ୟ ଅନ୍ୱେଷଣରେ ବାହାରନ୍ତି । ସାପ କଣ୍ଟିଆ ଭୟରେ ହେଉ ବା ହିଡ ଉପରେ ଚାଲିବାର ଅଭ୍ୟସ୍ତ ନ ଥିବା କାରଣରୁ ହେଉ ଭାରସାମ୍ୟ ରକ୍ଷାକରି ନ ପାରି, କ୍ଷେତ ଭିତିରକୁ ଖସି ପଡିଲି ।

ହାଁ... ହାଁ କହି ମୁଖିଆ ହଠାତ୍ ବୁଲିପଡି ମୋ ବାହୁଧରି ଉଠାଇବା ପାଇଁ ହାତ ପ୍ରସାରିତ କରିବା ପୂର୍ବରୁ ବିରକ୍ତି ବିଦ୍ରୋହରେ ଛାଟିପଟି ହୋଇ ଚିତ୍କାରଟିଏ କରି ପାକାଇଲି ନା... ନା... ମୋତେ ଛାଡ ମୁଁ ନିଜେ ଉଠିବି.... । ମୁଖିଆ ମୋ ଚିତ୍କାରକୁ ଖାତିରି କଲା ନାହିଁ । ତା ପୂର୍ବରୁ ମୋ ବାହୁ ଧରି ମୋତେ ଉଠାଇ ସାରିଥିଲା । ଅନ୍ଧକାରରେ ଲୀନ ହୋଇ ଯାଇଥିଲା ମୋ ଚିତ୍କାର । ଜଣେ ଅଜଣା ଲୋକର ସ୍ପର୍ଶରେ ମୋ ଦେହରେ ଅଜସ୍ର ତେଲୁଗୁଣୀ ପୋକ ରଂଗି ଯାଉଥିବାର ଅନୁଭବ ! ଗ୍ରୀଷ୍ମଦିନର ଉତ୍ତାପମୟ ବାତାବରଣରେ ବି ଘୃଣାରେ ଦେହ ଶିତେଇ ଉଠିଥିଲା । ନିଜ ଉପରେ ଜାତହେଲା ପ୍ରଚଣ୍ଡ କ୍ରୋଧ... ଘୃଣା ! ମୋ ସହିତ ଆଗକୁ ଆହୁରି କ'ଣସବୁ ଘଟିବାର ଆଶଙ୍କାରେ ଆଖି ଲୁହରେ ଭରିଗଲା ।

ପୁନର୍ବାର ଯାତ୍ରା...। ମଝେ ମଝେ ଗତି ସ୍ଥଗିତ ରଖି ମୁଖିଆ ପଛକୁ ଫେରି ଚାହୁଁଥାଏଁ । ମୁଁ ଅନୁସରଣ କରୁଛି କି ନାହିଁ ।

ଏମିତି କେତେବାଟ ଚାଲିଲି ମନେ ନାହିଁ । ଅନିଚ୍ଛାକୃତ ଯାତ୍ରାର ସମାପ୍ତି ଘଟାଇ ସମସ୍ତେ ପହଞ୍ଚିଲୁ ମିଞ୍ଜି ମିଞ୍ଜି ନକ୍ଷତ୍ରମାନଙ୍କ ଗହଣରେ ଉଜ୍ଜଳ ଚନ୍ଦ୍ରମା ସଦୃଶ ଛୋଟ ଛୋଟ ଖପରିଲ ଘର ମାନଙ୍କ ଗହଣରେ ଏକ ସୁନ୍ଦର ଧୋବଲା ଫରଫର ଦୁଇମହଲା କୋଠାଘର ସମ୍ମୁଖରେ । ଦ୍ୱାରରେ ଆଘାତ ଦେବାର ଆବଶ୍ୟକତା ପଡିଲା ନାହିଁ । ତା ପୂର୍ବରୁ କେହି ଜଣେ ଦ୍ୱାର ଖୋଲି ଦେଲା । ତା ପରେ ପରେ ଦ୍ୱାର ଦେଶରେ ଦେଖା ଦେଲେ ଜଣେ ବୟସ୍କା ମହିଳା । ପରିଧାନରୁ ମନେ ହେଲା ଘରର ମା, ମାଉସୀ, ପିଉସୀ ତତ୍ତ୍ୱବଧାୟିକା ଏମିତି କିଛି । ପରେ ଜାଣିଲି ସେ ମୁଖିଆର ଦୂର ସଂପର୍କୀୟ ବିଧବା ପିଉସୀନାନୀ । ଆଶ୍ୱସ୍ତ ହେଲି । ଘରେ ସ୍ତ୍ରୀ ଲୋକ ଅଛନ୍ତି... !

ଶ୍ରମିକମାନେ ନଡିଆ ବସ୍ତା ବାରଣ୍ଡାରେ ଓହ୍ଲାଇ ଦେଇ ଖପରିଲ ଘରଆଡକୁ ପ୍ରସ୍ଥାନ କଲେ ।

ଭୟରେ ସ୍ଥାଣୁ ପାଲଟି ଠିଆ ହୋଇଥିବା ମୋ ଆଡକୁ ଚାହିଁ ମୁଖିଆ କହିଲା "ଚାଲଝିଅ ଭିତକୁ ଚାଲ" । ମୁଖିଆ ଡାକରେ ଚମକି ପଡି କାନ୍ଦ କାନ୍ଦ ସ୍ୱରରେ ନିଜର ଭୟକୁ ପ୍ରକାଶ କରି ଉଚ୍ଚ ପାଟିରେ କହି ପକାଇଲି ଉଁ... ହୁଁ... ମୁଁ ଭିତରକୁ ଯିବି ନାହିଁ । ଏଇଠି ବାରଣ୍ଡାରେ ଆଲୁଅ ଅଛି । ଭୟ ଲାଗିବ ନାହିଁ । ରାତିଟା ଏଇଠି ରହିଯିବି....।

ମୋର ତରୁଣୀ ସୁଲଭ ଦାମ୍ଭିକତାରେ ଯେ କେହି ବିରକ୍ତ ହେବା ସ୍ୱାଭାବିକ । ମୁଖିଆ ମଧ୍ୟ ହେଲା । ସାମାନ୍ୟ ଚିଡିଯାଇ ଲାଲ୍ ଆଖିରେ ଟାଣକରି ମୋ ଆଡେ ଚାହିଁ ଧମକ ଦେବା ପରି କହିଲା, କ'ଣ କହିଲ ? ସାରାରାତି ବାରଣ୍ଡାରେ କଟାଇବ ? ମୁଣ୍ଡ ଖରାପ ହୋଇନି ତ ? ଏମିତିରେ ଏକଲା ଆସି ମସ୍ତବଡ ଭୁଲ୍ କରିଛ । ଦ୍ୱିତୀୟ ଭୁଲ ଗାଡିରେ ଶୋଇପଡିଲ । ତୁମ ଗାଁ ପାରି ହୋଇଗଲା ଜାଣିପାରିଲ ନାହିଁ । ଏବେ ବାରଣ୍ଡାରେ ରାତି କଟାଇବି କହି ଆଉ ଏକ ଭୁଲ କରିବାକୁ ଯାଉଛ । ଏହା ଏକ ପଲ୍ଲୀଗ୍ରାମ । ଗଛବୁଦାରେ ଭରପୁର ସ୍ଥାନ । ଅନ୍ଧାରରେ ସାପ ବିଛା ବିଚରଣ କରନ୍ତି । ବାରଣ୍ଡା କ'ଣ ନିରାପଦ ? ଚାଲ ମା' ଚାଲ ଜିଦି ନ କରି ଭିତରକୁ ଚାଲ । ଧମକାଇବା ରୀତିରେ କହିଲେ ବି ମାର୍ଜିତ ସ୍ୱର ଓ ମା' ସମ୍ବୋଧନ ମୋ ଭିତରର ଭୟକୁ କିଞ୍ଚିତ ହ୍ରାସ କରାଇବାରେ ସହାୟକ ହେଲା ।

ଚତୁର୍ଦ୍ଦିଗକୁ ଅନାଇଲି, ବାସ୍ତବରେ ମୁଖିଆ କଥାଟା ସତ୍ୟ । ଗଛ ବୁଦାରେ ଭରପୁର । ବାରଣ୍ଡାରେ ବଲବଟିଏ ଜଳୁଥିଲେ ବି ବିଦ୍ୟୁତ୍ ପ୍ରବାହର ମାତ୍ରା ଅତ୍ୟନ୍ତ ଦୁର୍ବଳ ହେତୁ ଆଲୋକ ନିଷ୍ପ୍ରଭ । ଗଛଲତା ଯୋଗୁଁ ସ୍ଥାନଟା ପ୍ରାୟ ଛାୟାଛନ୍ନ ।

ଶୈଶବରୁ ବଦ୍ଧମୂଳ ଧାରଣା ଯେ ଦୁନିଆର ସବୁଠାରୁ ବିଷଧର ହତ୍ୟାକାରୀଙ୍କ ମଧ୍ୟରେ ଜଣେ ହେଲା ନାଗସାପ । ସାପ ନାଁ କାନରେ ପଡିବା କ୍ଷଣି ଆଉ ଉଁ... ଚୁଁ ନ କରି ଭିତରକୁ ଯିବାକୁ ରାଜି ହୋଇଗଲି ।

କିନ୍ତୁ ସେ ତତ୍ତ୍ୱାବଧାୟିକା ପିଉସୀ ନାନୀ ! ଜିଜ୍ଞାସୁ ଦୃଷ୍ଟିରେ ମୋତେ ହିଁ ଚାହିଁ ରହିଥିଲେ । ଆଖିରେ ତାଙ୍କର ଅନେକ ପ୍ରଶ୍ନ । ପରିସ୍ଥିତି ଥିଲା ସେଇଭଳି । ଯାହା ମନରେ ବି ସନ୍ଦେହ ହେବା ସ୍ୱାଭାବିକ । ଗଭୀର ନିଶାର୍ଦ୍ଧରେ ଗୃହକର୍ତ୍ତା ଜଣେ ଅନୁଢ଼ା ଝିଅକୁ ସାଙ୍ଗରେ ନେଇ ପହଞ୍ଚିବା ! ନିଶ୍ଚିତ ଭାବରେ ଏକ ବିସ୍ମୟକର କଥା ତାଙ୍କ ପାଇଁ ।

ତତ୍ତ୍ୱାବଧାୟିକ ପିଉସୀ ନାନୀର କିଂକର୍ତ୍ତବ୍ୟବିମୂଢ଼ତାର ଅବସାନ ଘଟାଇ ମୁଖିଆ

କହିଲା ନାନୀ- "ଯେ ମାଧୋପୁର ଗ୍ରାମର କିରଣ ଦାସମହାପାତ୍ର ଘର ଝିଅ," ଗାଡିରେ ନିଦରେ ଶୋଇପଡି ଏଇଠି ଓହ୍ଲାଇଲା। କେହି ବି ଜାଣି ପାରିଲୁ ନାହିଁ। ଝିଅକୁ ଘର ଭିତରକୁ ନେ। କଥାଟା ବିଦିତ କରାଇଦେଇ ଘରଭିତରକୁ ପ୍ରବେଶ କରୁଥିବା ମୁଖିଆ ମଦ ଝୁଙ୍କରେ ଦୁଆର ବନ୍ଧରେ ଝୁଣ୍ଟି ପଡି ତଳେ ପତିତ ହେବା ପୂର୍ବରୁ ନାନୀ ତ୍ୱରିତ୍ ଗତିରେ ଆଗେଇ ଆସି ମୁଖିଆକୁ ସମ୍ଭାଳି ନେବା ସହ  ଚିନ୍ତା, କ୍ଷୋଭ କ୍ରୋଧ ଆବେଗ ମିଶ୍ରିତ କିଛି ଗାଳି ଭର୍ତ୍ସନା ଶବ୍ଦ ପ୍ରୟୋଗ କଲେ।

ମୁଖିଆର ପୌରୁଷକୁ ଆଘାତ ଲାଗିଗଲା କି କ'ଣ ! ପିଉସୀନାନୀର ହାତରୁ ନିଜକୁ ମୁକୁଳାଇ ମୃଦୁ ଧକ୍କା ଦେବାସହ କହିଲା ... ମୋତେ ପରାମର୍ଶ ପରେ ଦେବ। ଆଗ ଯେ ଝିଅକୁ ଭିତରକୁ ନିଅ... କ'ଣ ଖାଇବ ପିଇବ ବୁଝ। କହିସାରି ସେମିତି ଟଳମଳ ପାଦରେ ତା କୋଠରୀ ଭିତରକୁ ଚାଲିଗଲା। କବାଟ କିନ୍ତୁ ବନ୍ଦ କଲା ନାହିଁ।

ତତ୍ତ୍ୱାବଧାୟିକା ପିଉସୀ ମୋର ଅସହାୟତାକୁ ହୃଦୟଙ୍ଗମ କରି ମୋ ଆଡକୁ ହାତ ବଢାଇ କହିଲେ, ଆସ ମା' ଆସ... ଭିତରକୁ ଆସ। କିରଣ ଦାସମହାପାତ୍ରଙ୍କୁ ଆମେ ଭଲ ଭାବରେ ଜାଣୁ। ଚିନ୍ତା କର ନାହିଁ। ରାତିଟା ଏଇଠି  ରହିଯାଅ। ସକାଳେ ଘରେ ପହଞ୍ଚାଇବାର ବ୍ୟବସ୍ଥା କରିଦେବି।

ମୋ ହାତଧରି ଅନ୍ୟ କୋଠରୀ ଆଡକୁ ବାଟ କଢାଇ ନେଲାବେଳେ ଦେଖିଲି ମୁଖିଆ ତଥାପି ଦୁଆର ମୁହଁରେ ଛିଡା ହୋଇ ତୀବ୍ର ଦୃଷ୍ଟି ମୋ ଉପରେ ଏକାଗ୍ର କରି ମୋତେ ହିଁ ଅନାଇ ରହିଛି। ଭୟରେ ପିଉସୀନାନୀର ବାହୁକୁ ଧରି ପକାଇ ତାଙ୍କର ଅତି ନିକଟକୁ ଘୁଞ୍ଚିଗଲି। ନାନୀ ଧିର ଗଳାରେ ଆଶ୍ୱାସନା ଦେଲେ। ଭୟ କରନା....ଆମ ମୁଖିଆ ପିଆ ପିଇ କରେ ସିନା ଖରାପ ମଣିଷ ନୁହେଁ। ଭାରି ଭଲ ମଣିଷଟା !

"ପାଣି ଭିତରକୁ ଡୁବମାରିବା ପରେ ଆଉ ପାଣିକୁ କି ବା ଡର? ପ୍ରଳୟ ଭିତରକୁ ଠେଲି ହୋଇଗଲା ପରେ ଆଉ କି ବା ଡର ପ୍ରଳୟକୁ?" ଘର ଭିତରକୁ ପ୍ରବେଶ କରିସାରିଛି ଯେତେବେଳେ!

ନାନୀ ପରିଚାରୀକାକୁ ନିର୍ଦ୍ଦେଶ ଦେଇ ଗରମ କ୍ଷୀର ଆଉ କିଛି କଦଳୀ ମଗାଇ ଆଣିଲେ ମୋ ପାଇଁ। ଖଟ ଉପରେ ପରିଷ୍କାର ଚାଦର ବିଛାଇଦେଇ ଶୋଇବାକୁ କହିଲେ। ସେ ମଧ୍ୟ ସେଇଠି ଚଟେଇ ପାରି ମୋ ପାଖରେ ଶୋଇଲେ।

ତଥାପି ମୁଖିଆ କୋଠରୀର କବାଟ ବାରମ୍ବାର ଖୋଲିବା ପୁଣି ଖଟାକ୍‌କରି ବନ୍ଦ ହେବା ଶବ୍ଦରେ ମୁଁ ଚମକି ପଡି ଶବ୍ଦ ଆସୁଥିବା ଦିଗକୁ ବାରମ୍ବାର ଅନାଉଥିବା ଦେଖି ପିଉସୀନାନୀ ଉଠି ଭିତରପଟୁ ଆମ କୋଠରୀ କବାଟ କିଳି ଦେଲେ।

ମୋ ଆଡେ ଚାହିଁ ସାମାନ୍ୟ ହସିଲେ। ଦୀର୍ଘନିଶ୍ୱାସ ପକାଇ ମନକୁ ମନ ସ୍ୱଗତୋକ୍ତି କଲେ "ଦୁଃଖକୁ ଭୁଲିବାପାଇଁ ହେଉ, ସୁଖକୁ ଉପଭୋଗ କରିବା ପାଇଁ ହେଉ ମଦ ପିଇବାପାଇଁ ମଦୁଆଙ୍କୁ ବାହାନାଟିଏ ଦରକାର"। ଏଇ ମଦ ପିଇବା କଥାକୁ କେନ୍ଦ୍ରକରି ଝଗଡାକରି ସ୍ତ୍ରୀ ତାର ଘରଛାଡି ବାପଘରକୁ ପଳେଇଛି। ଛାଡ ସେ କଥା। ତୁମେ ପିଲା ଲୋକ ବୁଝିପାରିବ ନାହିଁ। ଆଉ ତୁମକୁ ମୋର ଏ ସବୁ କହିବା ବି ଅନୁଚିତ୍। ତମେ ଶୋଇପଡ ମୁଁ ଅଛି।

ତତ୍ତ୍ୱାବଧାୟିକା ନାନୀଙ୍କର ଆଶ୍ୱାସନା ଭରାକଥା ଓ ହସରେ ଛୋଟ କାଟିଆ ଆରାମ ମିଳିଲା ସତ କିନ୍ତୁ ରାତିଟା ସାରା ନିଦ୍ରା ବିହୀନ ହୋଇ କାଟିଲି। ଉତ୍କର୍ଣ୍ଣ ହୋଇ ରହିଲି। ମନରେ ଅଧିକରୁ ଅଧିକ ବିଭତ୍ସ ଓ ଭୟାନକ କଳ୍ପନାମାନ ଉଦ୍ରେକ ହେବାକୁ ଲାଗିଲା। ମୋ ଶରୀରର ସମସ୍ତ ପ୍ରତିରକ୍ଷାକାରୀ ଅଙ୍ଗ ଗୁଡିକ ଯେମିତି ମୋତେ ସତର୍କ କରି ଚାଲିଥିଲେ, ସଜାଗରହ ନୟନା..... ସଜାଗରହ...। ମଦ୍ୟପମାନଙ୍କୁ ଭରସା ନାହିଁ। ସେ କେମିତି ଦୁଆର ବନ୍ଧରେ ଠିଆ ହୋଇ ତୋ ଆଡକୁ ଚାହିଁ ରହିଥିଲା ଦେଖିଛୁ ତ ? ତୋ ପ୍ରତି ଦୁର୍ବ୍ୟବହାର କରିବାକୁ ଚାହିଁଲେ ଯେ ବିଚାରୀ ପିଉସୀନାନୀ ବା କ'ଣ କରିପାରିବେ ? ସେ ତ ନିଜେ ଜଣେ ଆଶ୍ରିତା। ଘରେ ଆଉ ଅନ୍ୟ କେହି ଅଛନ୍ତି ଲାଗୁନାହିଁ।

ନିଜକୁ ଦୃଢ କଲି, ଯେ କୌଣସି ପ୍ରକାର ଆକ୍ରମଣରୁ ନିଜକୁ ସୁରକ୍ଷିତ ରଖିବାକୁ ଚେଷ୍ଟା କରିବି। ଶେଷ ପର୍ଯ୍ୟନ୍ତ ଲଢେଇ କରିବି।

ମୁଁ ଆଶଙ୍କା କରୁଥିବା ଭଳି କିଛି ବି ଘଟିଲା ନାହିଁ। ଯେତେଯେତେ ସମୟ ଗଡିଚାଲିଲା ମୁଖିଆ ପ୍ରତି ମୋର ମନୋଭାବ କ୍ରମଶଃ ବଦଳିବାରେ ଲାଗିଲା। ଭୟ ମଧ୍ୟ ହ୍ରାସ ପାଇବାରେ ଲାଗିଲା ଧିରେ ଧିରେ....।

ସେଇ ଅରଣ୍ୟ ପ୍ରାୟ ନିର୍ଜନ ପ୍ରାନ୍ତରରେ ତିନିଜଣ ମଦ୍ୟପଙ୍କ ସମ୍ମୁଖରେ ମୁଖିଆ ମୋ ପ୍ରତି ଦୁର୍ବ୍ୟବହାର ଦୁଷ୍କର୍ମ ଯାହା କିଛି ବି କରିବାକୁ ଚାହିଁଥିଲେ, ପ୍ରଶ୍ନଟିଏ କରିବାପାଇଁ ଜଣେ ସାଧୁଜନ ନ ଥିବା, ସେମାନଙ୍କ ସାମ୍ରାଜ୍ୟରେ ଏକାକୀ ଜଣେ ଅନୁଢା ଝିଅ ଗୋଟିଏ ରାତ୍ରି ନିର୍ଭୟରେ ଅତିବାହିତ କରିପାରିଛି... ଓ ହୋ ! ଯିଏ ଯେତେ ବିଶ୍ୱାସ କରିବାକୁ ଅମଙ୍ଗ ହେଲେ ବି ଏହା ହିଁ ସତ୍ୟ! ବିଂଶ ଶତାବ୍ଦୀର ଉତ୍ତରକାଳର ଏକ ଅବିଶ୍ୱସନୀୟ ଅଦ୍ଭୁତ ସତ୍ୟ।

କ୍ରମବର୍ଦ୍ଧିତ ଟେକ୍‌ନୋଲଜି ଓ ବିଶ୍ୱବ୍ୟାପ୍ତୀକରଣର ଫଳାଫଳ ଯାହାବି ହେଉ, ନିତି ପ୍ରତିଦିନ ଘଟୁଥିବା ଦୁର୍ଘଟନା ବିଷୟରେ ଚିନ୍ତାକଲେ ଦେଇ ଶୀତେଇ ଉଠେ।

ଧର୍ଷଣ, ହତ୍ୟା, ସମ୍ମାନହାନୀ, ଏସିଡ୍ ଆକ୍ରମଣ, ଅପହରଣ, ପୈଶାଚିକ

ପ୍ରେମ, ଅଶ୍ଳୀଳ ଭିଡିଓ ପ୍ରସ୍ତୁତ କରି ଭାଇରାଲ କରି ଅର୍ଥ ଉପାର୍ଜନ ପାଇଁ ବ୍ଲାକ୍‌ମିଲ ଭଳି ଅନେକ ଘଟଣା ନିରନ୍ତର ଘଟି ଚାଲିଛି।

କନ୍ୟା ସନ୍ତାନର ପିତାମାତା ଜୀବଦ୍ଦଶାରେ ମରଣ ଯନ୍ତ୍ରଣା ଭୋଗ କରୁଛନ୍ତି।

କେହି ଜଣେ ମନୋହର ସିଂ, ଶିବ କୁମାର ରାମସିଂ ଏମିତି କେତେ ନିର୍ଭୟା, ମୀରା, କୁନ୍ଦୁଲିର ସସ୍ମିତା, ବେବିନା, ମାଧବୀ ଇତିଶ୍ରୀ....। ଭଲମନ୍ଦ ସତ୍ୟଅସତ୍ୟର ପରଖ ଜାଣି ନ ଥିବା ନିରୀହ ଝିଅମାନଙ୍କ ଜୀବନ ଦୀପକୁ ଜୀବନବେଦୀରେ ଅକାଳରେ ନିର୍ବାପିତ କରି ଚାଲିଛନ୍ତି।

ଏଠି କାମନାପୀଡିତ ଇନ୍ଦ୍ରିୟାଶକ୍ତ ମଣିଷ ହୋଇପାରେ ଗୋଟିଏ ବିଖ୍ୟାତ ପ୍ରତିଷ୍ଠାନର ମୁଖ୍ୟ ଉଚ୍ଚପଦସ୍ଥ ପ୍ରଶାସକ। ହୋଇପାରେ ମଧ୍ୟ ଜଣେ ତଳିଆ କର୍ମଚାରୀ, ସାଧୁ ସନ୍ଥ ଗୃହସ୍ଥ, ବୃଦ୍ଧ, ନାବାଳକ ଯେ କେହି...। ନୂଆ କରି ନିଶ ଗଜରୁଥିବା କିଶୋରଟିଏ ବି ସେଥିରୁ ବାଦ୍ ପଡିବନି।

ସାରା ଦେଶକୁ ଦୋହାଲାଇ ଦେଇଥିବା ନିର୍ଭୟା ଗଣଦୁଷ୍କର୍ମରେ ନିର୍ଭୟାକୁ ଏକାଧିକବାର ଦୁଷ୍କର୍ମ କରିଥିଲା ଜଣେ ନାବାଳକ...! କଥଟା ଅବିଶ୍ୱସନୀୟ ହେଲେ ବି ସତ୍ୟ! ଏଠି ସେଠି ସର୍ବତ୍ର ଲୁଚି ରହିଥାଆନ୍ତି ଅଜଣା ଶିକାରୀମାନେ। ଗୋଟିଏ ଜୀବନ୍ତ ଶରୀରକୁ କ୍ଷତବିକ୍ଷତ ଛିନ୍‌ଭିନ୍ କରିଦେବା ପାଇଁ। ପାଞ୍ଚ ବର୍ଷର ନିଷ୍ପାପ ଶିଶୁକୁ ଅଳ୍ପ କେତୋଟି ଚକ୍‌ଲେଟ୍ ଦେଇ ବାଟରୁ ଫୁସଲା ଫୁସଲି କରି ନେଇଯାଆନ୍ତି। ସତର ବର୍ଷର ତରୁଣୀ ଠାରୁ ପଚାଶ ବର୍ଷର ବୟସ୍କା ମହିଳା ବି ଅନବରତ ଛିନ୍‌ଭିନ୍ ହୋଇ ଯାଉଛନ୍ତି ଏଠି।

ସନ୍ଥର ମୁଖାପିନ୍ଧି ଭଣ୍ଡ ବାବାମାନେ ନିଜକୁ ଈଶ୍ୱରଙ୍କ ଅବତାର କହି ଅଳ୍ପ ବୟସର ଝିଅମାନଙ୍କୁ ଦୁଷ୍କର୍ମ କରି ଚାଲିଛନ୍ତି। ଗୋପିଙ୍କ ସହିତ କୃଷ୍ଣଙ୍କ ସଂପର୍କର ଦ୍ୱାହିଦେଇ ! ଯୌନପାଗଳ ସଂପର୍କୀୟମାନେ ପାଞ୍ଚବର୍ଷଠୁ ଛୋଟ ବାଳୁତ ଝିଅ ମାନଙ୍କୁ ଛାଡୁ ନାହାନ୍ତି...।

ସାରାରାତ୍ରିର ଅନିଦ୍ରା ପରେ ଭୋର୍‌ରେ କିଛି ସମୟ ପାଇଁ ଆଖି ବୁଜି ହୋଇଯାଇଥିଲା।

ତା ପରଦିନ ଥିଲା ମୋ ପାଇଁ ଏକ ପୁର୍ନଜନ୍ମର ଦିନ। ମୋ ସମ୍ମୁଖରେ ଆନନ୍ଦ ଓ ପ୍ରଶାନ୍ତିର ବାତାବରଣ। ଅପସାରିତ ହୋଇଯାଇଥିଲା ମୋ ଭିତରୁ ପୂର୍ବଦିନର ସମସ୍ତ ଭୟ ଓ କ୍ଳାନ୍ତି।

ନିତ୍ୟକର୍ମ ସାରିବା ପରେ ପିଉସୀନାନୀ ଗରମଚୁଡା ଉପମା ପ୍ରସ୍ତୁତ କରି ଖାଇବାକୁ ଦେଲେ। ମୋ ମୁଣ୍ଡ କୁଣ୍ଡାଇ ବେଣି ବାନ୍ଧି ଦେଲେ। ମଥାରେ ଲଗେଇ ଦେଲେ ରଂଗୀନ୍ ଟିକିଲି।

ଦେଖିଲି ବାରଣ୍ଡାରେ ଅପେକ୍ଷା କରି ବସି ରହିଛନ୍ତି ପୂର୍ବଦିନର ତିନିଜଣ ଗ୍ରାମୀଣ ଶ୍ରମିକ। ମୋର ଦେହରକ୍ଷୀ ସାଜି ମୋତେ ସୁରକ୍ଷିତ ଘରେ ପହଞ୍ଚାଇବା ପାଇଁ। ଦିନର ସ୍ୱଚ୍ଛ ଆଲୋକରେ ଏମାନେ କେତେ ନିରୀହ ସରଳ ଦେଖା ଯାଉଛନ୍ତି ସତରେ !ଗତକାଲି ରାତିର ଅନ୍ଧକାରମୟ ନିର୍ଜନ ପ୍ରାନ୍ତରରେ ଏମାନଙ୍କୁ ଦେଖି ମୋ ଚିନ୍ତା ଭାବନା ଏମିତି ଆଉଳିବାଉଳି ହୋଇଯାଉଥିଲା ଯେ ଏମାନଙ୍କୁ ନେଇ ଏଣୁ ତେଣୁ ବହୁତ କିଛିଭାବିଦେଇଥିଲି। ପୁରାଣ ବର୍ଣ୍ଣିତ ମଇଁଷି, କଂସେଇ ଖାନାର କଂସେଇ, ନାରୀ ଶିକାରୀ କ'ଣ ନାଇ କ'ଣ! କେମିତି ବା ନ ଭାବନ୍ତି ? ନିତି ପ୍ରିତିଦିନ ଝିଅମାନଙ୍କ ସହିତ ଘଟି ଚାଲିଥିବା ଦୁର୍ବ୍ୟବହାର ଦୁଷ୍କର୍ମକୁ କେମିତି ଅଣଦେଖା କରି ଦେଇଥାଆନ୍ତି ? ଭୟ ତ ମଣିଷର ସହୋଦର। ଅବିଶ୍ୱାସର ଭୟ ଅସୁରକ୍ଷାର ଭୟ ହିଁ ତ ମୋତେ ସତର୍କ କରି ଚାଲିଥିଲା ପ୍ରତି ମୁହୂର୍ତ୍ତରେ। ମୋତେ ମଜବୁର କରିଦେଇଥିଲା ସେମିତି ଭାବିବା ପାଇଁ ....। ଏଥରେ ମୋ ଦୋଷ କ'ଣ ?

ଏବେ ଦେଖୁଛି ସେମାନଙ୍କ ମୁହଁରେ ଏକ ନିଃସ୍ୱାର୍ଥପର ଉଦ୍‌ବିଗ୍ନତା। ମୋତେ ସୁରକ୍ଷିତ ଘରେ ପହଞ୍ଚାଇ ଦେବାର।

ଚାଲ ମା' ଚାଲ... ବସ୍ ଆସିଯିବ।

ମୋତେ ଆହୁରି ଚମତ୍କୃତ କରିଦେଇ ମୋ ପାଇଁ ଉପହାର ସ୍ୱରୂପେ ସେଠି ଥୁଆ ହୋଇଥିଲା ଦୁଇ ଝୁଡି ହଳଦିଆ ପକ୍ୱ ଆମ୍ବ। ମନଟା କୃତଜ୍ଞତାରେ ଦ୍ରବିଭୂତ ହୋଇଯାଉଥିଲା।

ସେ ଯାଏ କୋଠରୀ ଭିତରୁ ବାହାରି ନ ଥିଲା ମୁଖିଆ। ଗତକାଲି ଲୋକଟାକୁ ନେଇ ଭଲ ବିଶ୍ଳେଷଣ କରି ନ ଥିଲି। କେମିତି ବା କରିଥାଆନ୍ତି ? ବିଶେଷ କରି ଯାହାଠାରୁ କୌଣସି କ୍ଷତି ହେବାର ଆଶଙ୍କ ଥାଏ। ମୁଁ କ୍ଷେତ ଭିତରକୁ ଖସି ପଡିଥିଲା ବେଳେ ହଠାତ୍ ଦୌଡିଆସି ମୋ ବାହୁ ଧରି ମୋତେ ଉଠେଇବା କ'ଣ ଜରୁରୀ ଥିଲା ? ମୁଁ କ'ଣ ନିଜେ ଉଠିପାରି ନ ଥାଆନ୍ତି ? ଯେମିତି ବାହାନ ଖୋଜୁଥିଲା। ନାରୀର ଅଙ୍ଗପ୍ରତ୍ୟଙ୍ଗ ଦେଖିଦେଲେ ଏମାନେ ସ୍ଥୁଳ ସୁଖର ଅନୁଭୂତିରେ ରୋମାଞ୍ଚିତ ହୋଇଯାଆନ୍ତି। ସମାନ୍ୟ ସ୍ପର୍ଶ ପାଇଁ ବାହାନା ଖୋଜନ୍ତି। ଏ ମୁଖିଆ ବା କେମିତି ବାଦ୍ ପଡନ୍ତା। ମୋର ଭୟ ଆଶଙ୍କା ସ୍ୱାଭାବିକ। ମୋ ସ୍ଥାନରେ ଯେ କେହି ସଚେତନ ଝିଅ ଥିଲେ ଏକା ଭଳି ବିବେଚନା କରିଥା'ନ୍ତା।

ଲୋକଟା ପ୍ରତି ମୋ ମନରେ କୌଣସି କୋମଳ ଭାବନା ନ ଥିଲେ କି କୃତଘ୍ନ କେମିତି ହୋଇଥାଆନ୍ତି ? ଧନ୍ୟବାଦ୍ ଜଣାଇବା ପାଇଁ ତା କୋଠରୀ ସମ୍ମୁଖରେ ଠିଆ ହୋଇ କହିଲି, " ଦାଦା ... ଯାଉଛି...। ଅତ୍ୟଧିକ ଭୟ ପାଇଯାଇଥିବା ମୋତେ

ଆଦର ଯତ୍ନର ସହିତ ଘରେ ଆଶ୍ରା ଦେଲ। ତାର ପ୍ରତିଦାନ ଏ ଜନ୍ମରେ ଦେଇ ପାରିବି ନାହିଁ...।

ମୁଖିଆ ଆଖି ପ୍ରସାରିତ କରି ମୋତେ ଦେଖିଲା। କିଛି କହିବା ପାଇଁ ଓଷ୍ଠ ଦ୍ୱୟ ସ୍ପନ୍ଦିତ ହେଲା। ଅଥଚ କିଛି କହିଲା ନାହିଁ। କେବଳ ସ୍ମିତ ହସି ମୁଣ୍ଡ ହଲାଇ ବିଦାୟ ଦେଲା।

ଜଣେ ମଣିଷର ଚରିତ୍ରକୁ ନ ବୁଝି ହଠାତ୍ ଆକଳନ କରି ପକାଇବା ଅନୁଚିତ ବ୍ୟାପାର। ଲୋକଟାକୁ ନେଇ ମୋ ଭୟ କଟି ଯାଇଥିଲା। ଦିନର ସ୍ୱଚ୍ଛ ଆଲୋକରେ ସ୍ୱାଭାବିକ ଅବସ୍ଥାରେ କୌଣସି ଦିଗରୁ ଖଳନାୟକ ପରି ଲାଗିଲା ନାହିଁ। ଅପରପକ୍ଷରେ ଜଣେ ଅନୁଢାଝିଅର ଇଜ୍ଜତ ମାନ ସମ୍ମାନର ରକ୍ଷାକର୍ତ୍ତା ହିରୋ ଭଳି ଦେଖାଗଲା।

ମୁଁ ସେଠାରେ ଆଉ ଅଧିକ ସମୟ ଠିଆ ହୋଇ ରହିବାକୁ ଚାହୁଁ ନ ଥିଲି। ନମସ୍କାର କରି ବାହାରି ଆସିଲି। ଫେରନ୍ତା ରାସ୍ତାଟା ଏତେ ଦୀର୍ଘ ଲାଗିଲା ନାହିଁ...।

ଘରକୁ ଫେରି ସ୍ୱସ୍ତିରେ ନିଶ୍ୱାସ ମାରିଲି।

ମୋତେ ଗାଁରେ ପହଞ୍ଚାଇବାକୁ ଆସିଥିବା ଗ୍ରାମୀଣମାନଙ୍କୁ ପେଟପୁରା ଭୋଜନ କରାଇଲି। ମୋ ବାପା ସେମାନଙ୍କ ହାତରେ ଶହେଟି ଲେଖାଏଁ ମୁଦ୍ରା ରଖିଲେ। ଶହେଟି ମୁଦ୍ରା ଦେଖି ସେମାନଙ୍କ ଆଖିର ଚମକ ଏଯାବତ୍ ମନେଅଛି।

ଏହା ସତ୍ୟ ଯେ ଏମିତି ଏକ ଘୋର ବିପଜ୍ଜନକ ପରିସ୍ଥିତିରେ ଛନ୍ଦି ହୋଇ ପଡିଥିବା ଅନେକ ଜଣଙ୍କ ଅପେକ୍ଷା ମୁଁ ଭାଗ୍ୟବତୀ। ଅକ୍ଷତ ଫେରି ଆସି ପାରିଥିଲି। ଏ ଘଟଣା ମୋତେ ପରବର୍ତ୍ତୀ ଜୀବନରେ ଆହୁରି ସାହସୀ ଓ ନିର୍ଭୟ ହେବାକୁ ଶିଖାଇଲା....।

ଆମ ଘରେ ଏ ଘଟଣାକୁ ନେଇ କାହାକୁ କିଛି କହିବା ଉଚିତ୍ ମଣିଲେ ନାହିଁ। ଗାଁ ଲୋକେ ଜାଣିଲେ ଅସଂଖ୍ୟ ଟିପ୍ପଣୀ ଦେବେ। ପ୍ରକୃତ କଥାକୁ ବିକୃତ କରିବେ।

ଏବେ ବି ମୁଁ ବେଳେବେଳେ ଭାବେ ଯଦି ସେ ଦିନ ମୋ ସହିତ କିଛି ବି ଅଘଟଣ ଘଟିଥାନ୍ତା ତେବେ ମୋର କ'ଣ ହୋଇଥାଆନ୍ତା ? କଅଣ ଆଉ ହୋଇଥାଆନ୍ତା ! ଏ କାହାଣୀର ପରପୃଷ୍ଠା ଲେଖା ହୋଇଥାଆନ୍ତା ! ନିର୍ଭୟା, ମୀରା, କୁନ୍ଦୁଲିଗ୍ରାମର ସସ୍ମିତା, ବେବୀନା, ମାଧବୀ, ଇତିଶ୍ରୀ ଆହୁରି ଅନେକ ପୀଡିତାଙ୍କ ତାଲିକାରେ ମୋ ନାଁ ବି ଯୋଡିହୋଇ ଯାଇଥାଆନ୍ତା !

ଖବର କାଗଜମାନଙ୍କରେ ଭର୍ତ୍ତି ହୋଇଯାଇଥାନ୍ତା ଏମିତି...... ନିର୍ଭୟା ଘଟଣାର ପୁନରାବୃତ୍ତି... ବସ୍‌ରେ ଗଣଧର୍ଷଣ ପରେ ହତ୍ୟା। ନିଦରେ ଶୋଇ ପଡି ଗନ୍ତବ୍ୟ ସ୍ଥଳରେ ଓହ୍ଲାଇ ନ ପାରି ଆଗକୁ ଚାଲିଯାଇଥିବା ଝିଅକୁ ମନ୍ଦ ଉଦ୍ଦେଶ୍ୟ ନେଇ,

ଇଚ୍ଛାକୃତ ଭାବରେ ବସ୍‌ର ଡ୍ରାଇଭର, କଣ୍ଡକ୍‌ଟର ହେଲ୍‌ପର କେହି ଉଠାଇ ନ ଥିଲେ। ଦୀର୍ଘ ସମୟଧରି ଚଳନ୍ତା ବସ୍‌ରେ ନରକର ହୁତାଶନରେ ହୁ ହୁ ହୋଇ ଜଳିଥିଲା ପୀଡିତା। ଦୁଷ୍କର୍ମ ପରେ ହତ୍ୟା କରି ଅଳିଆ ବସ୍ତା ଫିଙ୍ଗିଲା ପରି ଫୋପାଡି ଦେଇଥିଲେ ରାସ୍ତା କଡକୁ ଇତ୍ୟାଦି.... ଇତ୍ୟାଦି...। ଆହୁରି କେତେ କ'ଣ !

ଏତେ ଦିନ ପରେ ବି ମନରେ ଆଉ ଏକ ପ୍ରଶ୍ନ ! ଯେତେ ଚେଷ୍ଟା କଲେ ବି ଆଡେଇ ଦେଇ ପାରୁନି। ସେ ଦିନ ମୋର ପୈତୃକ ପରିଚୟ ମୋର ରକ୍ଷାକବଚ ବନିଥିଲା ନା ସତରେ ମୁଖିଆ ଭଲ ମଣିଷଟେ ଥିଲା ? ମୋ ସ୍ଥାନରେ ଯଦି ଅନ୍ୟ କେହି ଗରୀବ ଘରର ଅସହାୟ ଝିଅଟିଏ ହୋଇଥାଆନ୍ତା ?

କେଜାଣି ?

■

# 'କାଫେ କଫି ଡେ' ବିଜ୍ଞାପନ

ଦ୍ୱିପହର ସାରା ଶୋଇ ପଡ଼ିଥିଲି । ନିଦ ଭାଂଗିଲା ବେଳକୁ ଦେଖିଲି ବାହାରେ ବର୍ଷା । ବର୍ଷା ତ କୁହାଯିବ ନାହିଁ, ସାମାନ୍ୟ କୁଣ୍ଡା ଝାଡୁଛି ମେଘ ।

ଅନ୍ୟ ଦିନ ହୋଇଥିଲେ ଏମିତି ଏକ ପାଗରେ କାହାକୁ ପାଖରେ ବସାଇ ଲଂଗ ଡ୍ରାଇଭରେ ଲକ୍ଷ୍ୟହୀନ ଭାବରେ କୁଆଡ଼େ ନାଇ କୁଆଡ଼େ ବାହାରିଯିବାକୁ ମନ ଭିତରେ ଏକ ଅଧିର ଉଚ୍ଚାଟନ ସୃଷ୍ଟି ହୋଇ ଥାଆନ୍ତା । ଆଜି କିନ୍ତୁ ମୁଡ୍ ଅଲଗା, ଦୁଇପହରେ ମୋନାଲି ଫୋନ୍ କରିଥିଲା । ତୋ ସହିତ ଜରୁରୀ କଥା ଅଛି । ବାହାରକୁ କୁଆଡ଼େ ଯିବୁ ନାହିଁ । କାହିଁକି କେଜାଣି ସ୍ୱର ଅଲଗା ଶୁଭୁଥିଲା । ସବୁଦିନ ପରି ଆବେଗ ନ ଥିଲା । ନଥିଲା କୌଣସି ଫିଲିଙ୍ଗସ୍ ।

ତକିଆରେ କହୁଣି ଭରାଦେଇ ଓହ୍ଲାଇ ଆସୁଥିବା ଅନ୍ଧାରକୁ ଚାହିଁ ଭାବୁଥିଲି, କାହିଁ, ମୋନାଲି ତ ଆସିଲା ନାହିଁ ଏ ଯାଏ ? ଆସିଲେ କଅଣ କହିବ ? କି ଜରୁରୀ କଥା ଅଛି ତାର ?

ଭାବି ଭାବି ଉଠିଗଲି ଝରକା ପାଖକୁ । ଝରକା ପରଦା ଆଡ଼େଇ କାଚବାଟେ ବାହାରକୁ ଅନାଇଲି । ପବନ ସ୍ପର୍ଶରେ ନିମଗଛରୁ ଝରି ତଳେ ପଡ଼ି ମାଟି ସ୍ପର୍ଶ କରୁଥିଲେ ଅସଂଖ୍ୟ ହଳଦିଆ ହଳଦିଆ

ନିମପତର। ସେଇ ଝାପସା ଅନ୍ଧାରରେ ଚମତ୍କାର ଲାଗୁଥିଲା ଦୃଶ୍ୟଟା। କଫି ପିଇବାକୁ ଇଚ୍ଛା ହେଲା। ହାତରେ କଫି ମଗ୍ ଧରି ଝରକା ନିକଟରେ ବସି ଏମିତି ଏକ ଦୃଶ୍ୟକୁ ଉପଭୋଗ କରିବାରେ ଏକ ନିଆରା ଆନନ୍ଦ ଅଛି। ପର ମୁହୂର୍ତ୍ତରେ ଭାବିଲି, ନା ଥାଉ...। ମୋନାଲି ଆସିଲେ କଫି ବନାଇବ। ସାଂଗ ହୋଇ ପିଇଲେ ପରିବେଶ ରୋମାଣ୍ଟିକ...ରୋମାଣ୍ଟିକ୍ ଲାଗିବ। ପ୍ରଥମେ କଫି ଚିନିକୁ ଖୁବ୍ ଫେଣ୍ଟି ପରେ ସେଥିରେ ଗରମକ୍ଷୀର ଢ଼ାଳି ଫେଣ୍ଟାଫେଣ୍ଟି କରି ଏକ ଚମତ୍କାର ଫେଣମୟ କଫି ବନାଇବାରେ ଦକ୍ଷ ମୋନାଲି।

ଭାବନାରେ ବୁଡ଼ି ରହିଥିଲାବେଳେ ଗେଟ୍ ଖୋଲିବାର ଶବ୍ଦ ସୂଚାଇଦେଲା ମୋନାଲି ଆସିଛି। କାଚ ଭିତରୁ ଦେଖିଲି ଦେହରୁ ରେନିକୋଟ୍ ଉତାରି ବାହାର ଗ୍ରୀଲ୍‌ରେ ଟାଂଗୁଛି। କିଛିଟା ବିବ୍ରତ ଜଣାପଡୁଥିଲା। ସୋଫାରେ ବସୁ ବସୁ ବିନା ଉପକ୍ରମଣିକାରେ ମୋତେ ଚମକାଇ ଦେଇ ତା ଜରୁରୀ କଥାଟା କହିଲା। ମନେହେଲା ଯେମିତି ବାଟସାରା ପ୍ରସ୍ତୁତ ହୋଇ ଆସିଛି କଅଣ କହିବ। ନାଟକର ସଂଳାପ ପୂର୍ବାଭ୍ୟାସ କରି ଆସିଥିବା ଭଳି।

ମୁଁ ଏ ସଂପର୍କକୁ ଆଉ ଆଗକୁ ଜାରି ରଖିପାରିବିନି। ଜାରି ରଖିବା ମୋ ପାଇଁ କଷ୍ଟକର ହୋଇ ପଡୁଛି। ନିଜ ସହିତ ସମାଜ ସହିତ ଲଢ଼େଇକରିବା ସମ୍ଭବ ହେଉନାହିଁ। ତୋ ସହିତ ଆଉ କଣ୍ଟିନିଉ କରିପାରିବି ନାହିଁ। ଏଇଭଳି ଏକ ସଂପର୍କକୁ ଏଇଠି ସମାପ୍ତ କରିଦେବା ଭଲ।

ଏୟା କହିବାକୁ ଆସିଛୁ ? ଏଇ ତୋ ଜରୁରୀ କଥା ? ଏତିକି କହିବା ବ୍ୟତୀତ ଅଧିକ କଅଣ ପ୍ରତିକ୍ରିୟା ପ୍ରକାଶ କରିବି ବୁଝିପାରିଲି ନାହିଁ।

ଦୁଇଦିନ ତଳେ ଦେଖା ହୋଇଥିବା ସମୟରେ ବେଶ୍ ସ୍ୱାଭାବିକ ଥିଲା। ଆଲିଙ୍ଗନକରି ଜୋର୍‌ରେ ଜଡ଼େଇ ଧରିଥିଲା। ମାତ୍ର ଦୁଇଟାଦିନ ପରେ ହଠାତ୍ ଝଡ଼ଭଳି ପହଞ୍ଚିଯାଇ ଏମିତି କିଛି କହିବ ସାମାନ୍ୟତମ ଆଭାସ ବି ଦେଇ ନଥିଲା। ଅବଶ୍ୟ ବର୍ଷକୁ ଥରେ ଦୁଇଥର ଏମିତି ତଲାକ୍... ତଲାକ୍...ତଲାକ୍ କହିଲା ଭଳି "ବ୍ରେକ୍‌ଅପ୍...ବ୍ରେକ୍‌ଅପ୍" ଶବ୍ଦ ଉଚ୍ଚାରଣ କରିବା ତାର ଏକ ପୁରୁଣା ଅଭ୍ୟାସ। ହାଇସ୍କୁଲ ଦିନରୁ ଏ ପର୍ଯ୍ୟନ୍ତ ସେଇ ଗୋଟିଏ ଡ୍ରାମା ଚଳେଇଛି। ଅତୀତରେ ଏମିତି ଅନେକଥର 'ବ୍ରେକ୍‌ଅପ୍' କହିଦେଇ ଚୁପ୍‌ଚାପ୍ ମୋ ଆଡ଼କୁ ଅନାଏ...। ମୋର ପ୍ରତିକ୍ରିୟା ଲକ୍ଷ୍ୟ କରିବା ପାଇଁ। ପର ମୁହୂର୍ତ୍ତରେ ମୁରୁକି ହସିଦେଇ ସରି...ସରି..., 'ପେଚ୍‌ଅପ୍'... ପେଚଅପ୍ କହି ଜୋର୍‌ରେ କୁଣ୍ଢେଇଧରି ଏକ ଗାଢ଼ ଚୁମ୍ବନ ଆଙ୍କିଦିଏ ମୋ ଗାଲରେ।

"ବ୍ରେକ୍‌ଅପ୍" ଶବ୍ଦଟା ଶୁଣି ମୋ ମୁହଁରୁ ସ୍ୱତଃ ବାହାରି ଆସିଲା, ପୁଣିଥରେ 'ବ୍ରେକ୍‌ଅପ୍' ?

ହଁ। ମାନେ ... ମୁଁ କଅଣ ଭାବୁଛି କି, ଢୋକଗିଳି କହିଲା, ତୋର ମୋର ଏଇ ସଂପର୍କକୁ କେହି ସ୍ୱୀକାର କରିବେ ନାହିଁ। ସଂସାରରେ ଚଳିବାପାଇଁ କିଛି ନିୟମ, ସୀମାରେଖା ଥାଏ। ତା ଛଡ଼ା ମୋ ମତରେ ଏହା ଠିକ୍ ନୁହେଁ। ଏ ସଂପର୍କ ସମାଜ ପାଇଁ ଏକ ଅକ୍ଷମଣୀୟ ଅପରାଧ।

କହିଲି, ଆମ ସଂପର୍କକୁ ତୁଟେଇବା ପାଇଁ ଏହା ଏକ ପର୍ଯ୍ୟାପ୍ତକାରଣ ନୁହେଁ। ଏବେ ତ ଏ ସଂପର୍କ ବୈଧ। ଏ କଥା ତୁ ଜାଣିଛୁ ଆଉ ମୁଁ ବି। କୌଣସି କୈଫିୟତ୍ ଦେବାର ଆବଶ୍ୟକତା ନାହିଁ। ଯଦି ତୁ ସରିୟସ୍, ତେବେ ମୋତେ ଛାଡ଼ିକି ଯାଇପାରୁ। ବ୍ୟସ୍ତ ହ ନା !

ହଁ ଯିବି। ନିଶ୍ଚୟ ଯିବି। ଯିବା ପୂର୍ବରୁ ତତେ ବୁଝେଇବା ପାଇଁ ଆସିଛି। ଆମର ଏ ସଂପର୍କ ଏକ ପାଣି ଦାଗପରି। ନା ବଢ଼ି ପାରିବ ନା ଛିଡ଼ିପାରିବ, ଯାହାର ଏକ ବ୍ୟର୍ଥ ବର୍ତ୍ତମାନ ବ୍ୟତୀତ କୌଣସି ଭବିଷ୍ୟତ ନାହିଁ। ଯାହା ଅନେକ ବର୍ଷ ହେଲା ଆମ ସହିତ ଚାଲିଛି।

ତା କଥାକୁ ମଝିରୁ କାଟି କହିଲି, ତୁ ମୋତେ ବୁଝାଇବା ଆବଶ୍ୟକ ନାହିଁ। ଯିବା ପୂର୍ବରୁ କେବଳ ଏତିକି କହିଦେଇଯା ଯେ ତୋର ମୋ ପ୍ରତି କୌଣସି ଫିଲିଙ୍ଗସ୍ ନାହିଁ। ଏଇ...ଏଇ ମୁହୂର୍ତ୍ତରେ ସଂପର୍କକୁ ମୋ ଆଡୁ 'ବ୍ରେକ୍‌ଅପ୍' କରିଦେବି।

ମୋ ପ୍ରଶ୍ନର କୌଣସି ପ୍ରତ୍ୟୁତ୍ତର ନ ଦେଇ କହିଲା, ମୁଁ ତୋ ସହିତ କଜିଆ କରିବାକୁ ଆସିନି। ତତେ ବୁଝେଇବାପାଇଁ ଆସିଛି। ଆମର ଏ ସଂପର୍କ ତତେ ମୋତେ ଅଡୁଆ। କେହି ସ୍ୱୀକୃତି ଦେବେନାହିଁ। ମୁଁ କ୍ଳାନ୍ତ। ଲାଗୁଛି ଯେମିତି ଆମେ ଏକ ଉତ୍ତପ୍ତ ମରୁଭୂମିରେ ଚାଲିଛୁ। ଯାହାର କୌଣସି ରହଣୀ ବା ଲକ୍ଷ୍ୟ ନାହିଁ। ଏମିତି ଜୀବନସାରା ଚାଲିଲେ ବି କେଉଁଠି ବି ପହଞ୍ଚିପାରିବା ନାହିଁ।

ଚାଲିବା ଆଉ ପହଞ୍ଚିବା ଦୁଇଟା ଭିନ୍ନ କଥା ମୋନାଲି ! ଏଇ ଦୁଇକଥାକୁ କାହିଁକି ମିଶାଉଛୁ। ତୁ ମୋତେ ଭଲପାଉ ମୁଁ ତତେ ଭଲପାଏ। ଦୁହିଁଙ୍କର ରାଜିଖୁସି ସଂପର୍କ। ଏମିତି ରାଜିଖୁସି ସଂପର୍କ ସହିତ ଲକ୍ଷ୍ୟହୀନ ଭାବରେ ସାରାଜୀବନ ଚାଲିବାରେ କ୍ଷତି କଅଣ ଅଛି ?

କ୍ଷତିଅଛି। ଆମ ସଂପର୍କ ଏକ ଆବେଗଭରା ଭାବପ୍ରବଣ ସଂପର୍କ। ଏ ଭଳି ସଂପର୍କକୁ ସମାଜ କେବେ ସ୍ୱୀକୃତି ଦେବ ନାହିଁ।

ମୋର ଅନ୍ୟକାହା ସ୍ୱୀକୃତିର ଆବଶ୍ୟକତା ନାହିଁ। ମୁଁ କାହା ସ୍ୱୀକୃତିକୁ ଗୁରୁତ୍ୱ ଦିଏ ନାହିଁ। ସେ ସବୁ ମୋ ପାଇଁ ଜରୁରୀ ନୁହେଁ।

ତେବେ ଶୁଣ୍ ! ମୁଁ ଏ ସଂପର୍କ ଆଗକୁ ଆଉ ଜାରି ରଖିପାରିବି ନାହିଁ। ମୁଁ ବାପାମା'ଙ୍କୁ କଅଣ କହିବି ? ତୁ ତ ସବୁକଥା ଜାଣିଛୁ। ମୋ ଦିଦି ଅନ୍ୟ ଜାତିରେ ପ୍ରେମବିବାହ କରିଥିଲା ବୋଲି ସେମାନଙ୍କର ଆତ୍ମହତ୍ୟା ଯାଏ କଥାଟା ପହଞ୍ଚି ଯାଇଥିଲା।

ଆମ ଦୁଇଜଣଙ୍କର ତ ସେ ଭଳି କୌଣସି ଜାତିଗତ ସମସ୍ୟା ନାହିଁ ?

ଏଥର ମୋନାଲି ମୋ ଆଡ଼କୁ ଏକ ଅସହାୟ ଦୃଷ୍ଟିରେ ଅନାଇ ଚଢ଼ା ଗଳାରେ କହିଲା, ମୁଁ ପରିହାସ କରୁନାହିଁ। ଆଇ ଏମ୍ ସିରିୟସ।

କହିଲି, ମୁଁ ବି ସିରିୟସ୍‌ଲି କହୁଛି।

ମୋ କଥା ଶୁଣି ନ ଶୁଣିବାର ଅଭିନୟ କରି ତା କଥା ଜାରି ରଖି କହି ଚାଲିଲା, କଥାଟା ଏତେ ସହଜ ନୁହେଁ। ଏମିତି ଏକାଠି କେହି ରହନ୍ତି ନାହିଁ। ପ୍ଲିଜ୍... ପୂର୍ବରୁ ତତେ ଅନେକ ଉଦାହରଣ ଦେଇଛି। ଆଉ କେତେ ଦେବି ? ଏସବୁ ବିଦେଶୀ କଲ୍‌ଚର। ଆମ ଦେଶରେ ଏମିତି କେହି ରହନ୍ତି ନାହିଁ। ଆମ ସଂସ୍କୃତି ପରଂପରାରେ ଏ ସବୁ ନିଷିଦ୍ଧ। ସମାଜ ଅନୁମତି ଦେବ ନାହିଁ।

ଆମେ ଅନ୍ୟ କାହାପରି କାହିଁକି ରହିବା ? ତା ଛଡ଼ା ଏଠି କଲଚରର ପ୍ରଶ୍ନ କାହିଁକି ଉଠିବ ?

ଏ ଥର ମୋନାଲି ସାମାନ୍ୟ ଚିଡ଼ିଯାଇ କହିଲା। ତୋ ସହିତ ଯୁକ୍ତି କରିବାର ଧୈର୍ଯ୍ୟ ମୋର ନାହିଁ। ପ୍ଲିଜ୍ ମୋତେ ମୁକ୍ତି ଦେ !

କହିଲି, ମୁଁ ସେ କାମ ଦୁଇବର୍ଷ ତଳେ ସଂପାଦନ କରିଦେଇଛି। ତତେ ବାନ୍ଧି ରଖିବାର ପ୍ରୟାସ କେବେ କରିନାହିଁ। ପ୍ରତ୍ୟେକଥର ତୁ "ବ୍ରେକ୍‌ଅପ୍" କହିଲାବେଳେ ମୁଁ ଆନ୍ତରିକ ଭାବରେ ତତେ ମୁକ୍ତି ଦେବାକୁ ଇଚ୍ଛା କରିଛି। ତୁ ନିଜେ ପୁନର୍ବାର ସ୍ୱଇଚ୍ଛାରେ ମୋ ଜୀବନ ଭିତରକୁ 'ପେଚଅପ୍' କହି ପ୍ରବେଶ କରିଛୁ ବାରମ୍ବାର। ମୁଁ ଏବେ ତତେ କହୁଛି, ଯା... ଚାଲିଯା। ତୁ ନିଜେ ମୋତେ ତ୍ୟାଗ କରିବାକୁ ଆସିଛୁ ଯେତେବେଳେ ମୁଁ ତତେ ତ୍ୟାଗ କରିବାର ପ୍ରଶ୍ନ ଉଠୁଛି କେଉଁଠି ?

ଅତୀତରେ ଅନେକଥର ସେ କହିଥିବା ଅନେକ କଥାକୁ ମନେ ପକାଇ ଭାବୋନ୍ମତ୍ତ ସ୍ୱରରେ କହିଲା। ହଁ, ଅତୀତରେ ମୁଁ ବାରମ୍ବାର 'ବ୍ରେକ୍‌ଅପ୍' 'ପେଚଅପ୍' କହିଥିବା ଡାଇଲଗ୍ ସବୁ ମୋର ମନେଅଛି। ସେତିକିବେଳେ ଏ ସବୁ କଥାକୁ ଗମ୍ଭୀର ଭାବରେ ଗ୍ରହଣ କରିନଥିଲି। ତତେ ତ୍ୟାଗ କରି ଚାଲିଯିବା କଥାଟା କେବେ କଳ୍ପନା ବି କରିନଥିଲି। କେବଳ ତତେ ଭୟଭୀତ କରିବାପାଇଁ ମଜାକ୍ କରୁଥିଲି। ଏବେ ସେ ସବୁକଥା ଭୁଲିଯା...।

ତା କଥା ସରିବାକୁ ନ ଦେଇ ମଝିରେ ବାଧାଦେଇ ମୁଁ କିଛି କହିବାକୁ ଯାଉଥିଲି, ମୋତେ ହାତରେ ବାରଣ କରି କହିଲା, ମୁଁ ଏଠି ତର୍କ କରିବାପାଇଁ ଆସିନି। କିମ୍ବା ଅନ୍ୟଥର ପରି ମଜାକ୍‌ର ମୁଡ଼ରେ ବି ନାହିଁ। ତତେ ଜଣାଇବା ପାଇଁ ଆସିଛି। ମୋ ଅଫିସ୍ ଟିମ୍ ଲିଡର କାଶ୍ୟପକୁ ତ ତୁ ଜାଣିଛୁ। ଏକା ଜାତିର। ଭଲ ଦେଖିବାକୁ। କହି କେମିତି ଏକ ହସ ହସିଲା। ସେ ହସ ସହିତ ମୁଁ ଯେତିକି ପରିଚିତ ଅନ୍ୟ କେହି ସେତିକି ନୁହଁନ୍ତି।

ହଁ ଜାଣିଛି। ଆଉ ବି ଜାଣିଛି ସେ କାନାଡ଼ାରେ ଜବ୍ ପାଇଛି। ମୋ ଅନୁମାନ ତାହେଲେ ଅବ୍ୟର୍ଥ। କାଶ୍ୟପ ପାଇଁ ତୁ ମୋତେ ଛାଡ଼ିବାକୁ ଯାଉଛୁ....।

ସେ କାନଡ଼ା ଯିବା ପୂର୍ବରୁ ମୋର ଅଭିପ୍ରାୟ ଜାଣିବାପାଇଁ ଚାହୁଁଛି। ତାକୁ ମନା କରିବାପାଇଁ ମୋ ପାଖରେ କୌଣସି ଠୋସ୍ କାରଣ ନାହିଁ। ଆସନ୍ତା ରବିବାର ଦିନ ତା ବାପାମା' ମୋ ବାପାମା'ଙ୍କ ସହିତ କଥାବାର୍ତ୍ତା ହେବାପାଇଁ ଆସୁଛନ୍ତି। ତେଣୁ କାଶ୍ୟପର ପ୍ରସ୍ତାବରେ ମୁଁ ତୋର ଅଭିପ୍ରାୟ ଜାଣିବାପାଇଁ ଆସିଛି।

ଆଶ୍ଚର୍ଯ୍ୟ ହୋଇ ପଚାରିଲି, ମୋର ଅଭିପ୍ରାୟ ? ମାନେ ? ମୋର ଅଭିପ୍ରାୟର ଆବଶ୍ୟକତା କାହିଁକି ? ମୁଁ ତୋର କିଏ କି ? ତୁ ନିଜେ ମୋତେ ଛାଡ଼ିବାକୁ ଆସିଛୁ ଯେତେବେଳେ ମୋର ଅଭିପ୍ରାୟ ଜାଣି ବା କଅଣ କରିବୁ ?

ଏ ପ୍ରଶ୍ନରେ ଲାଲପଡ଼ିଗଲା "ମୋନାଲିର ମୁହଁଟା"। ମୋତେ ଧମକାଇବା ସ୍ୱରରେ କହିଲା, ପାଗଳଙ୍କ ପରି କଥା କହନି !

ମୁଁ ବି ଜବାବୀଚାଲ୍ କରି ପଚାରିଲି, ଠିକ୍ ଅଛି ଏବେ ତୁ ମୋତେ ଗୋଟିଏ କଥା ସ୍ପଷ୍ଟ କରି କହ, ତୁ କାଶ୍ୟପକୁ ଭଲପାଉ ?

ମୋନାଲି ପାଖରେ ଏ ପ୍ରଶ୍ନର ଉତ୍ତର ନ ଥିଲା। ତତ୍‌କ୍ଷଣାତ୍ କୌଣସି ଉତ୍ତର ଦେଇପାରିଲା ନାହିଁ। କିଛି ସମୟ ନୀରବ ରହିବାପରେ ଏକ ଶୁଖିଲା ହସ ହସି କହିଲା, ମୁଁ କେବେ ମିଛ କହେନାହିଁ। ନିଜକୁ ନିଜେ ବି ମିଛ କହିପାରେ ନାହିଁ। ହୃଦୟ ବିନା ପ୍ରେମ ଅସମ୍ଭବ। ତେଣୁ ମୁଁ ସ୍ପଷ୍ଟ କରି କହୁଛି ମୁଁ କାଶ୍ୟପକୁ ଭଲପାଏ ନାହିଁ !

ଯଦି ଭଲପାଉନୁ ତେବେ ତାକୁ ବାହାହେବା କଥା କାହିଁକି ଭାବୁଛୁ ? ବିନା ପ୍ରେମରେ ?

କହିଲା, ବିବାହ ପାଇଁ ହୃଦୟ କିମ୍ବା ପ୍ରେମର ଆବଶ୍ୟକତା ନାହିଁ। ପ୍ରେମ ନ କରି ମଧ୍ୟ ଅନେକଜଣ ବିବାହ କରନ୍ତି। ତା ସହିତ ଆମ ସଂପର୍କ କଅଣ ?

ତୁ ନିଜେ ଚିନ୍ତାକର !

ମୁଁ ଚିନ୍ତା କରିସାରିଛି । ବୁଝିସାରିଛି ।  ବିବାହ କରିବାକୁ ଚାହୁଁଥିବା ସମସ୍ତେ ପ୍ରେମ କରି ନ ଥାଆନ୍ତି ।

ଶ୍ଳେଷୋକ୍ତି ପ୍ରୟୋଗ କରି କହିଲି ଠିକ୍ କହିଛୁ, ପ୍ରେମ କରୁଥିବା ସମସ୍ତେ ବିବାହ କରି ନ ଥାଆନ୍ତି । ଏମିତି କହିଲାବେଳେ ହୁଏତ ମୋ ଆଖି ମୁହଁ ରାଗରେ ଲାଲ ପଡ଼ିଯାଇଥିଲା ।

ମୋ ଆଖି ସହିତ ଆଖି ମିଳାଇ ନିବିଡ଼ ଦୃଷ୍ଟିରେ ମୋତେ ଅନେଇ କହିଲା, ତତେ ଏତେ କ୍ରୋଧ କେଉଁଠୁ ଆସେ କେଜାଣି ବୁଝିପାରେ ନାହିଁ ! ମୋ ହାତ ଦୁଇଟାକୁ ମୁଠେଇ ଧରି ପୁନର୍ବାର ବୁଝାଇବା ଢଙ୍ଗରେ କହିଲା, ପ୍ଲିଜ୍ ମୋ କଥା ବୁଝିବାକୁ ଚେଷ୍ଟାକର୍ ।  ଜୀବନଟା ତୁ ଭାବୁଥିବାଭଳି ଆଡ଼୍‌ଭେଞ୍ଚରସ୍ ନୁହେଁ । ପ୍ରେମାନୁଭବ ଯାହାପ୍ରତି ବି ସୃଷ୍ଟି ହୋଇପାରେ । ବିବାହ ସମାଜର ସ୍ୱୀକୃତି, ପରିବାରର ବଡ଼ମାନଙ୍କ ସଦିଚ୍ଛା ଅନୁମତି ବିନା ସମ୍ଭବ ନୁହେଁ । ବିବାହ ଏକ ବଡ଼ ଦାୟିତ୍ୱ । ଓ୍ୱିକ୍ଏଣ୍ଡ ରାଇଡ଼୍ ଭଳି ନୁହେଁ । ମୁଁ ସ୍ୱୀକାର କରୁଛି ତୋ ସ୍ପର୍ଶ ମୋ ଭିତରେ ସର୍ବଦା ଏକ ଉଲ୍ଲାସର ତରଙ୍ଗ ସୃଷ୍ଟିକରି ଆସିଛି । ମନରେ ନିଶା ଧରାଇଦିଏ । ମୋର ଘୋର ଏକାକୀତ୍ୱ ସମୟରେ ବଢ଼ିଲା ନଦୀଭଳି ମୋ ଶିରାପ୍ରଶିରାର ରକ୍ତ ଭିତରକୁ ଗର୍ଜନକରି ମାଡ଼ି ଆସିଥିଲୁ । ଆମେ ପରସ୍ପରର ଏକାକୀତ୍ୱ ଦୂର କରିଥିଲୁ । ଏ ସବୁ ସତ୍ତ୍ୱେ ମୁଁ କହିବି ଏହା ଏକ ସମାଜ ବିରୋଧି ବ୍ୟତିକ୍ରମ ସଂପର୍କ । ଆମ ଦୁହିଁଙ୍କର ଦେହ ସମର୍ପଣ ବାସନାଜଡ଼ିତ । ଦୈହିକ ସଂପର୍କ ବୈଧତା ଅବୈଧତାକୁ ନେଇ ବିଚାର କରାଯାଏ । ଅତ୍ୟଧିକ ଭାବପ୍ରବଣ ହୋଇ ଗଳାରୁନ୍ଧି ହେଲା ବୋଧେ, କହିବା ବନ୍ଦକରି ନୀରବ ହୋଇଗଲା ।

ପଚାରିଲି, ଏତିକି ନା ଆଉ କିଛି ଡାଏଲଗ ଅବଶିଷ୍ଟ ଅଛି ?

ଏହା ଡାଏଲଗ୍ ନୁହେଁ ବାସ୍ତବ ।

ମନର ନିଭୃତକୋଣରେ ଜଣକୁ ସାଇତିରଖି ଅନ୍ୟକୁ ବିବାହକରିବା ଅପରାଧ ନୁହେଁ କି ?

ପ୍ଲିଜ୍...ପ୍ଲିଜ । ଏମିତି' କଟୁ ମନ୍ତବ୍ୟ ଦେବାଟା କେବଳ ତତେ ସାଜେ । କାଶ୍ୟପ ଗତବର୍ଷ ଯାଏ ଜଣେ ବଙ୍ଗଳୀ ଝିଅ ସହିତ ଖୁବ୍ ବୁଲାବୁଲି କଲା । କହିଲା ପ୍ରେମ କରୁଛି । କିନ୍ତୁ ବିବାହ ପ୍ରସଙ୍ଗରେ ଖୁବ୍ ପ୍ରାକ୍ଟିକାଲ । ବନ୍ଧୁମାନଙ୍କ ଗହଣରେ ଖୋଲାଖୋଲି ନିଜ ମତ ବ୍ୟକ୍ତ କରି କହେ, ସାରା ଜୀବନ ବିତାଇବା ପାଇଁ ନିଜ ଜାତି ସଂପ୍ରଦାୟର ଝିଅ ହିଁ ଦରକାର । ଜୀବନଟା କାହାଣୀ ନୁହେଁ । ତୋର ମୋର ଏ ସଂପର୍କଟା ବି କାହାଣୀ ନୁହେଁ ।

କହିଲି, କାହାଣୀ ଓ ଜୀବନ ଭିତରେ ସଂପର୍କଟା କେତେଦୂର ଯେ ?

ଏମିତି ଭାବିଦେବା ସହଜ, ଭାବିବା କଥାରେ ବଞ୍ଚିବା ଭାରି କଠିନ। ଆମେ କ'ଣ ସେମିତି ବଞ୍ଚିପାରିବା ଯେମିତି ବଞ୍ଚିବାକୁ ଆମ ମନ ଚାହୁଁଛି ? ତୁ ମୋ କଥାମାନି ଭଲ ପୁଅଟିଏ ପସନ୍ଦକରି ବାହା ହୋଇପଡ଼। କଥାଟା କହିଦେଇ ଆଉଥରେ ତାର ସେଇ ପୁରୁଣା ହସ ହସିଲା।

ମୁଁ ବି ସାମାନ୍ୟ ହସିଦେଇ କହିଲି; ତତେ ଭୁଲିଯିବା ପରେ ସେ କଥା ଚିନ୍ତା କରିବି। ତତେ ଭୁଲିବା ମୋ ପକ୍ଷରେ ଏତେ ସହଜ ହେବ ନାହିଁ।

ମୋ କଥାରେ ତା ଭାବମୁଦ୍ରାରେ ସାମାନ୍ୟ ବ୍ୟସ୍ତତା ଦେଖାଗଲା। ପର ମୁହୂର୍ତ୍ତରେ ସ୍ୱାଭାବିକ ହେବାକୁ ଚେଷ୍ଟାକରି କହିଲା; ତୋ ଇଚ୍ଛା...। ବୋହୁତ ଡେରୀ ହେଲାଣି। ବାପାମା' ଅପେକ୍ଷା କରିଥିବେ। ମୁଁ ଯାଉଛି। କାଶ୍ୟପ ଆସନ୍ତା ମାସରେ କାନାଡ଼ା ଚାଲିଯିବ। ଏନ୍‌ଗେଜ୍‌ମେଣ୍ଟ କଥା କେହି ଚିନ୍ତା କରୁନାହାନ୍ତି। ସିଧା ବାହାଘର। ତୋ ସହିତ ଫୁର୍‌ସତ୍‌ରେ କଥା ହେବାପାଇଁ ହୁଏତ ଅବକାଶ ମିଳି ନ ପାରେ। ତେଣୁ ଆଜି ଚାଲିଆସିଲି। ଯାଉଛି ବାଏ... ! ବାଏ..... କହିଲାବେଳେ ମୁଁ ତା ମୁହଁକୁ ଚାହିଁଲି। ବାହାରର ଶୀତଳ ତାପମାନ ସତ୍ତ୍ୱେ ମୁହଁରେ ବିନ୍ଦୁ ବିନ୍ଦୁ ଝାଳ ଉକୁଟି ଉଠିଛି।

ମୋନାଲି ସବୁବେଳେ ଏମିତି। ଯାହା କରିବାକୁ ଥରେ ନିର୍ଣ୍ଣୟ ନେବ ଆଉ ପଛକୁ ଫେରି ଚାହିଁବନି। କାହାକୁ କିଛି କହିବାର ସୁଯୋଗ ହଁ ଦିଏ ନାହିଁ। ଆଉ ସେଇଥିପାଇଁ ହୁଏତ ତାର ପ୍ରେତ୍ୟକ କଥାକୁ ସମର୍ଥନ ଜଣାଇବା ବ୍ୟତୀତ, ମୁଁ ତା ଉପରେ କେବେ କ୍ରୋଧାନ୍ୱିତ ହୋଇପାରେ ନାହିଁ।

ଇତିମଧ୍ୟରେ ମୋର ହୃଦ୍‌ବୋଧ ହୋଇ ସାରିଥାଏ। ଏ ଥରର 'ବ୍ରେକ୍‌ଅପ୍' ପ୍ରକୃତରେ ସିରିୟସ। ସ୍ଥାୟୀ। ମଜାକ୍ ନୁହେଁ। ତା ଆଡୁ ନଜର ଫେରାଇ ବାହାର ବର୍ଷା ଆଡ଼କୁ ଚାହିଁ କହିଲି, ମୁଁ ଆରମାସ ହିମାଲାୟନ୍ ରାଇଡ୍‌ରେ ଯାଉଛି। ତୋ ବାହାଘରକୁ ହୁଏତ ରହି ନ ପାରେ। ମାଉସୀଙ୍କୁ କହିଦେବୁ ମୋର ଯିବାଟା ନିହାତି ଜରୁରୀ। ନଚେତ୍ ମୋର ଅନୁପସ୍ଥିତି ତାଙ୍କୁ ଆଘାତ ଦେଇପାରେ।

ତୋ ଇଚ୍ଛା....। ତୋର ଯେଉଁଥିରେ ଖୁସି ତାହା କର୍। ତତେ ଆଉ କୌଣସି କଥାକୁ ବାଧ୍ୟ କରିବି ନାହିଁ। ବାଏ....। ଯେମିତି ଝଡଭଳି ଆସିଥିଲା ସେମିତି ରେନିକୋଟ ପିନ୍ଧି ବାହାରିଗଲା। ଗେଟ୍ ବନ୍ଦହେବାର ଶବ୍ଦଟା ପୁନର୍ବାର ସୂଚାଇଦେଲା, ମୋନାଲି ଚାଲିଗଲା। ହୁଏତ ସବୁଦିନ ପାଇଁ.....। ପ୍ରତ୍ୟେକଥର ମୋ ପାଖରୁ ବିଦାୟ ନେଲାବେଳେ ମୋତେ ଗାଢ଼ ଆଲିଙ୍ଗନଟିଏ ଦେଇ ବିଦାୟ ନିଏ। ଏ ଥର ସେମିତି କିଛି କଲାନାହିଁ, କଷ୍ଟ ହେଲା ମନରେ।

ବାହାରେ ଏବେ ବର୍ଷା ବେଲୁବେଲ ତୀବ୍ରତର ହେଉଥିଲା। ବୋଧେ ଜୋରଧରିଛି। ଛାତି ଭିତରଟା ଓଜନିଆ ଓଜନିଆ ଲାଗିଲା। ଯେମିତି କିଛି ଭରିଯାଇଛି। ଭିତରେ ଏକ ଅଶ୍ୱସ୍ତିକର ଶୂନ୍ୟତା। ମୁଡ୍ ଖରାପ କରିଦେଇଗଲା ଏ ମୋନାଲି ! କଫି ପିଇଲେ ହୁଏତ ହାଲୁକା ଲାଗିବ। ମୋନାଲି ସହିତ ଏକତ୍ର କଫି ପିଇବା କଥାକୁ ସଂପୂର୍ଣ୍ଣ ବିସ୍ମୃତ ହୋଇଯାଇଥିଲି। ମାହୋଲ ହିଁ ସେମିତି ହୋଇଯାଇ ଥିଲା।

କିଚେନରେ କଫି ମେକରରେ କଫି ପ୍ରସ୍ତୁତ କଲି। ପ୍ରତ୍ୟେକଥର କଫି ମେକରରେ କଫି ପ୍ରସ୍ତୁତ କରିବା ସମୟରେ ସ୍ୱତଃପ୍ରବୃତ୍ତ ପ୍ରତିକ୍ରିୟା ସ୍ୱରୂପେ ମନେ ପଡ଼ିଯାଏ "କାଫେ କଫି ଡେ" ଗ୍ରାହକମାନଙ୍କ ସ୍ଲୋଗାନ। "ଏ ଲଟ୍ କାନ୍ ହାପନ ଓଭର କଫି"। କଫି ପିଇଲାବେଳେ ବହୁତ କିଛି ଘଟିପାରେ। ଏ ବହୁତ କିଛି ଭିତରେ ଯାହାସବୁ ଅନ୍ତର୍ଭୁକ୍ତ ତାହା ହୋଇପାରେ ନୂତନ ସଂପର୍କ ସ୍ଥାପନ କରିବା। ଭାଂଗିବାକୁ ବସିଥିବା ସଂପର୍କ ଯୋଡ଼ିବା। ମୁଁ ଆଉ ମୋନାଲି ଏକତ୍ର ବସି କଫି ପିଇଥିଲେ ଆମ ସଂପର୍କ କଅଣ ଯୋଡ଼ି ହୋଇଯାଇ ଥାଆନ୍ତା ? ବୋଧହୁଏ ନା ! ମୁଁ ଜାଣେ ଆମେ ଏକତ୍ରବସି କଫି ପିଇଥିଲେ ବି ଆମର ଭାଂଗିଯାଇଥିବା ସଂପର୍କ ଆଉ ଯୋଡ଼ି ହେବାର ସମ୍ଭାବନା ନାହିଁ। ବରଂ ସେ କାଶ୍ୟପ ସହିତ କଫି ପିଇ ଏକ ନୂଆ ସଂପର୍କ ସ୍ଥାପନ କରିବାକୁ ଯାଉଛି। ଆଉ ମୋତେ ବି ଅନ୍ୟ କାହା ସହିତ କଫି ପିଇ ଏକ ନୂତନ ସଂପର୍କ ସ୍ଥାପନ କରିବାକୁ ପରାମର୍ଶ ଦେଇ ଯାଇଛି। କିଚେନ୍‌ରୁ କଫି ମଗ୍ ଧରିଆସି ଝରକା ପାଖରେ ବସିଲି। ଝରକା ବାହାରର ଝରା ନିମପତର ଦୃଶ୍ୟକୁ ଉପଭୋଗ କରି ଧିରେ ଧିରେ କଫି ପିଉଥିଲାବେଳେ, ହୁଏତ ଗରମ କଫିର ପ୍ରଭାବରେ, ମୁଁ ଅନୁଭବ କରୁଥିଲି ମୋ ଭିତରେ ଏକ ପରିବର୍ତ୍ତନ ଜନିତ ପ୍ରତିକ୍ରିୟା।

"ଏ ଲଟ୍ କାନ୍ ହାପନ୍ ଓଭର କଫି", 'କାଫେ କଫି ଡେ' ସ୍ଲୋଗାନର ପ୍ରଭାବ ଜନିତ ପ୍ରତିକ୍ରିୟା। ଏକ ବିପରୀତ ଢାଞ୍ଚାରେ। ମୋ ମନ ଏବେ ମୋନାଲିକୁ ବିରୋଧ କରୁନାହିଁ। ଯଦିଓ ତା ନିଷ୍ପତ୍ତିରେ ସାମାନ୍ୟ ଝଟ୍‌କା ଲାଗିଥିଲା ଏବେ ଭାବୁଛି ଠିକ୍ ତ କହିଛି ମୋନାଲି। ଆମ ଦୁହିଁଙ୍କର ପ୍ରେମ ବାସନାଜଡ଼ିତ ହିଁ ତ ଥିଲା ! ଏକ ଭାବୋଚ୍ଛ୍ୱାସରେ ଭାସି ଚାଲିଥିଲୁ ଯାହା। ଏତେଦିନ ମସ୍ତିଷ୍କକୁ ଗୋଟିଏ ପଟକୁ ଆଡ଼େଇ ଦେଇ ଏମିତି ଏକ ଜୀବନ ଜିଇଁବାକୁ ଚାହୁଁଥିଲୁ ଯାହା ଆମ ମନ ଚାହୁଁଥିଲା। ଜୀବନର ପ୍ରତ୍ୟେକସ୍ତରରେ ନିଜକୁ ବଦଳାଯାଇପାରେ। ଏବେ ମୋନାଲି ବଦଳିଯାଇଛି। ସେ କାଶ୍ୟପ ସହିତ ଏକ ଯଥାର୍ଥ ଜୀବନ ବଞ୍ଚିବାକୁ ଚାହୁଁଛି। ତା କଥା ମାନି ନିଜ ନିଜ ଜୀବନରେ ଆଗେଇଯିବା ହିଁ ଶ୍ରେୟ।

'ଲେସ୍‌ବିଆନିଜମ୍' ପ୍ରାଚୀନ କାଳରୁ ପ୍ରଚଳିତ ଥିଲେ ମଧ୍ୟ ସମାଜ ସର୍ବଦା

ଏହାକୁ ଏକ ଅପ୍ରାକୃତିକ ସଂପର୍କ ବୋଲି ହିଁ ବିବେଚନା କରିଆସିଛି। ଏହା କେବେ ବି ବୈଧ ନ ଥିଲା।

ନ୍ୟାୟାଳୟମାନେ ଏ ଭଳି ସଂପର୍କକୁ ବୈଧ ବୋଲି ସ୍ୱୀକୃତି ପ୍ରଦାନ କଲେ ବି; ଯଦ୍ୟପି ଲୋକ ବିରୁଦ୍ଧମ, ନ କରଣୀୟମ ନାଚରଣୀୟମ....।

ଏବେ ମୋନାଲି ପ୍ରତି ମୋ ମନ ଭିତରେ କୌଣସି ଭାବ ନାହିଁ।

# ଭଲ ମଣିଷ ?

ନମସ୍କାର !

କାମରେ ନିମଗ୍ନ ସ୍ୱସ୍ତିକ ମୁଣ୍ଡ ଉଠାଇ ଚାହିଁଲା ।

ଏଇ ଚେକ୍‌ରେ ଆପଣଙ୍କ ଦସ୍ତଖତ ଦରକାର ।

କାହିଁକି ?

ଗତକାଲି ଆମ ଡିପାର୍ଟମେଣ୍ଟ ମତେ ଏଇ ଚେକ୍ ଦେଇଥିଲେ । ଅଲଗା ବ୍ୟାଙ୍କର । ମୁଁ ଏଇଠି ଡିପୋଜିଟ୍ କରିଦେଲି । ଆଜି ହିଁ ମୋର ୱିଥ୍‌ଡ୍ର କରିବାର ଅଛି । କହି, ହସିଲା ସୁପ୍ରିତୀ । ଏକ ସୁନ୍ଦର ମନଲୋଭା ହସ ।

କି ସୁନ୍ଦର ଦାନ୍ତ ! ସତେଯେମିତି ପାଟି ଭିତରେ ମଲ୍ଲୀଗଛଟିଏ ଅଛି । ଝିଅଟିକୁ ଅନେକଥର ଦେଖିଛି ବ୍ୟାଙ୍କରେ । କାହା କାହା ମୁହଁ ଏମିତି ଯେ ନ ହସୁଥିଲେ ବି ହସହସ ଦେଖାଯାଏ । ଏକ ସୁନ୍ଦର ମନଲୋଭା ହସ ସର୍ବଦା ମୁହଁରେ ଧାରଣକରି ଚଳପ୍ରଚଳ ହେଉଥାଆନ୍ତି । ସଂଧ୍ୟା ଆକାଶର ସୂର୍ଯ୍ୟାସ୍ତ ପରି ହସକୁ ଓଠରେ ସର୍ବଦା ଓହଳେଇ ରଖିଥାଆନ୍ତି ! ଝିଅଟାର ମୁହଁ ସେଇ ନିର୍ଦ୍ଦିଷ୍ଟ ଶ୍ରେଣୀର ।

ଦସ୍ତଖତ କରିଦେଲା ସ୍ୱସ୍ତିକ । ଏଗେନ୍‌ଷ୍ଟ କ୍ଲିଅରିଙ୍ଗ ଇଫେକ୍ଟ । ପେ କ୍ୟାସ ଲେଖି ।

ମୋ ନାଁ ସୁପ୍ରିତୀ ଚୌଧୁରୀ। ଶିକ୍ଷା ବିଭାଗରେ ଚାକିରୀ କରେ। ଏଇ ସହରରେ।

ନିଜ ତରଫରୁ ନିଜ ପରିଚୟ ପ୍ରଦାନ କରୁଥିବା ସୁପ୍ରିତୀ କଥାକୁ ଅଧିକ ଗୁରୁତ୍ୱ ନ ଦେଇ କହିଲା; ଦସ୍ତଖତ କରିଦେଇଛି। ନେଇ ଯାଆନ୍ତୁ।

ସ୍ୱସ୍ତିକ ହାତରୁ ଚେକ୍ ନେଲାବେଳେ ପୁନର୍ବାର ହସିଲା। ଏଥର ହସରେ ଏକ ଧୀମା ପଣ..... ଆକର୍ଷଣନୀୟ।

ତାପରେ ସୁପ୍ରିତୀ ଆହୁରି ଦୁଇ ତିନିଥର ବ୍ୟାଙ୍କ ଆସିଥିଲା। ମୁହଁରେ ତାର ସେଇ ଚିରାଚରିତ ହସର ଷ୍ଟିକର ଲଗାଇ। ସତରେ ଯଦି ହସଲଡ୍ଡୁ ବୋଲି ସେମିତି କିଛି ମିଠା ଥାଆନ୍ତା, ସୁପ୍ରିତୀ ଶିକ୍ଷା ବିଭାଗ ଅପେକ୍ଷା, ସେମିତି ଏକ ହସଲଡ୍ଡୁ ତିଆରି କଂପାନୀର ବିଜ୍ଞାପନ ମଡେଲ କିମ୍ବା କଂପାନୀର ବିଜିନେସ୍ ରିଲେସନ୍ସ ପଦ ପାଇଁ ବେଶି ପ୍ରଯୁଜ୍ୟ ହୋଇଥାଆନ୍ତା। ଏମିତି ଭାବି ମନେ ମନେ ହସିଦିଏ ସ୍ୱସ୍ତିକ।

ସୁପ୍ରିତୀର ସଦା ହସହସ ମୁହଁକୁଦେଖି ପ୍ରଥମେ ପ୍ରଥମେ ଅନ୍ୟକୁ ପ୍ରଲୋଭିତ କରିବାପାଇଁ ହସୁଛିବୋଲି ଭୁଲ୍ ବୁଝିଥିଲା। ଚାହାଖଟିରେ ଗପସପବେଳେ ବନ୍ଧୁମାନେ ଝିଅମାନଙ୍କୁ ନେଇ ଅନେକ ବିଚିତ୍ର ମନ୍ତବ୍ୟମାନ ପ୍ରଦାନକରିବା ଶୁଣିଛି। ଥରେ ତା ସହକର୍ମୀ ଆଦିତ୍ୟ ମନ୍ତବ୍ୟ କରିଥିଲା; ଏମାନଙ୍କୁ ସହଜ ଭାବନାହିଁ ! ଅନ୍ୟକୁ ଆକର୍ଷଣ କରିବାପାଇଁ ସୁନ୍ଦର ମନଲୋଭା ହସକୁ ଏକ ବଳିଷ୍ଠ ଆୟୁଧରୂପେ ପ୍ରୟୋଗ କରନ୍ତି। ସେ ଯାହା ହେଉ ପରେ ଜାଣିବାକୁ ପାଇଲା ସୁଦୂର ଭବାନୀପାଟଣାରୁ ଆସି ତାଙ୍କ ବ୍ୟାଙ୍କରେ କାମ କରୁଥିବା ସୋନିକା ପାଟଯୋଶୀର ବାନ୍ଧବୀ ଓ ହଷ୍ଟେଲମେଟ୍। ଦୁହେଁ ଓ୍ୱାର୍କିଙ୍ଗ ଉଇମେନ୍ସ୍ ହଷ୍ଟେଲରେ ରହନ୍ତି। ଡିଭୋର୍ସ ନେଇଛି। କଅଣସବୁ ଗଣ୍ଡଗୋଳ....। ସୋନିକା ବି ତା ବିଷୟରେ ଅଧିକ କିଛି ଜାଣିନି। ତେବେ ଏତିକି କହିଥିଲା ଯେ; ମୋଟା ମୋଟି ଭଲ ଝିଅଟିଏ !

କିଛିଦିନ ପରେ ସୋନିକାର ବାହାଘରକୁ ଯାଇଥିଲା ସ୍ୱସ୍ତିକ। ବ୍ୟାଙ୍କ ଷ୍ଟାଫ୍ ସହିତ। ସୁପ୍ରିତୀ ବି ଆସିଥିଲା। ବାହାଘରେ ଯୋଗଦେଇ ସେଇଦିନ ରାତିରେ ଫେରିଆସିବା ପାଇଁ କୌଣସି ଯୋଗାଯୋଗ ନ ଥିବାରୁ ଅତିଥିଚର୍ଚ୍ଚା, ବରଯାତ୍ରୀ ଚର୍ଚ୍ଚା ଭଳି କିଛି ଗୁରୁତ୍ୱପୂର୍ଣ୍ଣ କାର୍ଯ୍ୟରେ ସ୍ୱତଃପ୍ରବୃତ୍ତ ସୋନିକାର ବାପା' ଭାଇଙ୍କୁ ସହଯୋଗ କରି ବାହାଘର ସରିବା ପର୍ଯ୍ୟନ୍ତ ରହିଯାଇଥିଲା। ସୁପ୍ରିତୀ ବି ରହିଥିଲା। ଯେହେତୁ ଘନିଷ୍ଠ ବାନ୍ଧବୀ ସେ ରହିବା ସ୍ୱାଭାବିକ୍। ଏକତ୍ର ଅନେକ ସମୟ କଟାଇବା ଦ୍ୱାରା ସୁପ୍ରିତୀକୁ ଆହୁରି ଗଭୀର ଭାବରେ ନିରୀକ୍ଷଣ କରିବାର ସୁଯୋଗ ମିଳିଥିଲା। ବୟସ ପାଖାପାଖି ତିରିଶ ହୋଇଥିବ। ବ୍ୟବହାର କଥାବାର୍ତ୍ତାରେ ଏକ ରୁଚିସଂପନ୍ନ ଛାପ। ଗୋଟିଏ ଚମତ୍କାର ପାଟଶାଢ଼ୀ ପରିଧାନ କରିଥିବା ସତ୍ତ୍ୱେ ବେଶ୍ ସାଦାସିଧା ଲାଗୁଥିଲା।

ସାରାଟା ସମୟ ତା ଆଖି ହସୁଥିଲେ। ହସ ଅପେକ୍ଷା ଅଧିକ କଥା କହୁଥିଲେ। ମୁହଁରେ ଗୋଟେ ନିରୀହପଣର ଝଲକ।

ଝିଅଟା ପାଖରେ ଅନେକ କିଛି ଆକର୍ଷଣୀୟ ଉତ୍କର୍ଷତା ଥିବା ସତ୍ତ୍ୱେ ଏକ ଅସ୍ୱାଭାବିକତା ଲକ୍ଷ୍ୟ କରିଥିଲା ସ୍ୱସ୍ତିକ। ବୋହୁତ କଥା କହେ। ଏକଦମ୍ ବାଚାଳ।

ବେଦିରେ ସୋନିକାର ବାହାଘର କାର୍ଯ୍ୟକ୍ରମ ଜାରିରହିଛି। ପଶ୍ଚିମାଞ୍ଚଳର ଅଧିକାଂଶ ବାହାଘର ରାତିରେ ହୁଏ। ବାହାଘର ସରୁସରୁ ଅନେକ ରାତି ହୋଇଯାଏ। ସୋନିକା ବିଦାହେବ ସକାଳେ। ବରଯାତ୍ରୀ, ନିମନ୍ତ୍ରିତ ଅତିଥି ସମସ୍ତେ ଖାଇପିଇ ବିଦାୟ ନେଲେଣି। କେବଳ ବରଘର କର୍ତ୍ତାମାନେ, ବରର କେତେକ ଘନିଷ୍ଠ ବନ୍ଧୁ ବ୍ୟତୀତ। ଚଉକିସବୁ ଖାଲି। ଦୂରାନ୍ତରୁ ଆସିଥିବା ଅଳ୍ପ କେତେଜଣ ଅତିଥି ଖାଇପିଇ ଏଠିସେଠି ବସି ଗପରେ ମଜ୍ଜିଯାଇଛନ୍ତି।

କଫି କାଉଣ୍ଟରରୁ ଦୁଇକପ୍ କଫି ଧରିଆସି ଗୋଟିଏ ସ୍ୱସ୍ତିକ ହାତକୁ ବଢ଼ାଇଦେଇ ତା ପାଖ ଚୌକିରେ ବସି କହିଲା; ଝିଅଟା ବହୁତକଥା କହେ, ଏକଦମ୍ ବାତୁନି ବୋଲି ଆପଣ ଭାବୁଥିବେ ନା ? ବାହାଘର ଉତ୍ସବ ଏକ ଆନନ୍ଦାବସର.... ଚାରିଆଡ଼େ ହସଖୁସିର ମାହୋଲ। ଏଠି ଆପଣ ନା' ବ୍ୟାଙ୍କ ଅଫିସର ନା' ମୁଁ ଆପଣଙ୍କ କଷ୍ଟମର ! ଆମେ ଏଠି ପ୍ରଫେସନାଲ ଔପଚାରିକତା ତ୍ୟାଗକରି ଖୋଲାଖୋଲି ସ୍ୱାଧୀନଭାବରେ, ବନ୍ଧୁଭାବନେଇ ଚଳପ୍ରଚଳ ହେଲେ ଭଲହେବ। ଆଉ ସମୟ ବି କଟିଯିବ। ତା ଛଡ଼ା ସୋନିକା ମୋତେ ସ୍ୱତନ୍ତ୍ରଭାବେ ଆପଣମାନଙ୍କ ଖିଆଲ ରଖିବାପାଇଁ ଦାୟିତ୍ୱ ଦେଇଛି।

ସ୍ୱସ୍ତିକ ଝିଅଟାକୁ ବୁଝିପାରୁନଥିଲା ! ସତରେ ବୋହୁତ କଥା କହେ.....। ତା ସହିତ ପରିଚୟ ବଢ଼େଇବାକୁ ଚାହୁଁଛି.....। ଅନ୍ୟମାନଙ୍କ ଅପେକ୍ଷା କେବଳ ତା ଖିଆଲ ଅଧିକ ରଖୁଛି ! ବାହାଘର ସରିବାଯାଏ ପାଖ ଛାଡ଼ିନଥିଲା। ଗପିଚାଲିଥିଲା ଅନର୍ଗଳ। ତା ବ୍ୟକ୍ତିଗତକଥା। ବିନା ଦ୍ୱିଧାରେ। ଅନେକ ସମୟଯାଏ।

ହଁ ! ଆମେ ବିଛୁଡ଼ିଯାଇଥିଲୁ। ପ୍ରେମିକପଣିଆର ସବୁଠାରୁ ନିଗୁଢ଼କଥା କଅଣ ଜାଣନ୍ତି ? ପ୍ରତାରଣା ! ସେ ମୋତେ ପ୍ରତାରଣା କରିଥିଲା। ମୋତେ ବିବାହ କରିବବୋଲି ଅତ୍ୟଧିକ ଆତ୍ମ ବିଶ୍ୱାସୀ ହୋଇଯାଇଥିଲି। ବାଂଲାଦେଶ ବୋର୍ଡର ପର୍ଯ୍ୟନ୍ତ ଚାଲି ଯାଇଥିଲି ତା ସହିତ। ଚାକିରୀଛାଡ଼ି। ଶେଷରେ ଦିନେ ସତ୍ୟ ଉନ୍ମୋଚିତ ହେଲା। ଅତି ନିକୃଷ୍ଟ ଅବିଶ୍ୱସନୀୟ କଥାଟିଏ କହିଲା। ଲୋକଟାର ପ୍ରେମରେ ଟିକିଏ ବି ମହନୀୟତା ନଥିଲା। ଅବଶ୍ୟ ତାକୁ, ତା ଶଠତାକୁ ବୁଝି ନ ପାରିବା ବି ମୋର ଭୁଲଥିଲା। କହିଲା; ତା ବାପା ମା' ତା ବାହାଘର ଅନେକଦିନ ଆଗରୁ ଠିକ୍ କରିଦେଇଛନ୍ତି। ଝିଅଟା ତାଂକ ସହରର। ବାପା ମା'ଙ୍କର ଅତି ପରିଚିତ।

ଟାଳିହେବନାହିଁ। ଯଦି ମୁଁ ରହିଁବି ସମସ୍ତଙ୍କ ଅଗୋଚରରେ ତାର ଦ୍ୱିତୀୟପତ୍ନୀ ହୋଇ ରହିବାରେ ତାର କିଛି ଆପତ୍ତି ନାହିଁ। ଯେଉଁଦିନ ସେ ଏକଥା କହିଲା ଆଶ୍ଚର୍ଯ୍ୟରେ ମୋର ହୋସ ଉଡିଯାଇଥିଲା। ସେଇ ମୁହୂର୍ତ୍ତରେ ଲୋକଟାପ୍ରତି ଘୃଣା ଚରିଯାଇଥିଲା ମୋ ଭିତରେ। ଦ୍ୱିତୀୟପତ୍ନୀ ଶବ୍ଦଟାଶୁଣି ବାନ୍ତିଲାଗିଲା। ମୋ ଆଗରେ ଦେଖାଯାଉଥିଲା ମୋର ଅନ୍ଧକାରମୟ ଭବିଷ୍ୟତ। ସ୍ଥିରକଲି ଯେ ଲୋକଟା ହାତରେ ଖେଳଣାହୋଇ ରହିଯିବା ଅପେକ୍ଷା ମୋ ନିଜସ୍ୱ ଦୁନିଆକୁ, ମୋ ଚାକିରୀକ୍ଷେତ୍ରକୁ ଫେରିଯିବା ଭଲ। ଥାଙ୍କ୍ ଗଡ୍ ! ଲଙ୍ଗ୍ ଲିଭ୍‌ରେ ଯାଇଥିଲି। ରିଜାଇନ୍ କରି ନଥିଲି। ଦିନେ ତାକୁ ନ ଜଣାଇ ଚାଲିଆସିଲି। ମୋ ଭାଗ୍ୟ ମୋତେ ପୁନର୍ବାର ମୋ ଟ୍ରାକକୁ ଆଣି ପହଞ୍ଚାଇଦେଲା। ଜୀବନକୁ ପୁନର୍ବାର ନର୍ମାଲ କରିବାକୁ ଚେଷ୍ଟାକଲି।

ଅତ୍ୟନ୍ତ ସାବଲୀଳ ଭାବରେ ତା ଜୀବନର ନିଗୁଢ଼ ତଥ୍ୟ କହିସାରି ହସିଲା। ଆଶ୍ଚର୍ଯ୍ୟ ହେଉଥିଲା ସ୍ୱସ୍ତିକ; ତା ଜୀବନର ଏତେ ସିରିୟସ୍ କଥା କହିଲାବେଳେ ବି ଝିଅଟା ହସିପାରୁଛି ! ସବୁ ଭୟଙ୍କରତା ଭିତରେ ଯଦି ଜଣେ ଭାଂଗି ନପଡ଼ି ହସିଦିଏ ତାହା ତାର ସ୍ୱ ଉପାର୍ଜନ। ସର୍ବଦା ହସିବା ସୁପ୍ରିତୀର ସ୍ୱ ଉପାର୍ଜନ। ଭଲ !

ସ୍ୱସ୍ତିକକୁ ଦୟା ଲାଗିଲା। ବିଚାରୀ ଛନ୍ଦମନ୍ଦ ଜାଣିନଥିବା ଝିଅଟେ ! ପ୍ରେମ ନାମରେ ପ୍ରବଞ୍ଚନା....। ବିବାହ ନାମରେ ପ୍ରତାରଣା ! ଜୀବନର ଉଚିତ୍ ରାସ୍ତାରୁ ଓହରିଯାଇ ଭୁଲ୍ ରାସ୍ତାରେ ଚାଲିଯାଇ ପ୍ରେମରେ ପ୍ରତାରୀତ ହୋଇଥିବା ଝିଅମାନଙ୍କ କାହାଣୀ ଖବର କାଗଜ ମାନଙ୍କରେ ନିତି ପ୍ରତିଦିନ ପଢୁଛି। ଫେସବୁକ୍‌ରେ ଦେଖୁଛି। ନିଉଜ୍‌ରେ ଶୁଣୁଛି। ପ୍ରତ୍ୟକ୍ଷରେ ସେମିତି କୌଣସି ଝିଅକୁ କେବେ ଦେଖିନଥିଲା, ଏଇ ପ୍ରଥମ ଦେଖୁଛି। ବିସ୍ମିତ ବି ହେଉଥିଲା, ସୁପ୍ରିତୀ ଭଳି ଖୁବ୍ ପାଠ ପଢ଼ିଥିବା, ଭଲ ଚାକିରୀ କରୁଥିବା ଝିଅମାନେ ବି କେମିତି ପ୍ରତାରଣାର ଶୀକାର ହେଉଛନ୍ତି ! ସ୍ୱସ୍ତିକର ଏତିକି ହୃଦ୍‌ବୋଧ ହେଲା ଯେ, ଝିଅଟା ଚତୁରୀଚମ୍ପା ଗୋଷ୍ଠୀର ନୁହେଁ। ନଚେତ୍ ପ୍ରେମିକଦ୍ୱାରା ପ୍ରତାରୀତ ହୋଇଥିବା ଘଟଣାକୁ ଅନ୍ୟ ଆଗରେ ପ୍ରକାଶ କରିବା ପୂର୍ବରୁ ଶତବାର ଚିନ୍ତା କରିଥାଆନ୍ତା। ନିଜକୁ ନିଜେ ଲଜ୍ଜିତ କରିନଥାଆନ୍ତା।

ତାପରେ ପ୍ରାୟ ଚାରିପାଞ୍ଚ ମାସ କାଳ ସୁପ୍ରିତୀର ଦେଖାନଥିଲା। ସୋନିକା ଏବେ ବିବାହପରେ ବଦଳିହୋଇ ତା ସ୍ୱାମୀସହିତ ସମ୍ବଲପୁରରେ। ସୁପ୍ରିତୀର ଏଭଳି ଅନ୍ତର୍ଦ୍ଧାନରେ କୌଣସି ଗୁରୁତ୍ୱ ଦେଇନଥିଲା ସ୍ୱସ୍ତିକ। କିମ୍ବା ତାର ଆନୁମାନିକ ଅବସ୍ଥିତି ବିଷୟରେ ସୋନିକାକୁ ପଚାରି ବୁଝିବାର ଆବଶ୍ୟକତା ବି ମଣି ନ ଥିଲା। ଅଚାନକ ଦିନେ ତା ମୋବାଇଲକୁ ଗୋଟିଏ ହ୍ୱାଟସ୍‌ଆପ୍ ମେସେଜ୍ ଆସିଲା। ସୁପ୍ରିତୀ ପାଖରୁ। ଧନ୍ୟବାଦ... କୃତଜ୍ଞତା ଜଣାଇ ଲେଖିଥିଲା, ଆପଣ ଜଣେ ଭୀଷଣ ଭଲମଣିଷ....!

ମେସେଜ୍ ପଢ଼ି ସ୍ୱସ୍ତିକ ମୁହଁରୁ ବାହାରିଆସିଲା ଓଃ....ବୁଲ୍‌ସିଟ୍ ! କୃତଜ୍ଞତା ଧନ୍ୟବାଦ କୋଉଥିପାଇଁ ? କାମରେ ଦ୍ୱିଧା ନ ଥିବାର ମଣିଷ ମୁଁ....। ମୁଁ ମୋର କାମ କରିଛି। ମୋ କାମପାଇଁ ମୋର ପ୍ରାପ୍ୟ ଦରମାଗଣ୍ଡାକ ପାଇଲେ ମୋର ହେଲା। ବାସ୍! ଏତେ ଥାଙ୍କସ୍.... ଧନ୍ୟବାଦରୁ ମୋର କଅଣ ମିଳିବ !!

ତାପରେ ଆଉ ଦୁଇ ତିନିଥର ମେସେଜ କରିଥିଲା ସୁପ୍ରିତୀ। ବିସ୍ମିତ ହେଉଥିଲା ସ୍ୱସ୍ତିକ। ସୁପ୍ରିତୀକୁ ନେଇ ଅନେକ ପ୍ରଶ୍ନ ଉଠୁଥିଲା ମୁଣ୍ଡ ଭିତରେ। ଝିଅଟା ଏତେ ସ୍ପର୍ଶକାତର କାହିଁକି ? ତା ଭିତରର କଥାବ୍ୟଥା ନିର୍ବିଘ୍ନରେ ବାହାରକୁ ଜଣାଇଦେଉଛି। ତା ଜୀବନର ତିକ୍ତ ଅନୁଭୂତି ଅନ୍ୟଆଗରେ ବଖାଣିବା ଦ୍ୱାରା କେହି ତା ବ୍ୟକ୍ତିତ୍ୱ ସମ୍ବନ୍ଧରେ ହଠାତ୍ ଗୋଟିଏ ଭୁଲ୍‌ନିଷ୍ପତ୍ତି ନେଇଯିବ ଏ ଭଳି ଆଶଙ୍କା କାହିଁକି କରୁନି ଝିଅଟା ? ନିଜ ଜୀବନର କଷାୟତଥ୍ୟ ଅନ୍ୟଆଗରେ ପରିବେଷଣକରି ତାକୁ ଭୁଲ୍‌ବୁଝିବାର ସୁଯୋଗ କାହିଁକି ଦେଉଛି ?

ଯେତେବେଳେ ବି ସୁପ୍ରିତୀର ମେସେଜ ଆସେ ସ୍ୱସ୍ତିକ ଭାବନାରେ ପଡ଼ିଯାଏ। ମନେ ପକାଇବାକୁ ଚେଷ୍ଟାକରେ। ମୁଁ ତ କେବେ ଝିଅଟାକୁ ମୋ ସହିତ ବନ୍ଧୁତ୍ୱ ଜାରୀ ରଖିବା ପାଇଁ ଉତ୍ସାହିତ କି ପ୍ରୋତ୍ସାହିତ କରିନି ? ଜଣେ ବ୍ୟାଙ୍କ କର୍ମଚାରୀ ଭାବରେ କଷ୍ଟମରମାନଙ୍କ ପ୍ରତି ମୋର ଭୂମିକା ସର୍ବଦା ଆନ୍ତରିକଭାବେ, ନିଷ୍ଠାର ସହିତ ନିର୍ବାହ କରିଆସିଛି....। ଯେ ସୁପ୍ରିତୀ ନାମଧାରିଣୀ ଝିଅଟାକୁ ମଧ୍ୟ ସର୍ବଦା ଜଣେ କଷ୍ଟମର ଭାବରେ ହିଁ ବ୍ୟବହାର ପ୍ରଦର୍ଶନ କରିଆସିଛି। ନିଜ ତରଫରୁ ତାକୁ କେବେ ମେସେଜ ଦେଇଛି ନା ତା ମେସେଜ ଗୁଡ଼ିକର ପାଲଟା ଉତ୍ତର ଦେଇଛି ! ମୋର ଫେସବୁକ୍ ବନ୍ଧୁ ବି ନୁହେଁ...।

ବ୍ୟାଙ୍କରେ ସମସ୍ତେ ସ୍ୱସ୍ତିକକୁ ଜାଣନ୍ତି। ଜଣେ ନିହାତି ସାଦାସିଧା ମଣିଷ ହିସାବରେ। ତା କାମ ଭଲ ତ ସେ ଭଲ। ପ୍ରବଳ ଆତ୍ମବିଶ୍ୱାସୀ। ଯେ କୌଣସି ସିଦ୍ଧାନ୍ତ ଦ୍ରୁତଗତିରେ ନେଇପାରେ। ଜାଣିଶୁଣି ଜାଲବୁଣି ସମସ୍ୟାର ଧନ୍ଦା ଭିତରେ ଛନ୍ଦି ହୋଇପଡ଼ି ଶାସ୍ତି ଭୋଗିବା ମଣିଷ ନୁହେଁ।

ଆଉଦିନେ ସୁପ୍ରିତୀ ମେସେଜ କରିଥିଲା ମୁଁ ବର୍ତ୍ତମାନ ରାଉର୍‌କେଲାରେ। ରାଉର୍‌କେଲା କେବେ ଆସିଲେ ମୋ ଘରକୁ ଆସିବେ। ଘର ଠିକଣା ବି ଦେଇଥିଲା।

ଛଅ ମାସପରେ ସତରେ ସ୍ୱସ୍ତିକକୁ ଅଡ଼ିଟ୍‌କାମରେ ରାଉର୍‌କେଲା ଯିବାକୁ ପଡ଼ିଲା। ତିନିଦିନର କାମ ଆଗକୁ ବଢ଼ିଯାଇ କେବେ ସଂପୂର୍ଣ୍ଣହେବ ଏକ ସନ୍ଦିଗ୍ଧ ଅବସ୍ଥାରେ ପହଞ୍ଚି ପଞ୍ଚମଦିନ ସଂଧ୍ୟାରେ କାମ ସରିଲା। ଯଦି ସମ୍ଭବ ସେଇଦିନ ରାତିରେ ଭୁବନେଶ୍ୱର ଫେରିଯିବା ପାଇଁ ବସ୍‌ଟିକଟ ବୁକ୍ କରିଦେବା ପାଇଁ ସେଠାକାର

ବ୍ୟାଙ୍କ କର୍ମଚାରୀଙ୍କୁ ଅନୁରୋଧକଲା। ଟିକଟ ପାଇଲା। ରାତିବାରଟାରେ। କଲିକତା ଭୁବନେଶ୍ୱର ଭାୟା ରାଉରକେଲା ବସ୍‌ରେ। ରିଜରଭେସନ କନ୍‌ଫରମ।

ବସ୍ ରାଉରକେଲାରେ ପହଞ୍ଚିବ ରାତିବାରଟା ! ବସ୍ ଷ୍ଟାଣ୍ଡ ଭିତରକୁ ପ୍ରବେଶ କରିବ ନାହିଁ। ଜଣେ ଅଧେ ପାସେଞ୍ଜର ଯାହାଥିବେ ସେମାନଙ୍କୁ ନେଇ ବାଟ ମୁହଁରୁ ବାହାରିଯିବ।

ଘଡ଼ିରେ ମାତ୍ର ଛଅଟା। ରାତି ବାରଟା ପର୍ଯ୍ୟନ୍ତ ଦୀର୍ଘ ସମୟ କଟାଇବା ପାଇଁ ସାମନାରେ ଦେଖାଯାଉଥିବା ବାର୍ ହିଁ ଏକମାତ୍ର ଆଶ୍ରୟସ୍ଥଳ। ଯଦିଓ ବାର୍‌ରେ ଏତେ ସମୟ କଟାଇବାର ଆଗ୍ରହ ନ ଥିଲା। କେମିତି ସମୟ କଟାଇବ ଭାବୁଥିବା ସମୟରେ ହଠାତ୍ ମେଘମଧ୍ୟରେ ବିଦ୍ୟୁତର ଝଲକ୍‌ପରି ସୁପ୍ରିତୀର ମେସେଜ ମନେପଡ଼ିଲା। ମୋବାଇଲ ଅନ୍‌କରି ଦେଖିଲା। ହୋଟେଲଯାଇ ସୁଟ୍‌କେଶ ସଜାଡ଼ି ବିଲ୍ ଚୁକ୍ତାକରି ହୋଟଲ ଛାଡ଼ିଲା।

ସୁପ୍ରିତୀ ମେସେଜ କରିଥିବା ଠିକଣାରେ ଘର ଖୋଜିବା ବିଶେଷ ଅସୁବିଧା ହେଲାନାହିଁ। ତା ପାଇଁ ରାଉରକେଲା ଅଜଣା ସହର ନୁହେଁ। ତା ଆପାର୍ଟମେଣ୍ଟ ସାମନାରେ ପହଞ୍ଚିଗଲା ସିନା କାହିଁକି କେଜାଣି ଶୀଘ୍ର ଫେରିଯିବାକୁ ମନ ସ୍ଥିରକଲା। ଆପାର୍ଟମେଣ୍ଟ ତଳେ ଠିଆହୋଇ ସେତେବେଳେ କଅଣ ଭାବୁଥିଲା, ତା ମନରେ କଅଣ ଚାଲୁଥିଲା ସେ ହିଁ ଜାଣେ।

ସୁପ୍ରିତୀ ଘରେ ଥିଲା। ଆଶା କିମ୍ବା କଳ୍ପନା କରିନଥିବା ଘଟଣା ଘଟିଗଲେ କିମ୍ବା ବାଟ ଚାଲୁଚାଲୁ ଅଚାନକ ପରିଚିତ କାହାସହିତ ଭେଟ ହୋଇଗଲେ ବିସ୍ମିତ ହୋଇପଡ଼ିବା ସ୍ୱାଭାବିକ...। ସ୍ୱସ୍ତିକକୁ ଘର ସାମନାରେ ଦେଖି ଆଶ୍ଚର୍ଯ୍ୟହୋଇ ନିର୍ନିମେଷ ଆଖିରେ ଚାହିଁରହିଲା କିଛି ସମୟ। ଆଖିରେ ବିସ୍ମୟମିଶା କୌତୁହଳ ଓ ଆନନ୍ଦ...। ଏକେ ବାତୁନିଝିଅ, ସ୍ୱସ୍ତିକକୁ ସାମନାରେ ଦେଖି ହଜମକରି ନପାରି ଆହୁରି ପ୍ରଗଳଭ ହୋଇ ଉଠିଲା। ହଡ଼ବଡ଼େଇ ଗଲା। ବାଚାଳପରି ଅନର୍ଗଳ କଅଣ କଅଣ କହି ଚାଲିଲା.... କଫି..... ଚାହା.... ବିସ୍କୁଟ ?

ସ୍ୱସ୍ତିକକୁ ବସିବାକୁ ଚୌକିଦେଖାଇ ପାଣିଗିଲାସେ ଆଣି ବଢ଼ାଇଦେଲା। ତାପରେ କିଚେନ୍ ଭିତରକୁ ପଶିଯାଇ ତୁଫାନିବେଗରେ କପେ କଫି ଆଣି ସ୍ୱସ୍ତିକକୁ ଧରାଇଦେଇ ତା ସାମାନା ଚୌକିରେ ବସିପଡ଼ି କହିଲା; ମୋ ଜୀବନରୁ ବସନ୍ତ ସଂପୂର୍ଣ୍ଣରୂପେ ଉଭେଇ ଯାଇଛିବୋଲି ଭାବୁଥିଲି। ଏବେ ଦେଖୁଛି ସେ ଫେରିଆସିଛି ତୁମସହିତ...।

ସ୍ୱସ୍ତିକ ହସିଲା। ଖୁବ୍ ଅଳ୍ପ, ଧୀରେ।

କେତେଦିନ ରହିବ ? ପଚାରିଲା ସୁପ୍ରିତୀ।

ତା ପାଖରେ ଥୁଆ ହୋଇଥିବା ସୁଟକେଶକୁ ଦେଖାଇ ସ୍ୱସ୍ତିକ କହିଲା... ଯେ ସୁଟକେଶ ଦେଖି ମୁଁ ବର୍ତ୍ତମାନ ପହଞ୍ଚିଲିବୋଲି ଭାବୁଛ ବୋଧେ ? ତୁମ ଅନୁମାନ ଭୁଲ୍। ଗତ ପାଞ୍ଚଦିନ ହେଲା ମୁଁ ରାଉରକେଲାରେ ଅଛି। ଅଡ଼ିଟ୍ କାମରେ। ଆଜିରାତି ବାରଟାରେ ମୋ ବସ୍‌ଅଛି। ଭୁବନେଶ୍ୱର ଫେରିଯିବା ପାଇଁ।

ସୁପ୍ରିତୀର ଆଖିରେ ସାମାନ୍ୟ ନିରୁତ୍ସାହର ଭାବ ଦେଖିବାକୁ ପାଇଲା ସ୍ୱସ୍ତିକ। କହିଲା; ଏଇ ଶେଷ ମୁହୂର୍ତ୍ତରେ ମୁଁ ମନେପଡ଼ିଲି ବୋଧେ ! ହଉ ଠିକ୍ ଅଛି ଡିନର ଖାଇ ଯାଆନ୍ତୁ।

ଅଧିକାର ସାବ୍ୟସ୍ତ କରୁଥିବା କାହାର ନିର୍ଦ୍ଦେଶପରି ଲାଗିଲା ସ୍ୱସ୍ତିକକୁ।

କଥା ଆଗକୁ ବଢ଼ିବାକୁ ନ ଦେଇ କହିଲା; ହଉ ଯାହା ଦେଉଛ ଦିଅ। ଖାଇସାରି ବାହାରି ପଡ଼ିବି।

ସ୍ୱସ୍ତିକ ବସିଥିବା ରୁମର ପଛପଟେ କିଚେନ୍ ! ଡିନର ପ୍ରସ୍ତୁତି ଆରମ୍ଭ କରିଦେଲା ସୁପ୍ରିତୀ। କିଚେନ୍‌ଦ୍ୱାର ସାମନାରେ ଲମ୍ବା ଜାଫ୍ରିଲଘେରା ବାରଣ୍ଡା। ବାରଣ୍ଡାସାରା ଅନେକ ଇନ୍‌ଡୋରପ୍ଲାଣ୍ଟ ଲଗାଇଛି ସୁପ୍ରିତୀ। ଜାଫ୍ରିଲ ଭିତରଦେଇ ଗଛମାନଙ୍କ ଉପରେ ବିଛେଇ ହୋଇପଡ଼ିଛି ଶରତର ଜହ୍ନଆଲୁଅ। ସେଇ ଅଧାଆଲୁଅ ଅଧାଅନ୍ଧାର ଛାୟାମୟ ବାରଣ୍ଡାକୁ ଚୌକି ଟାଣିଆଣିଲା ସ୍ୱସ୍ତିକ। ଯେମିତି ଡିନର ପ୍ରସ୍ତୁତ କରୁକରୁ ଆତଯାତ ହେଉଥିବା ସୁପ୍ରିତୀକୁ ଦେଖିପାରିବ ଆଉ କଥା ହୋଇପାରିବ।

ଡିନର ପ୍ରସ୍ତୁତି ସାଥେସାଥେ ସୋନିକା ଓ ତା ସ୍ୱାମୀ ସୁପ୍ରକାଶ କେମିତି ଲାକ୍ଷ୍ୟା ଦ୍ୱୀପକୁ ହନିମୁନ୍‌ପାଇଁ ଯାଇଥିଲେ....। ସେଠୁ ସୋନିକା ଫୋନକରିଥିଲା.... ଏଣୁତେଣୁ ଦୁନିଆଭରର କଥା ଗପି ଚାଲିଥିଲା। ତାର ଚଟାପଟ୍ ରୋଷେଇ ପ୍ରସ୍ତୁତ ଶୈଳୀ ଦେଖି ଭଲ ଲାଗୁଥିଲା ସ୍ୱସ୍ତିକକୁ। କିଛି ପରିମାଣରେ ବିସ୍ମିତ ବି ହେଉଥିଲା ତାର ଘରସଜ୍ଜା ଓ ଘରଣୀପଣିଆକୁ ଦେଖି।

ପରିହାସକରି କହିଲା; ତୁମ ଜୀବନରୁ ବସନ୍ତ ଉଭେଇଯାଇଛି ଆଉ ଫେରି ଆସିବାର ସମ୍ଭାବନା ଅଛି କି ନାହିଁ କହିପାରିବି ନାହିଁ। ଶରତର ଜହ୍ନ କିନ୍ତୁ ଓହ୍ଲେଇ ଆସିଛି ତୁମଘରକୁ। ଖୁବ୍ ଚମତ୍କାର ଲାଗୁଛି ତୁମର ଏ ଜ୍ୟୋତ୍ସ୍ନାଧୌତ ବାରଣ୍ଡା। ତୁମେ ଲଗାଇଥିବା ଗଛମାନଙ୍କ ଉପରେ ବିଛେଇ ହୋଇ ପଡ଼ିଥିବା ଚନ୍ଦ୍ରାଲୋକ କୌଣସି ସଂଗୀତର ମୂର୍ଚ୍ଛନା ଠାରୁ କମ୍ ଲାଗୁନାହିଁ। ଖୁବ୍ ଚମତ୍କାର ଲାଗୁଛି ଯେ ଜହ୍ନର ଚହଟ।

ସ୍ୱସ୍ତିକର କଥାରେ ଭାବପ୍ରବଣ ହୋଇଉଠି ସୁପ୍ରିତୀ କହିଲା, କେବଳ ଶରତର ଜହ୍ନ ନୁହେଁ.... ଶୀତୁଆ ଜହ୍ନ ବି ନିରୋଳା ରାତିରେ ଆସି ମୋ ସାଂଗଦିଏ; କିନ୍ତୁ ଶିତୁଆ ଜହ୍ନରେ ଏତେ ଚହଟ ନ ଥାଏ...। ଥାଏ କେମିତି ଏକ ଉଦାସଭାବ...।

ଆରେ ବାଃ.... ଜହ୍ନ ଆଲୁଅ ତୁମ ଉପରେ ବେଶ ପ୍ରଭାବ ପକାଇଛି ଦେଖୁଛି....। କବି ବନିଗଲଣି !

ସୁପ୍ରିତୀ ସାମାନ୍ୟ ହସିଦେଇ କିଚେନ୍ ଚାଲିଗଲା। ସେଠୁ ବଡ଼ ପାଟିରେ ପଚାରିଲା.... ଆଉ କଫେ କଫି ପିଇବେ ?

ନିଶ୍ଚୟ....। କହିଲା ସ୍ୱସ୍ତିକ।

ପାଞ୍ଚମିନିଟ୍ ମଧ୍ୟରେ କଫି ପ୍ରସ୍ତୁତକରି ସ୍ୱସ୍ତିକ ହାତକୁ ବଢ଼ାଇ କହିଲା; ଏଇ ନିଅନ୍ତୁ। ସୁପ୍ରିତୀହାତରୁ କଫି ନେବା ପାଇଁ ସ୍ୱସ୍ତିକକୁ ସାମାନ୍ୟ ଆଗକୁ ଝୁଙ୍କିବାକୁ ପଡ଼ିଲା। ସୁପ୍ରିତୀ ବି କଫି କପ୍ ସହିତ ସାମାନ୍ୟ ନଇଁପଡ଼ି ସ୍ୱସ୍ତିକ ଗାଲରେ ହାଲ୍କା ଓଠ ଲଗାଇଦେଇ କିଚେନ ଭିତରକୁ ଚାଲିଗଲା।

ସ୍ୱସ୍ତିକ ଦେହର ସମସ୍ତ ରକ୍ତ ଯେମିତି ତା ମୁହଁରେ ଆସି ଜମିଗଲା..... !

ମୋହରେ ପଡ଼ିବା ମୋହରୁ ମୁକ୍ତ ହେବା ଦୁଇପ୍ରକ୍ରିୟା ଦ୍ରୁତଗତିରେ ଚାଲିଥିଲେ ତା ଭିତରେ। ପଚାରିଲା; ସୁପ୍ରିତୀ..... ମୋ ପ୍ରତି ତୁମର କି ଧାରଣା ? ମୋ ବିଷୟରେ ତୁମେ କଅଣ ଭାବୁଛ ? ମୋତେ ଲାଗୁଛି ମୋତେ ଏଇକ୍ଷଣି ଫେରିଯିବାକୁ ପଡ଼ିବ। ଡିନର ନ ଖାଇ...।

ସ୍ୱସ୍ତିକ କଥାର କୌଣସି ପ୍ରତିକ୍ରିୟା ପ୍ରକାଶ ନକରି କିଚେନରୁ ଫେରିଆସି ସ୍ୱସ୍ତିକ ବସିଥିବା ଚୌକିର ଅତିନିକଟରେ ଆଣ୍ଠୁମାଡ଼ି ବସିଲା। ମୁହଁରେ ତାର ଚିରପରିଚିତ ମଲ୍ଲିଫୁଲିଆ ହସ ଫୁଟାଇ ମଜାଳିଆ ଢଙ୍ଗରେ କହିଲା; ଦେଖନ୍ତୁ ସାରେ ! ଦୁନିଆର କୌଣସି ଝିଅ ରାସ୍ତାରେ ଚାଲିଯାଉଥିବା ଯେ କୌଣସି ପୁରୁଷକୁ ଆଲିଙ୍ଗନକରି ଚୁମାଟିଏ ଦେଇଦିଏ ନାହିଁ। ଆପଣଙ୍କୁ ମୋତେ ଭଲଲାଗେ। ଏତେଦିନକେ ମୁଁ ଜଣେ ଭଲମଣିଷର ସଂସ୍ପର୍ଶରେ ଆସିଛି। ଆପଣଙ୍କ ଭିତରେ ଆତ୍ମୀୟତାରେ ଭରପୁର ଜଣେ ଭଲମଣିଷକୁ ଦେଖିବାକୁ ପାଇଛି, ତେଣୁ ଏମିତିକଲି।

ହଉ ! ଆଜି ରାତିଟା ଏଠି ରହିଯାଇ କାଲିସକାଳେ ଚାଲିଗଲେ ହେବନି ? ସ୍ୱସ୍ତିକର ହାତଉପରେ ହାତରଖି ଧୀରେ ଆଂଗୁଳିରେ ଘଷି କହିଲା......।

ପୁନର୍ବାର ଏକ ହାଲୁକା ପ୍ରଜାପତିଆ ସ୍ପର୍ଶରେ ସ୍ୱସ୍ତିକର ଶ୍ୱାସପ୍ରଶ୍ୱାସ ଦ୍ରୁତହେବାକୁ ଲାଗିଲା। ଅନୁଭବ କରୁଥିଲା ତା ଭିତରେ କିଛି ଘଟୁଥିବାର। ଯଥାସମ୍ଭବ ନିଜକୁ ସ୍ୱାଭାବିକ କରିବାକୁ ଚେଷ୍ଟାକରି କହିଲା.. ନା... ରହିପାରିବି ନାହିଁ। ମୋତେ ଯିବାକୁ ପଡ଼ିବ। କାଲି ଭୁବନେଶ୍ୱର ଅଫିସରେ ଅଡ଼ିଟ୍ ରିପୋର୍ଟ ଦାଖଲ କରିବାରଅଛି।

ସୁପ୍ରିତୀ ଏଥର କ୍ଷୀଣ ଅଥଚ ଉଷ୍ମ ସ୍ୱରରେ, ଚଟାଣଉପରେ ଦୃଷ୍ଟି ନିବଦ୍ଧକରି

ନିଜକୁ ନିଜେ ପଚାରିଲା ଭଳି ପ୍ରଶ୍ନକଲା; ରିପୋର୍ଟ ଦାଖଲ କରିବା ଯଦି ଜରୁରୀ ନ ଥାଆନ୍ତା ରହିଯାଇ ଥାଆନ୍ତେ କି ?

ତତ୍‌କ୍ଷଣାତ୍ ସୁପ୍ରିତୀ ପ୍ରଶ୍ନର କି ଉତ୍ତରଦେବ କିଛି ଭାବିପାରିଲା ନାହିଁ ସ୍ୱସ୍ତିକ। ଆକାଶରୁ ତୋଳି ଆଣିଲାଭଳି ପାଟିରୁ ବାହାରିଆସିଲା; ନା...ନା.. ମୋର ସେମିତିକିଛି ଅଭିପ୍ରାୟ ନାହିଁ। କହିଲାବେଳେ ନିଜସ୍ୱର ନିଜକୁ ଦୁର୍ବଳ ମନେହେଲା।

ସ୍ଥିତିକୁ ହାଲୁକା କରିଦେବାପାଇଁ ସୁପ୍ରିତୀ ସ୍ୱସ୍ତିକ ଆଡ଼କୁ ଚାହିଁ ଫିକ୍‌କିନା ହସିଦେଇ କହିଲା; କଅଣ ସାରେ.... ଆପଣ ବି ନା ! ଏତେ ସିରିୟସ ହୋଇଗଲେ ! ମୁଁ ଜାଣେ ମୋର ଅନୁରୋଧ ରକ୍ଷାକରି ଆପଣ ରହିବେନି ମୋ ଘରେ। ଏମିତି ପଚାରିଦେଲି। ଜୋରଜବରଦସ୍ତି ଆପଣଙ୍କୁ ମୋ ଘରେ ରଖି ମୋତେ ବାହାହୁଅନ୍ତୁ କହିବି ବୋଲି ଭୟ ପାଇଗଲେ କି ? ସେ ଭଳି ଅଯଥା ସନ୍ଦେହ ମନଭିତରେ ପୋଷଣ କରନ୍ତୁନାହିଁ। ମୋ ଦୃଷ୍ଟିରେ ବିବାହ ଏକ ଭିନ୍ନ ବିଷୟ ! ଜୀବନ, ବଞ୍ଚିବା ଏ ସବୁ ଭିନ୍ନ ଭିନ୍ନ ପ୍ରସଙ୍ଗ ମୋ ପାଇଁ।

ଆଶ୍ୱସ୍ତ ହେଲା ସ୍ୱସ୍ତିକ। କହିଲା ନା...ନା ମୁଁ ସେମିତି କିଛି ଭାବୁନାହିଁ। ମୋର କାଲି ନିହାତି ଭୁବନେଶ୍ୱର ପହଞ୍ଚିବାର ଅଛି। ସତରେ ବହୁତ କାମ ଅଛି....।

ସୁପ୍ରିତୀ ନଛୋଡ଼ବନ୍ଧା। ଏଥର ଅଭିଯୋଗମିଶ୍ରିତ କଣ୍ଠରେ କପଟକ୍ରୋଧ ପ୍ରକାଶକରି କହିଲା ! ଆପଣ ଆସିଲାବେଳୁ ଦେଖୁଛି ଗୋଟିଏ ରଟ ଲଗାଇଛନ୍ତି ମୁଁ ଯିବି.... ମୁ ଯିବି.... ମୋର ଯିବାର ଅଛି ! ସତେଯେମିତି ପାଦପକାଇବା ପାଇଁ ବି ଅନୁପଯୁକ୍ତ ଏକ କଦର୍ଯ୍ୟସ୍ଥାନ, ସେମିତି ନଜରରେ ଦେଖୁଛନ୍ତି ମୋ ଘରକୁ !

ଏଥର ସ୍ୱସ୍ତିକ ନିଜକୁ ଦୃଢ଼ କରିବାକୁ ଲାଗିଲା। ନା... ଆଉ ଲାଭନାହିଁ। ନିଜକୁ ସଂଯମରେ ରଖିବା ଜରୁରୀ ! ସୁପ୍ରିତୀର ପ୍ରତ୍ୟେକ କଥା ଆଚରଣ ତାକୁ ଦୁର୍ବଳ କରି ପକାଉଛି। ଦୁର୍ବଳ ହୋଇପଡୁଥିବା ମନକୁ ସାଉଁଟି ଦୃଢ଼ କରିବାକୁ ପଡ଼ିବ। କହିଲା; ଦେଖ ସୁପ୍ରିତୀ ତୁମ ଦୃଷ୍ଟିରେ ବିବାହ, ଜୀବନ, ବଞ୍ଚିବା ଭିନ୍ନ ଭିନ୍ନ ପ୍ରସଙ୍ଗ। କିନ୍ତୁ ମୋ ପାଇଁ ଏ ସବୁ ଭିନ୍ନ ଭିନ୍ନ ପ୍ରସଙ୍ଗ ନୁହେଁ। ଆଜି ମୁଁ ତୁମ ଘରେ ରହିଯିବାଟା ବିବାହପାଇଁ ମୋର "ଇଚ୍ଛାସମ୍ୱଳିତ ପ୍ରସ୍ତାବ" ଆଇ ମିନ୍ ଏକ ଫ୍ରି କଣ୍ଡିସନ୍" ବୋଲି ତୁମେ ଭାବିପାର। ସେଥିପାଇଁ ମୋ ଭିତର ମଣିଷ ମୋତେ ଅପରାଧବୋଧ ଭାବ ଅନୁଭବ କରିବାକୁ ବାଧ କରିବ। ବେଶି ଡେରିକର ନାହିଁ। ଭଲଯୁବକ ଜଣକୁ ପସନ୍ଦକରି ବାହାହୋଇପଡ଼। ମୁଁ ବି ସେଥିରେ ସହଯୋଗର ହାତ ବଢ଼ାଇବି ! କହିଦେଇ ସୁପ୍ରିତୀ ମୁହଁକୁ ଚାହିଁ; ତା ଭାବନାକୁ ପଢ଼ିବାକୁ ଚେଷ୍ଟା କଲା। ଜ୍ୟୋସ୍ନାର ଛାଇଆଲୁଅରେ ତା ମୁହଁର ଭାଷାକୁ ଭଲକରି ପଢ଼ିପାରିଲାନାହିଁ।

ସୁପ୍ରିତୀ କିଛି କହିଲାନାହିଁ । ଆସ୍ତେ ମୁଣ୍ଡଉଠାଇ ଏକ ଶୂନ୍ୟତାଭିତରେ ସ୍ୱସ୍ତିକକୁ ଅନାଇଲା । ଶୁଷ୍କ, ନିର୍ବେଦ... ନିର୍ଲିପ ଋହାଣି...., ସ୍ୱସ୍ତିକର ଜୀବନ.... ହୃଦୟ ଭିତରକୁ... ଆହୁରି ଗଭୀରକୁ ପହଞ୍ଚିବାର ଚେଷ୍ଟା କରୁଥିଲା ।

ସେ ଋହାଣୀ ଆଗରେ ନିଜକୁ ଅସହାୟ ବୋଧ କରୁଥିଲା ସ୍ୱସ୍ତିକ !

ଡିନର ଯଥାକଥା ସାରି ବାହାରିପଡ଼ିଲା ....।

ସୁପ୍ରିତୀ ସୁଟ୍‌କେଶ ଉଠାଇ ସ୍ୱସ୍ତିକ୍ ହାତକୁ ବଢ଼ାଇଦେଲା ବେଳେ ସାମାନ୍ୟ ହସିଲା । ଏଥର ତା ମୁହଁରେ ନ ଥିଲା ମଲ୍ଲିଫୁଲିଆ ହସ.....। କଷ୍ଟହେଲା ସ୍ୱସ୍ତିକକୁ....।

ଭୁବନେଶ୍ୱର ଅଭିମୁଖରେ ବସ୍ ବାହାରିବାଯାଏ ତା ଭିତରର ଝଡ଼ ଥମିନଥିଲା । ବସ୍‌ରୁ ଓହ୍ଲାଇ ପଡ଼ିବାର ଅବକାଶ ବି ନଥିଲା । ସିଟ୍‌କୁ ପୁସ୍‌ବାକ୍‌କରି ଆଖି ବନ୍ଦକଲା । ନିଶ୍ଚଳହୋଇ ପଡ଼ିରହିଲା କିଛିସମୟ ।

କିଛି ମୁହୂର୍ତ୍ତ.... ମାତ୍ର କିଛି ମୁହୂର୍ତ୍ତର ଅନ୍ତରରେ ହଠାତ୍ ସ୍ପର୍ଶ କରିଗଲା ଏକ ଭାବନା....। ମୁଁ କାହିଁକି ସୁପ୍ରିତୀ ଘରକୁ ଯାଇଥିଲି ? ସୁଯୋଗ ଖୋଜି ଖୋଜି...! ପରିସ୍ଥିତିରୁ ମିଳିଥିବା ସୁଯୋଗର ସଦ୍‌ବ୍ୟବହାର ଓ କିଛି ସମ୍ଭାବ୍ୟର ଆଶାରେ ? ବିବାହଭଳି ଏକ ଗୁରୁତ୍ୱପୂର୍ଣ୍ଣ ସ୍ପର୍ଶକାତର ଶବ୍ଦ ଉଚ୍ଚାରିତ ହୋଇ ଏକ ଅନୁକୁଳ ପରିସ୍ଥିତିର ସାହଚର୍ଯ୍ୟ ମିଳିଲାନାହିଁ ବୋଲି ଭଲ ମଣିଷର ମୁଖା ପିନ୍ଧିବାକୁ ବାଧ ହୋଇଥିଲି ?

ମୋ ମନ ହିଁ ତ ମୋତେ ସୁପ୍ରିତୀ ଘର ଆଡ଼କୁ ଗୋଡ଼ ବଢ଼ାଇବାକୁ କହିଥିଲା...। ସେତେବେଳେ ଏ ପଶ୍ଚାତାପ କେଉଁଠି ଥିଲା ? କୋଉଠିଥିଲା ମୋର ଏ ସାଧୁସାଜିବାପଣ ?

ସୁପ୍ରିତୀର ଆଂଗୁଳିସ୍ପର୍ଶ ମୋତେ ବୋହୁତକିଛି କହୁଥିଲା । କାହିଁକି ମୁକ୍ତି ପାଇବାକୁ ଋହିଁଲି ସେ ସ୍ପର୍ଶରୁ ?

ଏତେ ଭଲପଣିଆ ଦେଖାଇହେବାର କଅଣ ଜରୁରୀଥିଲା ? କେବଳ ରାତିଟା ତା ଘରେ ଅତିଥି ହୋଇ ରହିବାକୁ ଅନୁରୋଧ କରିଥିଲା...। ସେଥିରେ ବାହାଘର ସର୍ତ୍ତ ତ ରଖିନଥିଲା ?

ନିଜଭିତରର ତର୍କରେ ବ୍ୟତିବ୍ୟସ୍ତ ହୋଇ ପଡୁଥିଲା ସ୍ୱସ୍ତିକ ।

କଥାଟାକୁ ଯେତେ ଗଭୀର ଭାବରେ ବୁଝିପାରୁଥିଲା ସେତେସେତେ ନିଜ ଉପରେ ଘୃଣା ଆସୁଥିଲା । ବାସ୍ତବତାକୁ ଅତି ସହଜରେ ପ୍ରକଟିତକରି ଦୃଢ଼ତାର ସହିତ ସାମନା କରୁଥିବା ସୁପ୍ରିତୀ ତା ଅପେକ୍ଷା ଅଧିକ ସାହସୀ !! ଝିଅଟାକୁ ଏ ଭଳି ଆଘାତ ଦେବାର ତାର ଉଚିତ୍ ନ ଥିଲା ।

ନିଜ ଭିତରେ ବିଷାଦର ଗଦାଭଳି କିଛି ଅନୁଭବ କରୁଥିଲା । ଦିନସାରାର କର୍ମକ୍ଳାନ୍ତି ସତ୍ତ୍ୱେ ଶୋଇପାରୁନଥିଲା । ମନଭିତରେ ଗ୍ଲାନି.... ମନସ୍ତାପ । ସୁପ୍ରିତୀର

ଶ୍ରଦ୍ଧା ଓ ସମ୍ମାନର ଏ ଭଳି ଅପମାନ କରିବାର ନଥିଲା। ଧୀରେ ଆଖିଖୋଲି ବାହାରକୁ ଅନାଇଲା। ଚତୁର୍ଦ୍ଦିଗ ଜ୍ୟୋତ୍ସ୍ନାମୟ....। ଚନ୍ଦ୍ରାଲୋକର ଚନ୍ଦନଭାରରେ ଫାଟି ପଡୁଛି ଆକାଶ। ମୁଣ୍ଡକୁ ସେମିତି ସିଟ୍‌ଉପରେ ଭରାଦେଇ ଅନେକ ସମୟ ଚାହିଁରହିଲା ଜ୍ୟୋତ୍ସ୍ନାଧୌତ ଜଂଗଲ, ଗହଳ ଗଛପତ୍ରର ଛାଇଆଲୁଅର ଖେଳକୁ। ମନେହେଲା ଏସବୁ ଦୃଶ୍ୟ ଜୀବନରେ ପ୍ରଥମଥର ଦେଖୁଛି ! ତା ଭିତରର ନୂଆ ଆଖିରେ ! ନିଜ ପରିବର୍ତ୍ତନରେ ନିଜେ ବିସ୍ମିତ ହେଉଥିଲା !

ମନେ ପଡ଼ିଗଲା ସୁପ୍ରିତୀ ଘରର ଛାଇଆଲୁଅ ବାରଣ୍ଡା... ଓଠ... ଆଂଗୁଳିର ହାଲ୍‌କା ହାଲ୍‌କା ପ୍ରଜାପତିଆ ସ୍ପର୍ଶ...। ତା ମନର ସଠିକତା ପରଖିବା ପାଇଁ ସୁପ୍ରିତୀ କରିଥିବା ଜଟିଳ ପ୍ରଶ୍ନ ! ଯଦି ରିପୋର୍ଟ ଦାଖଲ କରିବାର ଜରୁରୀ ନ ଥାଆନ୍ତା ତେବେ ରହିଯାଇ ଥାଆନ୍ତେ କି ? ଏ ପ୍ରଶ୍ନର ଉତ୍ତର ଦେଲାବେଳେ ତା ସ୍ୱର ତାକୁ କାହିଁକି ଅଡୁଆ ଶୁଭୁଥିଲା ? ନିଜକୁ ପଚାରୁଥିଲା ! ସତରେ କଅଣ ମୁଁ ସତ୍ୟନିଷ୍ଠହୋଇ ଉତ୍ତର ଦେଇଥିଲି ? କଅଣ ହୋଇଯାଇଥାଆନ୍ତା ସୁପ୍ରିତୀର ଖୁସିପାଇଁ ରାତିଟା ରହିଯାଇଥିଲେ ? ସେଥିରେ ସାରା ଜୀବନର ସର୍ତ୍ତ ତ ନଥିଲା ? ଫେରିଆସିବା ପରେ ମୋର କଅଣ ଇଚ୍ଛା ହୋଇନି ଲେଉଟିଯିବାକୁ.... ? ଲେଉଟିଯିବାକୁ ଭାବୁଥିଲି କିନ୍ତୁ ଡରିଗଲି କାହିଁକି ?

ଝରକାକାଚ ଭିତରଦେଇ ଆକାଶକୁ ଚାହିଁଲା....। ଯେ ଚହଟିଆ ଜହ୍ନ ବି ନଛୋଡ଼ବନ୍ଧା...। ପଛରେ ଗୋଡ଼େଇ ଗୋଡ଼େଇ ଚାଲିଛି... ହସୁଛି.... ଠିକ୍ ସୁପ୍ରିତୀଭଳି....। ନଇଁପଡ଼ି କହୁଛି; ଏତେ ବିମର୍ଷ କାହିଁକି ହେଉଛନ୍ତି ସାରେ ? ଆପଣ ତ ସୁପ୍ରିତୀ ନଜରରେ ସତରେ ଜଣେ ଭଲମଣିଷ ! ଆଶ୍ୱସ୍ତ ହୁଅନ୍ତୁ ଯେ ସୁପ୍ରିତୀ ଜଣେ ଭଲମଣିଷକୁ ତାର ଭଲପଣିଆକୁ ଖୋଜି ବାହାର କରିବାରେ ସାହାଯ୍ୟ କରିଛି....।

ଇଚ୍ଛାହେଉଥିଲା ନିଜ ଭିତରର ବିଷାଦକୁ ହଟାଇବା ପାଇଁ ବଡ଼ପାଟିରେ ଚିତ୍କାରକରି ଜହ୍ନକୁ କହିବାକୁ; କଅଣ କହିଲ ? ଭଲ ମଣିଷ ? ମୁଁ ? ଧୁତ୍ !

ଭଲ ମଣିଷ ବୋଲେଇ ହେବା ର ନିଶାରେ ମୁଁ ନିଜଇଚ୍ଛାରେ ବାରମ୍ବାର ମୁଖାପିନ୍ଧିଛି.... ଏ କଥା ତୁମ ସୁପ୍ରିତୀ ମେଡମ୍ କଅଣ ଜାଣନ୍ତି ? କେବଳ ସୁପ୍ରିତୀ କାହିଁକି କେହି ଜାଣନ୍ତିନାହିଁ ! ଥାଉ ନ ଜାଣନ୍ତୁ....। ମୁଁ ଯଦି ସତରେ ଏତେ ଭଲ ମଣିଷ, ତୁମ ସୁପ୍ରିତୀ ମେଡମ୍‌ର ଅନୁରୋଧ ରକ୍ଷାନକରି ଫେରିଆସିଲିବୋଲି ମୋ ଭିତରେ ଯେ ଅନୁଶୋଚନାର ଅନୁଭୂତି କାହିଁକି ହେଉଛି ? ମୁଁ ମୋ ସିଦ୍ଧାନ୍ତରେ କାହିଁକି ଖୁସି ହୋଇପାରୁନି ? ନିଜ ଉପରେ କିଛି ହରାଇ ବସିଥିବାର ଯେ ଅଶ୍ୱସ୍ତ ବିରକ୍ତି କାହିଁକି ?

ସ୍ୱସ୍ତିକ ଶୁଣି ପାରୁଥିଲା ତା ଭିତରେ...., କେବେ ଅନୁଭବ କରିନଥିବା ଏକ ବ୍ୟଥାର ବ୍ୟଞ୍ଜନା....। ■

# ଦେହୀ

ଲେଖକ ବୋଲି ସମ୍ବୋଧିତ ହେବାର ଆକାଂକ୍ଷା ନ ଥିବା, ନିଜ ସର୍ତ୍ତରେ ଜୀବନଯାପନ କରୁଥିବା, ସାହିତ୍ୟ ଜଗତର ଏକ ବିରଳ ବିସ୍ମୟ ମୋର ଏ ପ୍ରିୟ ଲେଖକ।

ମୁଁ କେବେ ତାଙ୍କୁ ଦେଖିନି। କେବଳ ତାଙ୍କ ବହିପଢ଼ି ପ୍ରେମରେ ପଡ଼ିଯାଇଛି।

ସାଧାରଣତଃ ସାହିତ୍ୟ ସମ୍ବନ୍ଧୀୟ ବହିମାନଙ୍କର ପଟାବନ୍ଧାଇ ମଲାଟ ଉପରେ ଗଳ୍ପ ସଂକଳନ ଉପନ୍ୟାସ, କବିତା ଇତ୍ୟାଦି ଲେଖାଯିବା ସହିତ ଲେଖକ ଲେଖିକାଙ୍କ ନାଁ ବଡ଼ବଡ଼ ଅକ୍ଷରରେ ମୁଦ୍ରିତ ହୋଇଥାଏ। କେତେକ ଲେଖକ ଲେଖିକା ନିଜ ସ୍ୱାକ୍ଷରରେ ନାଁ ସହିତ ମସ୍ତକରୁ ବକ୍ଷ ପର୍ଯ୍ୟନ୍ତ କିମ୍ବା ସଂପୂର୍ଣ୍ଣ ଆୟତନର ନିଜ ଛାୟାଚିତ୍ର ଏକ ସୁନ୍ଦର କଳାତ୍ମକ ଢଙ୍ଗରେ ବହିର ପ୍ରଚ୍ଛଦପଟରେ ମୁଦ୍ରିତ କରିଥାନ୍ତି। ଏହା ଲେଖକୀୟ ନାମର ଉତ୍କର୍ଷତା ପ୍ରତିପାଦନ ଏବଂ ବହିର ବହୁଳ ବିକ୍ରି ପାଇଁ ଏକ ବିଜ୍ଞାପନ ଭଳି କାମ କରେ। ଅବଶ୍ୟ ଏହାହିଁ ବହିର ମୂଳଆଧେୟ। ଯେଉଁଥି ପାଇଁ ପାଠକ ବହି ପଢ଼ିଥାଏ। ଏତଦ୍ ବ୍ୟତୀତ ବହି ଓ ଲେଖକଙ୍କ ବିଷୟରେ

ପ୍ରକାଶକଙ୍କ ପ୍ରଶଂସା ଓ ପ୍ରଶସ୍ତି, ଲେଖକଙ୍କ କଥାଦର୍ଶ ଆହୁରି କେତେ କଣ ଛପାହୋଇଥାଏ। ଅନେକ ସମୟରେ ପାଠକ ଏ ସବୁକୁ ଆଡ଼େଇ ଦେଇ ମୂଳପାଠକୁ ଯାଇଥାଏ। କାରଣ ଚତୁର ପାଠକ ଜାଣେ ଯେ ଲେଖକ ଓ ବହି ବିଷୟରେ ପ୍ରଶଂସା ପ୍ରଶସ୍ତି କପୋଳ କଳ୍ପିତ ଓ ଅତିଶୟୋକ୍ତି। ଲେଖକଙ୍କ ଫୋଟଟି ମଧ୍ୟ ପଚିଶବର୍ଷର ପୁରୁଣା।

ଦୀର୍ଘ ଦଶବର୍ଷରୁ ମୁଁ ପଢ଼ି ଆସୁଥିବା ମୋ ପ୍ରିୟ ଲେଖକଙ୍କ ବହିଗୁଡ଼ିକ କିନ୍ତୁ ଏକ ବ୍ୟତିକ୍ରମ। ତାଙ୍କ ବହିରେ ପ୍ରକାଶନ ସଂସ୍ଥା ଓ ସମୟ ବ୍ୟତୀତ ଅନ୍ୟ କିଛି ବି ନ ଥାଏ। ତାଙ୍କ ବହିଗୁଡ଼ିକ ଅଦରକାରୀ ଆସବାସରେ ଭର୍ତ୍ତି ହୋଇ ନ ଥିବା ଏକ ପରିଷ୍କାର ପରିଚ୍ଛନ୍ନ ପବିତ୍ର ଗୃହ ଭଳି। ଯେଉଁଠି ରୁଚିହୀନ ଅଣଏସ୍ଥେଟିକ୍ ସାହିତ୍ୟର ସ୍ଥାନ ହିଁ ନାହିଁ। ଆଉ ନ ଥାଏ ବହି ବିଷୟରେ ଓ ବହିମାଲିକଙ୍କ ବିଷୟରେ କୌଣସି ପ୍ରଶଂସା ଓ ପ୍ରଶସ୍ତି। ଫୋଟ ତ ବହୁ ଦୂରର କଥା। ଅବଶ୍ୟ ପଟା ପଟାବନ୍ଧାଇ ପରପୃଷ୍ଠାରେ ଛୋଟ ଛୋଟ ଅକ୍ଷରରେ ନାଁ ମୁଦ୍ରିତ ହୋଇଥିବାର ଦେଖିବାକୁ ମିଳେ। ସେ ବି ଛଦ୍ମନାମ।

ଏହି ଲେଖକଙ୍କର ମୋତେ ଆଉ ଯାହା ଆକର୍ଷିତ କରିଛି ତାହା ହେଲା ତାଙ୍କର ଗଭୀର ସମ୍ବେଦନଶୀଳ ଲେଖା ଓ ଚମକାଇ ଦେଲା ଭଳି ଏଣ୍ଡିଙ୍ଗ୍ ତା ସହିତ ମନ୍ତ୍ରମୁଗ୍ଧ କରିଦେଲାଭଳି ରୁଚିସଂପନ୍ନ ପ୍ରଚ୍ଛଦପଟ। ଯାହାର ରଙ୍ଗ ଆକୃତି ଅନ୍ୟମାନଙ୍କ ଅପେକ୍ଷା କୌଣସି ନା କୌଣସି ପ୍ରକାରେ ସ୍ୱତନ୍ତ୍ର। ତାଙ୍କର ଏହି ସ୍ୱତନ୍ତ୍ରତା ହିଁ ତାଙ୍କ ପ୍ରତି ମୋର ଆକର୍ଷିତ ହେବାର ବଡ଼ କାରଣ।

ଗୋଟିଏ ପଟେ ତାଙ୍କ ବହି ପଢ଼ିବାର ଅଦମ୍ୟ ଆସକ୍ତି ସହିତ ତାଙ୍କ ସମ୍ଭ୍ରାନ୍ତ ନାଁରେ ପ୍ରଭାବିତ ହୋଇପଡ଼ି ତାଙ୍କୁ ନେଇ କଳ୍ପଲୋକରେ ମଗ୍ନ ହୋଇପଡ଼ିବା ଥିଲା ମୋର ଅନ୍ୟ ଏକ ଆସକ୍ତି।

କେତେ ଉନ୍ନିଦ୍ର ରଜନୀ ଓ ଅଳସ ଅପରାହ୍ନ ବିତିଛି ତାଙ୍କ ଗଳ୍ପ ଉପନ୍ୟାସ ପଢ଼ିବାରେ। ମୋତେ ସମ୍ମୋହିତ କରି ମୋ ସ୍ମୃତିକୋଷରେ ଗ୍ରଥିତ ହୋଇ ରହିଥିବା ତାଙ୍କ ଲେଖାର କିଛି ଧାଡ଼ି ଏଠି ପରିବେଷଣ କରିବାର ଦୂର୍ବାର ଇଚ୍ଛାକୁ ମୁଁ ଦମନ କରି ପାରୁନାହିଁ।

"ଯାଅ କୋଉଠୁ ହେଲେ ଜୀବନକୁ ଡାକି ଆଣ। ମୁଁ କିଛି ସମୟ ବଞ୍ଚିବାକୁ ଚାହୁଁଛି....। କୌଣସି ମତେ ତୁମେ ମୋର ଅଧାଲେଖା ଜୀବନକୁ ଫେରେଇ ଆଣ....।"

"ପଥର ଇଟା ଆଉ ଶରୀରର ଘର ସମସ୍ତେ ତିଆରି କରନ୍ତି। ମାତ୍ର ମୋ ଘର ନିଃଶ୍ୱାସରେ ତିଆରି....। ନିଃଶ୍ୱାସ.... ଯାହା ଦୂର କେଉଁ ପ୍ରବାଳଦ୍ୱୀପରେ ଧକ୍କା

ଖାଇ ମହାସାଗରର ତରଙ୍ଗ ପରି ଫେନିଳ ହୋଇ ଉଠୁଛି"। ଏଇ ଭଳି ଜୀବନାନୁଭୂତିରେ ଲତ୍‌ପତ୍ ଧାଡ଼ିଗୁଡ଼ିକରେ କେତେବେଳେ ବିନ୍ଦୁ ଭିତରେ ସିନ୍ଧୁ ପ୍ରାପ୍ତିର ଅନୁଭବ ହୋଇଛି ତ....।

"ଏଇ ବିଛଣାରେ ପ୍ରେମ ଶୋଇଛି। ତା ଉପରେ ଆମେ ଶୋଇ ପଡ଼ିଲେ କାଳେ ଆମ ପ୍ରେମ ମଳିନ ହୋଇଯିବ"। "ଚାଲ ଆମେ ଶୋଇପଡ଼ିବା ନିଆଁର ଝରଣାରେ ଗାଧୋଇଥିବା ଏଇ ପଲାଶବଣରେ.... ଜହ୍ନ ଆମ ପାଇଁ ପହରାଦେବ....। କେବେ ମେଘ ଉହାଡ଼ରୁ.... କେବେ ମୁକୁଳା ଆକାଶରୁ...."।

"କିଛି ବି ଭାବ ନାହିଁ.... କିଛି ହେଲେ କହ ନାହିଁ.... ନ ହେଲେ ନିଃଶ୍ୱାସର ଏ ପାହାଡ଼ ଭୁଷୁଡ଼ି ପଡ଼ିବ....। ଭାବ ନାହିଁ.... ମନ ଯାହା ଚାହୁଁଛି ତାକୁ ଦେଇ ଦିଅ.... ଯାହା ହେବାର ଅଛି ହେବାକୁ ଦିଅ....। ନିଃଶ୍ୱାସ ପରି ବିଲୀନ ହୋଇଯାଅ ମୋ ଭିତରେ".... ଭଳି ରୋମାଣ୍ଟିକ ଧାଡ଼ିଗୁଡ଼ିକରେ ବିମୋହିତ ହୋଇ ପଢ଼ି କେତେବେଳେ ତାଙ୍କ ପ୍ରେମରେ ପଡ଼ିଯାଇଥିଲି ଜାଣିପାରିଲି ନାହିଁ।

ଦୀର୍ଘ ଦଶବର୍ଷ ଅବିଚ୍ଛିନ୍ନ ଭାବରେ ତାଙ୍କ ନାଁ କେବଳ ଦେଖି ତାଙ୍କୁ ପଢ଼ି ଆସୁଥିଲେ ସୁଦ୍ଧା ସ୍ୱଚକ୍ଷୁରେ ମୁଁ ତାଙ୍କୁ କେବେ ଦେଖିବାର ସୌଭାଗ୍ୟ ପାଇନାହିଁ। କୌଣସି ସାହିତ୍ୟସଭା ମାନଙ୍କରେ ମଧ୍ୟ ଆଖିରେ ପଡ଼ିନାହାନ୍ତି। ଶୁଣିଛି ସଂପାଦକ ଓ ପ୍ରକାଶକମାନଙ୍କ ସ୍ୱୀକୃତି ଅଦୌ ଲୋଡ଼ନ୍ତି ନାହିଁ। ତାଙ୍କ ଉଦ୍ଦେଶ୍ୟରେ ଲେଖା ହୋଇଥିବା ପ୍ରଶଂସା ଓ ପ୍ରଶସ୍ତିପତ୍ରକୁ ଆଡ଼ ଆଖିରେ ଚାହାନ୍ତି ନାହିଁ।

ଜଣେ ଲେଖକ ଯେ ଏତେ ମାତ୍ରାରେ ପ୍ରଚାର ବିମୁଖ ହୋଇପାରନ୍ତି ଏହା ବିଶ୍ୱାସ କରିବାକୁ ଯିଏ ଏତେ ଅମଙ୍ଗ ହେଲେ ବି ଏହା ହିଁ ସତ୍ୟ।

ତାଙ୍କ ବହିପଢ଼ି ତାଙ୍କୁ ଅବଲୋକନ କରିବାପାଇଁ ମନର କୌତୁହଳ ସୀମା ଲଂଘନ କରୁଥିଲେ ବି ତାଙ୍କ ନିକଟକୁ ଯାଇ ତାଙ୍କୁ ଦେଖିଆସିବାର ସ୍ୱଭାବ ମୋର ନୁହେଁ। ଯଦି ଅକସ୍ମାତ୍ କେବେ ଭେଟ ହୋଇଯିବ ତ ଆନନ୍ଦାତିଶର୍ଯ୍ୟରେ ବାତୁଳପ୍ରାୟ ହୋଇପଡ଼ିବି ଏହା ସୁନିଶ୍ଚିତ।

ତେବେ ପଚାରି ପାରନ୍ତି ମୋର ସମସ୍ୟା କ'ଣ ? ସମସ୍ୟାଟା ହେଲା ଦୀର୍ଘଦଶ ବର୍ଷ କାଳ ମୋର ମନ ଓ ବ୍ୟକ୍ତିତ୍ୱକୁ ଆଚ୍ଛନ୍ନ କରି ରଖିଥିବା ଏଇ ଲେଖକଙ୍କ କେବଳ ନାଁ ଟା ଜାଣି ସେଇ ରୂପରହିତ ନାମକୁ ଅଧିକ କାଳ ମସ୍ତିଷ୍କରେ ଧାରଣ କରିବା ! ....କ୍ରମଶଃ ମୁସ୍‌କିଲ୍ ହୋଇ ପଡୁଛି ମୋ ପାଇଁ।

କୈଶରରେ ଇନ୍ଦ୍ରଦେବଙ୍କୁ କେବେ ଦେଖିନଥିବା ଅହଲ୍ୟା ସଖିମାନଙ୍କ ଠାରୁ ଇନ୍ଦ୍ରଦେବଙ୍କ ରୂପବର୍ଣ୍ଣନା ଶୁଣି ଶୁଣି ଇନ୍ଦ୍ରଦେବଙ୍କ ଦର୍ଶନ ପାଇଁ ମନ ଉଚ୍ଛନ୍ନ ହେଲାପରି

ମୁଁ ମଧ୍ୟ ଲେଖକଙ୍କ ବହି ପଢ଼ି ପଢ଼ି ତାଙ୍କ ବୌଦ୍ଧିକତାରେ ସମ୍ମୋହିତ ହୋଇ ଭାବଲୋକରେ ଭାସିଯାଉଥିଲି। ଯାହାଙ୍କ ଲେଖା ଏତେ ସୁନ୍ଦର ଓ ହୃଦୟୋନ୍ମାଦକ ସେ ଦେଖିବାକୁ କେମିତି ହୋଇଥିବେ ? ମାନସିକ ସୃଜନ ଦ୍ୱାରା ତାଙ୍କ ଦେହୀକୁ କିପରି ଏକ ଲାବଣ୍ୟବନ୍ତ ରୂପରେଖ ପ୍ରଦାନ କରାଯାଇ ପାରେ ଭାବନାରେ ମଗ୍ନ ହୋଇ ପଡ଼ିଥିବା ସମୟରେ ମୋ ଅଜାଣତରେ କେତେବେଳେ ସେ ଶୂନ୍ୟସ୍ଥାନ ପୂରଣ ହୋଇଗଲା ଜାଣିପାରିଲି ନାହିଁ। ସେ ଶୂନ୍ୟସ୍ଥାନ ପୂର୍ତ୍ତି ଅନୁସାରେ ମୋ ମନର କାନ୍‌ଭାସ୍‌ରେ ଯେଉଁ ଚିତ୍ରପୁରୁଷର ମୁହଁଟା ଅଙ୍କିତ ହୋଇଗଲା ତାହା ଥିଲା ଅବିକଳ ମୋର ବେଚ୍‌ମେଟ୍ ଶ୍ରୀଶାନ୍ତ ଚୌଧୁରୀ ପରି। ପୁରାପୁରି ଇନ୍ଦ୍ରଦେବଙ୍କ ପରି ସୌମ୍ୟ ସୁଠାମ ମନୋଜ୍ଞ ନ ହେଲେ ବି କିଛି କିଛି ସେମିତି।

ସେ ଯାହା ହେଉ ବହୁଦିନ ଧରି ମୋ ଚିନ୍ତା ଚେତନାକୁ ଆବୋରି ବସିଥିବା ମୋର ବନ୍ଧୁ ଶ୍ରୀଶାନ୍ତ ଚୌଧୁରୀର ଚେହେରାଟାକୁ ନେଇ ମୋର ପ୍ରିୟ ଲେଖକଙ୍କ ମୁହଁରେ ଦକ୍ଷବିନ୍ଧାଣି ପରି ପ୍ରତିସ୍ଥାପନ କରିଦେଲି। ଧରିନେଲି ଲେଖକ ଦେଖିବାକୁ ଏମିତି ହୋଇଥିବେ। ଲେଖକଙ୍କ ମୁହଁରେ ଶ୍ରୀଶାନ୍ତର ଚେହେରାଟା ସିନା ଖଞ୍ଜିଦେଲି ତାଙ୍କ ଦେହୀକୁ କିପରି ନ୍ୟାୟ ପ୍ରଦାନ କରିପାରିବି ? ଶ୍ରୀଶାନ୍ତର ଚେହେରା ତଳ ଦେହଟା କେମିତି ହୋଇଥିବ ? ମୁଁ ତ କେବେ ଦେଖିନି ? ଇନ୍ଦ୍ରଦେବଙ୍କ ପରି ପୃଷ୍ଠଦେଶ ପ୍ରଶସ୍ତ କି ନୁହେଁ, ବାହୁଯୁଗଳ ସୌମ୍ୟ ସୁଦୃଢ଼ କି ନୁହେଁ କେବେ ଲକ୍ଷ୍ୟ କରି ନ ଥିଲି। ହୁଏତ ଝିଅମାନଙ୍କ ଦୃଷ୍ଟି ଆକର୍ଷଣ କଲାଭଳି ସେମିତି କିଛି ସୁନ୍ଦର ସୁଠାମ ଶରୀର ହୋଇଥାଇ ବି ନ ପାରେ। କାରଣ ଆମ ସମୟରେ ଝିଅମାନଙ୍କ ମାନସିକ ସ୍ଥିତି ଏପରି ଥିଲା ଯେ ଆମେ ପସନ୍ଦ କରୁଥିବା, କୌଣସି ପୁରୁଷ ପିଲାର ବଳିଷ୍ଠବାହୁ ଚଉଡ଼ାଛାତି ଦେଖିବାକୁ ଇଚ୍ଛା କରୁ ନଥିଲୁ। ଏମିତି କାହିଁକି ମୁଁ କହିପାରିବି ନାହିଁ। ହୁଏତ ସମୟଟା ହିଁ ଥିଲା ସେମିତି। ପ୍ରେମରେ ଦେହକୁ ପ୍ରାଧାନ୍ୟତା ଦିଆଯାଉ ନଥିବା ସମୟ। ପ୍ରେମ ହେଉଛି ଭାବର ସମ୍ରାଟ....। ଏଥିରେ ଦେହ ଗୌଣ। ଯାହାକୁ ପ୍ରେମ କରୁଥିଲୁ ତାକୁ ଜଣେ ଅଶରିରୀ ବୋଲି ମନେ କରିବାକୁ ହେଉଥିଲା।

ମନର ଫୁଲଫଳ ଆତ୍ମାର ସୁରଭି ମୁକ୍ତ ସମୀରଣରେ ଯେଣେ ଇଚ୍ଛା ତେଣେ ଉଡ଼ି ବୁଲୁଥିଲେ ବି ନିଜ ଦେହ କିନ୍ତୁ ଥାଏ ବନ୍ଧନ ଭିତରେ। ଥାଏ ପାଦରେ ହାତରେ ଅଭିପ୍ସାର ଶୃଙ୍ଖଳା। ତା ବାଦେ ଥିଲା ପବିତ୍ର ଭାବନାକୁ ସେ ଭଳି ଦୃଷ୍ଟି ମଳିନ କରିଦେବାର ଆଶଙ୍କା। ଥିଲା ମଧ୍ୟ ଲାଞ୍ଛିତ ନିନ୍ଦିତ ହେବାର ଭୟ।

ବାସ୍ତବରେ ଆଖିର ସରହଦ୍ ଟପି ଅନ୍ୟ ଏକ ପଥରେ ଦୃଷ୍ଟି ବିକ୍ଷିପ୍ତ କରିବା ପାଇଁ ମନରେ ଯେଉଁ ଦୁଃସାହସ ଲୋଡ଼ା ତାହା ସମସ୍ତଙ୍କର ନ ଥାଏ। ପ୍ରେମ ଯେତେ

କ୍ଷୀଣ ଓ ନିଃସ୍ୱାର୍ଥପର ହୋଇଥାଉ ପଛେ....। ଏଥିରେ ମନ ଦୁର୍ବଳ ଓ ବାସନା ବଳୀୟାନ ହୋଇଯିବାର ସମ୍ଭାବନା ଥାଏ।

ଅବଶ୍ୟ ଏବେ ଦେହମନକୁ କେନ୍ଦ୍ରକରି ସେ ଭଳି ରକ୍ଷଣଶୀଳ ଦୃଷ୍ଟି ଭଂଗି ଅନେକାଂଶରେ ପରିବର୍ତ୍ତିତ ହେବାରେ ଲାଗିଛି। ଅପରିପକ୍ୱ ବୟସର ଭୀରୁତା ଓ କୁହୁଡ଼ିଆ ଧାରଣା ସବୁ ଆଉ ରହିନାହିଁ। ଦେହମନକୁ ନେଇ ଉଦାର ଅଭିମତ ପୋଷଣ କରିବାରେ ଲାଗିଛୁ। ସଂପର୍କର ନୂଆ ପରିଭାଷା ସୃଷ୍ଟି ହୋଇ ଯାଇଛି। ନଚେତ୍ "ଲିଭ୍ ଇନ୍ ରିଲେସନ୍‌ସିପ୍"ରେ ରହିବାର ସାହସ କଅଣ ଜୁଟାଇ ପାରିଥାଆନ୍ତୁ ?

ଶରୀର ଓ ମନ ଭିତରେ ସଂପର୍କ ଯଦି ନାହିଁ ତେବେ ଆଖିଟା ପ୍ରଥମେ ଯାଇ ଦେହ ଉପରେ ପଡ଼େ କାହିଁକି ? ପ୍ରେମ ଦେହ ବୋଧରେ ସୀମାବଦ୍ଧ ନ ହେଲେ ମଧ୍ୟ ଦେହବୋଧକୁ ଅଳିକ କହି ଅବଜ୍ଞା କରି ହେବ କି ? ଏ ଭଳି ଦେହ ଓ ମନ ଭିତରେ ଚାଲିଥିବା ଅନେକ ସଂଘର୍ଷର କଥାକୁ ନେଇ ଯୁକ୍ତି ବାଢ଼ିବାରେ ଲାଗିଛୁ।

ମୋର ଦୃଢ଼ ବିଶ୍ୱାସ ମୋର ପ୍ରିୟ ଲେଖକଙ୍କ ଯୌବନ ଆଜି ଅନ୍ତର୍ହିତ। ବର୍ତ୍ତମାନ ସେ ପ୍ରୌଢ଼। ତେଣୁ ଲେଖକଙ୍କ ଦେହୀକୁ କିପରି ଏକ ସୌମ୍ୟ ସୁଠାମ ରୂପରେଖ ପ୍ରଦାନ କରାଯାଇ ପାରେ ମୋ ଭିତରେ ଏକ ଚିତ୍ରକଳ୍ପର ପରିକଳ୍ପନା ଚାଲିଥିବା ସମୟରେ ହଠାତ୍ ଆଖି ସାମ୍‌ନାରେ ଆସି ଉଭା ହୋଇଗଲା ଏକ ଧୂମିଳ ସ୍ମୃତିରେଖା। ବନ୍ଧୁ ଶ୍ରୀଶାନ୍ତ ଚୌଧୁରୀର ଚେହେରା ତଳ ଦେହଟା। ତୁହାଇ ତୁହାଇ ଉତୁରି ଆସିଲା ମନ ଭିତରକୁ।

ସେ ଆମ କଲେଜ ପଢ଼ା ବେଳର କଥା। ଆମ ବେଚ୍‌ର ଛାତ୍ରଛାତ୍ରୀ କେଉଁ ଏକ ପାହାଡ଼ ତଳି ନଦୀକୂଳିଆ ଅଞ୍ଚଳକୁ ପିକ୍‌ନିକ୍ ଯାଇଥିବା ଅବସରରେ ଅକସ୍ମାତ ଆଖିରେ ପଡ଼ିଯାଇଥିଲା ନାରୀ ମନଲୋଭା ଏକ ପୁରୁଷୋଚିତ ଶରୀର। ଶ୍ରୀଶାନ୍ତ ଚୌଧୁରୀ ଖୋଲାଦେହରେ ବନ୍ଧୁମାନଙ୍କ ସହିତ ନଦୀରେ ପହଁରୁଥିବା ଦୃଶ୍ୟ। ସେ ଦିନ ବାନ୍ଧବୀମାନଙ୍କ ଗହଣରେ କଣ୍ଟକଯୁକ୍ତ ଲତା ଫାଙ୍କ ଭିତର ଦେଇ ଚୋରାଇ ଆଣି ଦୀର୍ଘଦିନ ଧରି ଆଖିର ଲେନ୍‌ସ୍‌ରେ ସଂଚି ରଖିଥିବା ଦୃଶ୍ୟକୁ ଅର୍ଥାତ୍ ବନ୍ଧୁ ଶ୍ରୀଶାନ୍ତ ଚୌଧୁରୀର ସୁନ୍ଦର ସୁଠାମ ଦେହକୁ ଲେଖକଙ୍କ ଦେହରେ ଖଞ୍ଜାଖଞ୍ଜି କରିଦେଲି। ଏମିତି କରି କେବେ ଦେଖି ନ ଥିବା ଲେଖକଙ୍କୁ ଏକ ସୁନ୍ଦର ସୁସଜ୍ଜିତ ରୂପ ପ୍ରଦାନ କରି ପାରିଥିବାର ଖୁସିରେ ଅଭିଭୂତ ହୋଇ ପଡ଼ିଲି। ଅନେକଟା ଆଶ୍ୱସ୍ତ ମଧ୍ୟ ହେଲି।

ଶ୍ରୀଶାନ୍ତ ଏବେ କେଉଁଠି କେଜାଣି ? ବେଳେ ବେଳେ ଲାଗେ ଶ୍ରୀଶାନ୍ତ ହିଁ ଏଇ ଲେଖକ ନୁହେଁ ତ ? ସେ ବି ତ ଲେଖାଲେଖି କରୁଥିଲା। ଭୀଷଣ ଆର୍ଟିଷ୍ଟିକ୍ ନେଚରର ପିଲା ଥିଲା। ଥିଲା ମଧ୍ୟ ବିଚକ୍ଷଣ ମେଧାବୀ ଓ ସ୍ୱାଭିମାନୀ। ଆଉ ସେଇଥି

ପାଇଁ ହୁଏତ ଏଇ ଉଭୟ ଚରିତ୍ର ମୋ ଅଜାଣତରେ ମୋ ମନର ଗଭୀର ଅନୁଭୂତି ମଧ୍ୟରେ ଏକତ୍ର ମିଶିଯାଇଛନ୍ତି। ଜଣେ ସୌମ୍ୟ ସୁଠାମ ଦେହାଧିକାରୀ ଓ ଅନ୍ୟଜଣେ ବୌଦ୍ଧିକ ଶକ୍ତି ସଂପନ୍ନ।

ସ୍ୱପ୍ନ ନିଜ ଅଦେଖା ମନର ଏକ ସ୍ୱୀକାରୋକ୍ତି। ଅବଚେତନ ମନର ଦୁନ୍ଦୁଭିଘୋଷ। ମୋ ଅବଚେତନରେ ଏଇ ଦୁଇଜଣ କେଉଁଠି ଆସନ ଜମେଇ ଦେଇଛନ୍ତି। ନଚେତ୍ ଏମାନଙ୍କୁ ନେଇ ବେଳେବେଳେ ସ୍ୱପ୍ନ କାହିଁକି ଦେଖନ୍ତି ? କେବେ ଶ୍ରୀଶାନ୍ତର ସନ୍ତରଣ ଦୃଶ୍ୟ ତ ଆଉ କେବେ ନିରୋଳା ନିଃଶବ୍ଦ ପ୍ରହରରେ ଟେବୁଲ ଉପରେ ଝୁଙ୍କିପଡ଼ି ଲେଖକ ଲେଖନୀ ଚାଳନା କରୁଥିବା ଦୃଶ୍ୟ....।

ମନକୁ ନ ଚିହ୍ନି ମନନ କରିବା ନିରର୍ଥକ। ପ୍ରେମ ଯେତେ ନିଃସ୍ୱାର୍ଥପର ଓ କ୍ଷୀଣ ହୋଇଥାଉ ପଛେ। ଏଥିରେ ପ୍ରତ୍ୟାଖ୍ୟାତ ହେବାର, ଆତ୍ମସମ୍ମାନ ହରାଇବାର ଭୟ ଥାଏ। ଏମାନେ ଦୁଇଜଣ ମୋର ମନର ନାୟକ ପୁରୁଷ ଭାବେ ଏକ ସ୍ୱତନ୍ତ୍ର ସ୍ଥାନ ଅଧିକାର କରିଥିଲେ ବି କେବେ ମନନ କରିବାର ପ୍ରୟାସ କରି ନ ଥିଲି।

କେହି କେହି ହୁଏତ ଜିଜ୍ଞାସା କରିପାରନ୍ତି ମୋର ଏ ପ୍ରକାର ଏକ ଅଦ୍ଭୁତ ମାନସିକ ଉଡ଼ାଣ ପଛରେ କି ଯୁକ୍ତି ଥାଇପାରେ ? ଯୁକ୍ତିଟା କଣ ମୋତେ ଜଣା ନାହିଁ। ଅନ୍ଧାର ଆସେ ମାତ୍ର ନିଜକୁ କେତେବାଟ ଚାଲିଆସିଛି ପଚାରେ ନାହିଁ। ଆଲୁଅ ଆସେ ମାତ୍ର ସେ ବି ଆପଣା ଯାତ୍ରାପଥର ହିସାବ କିତାବ ରଖି ନ ଥାଏ। ବାଲି ଉଡ଼ିଯାଏ.... ଉଡ଼ି ଉଡ଼ି ଚାଲେ। କିନ୍ତୁ ସେ କେତେବୋଟ ପୁରାକରି ଆସିଛି କହିପାରିବ ନାହିଁ। ଦୀର୍ଘ ଦଶବର୍ଷ ଧରି ଏଇ ଲେଖକଙ୍କୁ ଭଲପାଇ ଆସୁଥିଲେ ସୁଦ୍ଧା ମୋର ଏ ଭଳି ଉଡ଼ାଣ ପଛରେ କି ଯୁକ୍ତି ରହିଛି ମୁଁ କହିପାରିବି ନାହିଁ। ମଣିଷ ନିଜେ ନିଜର ଅନ୍ତରକୁ ଯେପରି ପାଏ ନାହିଁ, ସେମିତି ଆଜିଯାଏ ମୁଁ ସେ ଯୁକ୍ତିକୁ ଖୋଜି ପାଇପାରି ନାହିଁ।

ହୁଏତ ଯୁକ୍ତିଟା ଏଇୟା ହୋଇପାରେ ଯେ ପ୍ରତିଟି ବର୍ତ୍ତମାନର ମୂଳ ଅତୀତରେ ଥାଏ। ଦୀର୍ଘ ଦଶବର୍ଷ ଧରି ଏଇ ଲେଖକଙ୍କୁ ନେଇ ଯାହା ଅନୁଭବ କରିଥିଲି ତାହା ଦୀର୍ଘଦିନ ଧରି ମୋ ଉପରେ ଭିଜାପତ୍ରରୁ ପଡୁଥିବା ଟୋପାଟୋପା ବୃଷ୍ଟି ବିନ୍ଦୁ ପରି। ଯଦିଓ ଅନେକ ସମୟରୁ ବୃଷ୍ଟି ପଡ଼ିବା ବନ୍ଦ ହୋଇଯାଇଛି। ଆଉ ମୋର ଭିଜିବା ପ୍ରକ୍ରିୟା ବି।

ଆହୁରି ମନେ ହୁଏ ଯଦି ମୋର ବେଟ୍‌ମେଟ୍ ଶ୍ରୀଶାନ୍ତ ଚୌଧୁରୀର ସ୍ମୃତିର ସାହାରା ନ ଥାଆନ୍ତା ତେବେ ହୁଏତ ମୋର ଏଇ ଲେଖକଙ୍କୁ ଏକ ସୁନ୍ଦର ରୂପରେଖ ପ୍ରଦାନ କରିବାରେ ବିଫଳ ହୋଇଥାଆନ୍ତି। ଯଦିଓ ତାହା ଏକ କଳ୍ପିତ ରୂପରେଖ।

ମୋର ପ୍ରିୟ ଲେଖକଙ୍କୁ ମୁଁ କେବେ ଦେଖି ନ ଥିଲେ କଣ ହେବ ? ସେ ତାଙ୍କ ବହିମାନଙ୍କୁ ଯେତେ ସର୍ବାଙ୍ଗସୁନ୍ଦର କଳାତ୍ମକ ଢଙ୍ଗରେ ସଜାଇ ଚାଲିଥିବେ ଚାଲିଥାଆନ୍ତୁ....। ମୁଁ ମଧ୍ୟ ତାଙ୍କ ଅନାଟୋମିକୁ ସେତିକି ଶ୍ରଦ୍ଧାର ସହିତ ଚିତ୍ରିତ କରି ଚାଲିଥିବି। ନଖରୁ ଶିଖ ପର୍ଯ୍ୟନ୍ତ। ଏପରି କରିବା ଦ୍ୱାରା ମୁଁ କେବେ ଦେଖି ନଥିବା ତାଙ୍କ ଦେହୀକୁ ଉପଯୁକ୍ତ ସମ୍ମାନ ଓ ନ୍ୟାୟ ପ୍ରଦାନ କରିପାରିବି ବୋଲି ମୋର ଦୃଢ଼ ବିଶ୍ୱାସ।

ଏଇ କାହାଣୀ ମୋ ନିଜର ଏକ କଳ୍ପିତ ମାନସ ଚିତ୍ର....। ଯେଉଁଥିରେ ମୋ ପ୍ରିୟ ଲେଖକ ଏକ ଖେୟାଲ....। ପବନରେ ଉଡ଼ି ବୁଲୁଥିବା ମୋ ନିଜ ଖେୟାଲର ଏକ କୁହୁକ....। ବାସ୍ତବ ଦୁନିଆ ଠାରୁ ଦୂରରେ ଥିବା ଏକ ଫାଣ୍ଟାସି....। ଯାହା ବାସ୍ତବ ଠାରୁ ମଧ୍ୟ ଅଧିକ....।

■

# ପରୀକ୍ଷା

ମହିମ ବେଳେ ବେଳେ ବନ୍ଧୁମାନଙ୍କ ଆଗରେ ମନ୍ତ୍ର ଉଚ୍ଚାରଣ କଲାପରି ଗୋଟିଏ ବାକ୍ୟ ଦୋହରାଏ "ସେ ମୋତେ ପରୀକ୍ଷା କରୁଛି....", "ସେ ମୋତେ ପରଖୁଛି"।

ବନ୍ଧୁମାନେ ପରିହାସ କରନ୍ତି ତୁ କ'ଣ ଗୋଟିଏ ପରୀକ୍ଷାର ସାମଗ୍ରୀ ଯେ ସେ ତତେ ପରୀକ୍ଷା କରୁଛି !

ସେ ଥିଲା ମହିମର ତରୁଣବୟସର କରୁଣ କାହାଣୀ।

ମହିମ ସହପାଠିନୀ ଅନୁକ୍ତାର ପ୍ରେମରେ ପଡ଼ିଯାଇଥିଲା। ହଁ, ପ୍ରଗାଢ଼ ପ୍ରେମରେ !

ଅନୁକ୍ତା ଯେତେବେଳେ କାନ୍ଧରେ ବ୍ୟାଗ୍ ଝୁଲାଇ କାମ୍ପୋସ ଭିତରକୁ ପ୍ରବେଶ କରେ ମହିମ ତାର ହିତାହିତ ଜ୍ଞାନ ଭୁଲି ତଟସ୍ଥହୋଇ ରହିଁରହେ, କଲେଜ କାମ୍ପୋସରେ ଏତେ ସହପାଠିନୀ ଓ ଅନ୍ୟଝିଅ ଥିବା ସତ୍ତ୍ୱେ କାହିଁକି କେଜାଣି ପ୍ରଥମଦେଖାରେ ହିଁ ପ୍ରେମାବେଗର ଆବେଗମୟ ସଂକେତ ଏମିତି ଅନ୍ୟ କାହାପାଇଁ କେବେ ପାଇନଥିଲା। କ୍ଲାସରେ, ପଡ଼ିଆରେ, କ୍ୟାଣ୍ଟିନ୍‌ରେ, ଲାଇବ୍ରେରୀରେ ଅନୁକ୍ତାର ମୁହଁକୁ କୌତୁହଳ ସହକାରେ

ଅନାଇରହେ। ତା ଅଜାଣତରେ। ଅନୁକ୍ତାର ଉଜ୍ଜ୍ୱଳ ଆଖି, ଶୁଭ୍ର ଦନ୍ତ ପଂକ୍ତି, ଚନ୍ଦମୟଚାଲି ସବୁକିଛି ବିମୁଗ୍ଧ କରିଦିଏ ତାକୁ।

ଅନୁକ୍ତା ମହିମର ପାରସ୍ପରିକ ବନ୍ଧୁଗୋଷ୍ଠୀ ସମାନ। ସମସ୍ତେ ଏକତ୍ର କାଫେରେ କଫିଖଟି କଲାବେଳେ ସମସ୍ତଙ୍କ ଅଲକ୍ଷ୍ୟରେ ଚୋରେଇ ଚୋରେଇ ଅନୁକ୍ତାକୁ ନିରୀକ୍ଷଣ କରିବା ତାର ଅଭ୍ୟାସରେ ପରିଣତ ହୋଇଯାଇଥିଲା। ଅବାଧ୍ୟ ଆଖିଦୁଇଟି ତାର ବୋଲମାନନ୍ତି ନାହିଁ। କେବେକେବେ ସିଧାସଳଖ ତା ଆଖିକୁ ସ୍ଥିରଦୃଷ୍ଟିରେ ଚାହିଁ ତା ମନ ଜିଣିବାକୁ ଚେଷ୍ଟାକରେ ତ ଆଉ କେବେ ତାର ତାରାପରି ଉଜ୍ଜ୍ୱଳ ଆଖି ଦିଓଟିର ପ୍ରଶଂସାକରି ତା ମୁହଁର ଭାବକୁ ଲକ୍ଷ୍ୟ କରେ। ଆଉ ଯେବେ, କେବେକେମିତି ତାର ଉତ୍ସୁକତାର ଚକ୍ଷୁ ଅନୁକ୍ତାର ଚକ୍ଷୁ ସହିତ କ୍ଷଣିକପାଇଁ ମିଶିଯାଇ ଅଲଗା ହୋଇଯାଏ ସେଇ ମୁହୂର୍ତ୍ତରେ ତାକୁ ଲାଗେ ସତେ ଯେମିତି ସାରା ଜୀବନର ଖୁସି ଏକାକାର ହୋଇ ତା ବାହୁବନ୍ଧନ ଭିତରକୁ ଆସିଯାଇଛି। ହୃତ୍‌ସ୍ପନ୍ଦନର ଗତି ବଢ଼ି ବଢ଼ି ଯାଏ ! ଅନୁକ୍ତାର ମନ ଜିଣିବାପାଇଁ ସେ କିଛି ବି କରିପାରେ। ଦିନେ କାଫେରୁ ବାହାରି ସମସ୍ତେ ରାସ୍ତାରେ ଚାଲିଚାଲି ଯାଉଥିବାବେଳେ ବର୍ଷା ଆସନ୍ତେ ମହିମ ଜଣେ ସହପାଠିନୀର ହାତରୁ ଛତା ଛଡ଼ାଇନେଇ ଅନୁକ୍ତା ମୁଣ୍ଡଉପରେ ଖୋଲି ଧରିଥିଲା। ସିନେମାର କୌଣସି ଦୃଶ୍ୟର ସୁଟିଂ ଚାଲିଛି କହିବେ, ମୃଦୁ ତିରସ୍କାର କରି ଭିଜି ଭିଜି ଚାଲିଗଲା। ଅନୁକ୍ତାର ମଜାକିଆ ମନ୍ତବ୍ୟରେ ବନ୍ଧୁମାନେ ଠୋ ଠୋ ହାସ୍ୟତରଙ୍ଗ ସୃଷ୍ଟିକରିଥିଲେ ସମସ୍ୱରରେ।

ଦିନେ ଏକାନ୍ତରେ ଅଜଣା ପୁଲକରେ କହି ବି ଦେଲା, ଅନୁକ୍ତା ତୁମ ଆଖି ଦିଓଟି ଭାରି ସୁନ୍ଦର।

ଅନୁକ୍ତା ମହିମର କୌଣସି କାର୍ଯ୍ୟକଳାପ କିମ୍ବା ମନ୍ତବ୍ୟରେ ବିସ୍ମିତ ହୁଏନାହିଁ। ସେ ଜାଣେ ମହିମ ତା ପଛରେ ପଡ଼ିଛି। ତାକୁ ଆକୃଷ୍ଟ କରିବାପାଇଁ ଯେତେଯାହା କଲେ ବି ସେ ସବୁର ତିଳେମାତ୍ର ପ୍ରଭାବ ତା ଉପରେ ପଡ଼େନାହିଁ। ପ୍ରଶଂସାରେ ମୁହଁ ଲଜ୍ଜାରେ ଅରୁଣାଭ ହେବା କିମ୍ବା ମୁହଁରେ ଉତ୍‌ଫୁଲ୍ଲିତ ଭାବ ପ୍ରକାଶପାଇବା କେବେ ଦେଖାଯାଏ ନାହିଁ। କଟାକ୍ଷ ହାଣି ଓଠଚିପି ଶସ୍ତା ପ୍ରେମଭାବ ପ୍ରକଟିତ କରିବା ବହୁ ଦୂରର କଥା, କୌଣସି ପ୍ରତିକ୍ରିୟା ପ୍ରକାଶ ନକରି ମୌନରହେ ସର୍ବଦା।

ବିଚରା ନିଷ୍କପଟ ମହିମ ଅନୁକ୍ତାର ମୌନତାକୁ ଅନ୍ତରଙ୍ଗ ଆତ୍ମୀୟତାର ମାପକାଠିବୋଲି ଧରିନେଇଥିଲା। ସେ ନିଶ୍ଚିତଥିଲା ଅନୁକ୍ତା ବି ତାକୁ ଭଲପାଏ। ତା ଭଳି ଗମ୍ଭୀର ଝିଅ ପ୍ରେମଭଳି ଲଘୁ ଆବେଗକୁ ତା ଆଗରେ ପ୍ରକାଶ କରିବାକୁ ସଂକୋଚ କରୁଛି। ବନ୍ଧୁମାନଙ୍କୁ କହେ; ଭାଗ୍ୟ ସର୍ବଦା ଧୈର୍ଯ୍ୟଶୀଳମାନଙ୍କୁ ସମର୍ଥନ ଦିଏ। ଦେଖିବ

ଦିନେ ନା ଦିନେ ସେ ହଁ କହିବ। ଏଇଟା ମୋର ପରୀକ୍ଷାର ସମୟ। ସେ ମୋତେ ପରୀକ୍ଷା କରୁଛି।

ଏମିତି ଅନେକଦିନ ମହିମ ତାର ହାଭଭାବ ଭାବଭଂଗୀ ପ୍ରଶଂସା ଇତ୍ୟାଦି ମାଧ୍ୟମରେ "ପ୍ରଥମ ପ୍ରେମନିବେଦନର ସଂଳାପ "ଆଇ ଲଭ୍ ୟୁ" ର ନିଃଶବ୍ଦ ଅଭିବ୍ୟକ୍ତି କଲାପରେ ବି ଅନୁକ୍ତା ଆଡୁ "ଆଇ ଲଭ୍ ୟୁ ଟୁ" ର କୌଣସି ଗାଣିତିକ ସଂକେତର ସୂଚନା ମିଳିଲା ନାହିଁ।

ଏମିତିରେ ବନ୍ଧୁମାନଙ୍କ ମେଳରେ ଏକତ୍ର ଖଟିଗପ କିମ୍ବା ପଢ଼ା ସଂକ୍ରାନ୍ତୀୟ କିଛି ଆଲୋଚନା କଲାବେଳେ ଅନୁକ୍ତା ମହିମ ସହିତ ସ୍ୱାଭାବିକ ଢଙ୍ଗରେ ଜଣେ ବନ୍ଧୁଭଳି ବେଶ୍ ହସିହସି କଥାବାର୍ତ୍ତା କରେ। ଯେମିତି ଅନ୍ୟମାନଙ୍କ ସହିତ କରେ। ମହିମ ତା ପ୍ରତି ଆକୃଷ୍ଟ ଜାଣିଥିବା ସତ୍ତ୍ୱେ ଆଚରଣରେ ତା ପ୍ରତି ଅଧିକ ଧ୍ୟାନ କେବେ ଦିଏ ନାହିଁ। ମହିମ ତା ନିକଟରୁ ଯେଉଁ 'ହଁ' କିମ୍ବା 'ନା' ର ଜବାବ, ଶବ୍ଦ, ଭାବଭଂଗି କିମ୍ବା ମେସେଜ ଦ୍ୱାରା ପ୍ରତ୍ୟାଶା କରୁଛି ସେ ଭଳି ସଂକେତ କେବେ ପ୍ରକାଶ କଲାନାହିଁ। ମହିମପ୍ରତି ତାର ପ୍ରେମଭାବ ଅଛି ନା ଘୃଣାଭାବ ତା ଭାବଶୂନ୍ୟ ଚେହେରାରୁ କିଛି ବି ନିର୍ଣ୍ଣୟ କରିବା କଠିନ ହୋଇପଡ଼ିଲା ମହିମପାଇଁ। କେବଳ ମହିମ ନୁହେଁ ତା ବନ୍ଧୁମାନେ ବି ଆଦି ଅନ୍ତ ପାଇଲେନାହିଁ। ଅନୁକ୍ତା ଏତେମାତ୍ରାରେ ସମ୍ଭ୍ରାନ୍ତ ରୁଚିବନ୍ତ ଝିଅ ଯେ ତାକୁ କିଛି ପଚାରିବାକୁ ବି କେହି ସାହସ କରିପାରିଲେ ନାହିଁ। ସମସ୍ୟାର ସମାଧାନ ମହିମ ଉପରେ ଛାଡ଼ିଦେଲେ।

ମହିମ କଥାଟାକୁ ହାଲୁକା ଭାବରେ ନେଲା।

ମନେମନେ ଆକଳନ କରିନେଲା ଯେ ଅନୁକ୍ତା ତାର କୌଣସି ହାବଭାବ ବ୍ୟବହାରକୁ ନେଇ ରୁଷିଛି। ପରେ ଠିକ୍ ହୋଇଯିବ।

ପରେ ରୁଷାରୁଷି ଅପେକ୍ଷା ଅଧିକକିଛି ଗୁରୁତର ବୋଲି ଧିରେ ଧିରେ ବୁଝି ପାରିଲା।

ଏମିତି କିଛି କାଳ ଅନୁକ୍ତା ପଛରେ ଗୋଡ଼େଇ ଗୋଡ଼େଇ ଆଣ୍ଠୁ ଗଣ୍ଠି ଛିଣ୍ଡିଗଲାପରେ ଦିନେ ନିରୋଳାରେ ସାହସକରି ପଚାରିଲା। ମୁଁ କଅଣ ଭୁଲ୍ କରିଛି ଯେ ତୁମେ ମୋତେ ଏଡ଼େଇ ଯାଉଛ ? ମୁଁ ତୁମକୁ ଭଲପାଏ। ମୁଁ ଜାଣେ ତୁମକୁ ଏ କଥା ଅଜଣା ନୁହେଁ। ତୁମେ ମୋତେ ଭଲପାଅ କି ନାହିଁ ?

ଅନୁକ୍ତା ମୁହୂର୍ତ୍ତକପାଇଁ ମହିମ ମୁହଁକୁ ଚାହିଁଲା। ତା ଚାହାଣିରେ ମିଶିରହିଥିଲା ସନ୍ଦେହ ସହିତ ସନ୍ଧାନ। କହିଲା; ତୁମେ କଅଣ ସତରେ ମୋତେ ଭଲପାଅ ? ନା', ତୁମେ ମୋତେ ଭଲ ପାଅ ନାହିଁ। ମୋ ଚେହେରା ନିସୃତ କେତେ ଝଲକ ହସ,

କଣ୍ଠସ୍ୱର, ମୋର ଶୁଭ୍ର ଦନ୍ତପଂକ୍ତି, ତାରାପରି ଉଜ୍ଜ୍ୱଳ ଆଖିକୁ ବାରମ୍ବାର ପ୍ରଶଂସା କର। ଏ ସବୁର ସମାହାରରେ ନିର୍ମିତ ଅନୁକ୍ତାକୁ ତୁମେ ଭଲ ପାଉଛ। ତୁମେ ନିଜ ଭିତରେ ମୋପ୍ରତି ଏମିତି କିଛି ପ୍ରଶଂସାଭାବ ଜନ୍ମାଇ ବିମୁଗ୍ଧ ହେଉଛ। ଝିଅମାନଙ୍କୁ ପ୍ରଶଂସାରେ ପୋତିପକାଇ ତୁମପରି ପ୍ରେମ ନିବେଦନ କରୁଥିବା ଅଳ୍ପକାଳ ପ୍ରେମାନ୍ଧମାନଙ୍କର ଅଭାବନାହିଁ ଏ କାମ୍ପୋସରେ।

ମହିମ ଅନୁକ୍ତା କଥାରେ ବିଚଳିତ ନ ହୋଇ କହିଲା; ମୁଁ ସତରେ ତୁମକୁ ଭଲପାଏ ! ଅନ୍ୟମାନଙ୍କ ପରି ମୁଁ ଅଳ୍ପକାଳ ପ୍ରେମାନ୍ଧ ନୁହେଁ। ପ୍ରମାଣ କରିବାପାଇଁ ପ୍ରସ୍ତୁତ ଅଛି। ତୁମେ ମୋତେ ଯାହା କରିବାପାଇଁ କହିବ କରିବି। ବିନା ଦ୍ୱିଧାରେ। ପରୀକ୍ଷା କରିପାର।

ଅନୁକ୍ତା କହିଲା; ପ୍ରେମକରିବା ହିଁ ତ ପ୍ରେମର ପ୍ରମାଣ। ଆଉ କିଛି କରିବାର ଆବଶ୍ୟକତା କଅଣ ଅଛି ?

ମୋ ପ୍ରେମ ସତ୍ୟ-ନିଃସ୍ୱାର୍ଥ। ସାରା ଜୀବନ ମୁଁ ତୁମକୁ ଅପେକ୍ଷା କରିବି।

ଅନୁକ୍ତା ଓଠରେ ଏକ ଦୁର୍ବଳହସର ଝଲକ ଫୁଟାଇ କହିଲା; ଅପେକ୍ଷମାଣ ନାୟକ ନାମକ ପ୍ରାଣୀ କେବଳ ସିନେମାରେ ହିଁ ସମ୍ଭବ, ବାସ୍ତବ ଜୀବନରେ ନୁହେଁ।

ମୋ ପ୍ରେମ ଦୁର୍ବଳ ନୁହେଁ, ମୁଁ ହଲପ୍‌କରି କହିପାରେ ଘୋଷଣା କରିବା ସତ୍ତ୍ୱେ ଅନୁକ୍ତା ତା କଥାକୁ ଖାତିର କଲାନାହିଁ। ସେତେବେଳେ ଆଉ କେତେବେଳେ ବି କିଛି କହିଲା ନାହିଁ। ମହିମ ସହିତ କଥା ହେଲା ନାହିଁ। ଆଉ କେବେ ବି ମହିମର ଅପେକ୍ଷାରତ ଆଖିକୁ ଚିହ୍ନିବାପାଇଁ ମୁହଁଫେରାଇ ଦେଖିବାକୁ ଚେଷ୍ଟା କଲା ନାହିଁ। ଇଛାକଲା ନାହିଁ ଦେଖିବାକୁ ଜଣେ କିଏ ତା  ଅଲକ୍ଷ୍ୟରେ ତାକୁ ଅପେକ୍ଷା କରିଛି।

ଯେତେବେଳେ ମଣିଷ ଉପରେ ଅର୍ନ୍ତଘାତ ହୁଏ ତାର ବିନ୍ଦୁମାତ୍ର ଆଭାସ କେହି ପାଆନ୍ତି ନାହିଁ। ମହିମ ଉପରେ  ହୋଇଥିବା ଅର୍ନ୍ତଘାତର ବିନ୍ଦୁମାତ୍ର ଆଭାସ କେହି ପାଇପାରିଲେ  ନାହିଁ।

ବନ୍ଧୁମାନେ ସାନ୍ତ୍ୱନାଦେଲେ, ସେ ତତେ ଭଲପାଏ କି ନାହିଁ ଆମକୁ ଜଣାନାହିଁ। କିନ୍ତୁ ଘୃଣାକରେ ନାହିଁ ଏହା ନିଶ୍ଚିତ। ତୋ ପ୍ରତି ତାର ଘୃଣା ଓ ପ୍ରେମ ଉଭୟ ଆବେଗ ରହିଛି। ତେଣୁ ସେ ତତେ ସହିଯିବାକୁ ମନସ୍ଥ କରୁଥାଇପାରେ ଅଥବା ଦୟା କରୁଥାଇ ପାରେ।

ମହିମ ବନ୍ଧୁମାନଙ୍କ କଥାକୁ କାଟି କହିଲା, ତୁମମାନଙ୍କ ଅନୁମାନ ତୁମପାଖରେ ରଖ। ମୁଁ ଜାଣେ ସେ ମୋତେ ଭଲପାଏ। ତେଣୁ ପରୀକ୍ଷା କରୁଛି...।

ଏ ଘଟଣାପରେ ଅନୁକ୍ତା ମହିମ ଅପେକ୍ଷା ମହିମର ବନ୍ଧୁମାନଙ୍କ ସହିତ ଅଧିକ ମିଳାମିଶା କଲା। ମହିମକୁ ଉପେକ୍ଷାକଲା।

ସେମାନେ କହିଲେ ସେ ତୋ ଅପେକ୍ଷା ଆମ ସହିତ ଅଧିକ ଘନିଷ୍ଠ ହେଉଛି। ତତେ ଆଦୌ ଖାତିର୍ କରୁନାହିଁ। କାହିଁକି ତା ପଛରେ ପଡ଼ିଛୁ ?

ମହିମ ହସିଦେଇ କହିଲା, ତୁମେମାନେ କିଛି ଜାଣିନ, ସେ ମୋତେ ପରଖୁଛି... ପରୀକ୍ଷା କରୁଛି....।

ଅନୁକ୍ତା ତା ଜନ୍ମଦିନରେ ସମସ୍ତ ବନ୍ଧୁମାନଙ୍କୁ ନିମନ୍ତ୍ରଣ କରିଥିଲା, ମହିମ ବ୍ୟତୀତ। ପାର୍ଟିକୁ ମହିମକୁ ନିମନ୍ତ୍ରଣ ନ କରି ତାକୁ ଅପମାନିତ କରିବା କଥାଟାକୁ ଘନିଷ୍ଠ ବନ୍ଧୁମାନେ ହଜମ କରିପାରିଲେ ନାହିଁ। କହିଲେ, ତତେ ଏ ଭଳି ଅପମାନ କରିବାଟା ଆମକୁ ବି ଭଲ ଲାଗିଲା ନାହିଁ। ଯାହାହେଲେ ବି ତୁ ଆମସମସ୍ତଙ୍କର ଘନିଷ୍ଠ ବନ୍ଧୁ ! ତୁ କେମିତି ସହୁଛୁ କେଜାଣି ?

ଟେକ୍ ଇଟ୍ ଇଜି ! ମୋ ପାଇଁ ବ୍ୟସ୍ତ ହୁଅ ନାହିଁ। ମୁଁ ଠିକ୍ ଅଛି। ସେ ମୋତେ ଆଘାତଦେଇ ପରୀକ୍ଷା କରୁଛି।

ମହିମର ଦୁର୍ଘଟନା ହେଲା। ଦୁର୍ଘଟଣାରେ ଆହତହୋଇ ଗୋଡ଼ ଭାଂଗିଲା। ପଟି ବନ୍ଧା ହେଲା। ଦୀର୍ଘ ଗୋଟିଏ ମାସକାଳ ହସ୍‌ପିଟାଲ୍‌ର ଏକ ସ୍ୱତନ୍ତ୍ର କ୍ୟାବିନ୍‌ରେ ରହିବାକୁ ପଡ଼ିଲା। ପଟି ଖୋଲାହେବା ଯାଏ।

ବନ୍ଧୁମାନେ ଦୁର୍ଘଟଣାର ଖବରପାଇ ତାକୁ ଭେଟିବାପାଇଁ ଆସିଲେ ବାରମ୍ବାର। କ୍ୟାବିନ୍‌ରେ ତା ବେଡ଼ପାଖରେ ବସି ତାକୁ ରିଲାକ୍ସ୍ କରିବା ପାଇଁ ଖଟିଗପ କଲେ। ଚହା ପିଇଲେ। ଗୋଡ଼ରେ ବନ୍ଧା ହୋଇଥିବା ପ୍ଲାଷ୍ଟର ଅଫ୍ ପ୍ୟାରିସ୍‌ର ଶକ୍ତ ଆବରଣର ଧଳାପଟି ଉପରେ "ଆଇ ଲଭ୍ ୟୁ ଅନୁକ୍ତା" ଲେଖି ଚିଡ଼ାଇଲେ। ଶୀଘ୍ର ଠିକ୍‌ହୋଇଯିବା ପାଇଁ ଦୁଆ କଲେ। ପ୍ରାର୍ଥନାକଲେ। ଯେଉଁମାନେ ଆସିପାରିଲେ ନାହିଁ ମୋବାଇଲ୍‌ରେ ଗେଟ୍‌ୱେଲ ସୁନ୍.... ଟେକ୍ କେଆର ମେସେଜ ପଠାଇଲେ।

ଅନୁକ୍ତା ଖାତିର୍ କଲା ନାହିଁ। ମହିମର ଏ ଆପଦ ସମୟରେ ଅନ୍ତତଃ ଜଣେ ସାଧାରଣବନ୍ଧୁ ଭାବରେ ଦେଖା କରିବାକୁ ଆସିବା ତ ଦୂରର କଥା ତୁରନ୍ତ ଆରୋଗ୍ୟ କାମନାକରି ସଂକ୍ଷିପ୍ତ ମେସେଜଟିଏ ବି କଲା ନାହିଁ।

ଆଶ୍ଚର୍ଯ୍ୟହେଲେ ବନ୍ଧୁମାନେ। କିଛି ସ୍ପର୍ଶକାତର ବନ୍ଧୁ ଅନୁକ୍ତାର ଏପରି ଶିଷ୍ଟାଚର ବିହୀନ ବ୍ୟବହାର ପାଇଁ ନିନ୍ଦାକଲେ। କହିଲେ, ଝିଅଟା ସାଧାରଣ ଶିଷ୍ଟତା ବି ଭୁଲିଗଲା। ଶିଷ୍ଟତା ସହିତ ତତେ ବି ଭୁଲିଗଲା, ପରିହାସ କଲେ କିଛି ସ୍ପର୍ଶାନୁଭୂତିଶୂନ୍ୟ ବନ୍ଧୁ।

ମହିମ ତା ମନ୍ତ୍ରପାଠର ପୁନରାବୃତ୍ତି କଲା, ନା ସେ ମୋତେ ଭୁଲିନି। "ମୋତେ ପରୀକ୍ଷା କରୁଛି"।

ମହିମ ସୁସ୍ଥହୋଇ ହସ୍‌ପିଟାଲରୁ ଫେରି ସ୍ୱାଭାବିକ ହେବାପରେ ବନ୍ଧୁମାନେ

ତାକୁ ଗୋଟିଏ ନିଗୁଢ଼ ରହସ୍ୟ ଅବଗତ କରାଇଲାପରି ଧୀରସ୍ୱରରେ କହିଲେ; ସେ ଅନ୍ୟ କାହାସହିତ ବୁଲୁଛି।

ମହିମ କହିଲା, ସେ ମୋ ଧୈର୍ଯ୍ୟ ପରୀକ୍ଷା କରୁଛି।

ତା ପରେ ......

କୌଣସି ଏକ ଚଳଚିତ୍ରର ଗଳ୍ପଭଳି ଅନୁକ୍ତା ବାହାହୋଇ ଘରସଂସାର କରିବାପାଇଁ ଚାଲିଗଲା। ସମସ୍ତେ ଭାବିଲେ ଏଥର ମହିମର ପ୍ରେମରେ ଣିଉଳି ବସିଯିବ। ସେମିତି କିଛି ହେଲାନାହିଁ। ତା ଭିତରେ ପୃଥିବୀ ଫାଟିଗଲା କି ଆକାଶ ଭାଂଗିପଡ଼ିଲା, କଅଣହେଲା କେହି ଜାଣିପାରିଲେ ନାହିଁ। ବେଶ୍ ସ୍ୱାଭାବିକ ଢଙ୍ଗରେ ଆଦୌ ଆଶାହତ ନ ହେଲାପରି ସମସ୍ତଙ୍କୁ ଚକିତ କରିଦେଇ କହିଲା; ମଣିଷ ଯାହାକୁ ଯେତେ ଲୋଡ଼େ ସେ ସେତେ ଶୀଘ୍ର ତା ପାଖରୁ ଦୂରେଇଯାଏ। ସେ ମୋଠୁ ଦୂରେଇଗଲେ ବି ମୋ ସ୍ମୃତିରେ ଦଗ୍ଧ ହେଉଥିବ ସର୍ବଦା। ମୁଁ ଜାଣେ ସେ ଏବେ ବି ମୋତେ ପରୀକ୍ଷା କରୁଛି।

କ୍ଷୋଭିତ ବନ୍ଧୁଗଣ ମହିମକୁ ବୁଝାଇବାର ଶେଷ ନିଷ୍ଫଳ ପ୍ରୟାସକଲେ। ଦୁନିଆରେ କେହି କାହାରିକୁ ଭଲପାଇ ପାରିବେନାହିଁରେ ଭାଇ ! ସେ କ୍ଷମତା ମଣିଷର ନାହିଁ। ନିଜଛଡ଼ା ସେ ଆଉକାହାକୁ ଭଲପାଇ ପାରିବନାହିଁ। ଯେ ଏକ ମନସ୍ତାତ୍ତ୍ୱିକ ତତ୍ତ୍ୱ। ଅନୁକ୍ତା ଯଦି ସତରେ ତତେ ଭଲପାଉଥାଆନ୍ତା ଏମିତି ତତେ ଛାଡ଼ି ଅନ୍ୟକୁ ବିବାହକରି ଚାଲିଯାଇ ନଥାନ୍ତା ! ଆଉ ତୁ ? ସତରେ କଅଣ ତାକୁ ଭଲ ପାଉଛୁ ? ତାକୁ ଭଲପାଉଛୁ ବୋଲି ମନରେ ଏକ ଭ୍ରାନ୍ତଧାରଣା ନେଇ ଚାଲିଛୁ। ଏଇ କ୍ୟାମ୍ପୋସ୍‌ରେ ଯୁବକ ଯୁବତୀଙ୍କ ପ୍ରେମ ଖଟିରେ ଚାହାକଫି ପିଇବା, କିଛି ପପ୍‌କର୍ଣ୍ଣ, ଚିପ୍‌ସ ଚୋବେଇବା ମଜା ଭଳି ହାଲୁକା। କାମ୍ପୋସ୍‌ରୁ ବାହାରି ଜୀବନ ଓ ଯିବାକୁଥିବା ରାସ୍ତାରେ ଠିଆହୋଇ ଯିଏଯୁଆଡ଼େ ବାଟଭାଂଗି ଚାଲିଯାଆନ୍ତି। ନୂଆ ପରିବେଶରେ ସବୁକିଛି ଭୁଲିଯାଆନ୍ତି। ଏଠିକାର ସବୁଘଟଣା ସ୍ମୃତିହୋଇ ରହିଯାଏ। ଅନୁକ୍ତା ବି ତୋ ପାଇଁ ଏକ ସ୍ମୃତିହୋଇ ରହିଯିବ ସବୁଦିନ।

ବନ୍ଧୁମାନଙ୍କର ଜୀବନଧର୍ମୀ ଭାଷଣରେ ମହିମ ବିଶେଷ ପ୍ରଭାବିତ ହେଲାଭଳି ମନେହେଲା ନାହିଁ। କହିଲା; ମୁଁ ଅନ୍ୟମାନଙ୍କ ପରି ନୁହେଁ। ମୋ ପ୍ରେମ ନିଃସ୍ୱାର୍ଥ। ମୋ ଭିତରେ ଅନୁକ୍ତାକୁ ଚିରଦିନ ଭଲପାଇବା ଭଳି ମହତ୍‌ଶକ୍ତି ଅଛି। ମୁଁ ପ୍ରମାଣ କରିଦେବି। ସେ ଏବେ ବି ମୋତେ ପରୀକ୍ଷା କରୁଛି। ଦେଖିବ ତା ପରୀକ୍ଷାରେ ମୁଁ ନିଶ୍ଚୟ ଉତ୍ତୀର୍ଣ୍ଣ ହେବି।

ମହିମ ବାହାରକୁ ଯେତେ ସ୍ୱାଭାବିକ ଅଛିବୋଲି ଦେଖେଇ ହେଉଥିଲେ ବି

ଅନୁକ୍ତା ବାହାହୋଇ ଚାଲିଗଲାପରେ ତା ଛାତିରେ ଝଲ୍‌କାଏ ପବନ ଯେ ବହିନଥିବ କହିହେବ ନାହିଁ। ହୁଏତ ବହିଥିବ। କେହି ଜାଣିପାରିଲେ ନାହିଁ।

ମଣିଷର ଚେତନା ସତରେ କେଡ଼େ ବୈଚିତ୍ର୍ୟମୟ !

ସେଥିଲା ମହିମ ପ୍ରେମର କଠିନ ସମୟ....।

ତା ଜୀବନର ସମସ୍ତ ଲକ୍ଷ୍ୟ ଏକାକାର ହୋଇ ଏକ ବିନ୍ଦୁରେ ପରିଣତ ହୋଇଯାଇଥିଲା। ସେ ବିନ୍ଦୁ ଥିଲା ଅନୁକ୍ତା। ଆଉ ଶୂନ୍ୟତା ଯାହାଥିଲା ତାହା ମହିମ। ସେ ବିନିଦ୍ର ଥିବାସମୟରେ ରାତ୍ରିଥାଏ ନିଦ୍ରାଭିଭୂତ। ତାର ଦିବସ, ପ୍ରଭାତ, ତାର ସନ୍ଧ୍ୟା ସମସ୍ତ ପଲକ, ସମସ୍ତ କ୍ଷଣ ଥିଲା ଅନୁକ୍ତା....।

ଜୀବନ କୂଳରେ ପହଞ୍ଚି ସେଇଠି ସ୍ଥିରହୋଇ ରହିଗଲା। ମହିମ ଏବେ ନିଶ୍ଚଳ.... ଚଳତ୍‌ହୀନ। ନିଜପ୍ରତି ଶ୍ରଦ୍ଧା, ଜୀବନପ୍ରତି ଆଗ୍ରହ ରହିଲା ନାହିଁ। ଅନୁକ୍ତାକୁ ଭୁଲିପାରୁନଥିବା ଅବସାଦଗ୍ରସ୍ତ ସ୍ଥିତିରେ ତା ଭିତରେ ଗୋଟିଏ ପ୍ରଶ୍ନ.... କେବଳ ଗୋଟିଏ ପ୍ରଶ୍ନ !

ଅନ୍ତରଂଗବନ୍ଧୁମାନେ, ପିତାମାତା, ବନ୍ଧୁପରିଜନ, ଶୁଭେଚ୍ଛୁ କହିଲେ, ଯାହାଘଟିବାର ଘଟିଗଲା। ତାର ଭରଣା ଏବେ ଆଉ ସମ୍ଭବ ନୁହେଁ। ଏମିତି ସ୍ଥିରହୋଇ ଠିଆହୋଇ ରହିଲେ ଚଳିବ ନା ?

ଆଗକୁ ଚାଲ... ଆଗକୁ ଚାଲ... ଗତିଶୀଳ ହୁଅ !

ମେଘ ଘଡ଼ଘଡ଼ ଗର୍ଜନ କରୁଥିଲେ ଚାଲ... ଚାଲ !

ଝିପ୍‌ଝିପ୍ ବର୍ଷା ଗାଳିଦେଇ ତିରସ୍କାରକରି କହିଲେ ଆସ... ଆସ...।

ପକ୍ଷୀମାନେ କିଚିର ମିଚିର... କେଁ କଟର ଗୀତଗାଇ ଟ୍ୱିଟ କଲେ ଆ...ଆ... ଆ।

ଲତାପତ୍ର କହିଲେ ଭୁଲିଯା... ଭୁଲିଯା।

ଘାସପତ୍ର ଫୁସ୍‌ଫାସ୍ ହେଲେ ଆହା ବିଚରା ! ଜୀବନର ଏତେବଡ଼ ଧକ୍କାକୁ ସମ୍ଭାଳିନେଇ ପୁଣି ଜୀବନକୁ ଭଲପାଇପାରନ୍ତା ନାଇଁ !!

ତାକୁ ଛୁଇଁ ଛୁଇଁ ଗୋଧୂଳିର ଚଞ୍ଚଳପବନ କପାଳରେ କଅଁଳ ହାତ ବୁଲେଇ ଡାକିଲା ମହିମ... ଉଠ ବାବା... ଉଠ।

ସମୟ ତା ବାଟରେ ବହି ଚାଲିଥିଲା। ମାତ୍ର ସେ ସେମିତି ଠିଆ ହୋଇ ରହିଲା...। ତା ଅପେକ୍ଷାର ଯେମିତି ଅନ୍ତ ନାହିଁ !!

ଗୋଟିଏ ମୁହଁ... କେବଳ ଗୋଟିଏ ମୁହଁ ତା ସ୍ମୃତିକୁ ଆୟତ୍ତକରି ରଖିଛି। ବଡ଼ ସୁନ୍ଦର ମୁହଁ...। ସେ ଚାହୁଁଥିଲା ସେ ମୁହଁଟି ତାକୁ ଦେଖି ହସୁ... ତା ସହିତ କଥାହେଉ। ସେ ମୁହଁଟିକୁ ଖୋଜି ଖୋଜି ପାଇଲା ନାହିଁ।

ଏଠି... ସେଠି... କେଉଁଠି... କେଉଁଠି ଖୋଜିବା ଅପରାନ୍ତରେ ଦିନେ ଅକସ୍ମାତ ଭେଟ ହେଲା ତା ସହିତ। ଏକ ଜନାକୀର୍ଣ୍ଣ ଗହଳି ସ୍ଥାନରେ। ଏତେ ସ୍ୱରମଧ୍ୟରେ ଚିହ୍ନା ସ୍ୱରଟିଏ ଶୁଣି ଚମକି ପଡ଼ିଲା !

ଅନୁକ୍ତା ବି ମହିମକୁ ଦେଖି କିଛିକ୍ଷଣପାଇଁ ଥମକି ଯାଇଥିଲା।

ତାକୁ ଚିହ୍ନିଲାପରେ ମହିମ ଗଭୀର ଜିଜ୍ଞାସୁ ଦୃଷ୍ଟିରେ ତାକୁ ଅନାଇ ପଚାରିଲା; "ମୁଁ ପରୀକ୍ଷାରେ ଉତ୍ତୀର୍ଣ୍ଣ ହେଲି କି ନାହିଁ ?"

ଅନୁକ୍ତା ମହିମକୁ ଆଶ୍ଚର୍ଯ୍ୟଚକିତ ଆଖିରେ ଅନାଇ ମୁହଁରେ ପ୍ରଶ୍ନବାଚୀ ଆଙ୍କି ପଚାରିଲା; କି ପରୀକ୍ଷା ?

■

# ବିନଷ୍ଟ କଥାନିକା

ଗଳ୍ପଟିକୁ ଏମିତି ଆରମ୍ଭ କରିବାକୁ ପଡ଼ିବ ଭାବି ନଥିଲି । ଆଉ ଅପ୍ରତ୍ୟାଶିତ କିଛି ଘଟିବା ପୂର୍ବରୁ ଅକସ୍ମାତ ଏମିତି ସମାପ୍ତ କରିବାକୁ ପଡ଼ିବ ବି.... ।

ମୁଣ୍ଡ ତଳକୁକରି ଫୋନ୍‌ରେ ମେସେଜ୍ ଚେକ୍‌କରି ଚାଲିଥିଲା କାବ୍ୟା । ମଲ୍‌ର ବାହାରେ ଗୋଟିଏ ସ୍ତମ୍ଭକୁ ଆଉଜି । ଆତଯାତ ଲୋକଙ୍କଠାରୁ ବେଶ୍ ଦୂରତ୍ୱ ବଜାୟ ରଖି ।

ମେସେଜ୍ କଲା... କେଉଁଠି ? ଟିକ୍‌ଚିହ୍ନ ଦୁଇଟି ନୀଳରଂଗରେ ପରିବର୍ତ୍ତିତ ହେଲେ ନାହିଁ । ଏକା ମଲ୍ ଭିତରକୁ ପ୍ରବେଶ କରିବ କି ନାହିଁ ଭାବିଭାବି ଅଣଦେଖାକରି ଛାଡ଼ିଦେଇଥିବା ଅନାବଶ୍ୟକ ମେସେଜ୍ ସବୁକୁ ଡିଲିଟ୍‌କରି ଅଟକିଗଲା ।

ପୁରୁଣା ମେସେଜ୍‌ସବୁ ଡିଲିଟ୍ କରିସାରି ଭିତରର ବିରକ୍ତି ଭାବକୁ କିଛି ଅସ୍ଫୁଟ ଶବ୍ଦଦ୍ୱାରା ପ୍ରକାଶକରି ପୁନର୍ବାର ମେସେଜ୍ କରିବା ପାଇଁ ହ୍ୱାଟସ୍‌ଆପ ଅନ୍‌କରିବାକୁ ଯାଉଛି ଗୌରବର ମେସେଜ୍ ଆସିଲା । ସରି...ବେବେ.... ମୁଁ ହସ୍‌ପିଟାଲ୍‌ରେ... ! ନା.... ନା ମୋର କିଛି ହେଇନାହିଁ । ଜଣେ ବୟସ୍କ ଭଦ୍ରବ୍ୟକ୍ତି ସ୍କୁଟର୍‌ରୁ ଖସିପଡ଼ିଲେ ।

ଦେଖଣାହାରୀମାନେ ଦେଖି ନ ଦେଖିଲାପରି ଯେଝା ବାଟରେ ଚାଲିଗଲେ। ତାଙ୍କୁ ହସ୍‌ପିଟାଲ୍ ଆଣିବାକୁ ପଡ଼ିଲା। ଗୁରୁତର ନହେଲେ ବି ଦେହର ଅନେକସ୍ଥାନରେ ଆଘାତ ପାଇଛନ୍ତି ବିଚରା। ସରି... ମୋର ଡେରୀହେବ। ତାଙ୍କ ଘର ଲୋକଙ୍କୁ ବି ଫୋନ୍ କରିବାକୁ ପଡ଼ିବ।

ସାମାନ୍ୟ ହତାଶ ଲାଗିଲେ ବି ମନଭିତରେ ଅନେକଟା ହାଲୁକା ବୋଧକଲା କାବ୍ୟା। ମୁହଁରେ ଝଲସି ଉଠିଲା ଏକ ଆତ୍ମ ସନ୍ତୋଷର ଭାବ। ଗୌରବର ଏଇ ଗୁଣ ହିଁ ତାର ପସନ୍ଦ। କେବେ ବ୍ଲଡ୍ ଡୋନେଟ୍ କରିବାକୁ ଯାଉଛି କହେ ତ ଆଉ କେବେ ବସ୍ତି ପିଲାମାନଙ୍କୁ କଥା ଦେଇଛି ସେମାନଙ୍କୁ ମେଥ୍‌ମେଟିକସ୍‌ର ପ୍ରୋବ୍ଲମ୍ ସଲଭ କରିଦେବାପାଇଁ। ସେମାନେ ଅପେକ୍ଷା କରିଥିବେ। ଯିବାକୁ ପଡ଼ିବ। ଗୌରବ ଜଣେ ସ୍ୱୟଂସେବକ। ସ୍ୱେଚ୍ଛାକୃତ ଭାବରେ କିଛିନା କିଛି ସମାଜମଙ୍ଗଳ କାର୍ଯ୍ୟରେ ନିଜକୁ ସଂଶ୍ଲିଷ୍ଟ କରିଚାଲିଥିବ ସର୍ବଦା। କିନ୍ତୁ ସେ ସବୁ କାର୍ଯ୍ୟର ଫୋଟ ଉଠାଇ ଭିଡିଓ ସୁଟ୍‌କରି ଗଣ ମାଧ୍ୟମରେ ପ୍ରଚାରକରି ପ୍ରଶଂସା ସାଉଁଟିବାକୁ ଇଚ୍ଛାକରେନାହିଁ କେବେ। ଅତ୍ୟନ୍ତ ପ୍ରଚାର ବିମୁଖ। ଅନ୍ୟମାନେ ଗଣମାଧ୍ୟମରେ ସାମାନ୍ୟ କାମର ବନ୍ୟା ସୃଷ୍ଟିକଲାବେଳେ, ଲୋକଲୋଚନ ଆଢୁଆଳରେ ରହି ତା କାର୍ଯ୍ୟ କରିଚାଲେ। ଜଣେ ସ୍ୱେଚ୍ଛାସେବୀ ଯେ ଏତେମାତ୍ରାରେ ପ୍ରଚାର ବିମୁଖ ହୋଇପାରେ ଏଇ ପ୍ରଥମ ଦେଖୁଛି କାବ୍ୟା।

ସହରର ଯୁବଗୋଷ୍ଠୀ ଦ୍ୱାରା ଆୟୋଜିତ ଏକ କ୍ୟାଣ୍ଡଲଲାଇଟ୍ ପରିକ୍ରମାରେ ତା ଆଉ ପରିଚୟ ହୋଇଥିଲା। ଦୃଷ୍ଟି ଆକର୍ଷଣ କଲାଭଳି ଅତ୍ୟନ୍ତ ସୁନ୍ଦରପୁରୁଷ ନ ହେଲେ ବି ମଧ୍ୟମଗଠନର ସୁସମନ୍ୱିତ ଏକ ଶାନ୍ତସୁଧାର ଚେହେରା। ସତ୍ୟ ନିଷ୍ଠତାର ଔଜ୍ଜ୍ୱଲ୍ୟରେ ଚମକୁଥିବା ଚକ୍ଷୁ। ତା ପ୍ରେମରେ ପଡ଼ିବାପାଇଁ ଅନେକସମୟ ଲାଗିନଥିଲା କାବ୍ୟାକୁ....। ଗୌରବର ଚେହେରା ସ୍ମରଣମାତ୍ରକେ ଓଠ ଉପରକୁ ପହଁରି ଆସିଲା ଏକ ମିଠାହସ।

ତୁମେ କାବ୍ୟା ନା ? ଅତି ନିକଟରେ କାହାର ସ୍ୱରଶୁଣି ମୋବାଇଲ ଉପରୁ ମୁଣ୍ଡଉଠାଇ ଚାହିଁଲା। ତାର ଅତିନିକଟରେ ଛିଡ଼ା ହୋଇଛି ଜଣେ ଅଚିହ୍ନା ଯୁବକ। ଚିହ୍ନି ପାରିଲାନାହିଁ । ମୁଁ ତୁମକୁ ଚିହ୍ନିଛି... କେବେ ଦେଖିଛି... ମୋର ମନେପଡୁନାହିଁର ଏକ ସଂଶୟଭାବ ମୁହଁରେ ପ୍ରକଟିତ କରି ଜିଜ୍ଞାସୁପୂର୍ଣ୍ଣ ଭାବରେ ଅନାଇ କହିଲା; ... ମୁଁ ତୁମକୁ ଚିହ୍ନିଛି ?

ନା.. ନା... ତୁମେ ମୋତେ ଚିହ୍ନିନ। ମୁଁ ତୁମକୁ ଚିହ୍ନିଛି। କିନ୍ତୁ ଦେଖୁଛି ଏଇ ପ୍ରଥମ...। ତୁମକୁ ମନେପକାଇ ଖୋଜିବା ବି କଷ୍ଟକର ହେଲା। ତୁମେ ଜିନ୍‌ସ ଧଳାସାର୍ଟ

ବି ପିନ୍ଧ ବୋଲି ମୋର ଧାରଣା ନ ଥିଲା । କାରଣ ଏଇ ମଲ୍‌ର ଆଖପାଖରେ ଫୋନ୍‌ରେ ମେସେଜ୍ ଚେକ୍‌କରି ପଦଚାରଣ କରୁଥିବା ଆଉ ତିନିଜଣ ଝିଅବି ଅଛନ୍ତି ।

କଅଣ ଦରକାର ? ଶାନ୍ତଭାବରେ ପଚାରିଲା କାବ୍ୟା !

ଗୌରବ ମେସେଜ୍ କରିଥିଲା ନା ?

ଓଃ.... ତୁମେ ତା ହେଲେ ଗୌରବର ବନ୍ଧୁ ? ମୁହଁରେ ଏକ ପ୍ରସନ୍ନମୁଦ୍ରା ପ୍ରକଟିତକରି ପଚାରିଲା କାବ୍ୟା । ତୁମ ବିଷୟରେ ଗୌରବ ତ ମୋତେ କେବେ କିଛି କହିନାହିଁ !

ହୁଁ... ମୁହଁରୁ ଏକ ଆକ୍ଷେପ ସୂଚକ ଶବ୍ଦସୃଷ୍ଟିକରି କହିଲା; ସେ ପୁଣି ଫ୍ରେଣ୍ଡ୍ ? ଫ୍ରେଣ୍ଡ୍ ତ ନୁହେଁ.... ବଡ଼ଧରଣର ଫ୍ରଡ୍ ! ଯୁବକଟିର କଥାରେ କାବ୍ୟା ଭ୍ରୁରେ ଏକ ବକ୍ରଧନୁରେଖା ସୃଷ୍ଟିହେଲା । ଆଶ୍ଚର୍ଯ୍ୟଚକିତ ମୁଦ୍ରାରେ ପଚାରିଲା; ତୁମେ କଅଣ କହୁଛ ? କାହା ବିଷୟରେ କହୁଛ ? ମୁଁ କିଛି ବୁଝିପାରୁନି !

ଠିକ୍‌ଅଛି ଅଯଥା ସମୟନଷ୍ଟ ନକରି ଯେଉଁ ପ୍ରସଙ୍ଗ ବିଷୟରେ ତୁମକୁ ଅବଗତ କରାଇବାକୁ ଆସିଛି, ଶୀଘ୍ର କରିଦେଲେ ଭଲ । ମୋତେ ସବୁକିଛି ଜଣା । ତୁମର ଆଉ ଗୌରବର ସଂପର୍କ କେମିତି ଆରମ୍ଭ ହୋଇଥିଲା, ଆଉ ଏ ସଂପର୍କର ସମାପ୍ତି କେମିତି ହେବ ତା ବି ! ସେ ତୁମେ ତାକୁ କିସ୍ କରୁଥିବା ଦୃଶ୍ୟର ସେଲ୍‌ଫି ଉଠାଇବ....। ତାପରେ ତୁମର ନେକେଡ୍ ଫୋଟ ତୁମେ ହିଁ ତାକୁ ପଠାଇବ.... । ତାପରେ ବିଭିନ୍ନ ସେକ୍‌ସଏଙ୍ଗଲର ଫୋଟ...। ଅବଶେଷରେ ସେସବୁ ତୁମକୁ ଦେଖାଇ ବ୍ଲାକମେଲ କରିବ । ଧମକାଇବ । ତୁମେ ଘରୁ ଟଙ୍କା ଚୋରୀକରିବ... ଗହଣା ବିକ୍ରିକରିବ । ସେ ଫୋଟସବୁ ଦେଖି ସ୍ଥୂଳସୁଖର ଅନୁଭୂତିରେ ରୋମାଞ୍ଚିତ ହୋଇ ତା ବନ୍ଧୁମାନେ ତୁମ ପଛରେ ପଡ଼ିବେ । ଭିଡିଓ ଭାଇରାଲ୍ ହେବାପରେ ତୁମେ କିମ୍ବା ତୁମ ମା' ଆତ୍ମହତ୍ୟା କରିବେ । ସେ ଧକ୍‌କାରେ ବାପା ଦୋହଲିଯିବେ । ଆଉ ତୁମେ ଫେଜ୍ ଟୁ ବି ଅତିକ୍ରମ କରିପାରିବ ନାହିଁ ।

ଜଣେ ଅପରିଚିତ ଯୁବକ ମୁହଁରୁ କିସ୍‌ର ସେଲ୍‌ଫି, ସେକ୍‌ସଏଙ୍ଗଲ, ନେକେଡ୍ ଫୋଟ, ଭଳି ଅମାର୍ଜିତ ରୁଚିହୀନ ଶବ୍ଦ ଶୁଣି କାବ୍ୟାର ଛାତି ଧଡ଼୍‌ଧଡ଼୍ ହେବାକୁ ଲାଗିଲା । ମୁହଁରେ ବ୍ୟସ୍ତତା ଦେଖାଗଲା । ବ୍ୟସ୍ତତାର ଭିତିରେ ସାମାନ୍ୟ ବିରକ୍ତିଭାବ ପ୍ରକାଶକରି କହିଲା; ମୋତେ ଏମିତି ଅଶାଳୀନ କଥା କହିବାକୁ ତୁମେ କିଏ ? ସେ ଅଧିକାର ତୁମକୁ କିଏ ଦେଲା ? ଆଉ.. ୟେ ଫେଜ୍ ଟୁ କଅଣ ?

"ଫେଜ...... ଦ୍ୱିତୀୟ ଫେଜ୍ । ପ୍ରଗତି ପ୍ରକ୍ରିୟାର ଦ୍ୱିତୀୟ ସ୍ତର । ସରଳ ଭାଷାରେ କହିବାକୁ ଗଲେ ଜଣକୁ କ୍ରମେ କ୍ରମେ ବ୍ୟବହାର ଉପଯୋଗୀ କରିବା

କାର୍ଯ୍ୟକ୍ରମ”। ଛାଡ଼ ସେ କଥା...। ମୋ କଥା ଶୁଣ ଆଉ ବିଶ୍ୱାସ କର। ତା ସହିତ ତୁମର ଏକ କ୍ୟାଣ୍ଡଲ ଲାଇଟ୍ ପରିକ୍ରମା ସମୟରେ ପରିଚୟ ହୋଇଥିଲା ନା ? ....ଏଇ ଏବେ ମେସେଜ୍ ପାଇଥିବ.... ସରି....ବେବେ.... ଜଣେ ଦୁର୍ଘଟଣାଗ୍ରସ୍ତ ବ୍ୟକ୍ତିଙ୍କୁ ହସ୍‌ପିଟାଲ ପହଞ୍ଚାଇବାକୁ ପଡ଼ିଲା....। ଉପସ୍ଥିତ ଦେଖଣାହାରୀମାନେ ଦେଖି ନ ଦେଖିଲାପରି ତାଂକୁ ସେଇଠି ସେଇ ଅବସ୍ଥାରେ ଛାଡ଼ିଦେଇ ଯେ ଝା ବାଟରେ ଚାଲିଗଲେ....। ମୋର ଡେରୀହେବ ଏମିତି କିଛି ମେସେଜ୍ ପଠାଇଥିଲା....। ମେସେଜ ପଢ଼ି ସାମାନ୍ୟ ବିରକ୍ତ ଅନୁଭବ କରିଥିଲେ ବି ମନ ଭିତରେ ହାଲୁକା ବୋଧକରିଥିଲ... ନୁହେଁ ?

କାବ୍ୟା ରାଗରେ ଜଳିଉଠି ଉତ୍ତେଜିତ ଭାବରେ କହିଲା; ମୁଁ ପାଇଥିବା ମେସେଜ ତୁମେ କେମିତି ଜାଣିଲ ମୁଁ ଜାଣିନି। କିନ୍ତୁ ତୁମେ ଆବଶ୍ୟକତା ଠାରୁ ଅଧିକ ମୁଣ୍ଡ ଖେଳାଉଛ ଆମ ବିଷୟରେ। କାବ୍ୟାର ସ୍ୱରରେ କ୍ରୋଧ....। ମନେହେଉଛି ତୁମେ ଜଣେ ମାନସିକ ସୁସ୍ଥତା ହରାଇ ବସିଥିବା ମଣିଷ। ତୁମେ ବର୍ଣ୍ଣନା କରିଥିବା ସେ ଭଳି କୌଣସି ନଷ୍ଟପ୍ରବୃତ୍ତିର ଫ୍ରଡ୍‌ଲୋକ ଦ୍ୱାରା ତୁମର ଅତି ନିଜର, ନିକଟତମ ଭଉଣୀ କିମ୍ବା ତୁମ ପରିବାରର କେହିଜଣେ ମହିଳା ଧୋକ୍‌କା ଖାଇଥିବେ...। ସେ ଭଳି କିଛି ଅଭିଜ୍ଞତା ତୁମକୁ ଅସୁସ୍ଥ କରି ପକାଇଛି। ଯିଏ ଯାହା ସେ ଅନ୍ୟକୁ ସେଇଭଳି ବିଚାର କରେ। ତେଣୁ ସମସ୍ତଙ୍କୁ ଫ୍ରଡ୍ ଭାବୁଛ...। ଗୌରବ ସେ ଭଳି ମଣିଷ ଆଦୌ ନୁହେଁ। ମୋତେ ଭଲ ଭାବରେ ଜଣା। ପ୍ଲିଜ୍.... ଏ ସବୁ ବକୱାସ୍ ବନ୍ଦକର ଆଉ ଏଠୁ ଯାଅ...। ତୁମେ ଭୁଲ୍‌ଜାଗାକୁ ଆସିଛ।

କାବ୍ୟାର ତିରସ୍କାର ଯୁବକଟି ଉପରେ ବିନ୍ଦୁମାତ୍ର ପ୍ରତିକ୍ରିୟା ସୃଷ୍ଟି କରିପାରିଲା ନାହିଁ। ସଂପୂର୍ଣ୍ଣ ଅବିଚଳିତ ଭାବରେ କହିଲା; ମୁଁ ଭୁଲ୍ କରୁନି... ଭୁଲ ତୁମେ କରୁଛ ! ଯେ କେହି ନିଜକୁ ଜଣେ ଭଲମଣିଷ ବୋଲି ଅନ୍ୟର ହୃଦ୍‌ବୋଧ କରାଇବା, ବିଶ୍ୱାସ ଜନ୍ମାଇବା କେଡ଼େ ସହଜ ତୁମେ ଆଦୌ ଜାଣିନ। ଯେହେତୁ ତୁମେ କିଛି ଜାଣିନ ମୁଁ ଜଣାଇଦେଉଛି...। ଗୌରବର ବ୍ଲଡ୍ ଡୋନେସନ ନାଁ ସୁନୟନା, ଜଣେ ନର୍ସ... ବସ୍ତିର ଗରୀବପିଲାଙ୍କୁ ପାଠ ପଢ଼ାଇବା ନା କାଞ୍ଚନ ଜଣେ ଶିକ୍ଷୟିତ୍ରୀ....। ଏ ସବୁ ଦିନେ ନା ଦିନେ ପ୍ରକଟିତ ହେବ। କିନ୍ତୁ ଡେରୀରେ...। ସୁନୟନା, କାଞ୍ଚନ ବି ତାକୁ ଜଣେ ଭଲମଣିଷବୋଲି ବିଶ୍ୱାସ କରନ୍ତି। ଠିକ୍ ତୁମ ଭଳି। ମୁଁ ଯଦି ତୁମକୁ ଏ ସବୁ କହି ନଥାନ୍ତି ତୁମେ କେବେ ବି ଜାଣିପାରି ନଥାନ୍ତ। ତୁମକୁ ସେ ପଠାଇଥିବା ସମାଜସେବା କାର୍ଯ୍ୟର ମେସେଜଗୁଡ଼ିକ ସେମିତି କିଛି ଭଲକାମର ନୁହେଁ।

କାବ୍ୟାର ଧୈର୍ଯ୍ୟଚ୍ୟୁତି ଘଟିବାରେ ଲାଗିଲା। କିଏ ଯେ ଯୁବକ ? ସବ୍

ଜାନତା ଇତିହାସପୁରୁଷ ଭଳି ପ୍ରବଚନ ଦେଉଛି ! ଅଯାଚିତ ଭାବରେ ଅନ୍ୟର ବ୍ୟକ୍ତିଗତ ଜୀବନରେ ଦଖଲ ଦେଇଚାଲିଛି ! ଜବରଦସ୍ତି ! ପଚାରିଲା; ତୁମେ କଅଣ ଜଣେ ଲେଖକ ? କାହାଣୀ ଲେଖିବା ପାଇଁ କିଛି ଚାଞ୍ଚଲ୍ୟକର କଥାବସ୍ତୁ ଖୋଜି ବୁଲୁଛ ? ସ୍ୱରରେ କୌତୁହଳ ମିଶ୍ରିତ ବ୍ୟଙ୍ଗୋକ୍ତି...।

ନା ମୁଁ ଲେଖକ ନା ଗୌରବ ଭଳି ଜଣେ ନକଲି ସମାଜସେବକ....। ମୁଁ ଜଣେ କଥାକାର ନ ହେଲେବି ନିଜର ସ୍ୱଳ୍ପ ଅଭିଜ୍ଞତାରୁ ଏତିକି ଜାଣିପାରିଛି ଯେ କାହାଣୀ ଓ ଜୀବନ ଭିତରେ ଦୂରତ୍ୱ ବେଶି ନୁହଁ। ଯଦି ତୁମକୁ ନେଇ କେବେ କାହାଣୀ ଲେଖିବାର ପ୍ରୟାସ କରିବି କାହାଣୀରେ ଏମିତି କିଛି ଧାଡ଼ି ନିଶ୍ଚୟ ଲେଖିବି, "ଗୌରବ ସହିତ କାବ୍ୟାର ସଂପର୍କ ଯଦି ଏଭଳି ଆଗକୁ ଜାରୀରହେ ତେବେ କାବ୍ୟାର ଭବିଷ୍ୟତ ଅନ୍ଧକାରମୟ ନ ହେଲେବି ଉଜ୍ୱଳ ଆଦୌ ନୁହେଁ"।

ତୁମେ ଯିଏ ବି ହୋଇଥାଅ ମୋର ସେଥିରେ କିଛି ଯାଏ ଆସେନା....। ମୋ ବିଷୟରେ ତୁମକୁ କୌଣସି କୈଫିୟତ୍ ଦେବାକୁ ମୁଁ ବାଧ୍ୟନୁହେଁ। ଯେହେତୁ ତୁମେ ମୋର ଜଣେ ଶୁଭଚିନ୍ତକ ଭାବେ ସତର୍କ କରାଇବାପାଇଁ ଆସିଛ, ତୁମର ଅବଗତି ନିମନ୍ତେ ଜଣାଇଦେଉଛି ଯେ ମୁଁ ଏମିତିସେମିତି ଅଡୁଆକାମ କରିବା ଭଳି ଝିଅ ନୁହେଁ ! ଯେମିତି ତୁମେ ଭାବୁଛ ! ସମ୍ମାନହାନୀ ହେଲାଭଳି କୌଣସିକାମ ମୁଁ କେବେ କରିନି କି କରିବି ନାହିଁ। ବିନା ବିଚାରରେ ଚାଲିବା ଝିଅ ନୁହେଁ... ଏ ଦିଗରେ ମୁଁ ଖୁବ୍ ସଚେତନ...। ମୋ ବିଷୟରେ ଚିନ୍ତାକରିବା ତୁମର ଆବଶ୍ୟକତା ନାହିଁ।

ଯୁବକଜଣକ କାବ୍ୟା କଥାରେ ସାମାନ୍ୟ ହସିଲା। ହଁ.... ସେ ଭଳି କୌଣସି ଅଡୁଆତଡୁଆ କାମ କରିବା ପୂର୍ବରୁ ତୁମଭଳି ପ୍ରାୟ ଅଧିକାଂଶ ଝିଅ ସେମିତି ଭାବନ୍ତି। କିଛି କରିବା ନ କରିବା ତୁମ ଆୟତ୍ତରେ ଅଛି ଭାବୁଛ କି ?

ଲୋକଟାର କଥାକୁ ମଝିରୁ କାଟି କାବ୍ୟା କହିଲା; ଆମେ ଦୁହେଁ ସେ ଭଳି ନୁହେଁ। ଆମେ ପରସ୍ପରକୁ ବେଶ୍ ଭଲଭାବରେ ଜାଣୁ। ସେଥିରେ ତୁମର ମୁଣ୍ଡ ଖେଳାଇବା ଜରୁରୀ ନାହିଁ...।

ଯୁବକଟା ନଛୋଡ଼ବନ୍ଧା ! ଯେମିତି ସଂକଳ୍ପକରି ଆସିଛି କାବ୍ୟାକୁ ଆଜି କ୍ଲାସକରିବ। କହିଲା; ମୁଁ ଅନ୍ୟମାନଙ୍କପରି ନୁହେଁ... ସେ ବି ଆଦୌ ସେମିତି ନୁହେଁ.... ଏମିତି କହି ନିଜକୁ ଖୁବ୍ ବୁଦ୍ଧିମତୀ ଭାବୁଛ ! ତୁମର ବୟଫ୍ରେଣ୍ଡ ଅନ୍ୟମାନଙ୍କ ପରି ନୁହେଁ ଖୁବ୍ ଭଲ ମଣିଷବୋଲି ମନରେ ଏକ ବଦ୍ଧମୂଳ ଧାରଣା ନେଇ ଚାଲିଛ। ଆଉ ଏଇଥିପାଇଁ ଏ ସବୁ ଘଟୁଛି। ବୁଦ୍ଧିମତୀ ଇଞ୍ଜିନିଅରିଂ ଛାତ୍ରୀ ରୋଜାଲିନ୍ ବି କେବେ

ଭାବି ନଥିଲା ତା ବୟଫ୍ରେଣ୍ଡ୍‌କୁ ଏକ ହିଂସ୍ର ଆତତାୟୀ ଭାବରେ ସାମନା କରିବ। ପୁନେ ର ଏମ୍‌ବିଏ ଗ୍ରାଜୁଏଟ୍ ରିନି ଶ୍ରୀବାସ୍ତବ କେବେ ଭାବି ନ ଥିବ ଟାକ୍‌ସି ଭିତରେ ଭୟାର୍ତ୍ତ ଆଖିରେ ତାର ଅନ୍ତରଙ୍ଗ ବନ୍ଧୁମାନଙ୍କୁ ରେପିଷ୍ଟ ଭାବରେ ଭେଟିବ। ତୁମେ ନିଜକୁ ଯେତେ ବୁଦ୍ଧିମତୀବୋଲି ଭାବୁଛ ପ୍ରକୃତରେ ସେତିକି ନୁହଁ। ପ୍ରେମ ଏପରି ଏକ ବଦ୍‌ମାସ୍ ଯେ ସବୁଠୁ ବୁଦ୍ଧିମାନରୁ ବୁଦ୍ଧିମାନ ମଣିଷର ମଧ୍ୟ ପାଦତଳୁ ଭୂମିକୁ ଅଲଗା କରିଦେଇପାରେ।

ଯୁବକର ଦୃଢ଼ତା ଓ ଆତ୍ମପ୍ରତ୍ୟୟଭାବ ଦେଖି ଭୀଷଣ ଶଙ୍କିଗଲା କାବ୍ୟା। ଆତଙ୍କିତ ହୋଇ ପଡ଼ି ଏକ ଦୀର୍ଘଶ୍ୱାସ ନେଇ କିଛି କହିବାକୁ ଯାଉଥିଲା, ଯୁବକ ତାକୁ ହାତର ଇଶାରାରେ ବାରଣ କରି କହିଲା: ତୁମେ ହଲ୍‌ରେ ସିନେମା ଦେଖୁଥିବା ସମୟରେ ଅସାବଧାନତା ବଶତଃ ତୁମ ଦେହରେ ହାତ ବାଜିଗଲେ ସରି କହିବନି...। ପ୍ରଥମେ ତୁମର ରକ୍ଷଣଶୀଳତାର ପ୍ରତିକ୍ରିୟା ଲକ୍ଷ୍ୟ କରିବ.... ତୁମେ କି ଭଲି ଝିଅ ! ସାରାରାତି ତୁମେ ମୋ ସ୍ୱପ୍ନରେ ପଦଚାରଣ କରି ଘୁରି ବୁଲୁଥିଲ... ବହୁତ ଥକିଯାଇଥିବ... ଗୋଡ଼ ବିନ୍ଧୁଥିବ... ତୁମଗୋଡ଼ ଚିପିଦେବାକୁ ଇଚ୍ଛାହେଉଛି, ଯଦି ଅନୁମତି ଦେବ ! ଅତି ପ୍ରଭାତରୁ ଏମିତିକିଛି କପିପେଷ୍ଟ ମେସେଜ୍ ପଠାଇବ ତୁମ ଭଲମଣିଷ। ଗୌରବ ତ ଏମିତି ନୁହେଁ... ଏ ଭଳି ମେସେଜ ପଠାଇବା ତାର ସ୍ୱଭାବ ବିରୁଦ୍ଧ... ବାରମ୍ବାର ସ୍ମରଣକରି ତା ପ୍ରତି ତୁମର ଅତିବେଶୀ ଆତ୍ମବିଶ୍ୱାସ ତୁମକୁ ଚିନ୍ତାରେ ପକାଇବ ! ମୁଁ କେମିତି ଯେ ମାୟାଜାଲରେ ପଡ଼ିଗଲି ଭାବି ନିଜକୁ ଧିକ୍‌କାରିବ। ତୁମେ ଯାହାପାଇଁ କ୍ୟାଣ୍ଡଲଲାଇଟ୍ ପରିକ୍ରମା କରିଥିଲ ସେ ଝିଅ ଟ୍ରେନ୍‌ତଳେ ଆତ୍ମହତ୍ୟା କରିବା ପୂର୍ବରୁ ସବୁ କିଛି କହିପାରି ନଥିଲା। କହିବା ଅନାବଶ୍ୟକ, ତା ମୃତ୍ୟୁପାଇଁ ଦାୟୀକରି ପୋଲିସ୍ ଦ୍ୱାରା ଦୋଷୀ ଗିରଫ ହେବାଟା କିଛିମାତ୍ରାରେ ଆଶ୍ୱସ୍ତକର ଲାଗିଲେ ବି ସେ ସବୁ ପ୍ରେଡିକ୍‌ଟେବଲ। ପ୍ରତ୍ୟାଶିତ। ତୁମେ କହିପାର ଏମିତି ଲକ୍ଷ୍ୟ ଲକ୍ଷ୍ୟ ଦୁର୍ଘଟଣାର ସ୍ରୋତ ତ ଚାଲିଛି ସର୍ବଦା। ସେ ଘଟଣାଗୁଡ଼ିକ ସହିତ ମୋର କି ସଂପର୍କ ! ଆତ୍ମମୋହରେ ପଡ଼ି ଭାବିପାର ଯେ ଏ ଭଳି କିଛି ମୋତେ କେବେ ଆକ୍ରାନ୍ତ କରିବ ନାହିଁ। ଭ୍ରାନ୍ତଧାରଣାରେ ରୁହନାହିଁ....। ଘଣ୍ଟି ତୁମପାଇଁ ବି ବାଜିପାରେ...।

କେଇ ମୁହୂର୍ତ୍ତଲାଗି କାବ୍ୟାର ଚିନ୍ତାଧାରା ଆଉଳିବାଉଳି ହୋଇଗଲା। ଭାବିଲା ଯେ ପାଗଳ ଲୋକଟା ସାଂଗରେ ସେ ବି ପାଗଳ ହୋଇଯାଉଛି। ବିରକ୍ତିରେ ଓଠ କାମୁଡ଼ି ଝାଉଁଳି ପଡ଼ିଥିବା ମୁହଁରେ ପଚାରିଲା, "ତୁମେ ଏସବୁ କେମିତି ଜାଣିଲ ? ମୋତେ ଏ ସବୁ କହି କାହିଁକି ଡରାଉଛ ? ଅସଲରେ ତୁମେ କିଏ ?"

ଯୁବକ କହିଲା - ବ୍ୟସ୍ତ ହୋଇପଡ଼ିଲ ନା ? ମନରେ ଭୟ ଯନ୍ତ୍ରଣା

ହେଲେ ସମସ୍ତେ ବ୍ୟସ୍ତ ହୁଅନ୍ତି। ଏହାର ମୁଖ୍ୟ କାରଣ ହେଲା ଯନ୍ତ୍ରଣାର ସବୁଠୁ ମହତ୍ତ୍ୱପୂର୍ଣ୍ଣ ଦିଗକୁ ଅଣଦେଖା କରିବା। ତୁମେ ଗୌରବ ପାଇଁ ଖାଲି ଗୋଟେ 'ମ୍ୟାଟର'। ପ୍ରକୃତ ପ୍ରେମ ଯେ କରେ ସେ କେବେ ଏମିତି ମିଛ କହେ ନାହିଁ। ତୁମକୁ ସେ ସବୁ କଥା ଯେତେବେଳେ ଅନ୍ୟଠୁ ଜଣାପଡ଼େ ମନରେ ଯନ୍ତ୍ରଣା ହେବା ସ୍ୱାଭାବିକ। ଏଇ ଏବେ ଯେମିତି ତା ବିଷୟରେ ମୋଠୁ ଅନେକ କିଛି ଜାଣିଲ !

ଆଉ ମୁଁ କିଏ ? ଏ ସବୁ କଥା ମୋତେ କେମିତି ଜଣା ଯଦି କହିବି ମୋତେ ଜଣେ ପାଗଳ ଭାବି ମୁଁ ଯାହା କିଛି କହିଛି ବିଶ୍ୱାସ କରିବ ନାହିଁ। ମୁଁ କିଏ ତୁମର ଜାଣିବା ଜରୁରୀ ନାଇଁ। ମୋତେ ବିଶ୍ୱାସ କର....। ଆଉ ସେ ଗୌରବକୁ ପ୍ରଥମେ 'ବ୍ଲକ୍' କର। ତୁମର ଆସ୍‌ପାସ୍‌କୁ ଆସିବାକୁ ଦିଅ ନାହିଁ। ତୁମ ଜୀବନ ତୁମ ହାତରେ। ଅନ୍ଧ ବନ ନାହିଁ।

କାବ୍ୟା ମୁହଁରୁ ଭାଷା ପଇଟିଲା ନାହିଁ ! କିଂକର୍ତ୍ତବ୍ୟବିମୂଢ଼ ହୋଇ ଚାହିଁରହିଲା ଲୋକଟା ଆଡ଼କୁ ଆଉ କିଛି କହିବ କି ଭାବନେଇ..... !

ଯୁବକ କହିଲା ମୋର ଯିବାର ଅଛି। ମୁଁ ଯାଉଛି କଲେଜ କାମ୍ପୋସ୍ ବାହାରେ ଗଣ୍ଡଗୋଳ ହେବାର ଆଶଙ୍କା ଅଛି। ଜଣେ ଚାହାଦୋକାନୀକୁ କେନ୍ଦ୍ରକରି। ଦୋକାନଟା ଅନ୍ୟକାହା ଜମିର ଜବରଦଖଲରେ ଅଛି ବୋଲି ଚାହା ଦୋକାନୀ କମଳକାନ୍ତ ନାଁ ରେ ଅଭିଯୋଗ ଆଣିଛି ପୋଲିସ। ତାକୁ ମାଡ଼ ମାରିଛି। ଛାତ୍ରମାନେ ପୋଲିସ୍ ଜୁଲମର ପ୍ରତିବାଦରେ ଦୋକାନୀ କମଳକାନ୍ତର ପକ୍ଷନେଇ ଆନ୍ଦୋଳନ କରିପାରନ୍ତି। ଗୋଟିଏ ବଡ଼ଧରଣର ହାଙ୍ଗାମା ହୋଇପାରେ। ଛାତ୍ରମାନଙ୍କ ସମର୍ଥନ ପାଇ କମଳକାନ୍ତ ସେ ଜାଗାରୁ ନ ହଟିବାପାଇଁ ଜିଦ୍‌ରେ ଅଟଳ। ଯା ପରେ ଯଦି କମଳକାନ୍ତର ପ୍ରାଣ ଚାଲିଯାଏ ତା ସ୍ତ୍ରୀ ପିଲାମାନେ ରାସ୍ତାରେ ପଡ଼ିବେ। ଛାଡ଼ ସେ କଥା.... ଯେ ଭିନ୍ନ କାହାଣୀ....। ଯାର ସମାପ୍ତି କେମିତି ହେବ ସେ କଥା ବି ମୁଁ ଜାଣିନି। ଏ ଘଟଣା ସହିତ ତୁମର କୌଣସି ସଂପର୍କ ନାହିଁ। କିନ୍ତୁ ମୋ କଥା ମନେ ରଖ କହି ତରବରରେ ଚାଲିଗଲା।

କ୍ଷୀପ୍ର ଗତିରେ ଚାଲିଯାଉଥିବା ଯୁବକ ଆଡ଼କୁ ଚକିତ ଆଖିରେ ଅନାଇ ଥମ୍ ହୋଇ ରହିଯାଇଥିଲା କାବ୍ୟା।

ମାର୍ଗଶିର ମାସର ଖରାପରି ତେଜହୀନ ମୁହଁରେ ସ୍ପଷ୍ଟ ବାରିହୋଇ ପଡୁଥିଲା ଏକ ଦ୍ୱନ୍ଦ୍ୱମୋହର ଭାବ....।

ମୁଣ୍ଡ ତଳକୁକରି ହାତରେ ଧରିଥିବା ମୋବାଇଲକୁ ଅନାଇଲା....।

ଗୌରବକୁ ବ୍ଲକ୍ କଲା କି ନାହିଁ ଜାଣିନି...।

■

# ନିଆଁ ଖେଳ

(ଏକ ରହସ୍ୟ ରୋମାଞ୍ଚକର କାହାଣୀ)

ବହୁତ ଦିନ, ପ୍ରାୟ ପାଖାପାଖି ପନ୍ଦର ବର୍ଷ ପରେ ସ୍ୱପ୍ନିଳ ସାଙ୍ଗରେ ଦେଖାହୋଇଥିଲା ଦିଲ୍ଲୀରେ। ଚିହ୍ନିବାରେ କିଛି କଷ୍ଟ ହେଲା ନାହିଁ। ଚେହେରାରେ କୌଣସି ପରିବର୍ତ୍ତନ ନାହିଁ। ସେମିତି ଅଛି। ଶ୍ୟାମଳ ବର୍ଣ୍ଣ ପତଳା।

କଲେଜରେ ପଢୁଥିବା ମୋର ଅନେକ ବଂଧୁମାନଙ୍କ ମଧ୍ୟରୁ ଜଣେ। ଅବଶ୍ୟ ଆମେ ଏକା ସହରର। ତା' ସଂପର୍କରେ ମୁଁ ବହୁତ କିଛି ଜାଣେ। ତା' ଜୀବନର ବିପର୍ଯ୍ୟୟର କଥା। ପତ୍ନୀ ରେବାର ବିଶ୍ୱାସଘାତକତା ସବୁ କିଛି। ରେବା ବିଷୟରେ ପଚାରିବାକୁ ସାହସ ହେଲା ନାହିଁ। ଇଚ୍ଛା ହେଲା ନାହିଁ ରେବା କଥାଟା ଉଠାଇ ତା' ମନର ଜଖମକୁ ଉଖାରିବାକୁ। ସେ ମଧ୍ୟ କିଛି କହିଲା ନାହିଁ।

ଏବେ କୁଆଡ଼େ ତା'ର ସମସ୍ତ ସମୟ ବ୍ୟବସାୟରେ ମନୋନିବେଶ କରିଛି। ତା' ବାପାଙ୍କର ମୃତ୍ୟୁ ପରେ ଯେଉଁ କେତୋଟି ବ୍ୟବସାୟ ପ୍ରତିଷ୍ଠାନ ସଂପ୍ରସାରିତ କରିଛି ସବୁ 'ସୁଚୟନ' ନାମରେ ଚାଲେ। 'ସୁଚୟନ ହେଲ୍‌ଥ କେୟାର୍ ସେଣ୍ଟର୍', 'ସୁଚୟନ ଇନ୍‌ଷ୍ଟିଚ୍ୟୁଟ୍ ଅଫ୍ ମ୍ୟାନେଜ୍‌ମେଣ୍ଟ', 'ସୁଚୟନ ଇଞ୍ଜିନିଅରିଂ

କଲେଜ', 'ସୁଚୟନ ଗାରମେଣ୍ଟସ୍' ଆହୁରି କଅଣ କଅଣ..... ଏଇସବୁ ବ୍ୟବସାୟ ପ୍ରତିଷ୍ଠାନରୁ ପାଉଥିବା ଅର୍ଥକୁ ସେ ସମାଜସେବା କାର୍ଯ୍ୟରେ ଅକାତରେ ଖର୍ଚ୍ଚ କରୁଛି। ଖୋଲିଛି କେତୋଟି 'ଅର୍ଫାନେଜ୍ ଓ ଓଲଡ୍-ଏଜ୍ ହୋମସ୍'।

ସ୍ୱର୍ଗତଃ ପିତା ଶିଳ୍ପପତି ବିପ୍ଳବଜିତ୍ ସିହ୍ନା ଓ ମାତା ପ୍ରବୀଣାଙ୍କର ଏକମାତ୍ର ସନ୍ତାନ। ନିଜେ ବି ନିଃସନ୍ତାନ। ସଂପୂର୍ଣ୍ଣ ନିଃସଙ୍ଗ। ନ ଜାଣିଲା ଲୋକଙ୍କ ମନରେ ପ୍ରଶ୍ନ: ଯେ "ସୁଚୟନ" କିଏ ?

ସେ ସବୁ ଆମ କଲେଜପଢ଼ା ବେଳର କଥା।

ସେମାନେ ଥିଲେ ଚାରି ଜଣ। ସେମାନଙ୍କୁ ଦେଖି ସମସ୍ତେ ଗୋଟିଏ କଥା ହୃଦୟଙ୍ଗମ କରିଥିଲେ, ଜୀବନରେ ଧନ ଅର୍ଜିବା ଭଲ, ସୁନାମ ଅର୍ଜିବା ଆହୁରି ଭଲ। କିନ୍ତୁ କେତୋଟି ଘନିଷ୍ଠ ବନ୍ଧୁ ଅର୍ଜିବାଠାରୁ ବଳି କୃତିତ୍ୱ ଆଉ କିଛି ନାହିଁ।

ଦର୍ଶନ, ସ୍ୱପ୍ନିଲ, ସର୍ବାନନ୍ଦ, ସୁଚୟନ - ଏମାନଙ୍କ ଜୀବନ ଗୋଟିଏ ଗୋଟିଏ ମାଇଲଖୁଣ୍ଟ। ଅଧ୍ୟାପକମାନଙ୍କ ଦୃଷ୍ଟିରେ ଉଦ୍ଧତ, ଅନମନୀୟ ଘୋଡ଼ାମୁହାଁ ଛୁଆ। କିଲର୍ ବ୍ରେଇନ୍ସ। ଏମାନଙ୍କ ଅବାଧ, ମୁକ୍ତ ଜୀବନଶୈଳୀ, ପ୍ରଗାଢ଼ ବନ୍ଧୁତ୍ୱ ଦେଖିଲେ "ଅଲେକ୍‌ଜାଣ୍ଡର ଡ୍ୟୁମାସଙ୍କ" ଉପନ୍ୟାସ "ଥ୍ରୀ ମସ୍‌କିଟିଅରସ୍" ମନେ ପଡ଼େ।

ଯେଉଁଠି ଦଳେ ଛାତ୍ରଛାତ୍ରୀଙ୍କ ଖଟି, ଖଟିର ବିଷୟବସ୍ତୁ ଥିବ 'ଥ୍ରୀ ମସ୍‌କିଟିଅରସ୍'। ଖଟି ସମୟରେ ଏମାନଙ୍କ ବିଷୟରେ କଥାବାର୍ତ୍ତା ହେବା ଯେମିତି ଅନିବାର୍ଯ୍ୟ। ଶଳାମାନେ ଦିନେ ନା ଦିନେ ନିଜ ଖେଳରେ ନିଜେ ମରିବେ... "କ୍ରୋକଡାଇଲ୍ ହଣ୍ଟର ଷ୍ଟିଭ୍ ଇର୍‌ୱିନ୍" ଭଳି।

ସୁଚୟନ, ସର୍ବାନନ୍ଦ ମଧ୍ୟବିତ୍ତ ପରିବାରର। ସ୍ୱପ୍ନିଲର ପିତା ଜଣେ ପ୍ରତିଷ୍ଠିତ ଶିଳ୍ପପତି। ଦର୍ଶନ ସହରର ଦୁଇ ତିନୋଟି ବଡ଼ ଲୁଗା ଦୋକାନର ମାଲିକ କାନ୍ତିଲାଲ୍ କେଡ଼ିଆଙ୍କ କନିଷ୍ଠ ପୁତ୍ର।

ପ୍ରଥମରୁ ସ୍ୱପ୍ନିଲ "ଥ୍ରୀ ମସ୍‌କିଟିଅରସ୍" ଦଳର ଅନ୍ତର୍ଭୁକ୍ତ ନଥିଲା। ମଧ୍ୟମ ଉଚ୍ଚତା, ପତଳା, ଦୁର୍ବଳ। ଅନ୍ୟ ତିନିଜଣଙ୍କର ବୀରତ୍ୱପୂର୍ଣ୍ଣ କାର୍ଯ୍ୟକଳାପ ଦେଖି ରୋମାଞ୍ଚିତ ହୋଇ ଏମାନଙ୍କ ଅନିଚ୍ଛା ସତ୍ତ୍ୱେ ପଛେ ପଛେ ଘୁରି ବୁଲେ। ସେମାନଙ୍କ ଦଳରେ ସାମିଲ କରିବା ପାଇଁ ଅନୁରୋଧ କରି କହେ - "ତୁମେ ତିନିଜଣ 'ଥ୍ରୀ ମସ୍‌କିଟିଅରସ' ମୋତେ ଫୋର୍ଥ ମସ୍‌କିଟିଅର୍ ଭାବରେ ଗ୍ରହଣ କର।" ହୋ-ହୋ ହୋଇ ହସର ବାଣ ଫୁଟେଇଥିଲେ ସେ ତିନିଜଣ। ବିଶେଷ ଭାବରେ ସର୍ବାନନ୍ଦ ନିଜ କଣ୍ଠସ୍ୱରକୁ ଆହୁରି ଉଚ୍ଚତର କରି ହସି ହସି କାଶି ପକାଇ କହିଲା - "ଏସବୁ ତୋ' ଭଳି କୁକୁଡ଼ା କଲିଜାବାଲାଙ୍କ କାମ ନୁହେଁ....।"

ତଥାପି ସ୍ୱପ୍ନିଳ କିଛି ମନେ କରେ ନାହିଁ। ଧନିକ ପିତାର ଏକମାତ୍ର ସନ୍ତାନ ହୋଇଥିବା ଦୃଷ୍ଟିରୁ ଗୁଡ଼ାଏ ଟଙ୍କା ଖର୍ଚ୍ଚ କରି ସେମାନେ ଖେଳୁଥିବା ଭୟଙ୍କର ଖେଳରେ ସାହାଯ୍ୟ ଓ ପ୍ରଶଂସା କରି, ସେ ସବୁ ସାହସିକତାପୂର୍ଣ୍ଣ ଖେଳ ନିଜେ ଖେଳିଲା ଭଳି ସନ୍ତୋଷ ଲାଭ କରୁଥିଲା। ସେମାନଙ୍କ ଦଳରେ ନିଜକୁ ସାମିଲ କରି ଧନ୍ୟ ମନେକରୁଥିଲା।

ପ୍ରଥମେ ପ୍ରଥମେ ସେମାନଙ୍କ ସାହସିକତାପୂର୍ଣ୍ଣ କାର୍ଯ୍ୟ ସୀମିତ ଥିଲା। କଲେଜକୁ ନ ଯାଇ ଅଧିକାଂଶ ସମୟ ପକ୍ଷୀ ଭଳି ଘୋର ଅରଣ୍ୟ ମଧ୍ୟକୁ ଉଡ଼ିଯାଇ ଅରଣ୍ୟରୁ ହରିଣ ଶିକାର କରି, କେଉଁ ପାର୍ବତ୍ୟ ନଦୀପଠାରେ ରୋଷେଇ କରି ଖାଇବା, ସହରଠାରୁ ଦୂରରେ ଥିବା ପ୍ରାୟ ଦୁଇଶହ ବର୍ଷର ଅର୍ଦ୍ଧଭଗ୍ନ ପୁରାତନ ବଙ୍ଗଳା ଯାହା ଭୂତକୋଠି ବୋଲି ପରିଚିତ ସେଠାରେ ଅମାବାସ୍ୟା ରାତିରେ ଭୂତ ଦର୍ଶନ ପାଇଁ ରାତ୍ରି ଯାପନ କରିବା, ନିଜ ହାତଗୋଡ଼ ବାନ୍ଧି ସ୍ୱିମିଙ୍ଗ୍ ପୁଲ୍‌ରେ ପହଁରିବା। କଲେଜର ତିନି ମହଲା କୋଠାଘର ଉପରୁ ତଳକୁ 'ଡାଇଭ୍' କରିବାରେ ଓସ୍ତାଦ୍ ଥିଲା ସର୍ବାନନ୍ଦ। ଯା ଠାରୁ ଆହୁରି ଏକ ଭୟଙ୍କର ଖେଳର ଆବିଷ୍କାର କରିଥିଲା, ସେ ଯେତେବେଳେ ପଶ୍ଚିମଘାଟ ପର୍ବତମାଳାରେ ପର୍ବତାରୋହଣ ଟ୍ରେକିଂରେ ତ୍ରିଭେନ୍ଦ୍ରମ୍ ଯାଇଥିଲା। କେତେଜଣ ବେକାର ଯୁବକ ଜୀବିକା ଅର୍ଜନ ପାଇଁ ସେ ଖେଳ ପ୍ରଦର୍ଶନ କରୁଥିଲେ। ସହରଠାରୁ ଦୂରରେ ଏକ ଖୋଲା ସ୍ଥାନରେ ଶୁଖିଲା ଝାଟିପତ୍ରରେ ପୋଡ଼ା ଡିଜେଲ ବା ପେଟ୍ରୋଲ୍ ଢାଳି ଅଗ୍ନି ସଂଯୋଗ କରୁଥିଲେ। ପଶ୍ଚିମା ପବନ ମୁହାଁ ହୋଇ ଯେତେବେଳେ ଅଗ୍ନି ଶିଖାବିସ୍ତାର କରି ଉପରକୁ ଉଠେ ଗାଡ଼ିର କାଚ ଝରକା ବନ୍ଦ କରି ସେଇ ଜଳନ୍ତା ନିଆଁ ଅତିକ୍ରମ କରି ଆରପଟକୁ ଯାଇ ପୁଣି ଫେରିଆସିବା। ଯେ ଥିଲା ସେମାନଙ୍କ ପାଇଁ ଏକ ଖେଳ, ଏକ ଚେଲେଞ୍ଜ। ଏ ଖେଳ ଖେଳିବା ପାଇଁ ଗାଡ଼ି ଆଣନ୍ତି ଦର୍ଶନ ଓ ସ୍ୱପ୍ନିଳ। କ୍ରମାଗତ ନିଆଁମାଡ଼ ଖାଇ କେତେବେଳେ କାହା ପାଳିରେ ବିସ୍ଫୋରଣ ଘଟିବ, ସେ ନେଇ କେହି ବି ଭୟଭୀତ ବା ଚିନ୍ତିତ ନଥିଲେ।

ସ୍ୱପ୍ନିଳକୁ ଏ ଖେଳ ଖେଳିବାକୁ ଅନ୍ୟ ତିନି ବନ୍ଧୁ ଅନୁମତି ଦିଅନ୍ତି ନାହିଁ। ସେ ବାହାରେ ଥାଇ ପୂର୍ଣ୍ଣପ୍ରାଣରେ ଉପଭୋଗ କରେ। ମନେ ମନେ ସ୍ଥିର କରେ, ପ୍ରତିଜ୍ଞା କରେ ମରିବି ପଛେ ଦିନେ ନା ଦିନେ ଏ ଖେଳ ଖେଳିବି।

ଏ ଖେଳରେ ବାରମ୍ବାର ନିଆଁଧାସରେ ବଳି ପଡ଼ିଥିବା କଳା ବେରଙ୍ଗ ଗାଡ଼ିକୁ କୌଣସି ଏକ ପରିତ୍ୟକ୍ତ ଗ୍ୟାରେଜ୍‌ରେ ଲୁଚାଇ ରଖନ୍ତି। ଘରେ ଜଣାଇ ଦିଅନ୍ତି ଯେ ଗାଡ଼ିର ଯାନ୍ତ୍ରିକ ତ୍ରୁଟି ଅଛି। ସଜାଡ଼ିବାରେ ସମୟ ଲାଗିବ। ସଦାବ୍ୟସ୍ତ ପିତାମାନେ ବିଶେଷ ଗୁରୁତ୍ୱ ଦିଅନ୍ତି ନାହିଁ।

ଦର୍ଶନ ଜାଣେ ଯେଉଁଦିନ ପିତା କାନ୍ତିଲାଲ୍ କେଡ଼ିଆଙ୍କୁ ଏ କଥା ଗୋଚର ହେବ, ସେଇଦିନ କଲେଜ ବନ୍ଦକରି କୌଣସି ଏକ କପଡ଼ା ଦୋକାନ ସମ୍ଭାଳିବାର ଦାୟିତ୍ୱରେ ନିୟୋଜିତ କରିବେ ଏବଂ ପ୍ରଚୁର ଯୌତୁକ ବିନିମୟରେ ତାଙ୍କ ସଂପ୍ରଦାୟର କୌଣସି ଏକ ଅଳ୍ପଶିକ୍ଷିତା କନ୍ୟା ସହିତ ବିବାହ ସଂପନ୍ନ କରିଦେବେ। ଆଉ ବନ୍ଧୁତ୍ୱର ବନ୍ଧନକୁ ଦୃଢ଼ ଭାବରେ ବାନ୍ଧି ରଖିବା ପାଇଁ ଇତିମଧ୍ୟରେ ସେ ଯେ ମାଂସ ଭକ୍ଷଣ କରିଛି, ତାହା ମଧ୍ୟ ତାଙ୍କୁ ଅଗୋଚର।

ଆଉ ମୋର ଏଇ ଗଳ୍ପର ମୁଖ୍ୟ ନାୟକ ସୁଚୟନ ! ରୋମାଣ୍ଟିକ୍ ଚେହେରା। ଉଡ଼ିବାର ମାଣିକ ଚଢ଼େଇ ପରି ଚଞ୍ଚଳ ଓ ଭ୍ରମର ପରି ଅସ୍ଥାୟୀ। ଯେ କେହି ବିବାହିତା କିମ୍ବା ଅବିବାହିତା, ସେମାନଙ୍କ ସହିତ ପରିଚୟ ବଢ଼ାଇ ସେ ପରିଚୟକୁ ଆକର୍ଷଣରେ ପରିଣତ କରି ଅନେକ ଦୂର ଆଗେଇ ନେଲା ଭଳି ସାହସିକତା ପ୍ରଦର୍ଶନ କରିବାରେ ଥିଲା  ସେ ସିଦ୍ଧହସ୍ତ। ସୁଚୟନ ପାଖରେ କି ଆକର୍ଷଣ ଅଛି କେଜାଣି କଲେଜ ଝିଅମାନଙ୍କ ମଧ୍ୟରେ ତାକୁ ନେଇ ପ୍ରବଳ ଉତ୍ତେଜନା। ତା' ଭଲ ପାଇବାର ଚୋରାବାଲିରେ ଜାଣି ଜାଣି ଗୋଡ଼ ଧସେଇ ଦିଅନ୍ତି। ଆର୍ଥିକ ଅବସ୍ଥା ସ୍ୱଚ୍ଛଳ ନୁହେଁ, ତଥାପି ଆଶ୍ଚର୍ଯ୍ୟ ଭାଗ୍ୟରେଖା ତାର। ପ୍ରେମିକାମାନେ ତାକୁ ରତିଏ ସୁଦ୍ଧା ଅସୁବିଧା ହେବାକୁ ଦିଅନ୍ତି ନାହିଁ। କେହି ଟଙ୍କିରି ଅଫର୍ କରନ୍ତି ତ କିଏ ଅର୍ଥ, କେହି ଆଉ କିଛି। ସୁଚୟନକୁ ଦେଖି ସ୍ୱପ୍ନିଳ ଭାବେ ସତରେ ଭାଗ୍ୟ ବୋଲି କିଛି ଅଛି।

ସମସ୍ତେ ସ୍ନାତକ ପରେ କଲେଜ ଛାଡ଼ିଲେ। କଲେଜ ହତାରୁ ବାହାରି ଜୀବନ ଓ ଯିବାକୁ ଥିବା ରାସ୍ତାରେ ଠିଆହୋଇ ଯିଏ ଯୁଆଡ଼େ ବାଟ ଭାଙ୍ଗି ଚାଲିଗଲେ....।

ସର୍ବାନନ୍ଦ ତ୍ରିଭେନ୍ଦ୍ରମ୍ ପଳେଇଗଲା। ଯେଉଁ ବେକାର ଯୁବକମାନଙ୍କ ପାଖରୁ ନିଆଁଖେଳ ଶିଖିଥିଲା ସେମାନଙ୍କ ପାଖକୁ। ନିଜର ଜୀବିକା ଅର୍ଜନ ପାଇଁ ସେଠି ଆହୁରି ଅନେକ ଭୟଙ୍କର ଖେଳ ପ୍ରଦର୍ଶନ କରିବାର ନୂତନ କୌଶଳ ଆୟତ୍ତ କରିଚାଲିଥିଲା ପୁରାଦମ୍‌ରେ। ସହସ୍ରାଧିକ ବିଷାକ୍ତ ସର୍ପମାନଙ୍କ ଗହଣରେ ପୁରା ଚବିଶ ଘଣ୍ଟା କଟାଇବା, ବାସ୍ ଜଂପିଙ୍ଗ୍, ସାଇକ୍ଲୋକ୍ରସିଂ ଭଳି ଖେଳ ପ୍ରଦର୍ଶନ କରି ଦୁନିଆକୁ ଚକିତ କରି ଚାଲିଥିଲା।

ସୁଚୟନକୁ କୌଣସି ସାମାଜିକ ବନ୍ଧନ ବାନ୍ଧି ରଖିପାରେ ନାହିଁ। ଆଜି ଏଠି ତ କାଲି ସେଠି। ଯାହାକୁ ଦେଖିଲା ତା' ସାଙ୍ଗରେ ଚାଲିଲା। ଯାଯାବର ଜୀବନ। ନିଜ ପାଇଁ ନିଜେ ନିରୁଦ୍ଦିଷ୍ଟ। ମଝିରେ ଶୁଣିବାକୁ ପାଇଥିଲି କେଉଁ ଏକ ଗୁଜରାଟୀ ଝିଅ ସହିତ ରାଜସ୍ଥାନରେ ଘର ସଂସାର କରି ରହିଛି। ଦୁଇବର୍ଷପରେ ଦିନେ ହଠାତ୍ ଯଥାରୀତି ନିଜକୁ ଫେରାଇଆଣି ପୁନର୍ବାର ସେଇ ରାସ୍ତାରେ ଛିଡ଼ାହେଲା ଯେଉଁଠାରୁ ସେ ଅନ୍ତର୍ଦ୍ଧାନ

ହୋଇଯାଇଥିଲା। ତାର ଏଇ ଘୁରାଫେରା ଜୀବନରେ କେତେବେଳେ କେଉଁ ଜନପଦରେ ପହଞ୍ଚେ ସେ ହିଁ ଜାଣେ। କେଉଁ କଥା ତାକୁ ବ୍ୟସ୍ତ ବିବ୍ରତ କରେ ତା ଉତ୍ତର ସେ ହିଁ ଦେଇ ପାରିବ।

ବନ୍ଧୁମାନେ କହନ୍ତି ସମାଜ କ୍ରିମିନାଲ୍‌ମାନଙ୍କୁ ସହ୍ୟ କରିପାରିବ, ତୋ'ଭଳି କକ୍ଷଚ୍ୟୁତ, ଚରିତ୍ରହୀନ ଲଂପଟମାନଙ୍କୁ ନୁହେଁ। ସମ୍ଭାଳି ଯା....। ଜଣକୁ କାହାକୁ ଭଲ ପାଇ ବାହା ହୋଇପଡ଼। ସଂସାର କର।

ଭାବାର୍ଥସୂଚକ ସୂକ୍ଷ୍ମ ହସଟିଏ ହସି ଲମ୍ବା ବକ୍ତୃତା ଝାଡ଼ିଦିଏ - "ଏ ଦୁନିଆରେ ସବୁଠାରୁ ବଡ଼ ଟ୍ରାଜେଡ଼ି ହେଲା ଭଲ ପାଇବା। ଭଲପାଇବା ହେଉଛି ନିରାଶାର ଜନନୀ। ମୁଁ ଗୋଟିଏ ସଠିକ୍ ଭଲପାଇବାର ଖୋଜ୍‌ରେ ଅଛି। ଏଯାବତ୍ ସେ ସଂଧାନ ଅମୀମାଂସିତ"। ଏକା ଏକା ରହିବାର ନିଷ୍ଠୁର ନିଷ୍ପତ୍ତି ଯେମିତି ତାର ଏକ୍‌ଚାଟିଆ ଅଧିକାର। ସେ ଜୀବନକୁ ଅନ୍ୟରାସ୍ତାରେ ନେଉଥିଲା।

ଧନିକ ପ୍ରଭାବଶାଳୀ ବଂଧୁ ଓ ବାଂଧବୀମାନେ ସୁଚୟନକୁ କହିବାର ଶୁଣାଯାଏ - ଆମ ପାଖରେ ଚାକିରି କର୍। ସେ ବଂଧୁମାନଙ୍କ ପାଖରେ ଚାକିରି କରିବ ନାହିଁ। ସେଇଟା ତାର ନୀତିବିରୁଦ୍ଧ। ଦେବା-ନେବାର ସଂପର୍କରେ ମୁହଁରେ ଏକ ମୁଖାପିନ୍ଧିବାକୁ ପଡ଼େ। ଆଉ ସଂସାର, ସ୍ତ୍ରୀ, ପୁତ୍ର ଏମାନେ ଗୋଟିଏ ଗୋଟିଏ 'ମିଲ୍‌ଷ୍ଟୋନ୍'। ବେକ ଚାରିପଟେ ଚକି।

ସୁଚୟନ ନିଜ ଜୀବିକା ଅର୍ଜନ କରିବା ପାଇଁ ଯଦି ଜୁଆ ଖେଳିଲା ଏଥିରେ ଆମେ କେହି ଆଶ୍ଚର୍ଯ୍ୟ ହୋଇନଥିଲୁ। କଲିକତା, ବମ୍ବେ, ସିଂଗାପୁର, ବେଙ୍କକ୍, ମାଲେସିଆ ଇତ୍ୟାଦି ସହର ମାନଙ୍କରେ ଥିବା ଆନ୍ତର୍ଜାତୀୟ ଜୁଆ ଆଡ୍‌ଡାଗୁଡ଼ିକ ଜୁଆ ଖେଳି ପ୍ରଚୁର ଅର୍ଥ ଉପାର୍ଜନ କରିବାର ପ୍ରକୃଷ୍ଟ ସ୍ଥାନ। ସୁଚୟନ ଯୁକ୍ତି କରି କହେ - "ମଣିଷର ରକ୍ତ ସାଂଗରେ ଜୁଆର ସୃଷ୍ଟି - ମନସ୍ତାତ୍ତ୍ୱିକମାନେ ଆବିଷ୍କାର କରିଛନ୍ତି। ମହାଭାରତ ଯୁଗ ଠାରୁ ଆମେରିକାର ଅତ୍ୟାଧୁନିକ 'କେସିନୋ' ପର୍ଯ୍ୟନ୍ତ ଜୁଆ ଖେଳିବାର ପରଂପରା ଜାରି ରହିଛି।"

ସୁଚୟନର ଅଧା ଦିନ ଉଡ଼ାଜାହାଜରେ କଟେ। ଜିତିଲେ ଅର୍ଥାଗମ ହୁଏ, ହାରିଲେ କ୍ଷତି ସହେ। ସେଥି ନେଇ ଚିନ୍ତିତ ହୁଏ ନାହିଁ। ଜିତିବାର ନିଶାରେ ଖେଳେ ନାହିଁ। ନିଜର ଆବଶ୍ୟକତା ଯେତିକି ସେତିକି ପରିମାଣର ଅର୍ଥ ପୂରଣ ହେଲେ ଭଲ। ଖେଳିବାର ଇଛା ନଥିଲେ ଏଠି ସେଠି ଘୁରି ବୁଲେ। ଅଧିକ ଅର୍ଥ ଜିତିଲେ ସେଇ ଦିନ ହିଁ ଫ୍ଲାଇଟ୍‌ରେ ଫେରିଆସେ ବନ୍ଧୁମାନଙ୍କ ନିକଟକୁ। ଜିତିବା ଅର୍ଥରୁ କିଛି ସର୍ବାନନ୍ଦକୁ ଜୋର୍ କରି ଦିଏ।

ନିଜର ବିଚକ୍ଷଣ ବ୍ୟବସାୟିକ ବୁଦ୍ଧି ବଳରେ ସ୍ୱପ୍ନିଳ ପିତାଙ୍କର ବ୍ୟବସାୟ ପ୍ରତିଷ୍ଠାନକୁ ଉନ୍ନତି ପଥରେ ଆଗେଇ ନେବାରେ ନିଜର ଦକ୍ଷତା ପ୍ରଦର୍ଶନ କରି ଚାଲିଥିଲା। ଝିଅମାନଙ୍କର ପ୍ରେମ ବାବଦରେ କିନ୍ତୁ ସଂପୂର୍ଣ୍ଣ ଅପାରଗ। ବୟସର ପ୍ରଗତି ସହିତ ଚେହେରାର କୌଣସି ପରିବର୍ତ୍ତନ ହେଲା ନାହିଁ। ସେମିତି ପତଳା, ଆକର୍ଷଣବିହୀନ। ନୂଆ ନୂଆ ଫେସନ୍ ଡିଜାଇନ୍‌ର ଯତ୍ନଶୀଳ ପୋଷାକ ପିନ୍ଧିବା ସତ୍ତ୍ୱେ ଝିଅମାନେ ସ୍ୱପ୍ନିଳକୁ ପସନ୍ଦ କରୁନଥିଲେ, ପସନ୍ଦ କରୁଥିଲେ ତା'ର ଅଗାଧ ସଂପତ୍ତିକୁ। ସ୍ୱପ୍ନିଳ କିନ୍ତୁ ପସନ୍ଦ କରିଥିଲା ତା' ବାପାଙ୍କ ବ୍ୟବସାୟ ପ୍ରତିଷ୍ଠାନରେ ଚାକିରି କରୁଥିବା ନିମ୍ନ ମଧ୍ୟବିତ୍ତ ପରିବାରର ଝିଅ ରେବା ଶର୍ମାକୁ। ବିଶେଷ ସୁନ୍ଦରୀ ନହେଲେ ବି ଲାଗେ ଯେମିତି କିଛି ଗୋଟାଏ ବିଶେଷତ୍ୱ ଅଛି ଝିଅ ପାଖରେ।

ରେବାକୁ ନିଜ ତରଫରୁ ବିବାହ ପ୍ରସ୍ତାବ ପଠାଇଥିଲା। ଆଶା କରିଥିଲା ତାର ଅନାକର୍ଷଣୀୟ ଶାରୀରିକ ଗଠନ ଅପେକ୍ଷା ତାର ଅଗାଧ ସଂପତ୍ତି ପ୍ରତି ପ୍ରଲୋଭିତ ହୋଇ ରେବା ବିବାହ ପ୍ରସ୍ତାବରେ ରାଜି ହୋଇଯିବ। ତା' ଆଶାର ବିପରୀତ ରେବା ସ୍ୱପ୍ନିଳର ପ୍ରସ୍ତାବକୁ ନିଷ୍ଠୁର ଭାବେ ପ୍ରତ୍ୟାଖ୍ୟାନ କରି ଖୋଲାଖୋଲି କହିଲା - ମୁଁ ସ୍ୱପ୍ନିଳକୁ ପସନ୍ଦ କରେ ନାହିଁ....। ଏମିତି କୁଆଡ଼େ କହିଲା ଯେମିତି ସ୍ୱପ୍ନିଳ ପୁରୁଷ ନୁହେଁ, ମେଞ୍ଚାଏ କାଦୁଅ।

ଭାଙ୍ଗି ନପଡ଼ିବା ସ୍ୱପ୍ନିଳର ସ୍ୱାଭାବ। ସୁଚୟନକୁ କହିଲା - ଝିଅମାନେ ତୋ' କଥାକୁ ଟାଳିପାରନ୍ତି ନାହିଁ। ମଧ୍ୟସ୍ଥି ବନିଥିଲା ସୁଚୟନ।

ସୁଚୟନ ରେବାକୁ ମନେଇବା ପାଇଁ ଏକ ଦୀର୍ଘ କ୍ଲାସ୍ କରିଥିଲା। ବାହ୍ୟ ସୌନ୍ଦର୍ଯ୍ୟ ବଡ଼ କଥା ନୁହେଁ। ଏହା ବୟସ ବଢ଼ିବା ସହିତ ବଦଳିଯାଏ। ନଷ୍ଟ ହୋଇଯାଏ। ସୌନ୍ଦର୍ଯ୍ୟ ଯଦି ଦେଖିବାର ଅଛି - ମାନସିକ ସୌନ୍ଦର୍ଯ୍ୟ ଦେଖ। ସ୍ୱପ୍ନିଳ କେବଳ ଅଗାଧ ସଂପତ୍ତିର ମାଲିକ ନୁହେଁ, ମନରେ ମଧ୍ୟ ଜଣେ ସୁନ୍ଦର ବିତ୍ତଶାଳୀ ପୁରୁଷ.... ଇତ୍ୟାଦି ଲେକ୍‌ଚର୍ ଝାଡ଼ିଥିଲା।

ସୁଚୟନର କଥା କହିବାର ଚମତ୍କାର ଶୈଳୀ, ଛିଡ଼ାହେବାର, ବସିବାର ଭଙ୍ଗୀକୁ ରେବା ପିଇଯାଉଥିଲା ଯେମିତି। ମନେ ମନେ ତାରିଫ୍ କରିଥିଲା। ବା ! କି ରୋମାଣ୍ଟିକ୍ ଠାଣି ! ସୁଚୟନର କଥାରେ କି ଯାଦୁ, ସ୍ୱରରେ କି ଶକ୍ତି ଥିଲା କେଜାଣି ସମସ୍ତଙ୍କୁ ଆଶ୍ଚର୍ଯ୍ୟ ଚକିତ କରି ସ୍ୱପ୍ନିଳକୁ ବାହାହେବା ପାଇଁ ରାଜି ହୋଇଯାଇଥିଲା ରେବା।

ବାହାଘର ହୋଇଗଲା।

ବାହାଘରର ଦୁଇଟି ମାସ ପରେ ରହସ୍ୟ ଉନ୍ମୋଚିତ ହୋଇଥିଲା। ସ୍ୱପ୍ନିଳ ସୁଚୟନର ଅନ୍ତରଙ୍ଗ ବନ୍ଧୁ। ଅନିର୍ବଚନୀୟ ପୁରୁଷ। ସୁଚୟନର ନିକଟବର୍ତ୍ତୀ ହୋଇ ପାରିବ ସେଇ ଲୋଭରେ ସେ ସ୍ୱପ୍ନିଳକୁ ବାହା ହେବା ପାଇଁ ରାଜି ହୋଇଥିଲା।

ଦିନେ ଏକାନ୍ତରେ ସମସ୍ତଙ୍କ ଦୃଷ୍ଟି ଅନ୍ତରାଳରେ ସ୍ୱପ୍ନଭିଜା କଣ୍ଠରେ ରେବା ସୁଚୟନକୁ ପ୍ରେମ ନିବେଦନ କରି କହିଲା - ତୁମକୁ ପାଖରେ ପାଇବି ବୋଲି ମୁଁ ସ୍ୱପ୍ନିଲକୁ ବାହାହେବାକୁ ରାଜି ହୋଇଥିଲି।

ସର୍ପାହତ ପରି ଚମକି ଉଠିଥିଲା ସୁଚୟନ। ରେବାର ଏ କି ଲଜ୍ଜାହୀନ ପ୍ରେମ ନିବେଦନ ! ଜୀବନରେ ସେଭଳି କ୍ରୋଧ ସେ ପୂର୍ବରୁ କେବେ ଅନୁଭବ କରି ନଥିଲା। କହିଲା - "ମୁଁ ଜୁଆଡ଼ି, ମୁଁ ଅସାଧୁ, କୌଣସି ନୀତି ସହିତ ମୋର ସଂପର୍କ ନାହିଁ। ଅନେକ ଝିଅମାନଙ୍କର ଦେହର ତାପ, ତୃଷ୍ଣା ଶୋଷି ନେଇ କେବେ ଗ୍ଲାନି ବୋଧ କରିନଥିଲି, କିନ୍ତୁ... ସ୍ୱପ୍ନିଲ ମୋର ଅନ୍ତରଙ୍ଗ ବନ୍ଧୁ। ପ୍ରାଣରୁ ବଳି ମୋ ପାଇଁ..... ତା' ସହିତ ଅବିଶ୍ୱସ୍ତ ପଣିଆ ? ତୁମେ ଏ କଥା କିପରି ଚିନ୍ତା କରି ପାରିଲ ? ତା' ପୂର୍ବରୁ ମୃତ୍ୟୁବରଣ କରିବା ଉଚିତ ହେବ ମୋର।"

ରେବା କହିଲା- "ସ୍ୱପ୍ନିଲର ଅର୍ଥ, ଉଦାରତା ମୋ' ଜୀବନକୁ ପୂର୍ଣ୍ଣ କରିପାରିବ ନାହିଁ। ମୁଁ ସ୍ୱପ୍ନିଲକୁ ନୁହେଁ, ତୁମକୁ ଭଲପାଏ। ମୋ ଭିତରର ଶୂନ୍ୟତାକୁ କେବଳ ତୁମେ ପୂର୍ଣ୍ଣ କରିପାରିବ.... ମୋତେ ନିରାଶ କର ନାହିଁ। ମୁଁ ଅସୁଖୀ, ନିଃସଙ୍ଗ ହୋଇଯିବି।"

ହତବାକ୍ ହୋଇଯାଇଥିଲା ସୁଚୟନ। ମୁଣ୍ଡ ଭିତରେ କିଛି ମୁହୂର୍ତ୍ତକ ପାଇଁ ଏକ ଘୂର୍ଣ୍ଣିବାୟୁ ଖେଳିଗଲା। ମନେ ହେଉଥିଲା ଏକ ଭୂମିକଂପ ଭିତରେ ପଡ଼ିଯାଉଛି। ରେବା କିଭଳି ଝିଅ ସାମାନ୍ୟତମ ସୂଚନା ବି ଯଦି ପାଇଥାଆନ୍ତା ! ଅନେକ ଭାବରେ ବୁଝାଇବାକୁ ପ୍ରୟାସ କରି ବିଫଳ ହେବା ପରେ ଧିକ୍କାରି ଥିଲା। କହିଲା - "ମୁଁ ଭଲଭାବରେ ଜାଣେ ମୋ' ପାଇଁ ତୁମ ପ୍ରେମ ଛାତିରେ ନାହିଁ, ଏ ସବୁ ତୁମ ଦିମାକ୍‌ର ଖେଳ। ତୁମ ପ୍ରେମ ନିବେଦନରେ ଅଛି କେବଳ କାମନାର ଇଚ୍ଛା। ତୁମ ରକ୍ତ କଣିକାରେ ଥିବା ହର୍‌ମୋନ୍ ଟେଷ୍ଟୋଟୋରିଆନ୍ ଏବଂ ଅଷ୍ଟ୍ରୋଜନ ତାହାର ପ୍ରଭାବ ଦେଖାଉଛି। ଏଠି ଛାତି କେଉଁଠି ଆସିଲା ? ତୁମ ଛାତି ଭିତରେ ଦରଦ ଥିଲେ ନିଜର ବିବାହିତ ସ୍ୱାମୀ ସ୍ୱପ୍ନିଲ ସହିତ ଏଭଳି ବିଶ୍ୱାସଘାତକତାର ଖେଳ ଖେଳି ନ ଥାଆନ୍ତ...!"

ସୁଚୟନର ଏତେ ସବୁ ବକ୍ତବ୍ୟ ଧିକ୍କାର ରେବାକୁ ତିଳେ ମାତ୍ର ସ୍ପର୍ଶ କଲା ନାହିଁ। ସେ ହୁଏତ ଭାବିଥିଲା ସବୁ ପୁରୁଷ ଭଳି ସୁଚୟନ ମଧ୍ୟ ସମୟ ଓ ସୁଯୋଗର ସଦ୍‌ବ୍ୟବହାର କରିବ। କହିଲା - "ଜାଣ ସୁଚୟନ, ହରିଣ ନିଜ ଶିଙ୍ଗକୁ ଧାରୁଆ କରିବା ପାଇଁ ଶକ୍ତ ଗଛର ଗଣ୍ଡି ଖୋଜିବୁଲେ। କଦଳୀ ଗଛରେ ସିଙ୍ଗ ଘଷିବାରେ ସେ ସୁଖ ପାଏ ନାହିଁ। ମୋତେ ବୁଝାଇବାକୁ ଚେଷ୍ଟା କରି ଅଯଥା କାଳକ୍ଷେପଣ କରି

ସମୟ କାହିଁକି ବ୍ୟୟ କରୁଛ ?" - କହି ନିଜ ଦୁଇ ହାତରେ ସୁଚୟନକୁ ପଛ ଆଡ଼୍‌ରୁ ଭିଡ଼ିଧରିଥିଲା ଏକ ପାଶବିକ ଉନ୍ମାଦନାରେ।

ଅସ୍ୱସ୍ତି ଅନୁଭବ କଲା ସୁଚୟନ। ଅତି ଯତ୍ନର ସହିତ କୋମଳ ଭାବରେ ନିଜକୁ ମୁକ୍ତ କଲା।

ମୁହଁ ଫଣଫଣ କରି ରେବା ଏଥର ଧମକ ଦେଇ କହିଲା - ମୁଁ ଜାଣେ ତୁମେ ତୁମ ବନ୍ଧୁଙ୍କୁ ପ୍ରାଣରୁ ବଳି ଭଲପାଅ। ଶାରୀରିକ ଓ ମାନସିକ ଭାବରେ ତାକୁ କେବେ ଆଞ୍ଚ୍ ଆଣିବାକୁ ଦେବ ନାହିଁ। ସେଥିପାଇଁ ମୁଁ ସବୁକିଛି ବନ୍ଦୋବସ୍ତ କରି ରଖିଛି। ତୁମ ସହିତ ମୋର କେତୋଟି ଅନ୍ତରଙ୍ଗ ମୁହୂର୍ତ୍ତର ଫୋଟ ଡି.ଭି.ଆର୍ ସ୍ପାଇ କେମେରାରେ ଉତ୍ତୋଳନ କରି ରଖିଛି। ସେଇ ଫୋଟ ସବୁ ଯଦି ତୁମ ବନ୍ଧୁଙ୍କ ଆଖିରେ ପଡ଼େ ? ସେ ଆଘାତ ସହ୍ୟ କରିନପାରି ତାଙ୍କର କିଛି ବି ହୋଇପାରେ - ହାର୍ଟ ଆଟାକ୍... ଆତ୍ମହତ୍ୟା... ମେଣ୍ଟାଲ୍ ଡିପ୍ରେସନ୍... କିଛି ବି... କିଛି ବି... ଘଟିପାରେ...।

ମନେରଖ ମୁଁ ଏଇ ଖେଳର ରିଂ ମାଷ୍ଟର। ତୁମେ ନୁହଁ - ମୋ ଇଚ୍ଛାରେ ସବୁ ଖେଳ ଚାଲିବ। ପରିଣାମ ପାଇଁ ମୋତେ ଦାୟୀ କରିବ ନାହିଁ। ଶେଷ ଅସ୍ତ୍ର 'ବ୍ଲାକ୍‌ମେଲିଂ" ପ୍ରୟୋଗ କରିଥିଲା ରେବା।

ତା'ପରେ ସେ ଏକ ପ୍ରଳୟଙ୍କରୀ ମୁହୂର୍ତ୍ତ। ସେ ମୁହୂର୍ତ୍ତ ଅତିବାହିତ ହୋଇଗଲା ପରେ ନୂତନ ଧରଣର ମୃତ୍ୟୁର ଅନୁଭୂତି ଲାଭ କରିଥିଲା ସୁଚୟନ। ତା'ଭଳି ଦାମ୍ଭିକ ପୁରୁଷର ଆଖିରେ ବି ଜମି ଆସିଥିଲା ଅଶ୍ରୁ।

ତା'ପରେ ସ୍ୱପ୍ନିଳର ଦୃଷ୍ଟି ଅନ୍ତରାଳରେ ବେଳ ଅବେଳରେ ଲଜ୍ଜାହୀନ ଭାବରେ ପ୍ରେମ-ଯାଚନା କରି ସରୀସୃପ ପାଲଟି ଯାଉଥିଲା।

ଅନ୍ୟପକ୍ଷରେ ସ୍ୱପ୍ନିଳର ଆଖିରୁ ଯେମିତି ଲୁହ ଶୁଖିବାର ନାହିଁ। ସୁଚୟନକୁ କହେ - "ମୁଁ ଦୁର୍ବଳ ବୋଲି ଜାଣି ସୁଦ୍ଧା ତୁମେ ତିନିଜଣ ମୋତେ ଫୋର୍ଥ ମସ୍କିଟିୟର୍ ଭାବରେ ଗ୍ରହଣ କରିଥିଲ। ତୁମେ ଖେଳୁଥିବା ଭୟଙ୍କର ଖେଳରେ ମୋତେ କେବେ ବି ସାମିଲ କରିନଥିଲ, କାଳେ ମୋର କିଛି କ୍ଷତି ହେବ। ମୋ' ଶରୀରରେ ତିଳ ପ୍ରମାଣ ଆଞ୍ଚ ଆସୁ ଚାହୁଁନଥିଲ। ମୋର ଏଇ ଜୀବନ ଯନ୍ତ୍ରଣାରୁ ମଧ୍ୟ ମୋତେ ମୁକ୍ତ କର ....। ତା' ଦେହ ଚାହିଁଲା ବେଳକୁ ରେବା କାହିଁକି ଏତେ ରୁକ୍ଷ ବ୍ୟବହାର କରୁଛି, ମୁଁ ବୁଝିପାରୁନି। ଅପମାନର ଏ ଶକ୍ତ ବୋଝ ମୁଁ ଆଉ ବୋହି ପାରିବି ନାହିଁ। ବେଳେ ବେଳେ ଇଚ୍ଛା ହେଉଛି ଆତ୍ମହତ୍ୟା କରିଦେବି।"

ସୁଚୟନ ସ୍ୱପ୍ନିଳର ଦୁଇ ହାତକୁ ନିଜ ହାତ ମୁଠାରେ ଜୋରରେ ଜାବୁଡ଼ି ଧରି କହିଲା - "ମଣିଷ ଯେଉଁ ମହତ୍ତର ମୂଲ୍ୟବୋଧଟି ଜୀବନରେ ନିର୍ବାହ କରିବା କଥା

ତାହା ହେଉଛି ଆତ୍ମହତ୍ୟା ନ କରିବା। ଜୀବନରେ ହଜାରେ ବ୍ୟଥା ବ୍ୟଞ୍ଜନା ଆସୁ ପଛେ ତୁ କେବେ ଆତ୍ମହତ୍ୟା କରିବୁ ନାହିଁ। ଆଜି ମୋତେ କଥା ଦେ।"

ତା'ପରେ ସୁଚୟନ ନିଜର ବ୍ୟକ୍ତିଗତ ଜୀବନକୁ ଜାଣି ଜାଣି ବିରକ୍ତିକର କରି ପକାଇଲା। ଯୋଜନାବଦ୍ଧ ଭାବରେ କାହାରିକୁ କିଛି ନ ଜଣାଇ ଏକଦମ୍ ନିରୁଦ୍ଦିଷ୍ଟ ହୋଇଗଲା। ଏମିତିରେ ବେଳେ ବେଳେ କିଛି ଦିନ ପାଇଁ ନିରୁଦ୍ଦିଷ୍ଟ ହୋଇଯିବାଟା ତା' ପାଇଁ ନୂଆ ନୁହେଁ। ସେ ତ ଏମିତିରେ ଯାଯାବର...। କିନ୍ତୁ ଏଇଥରକ ନିର୍ବାସନଟା ତା' ପାଇଁ ଥିଲା କଠିନ ସମୟ। ସେ ଖୋଜୁଥିଲା ଜଗତର ଅଗୋଚରରେ ଗୋଟିଏ ନିରବ ନିଛାଟିଆ ରହସ୍ୟମୟ ସ୍ଥାନ। ଚାଲିଯାଇଥିଲା ମାଲେସିଆର କେଉଁ ଏକ ଅଗମ୍ୟ ଅଞ୍ଚଳ ଭିତରକୁ। ଆଉ ସେ ତା' ଯୋଜନାରେ ସଂପୂର୍ଣ୍ଣ କୃତକାର୍ଯ୍ୟ ହୋଇଥିଲା।

ତାର ଏଇଭଳି ରୋମାଞ୍ଚକର ରହସ୍ୟମୟ ନିର୍ବାସନ ପଛରେ ରେବା ଓ ସ୍ୱପ୍ନିଳ ଜୀବନରୁ ଦୂରେଇଯିବା। ରେବା ଠାରୁ ସହର ଠାରୁ ଦୂରେଇ ରହିଲେ ଧୀରେ ଧୀରେ ସଂପର୍କ ଶିଥିଳ ହୋଇଯିବ। ସ୍ୱପ୍ନିଳ ଜୀବନର ମୋଡ଼ ହୁଏତ ବଦଳିଯିବ। ରେବା ତା' ଠିକଣା କିମ୍ବା ଫୋନ୍ ନମ୍ବର ଜାଣିପାରିଲା ନାହିଁ।

ସପରିବାର ମରିସସ୍ ଦ୍ୱୀପରେ ଛୁଟି କଟାଇବା ପାଇଁ ଯାଇଥିବା ସମୟରେ ଦର୍ଶନ ତା'ର ବ୍ୟକ୍ତିଗତ ସେକ୍ରେଟାରୀଠାରୁ ଏକ ଫୋନ୍‌କଲ ପାଇଲା। ତା'ଅନୁପସ୍ଥିତିରେ ତା'ର କୋଠାବାଡ଼ି, କପଡ଼ା ମିଲ୍, ତିନୋଟି ବଡ଼ ବଡ଼ ଲୁଗା ଦୋକାନ ଉପରେ ଆୟକର ବିଭାଗ ଆତର୍କିତ ଚଢ଼ାଉ କରିଛି। ଫେରି ଆସିଥିଲା ଭାରତ। କିନ୍ତୁ ଫ୍ଲାଇଟ୍‌ରୁ ଓହ୍ଲାଇ ଘରେ ପହଞ୍ଚି ପାରିନଥିଲା। "ଲଗେଜ୍ କଲେକ୍‌ସନ୍ ବେଲଟ୍" ନିକଟରେ ହିଁ ତଳେ ପଡ଼ିଯାଇଥିଲା ହୃଦଘାତରେ ଆକ୍ରାନ୍ତ ହୋଇ। 'ଏପୋଲ' କାର୍ଡ଼ିଆକ୍ ହସ୍‌ପିଟାଲକୁ ବୁହା ହୋଇଯାଇଥିଲା। ଯେମିତି ଅପେକ୍ଷା କରିଥିଲା ସର୍ବାନନ୍ଦ ଓ ସ୍ୱପ୍ନିଳର ଆଗମନକୁ। ତା'ପରେ ସବୁ ଶେଷ୍....।

ଦର୍ଶନର ଏଇ ଅକାଳ ବିୟୋଗ ଖବର ଅବଶ୍ୟ ସ୍ୱପ୍ନିଳ 'ଟ୍ୱିଟର'ରେ ଛାଡ଼ି ଦେଇଥିଲା। ତଥାପି ସୁଚୟନ ପାଖରୁ କୌଣସି ସଞ୍ଚାଳନ ହୋଇନଥିଲା।

ଦର୍ଶନର ଅନ୍ତିମ ସଂସ୍କାର ପରେ ସ୍ୱପ୍ନିଳ ସର୍ବାନନ୍ଦ ଯାଇଥିଲେ ତାଙ୍କର ପ୍ରିୟ ଖେଳ ଜାଗାକୁ। ହାବୁକା ହାବୁକା ଅନ୍ଧକାର ମଧ୍ୟରେ ଅତୀତର ସ୍ମୃତି ଜୀବନ୍ତ ହୋଇ ଆଛନ୍ନ କରି ପକାଇଥିଲା ସେମାନଙ୍କୁ। କିଛି ସମୟ ଅସହାୟ ଭାବରେ ସେଇ ଅପନ୍ତରାରେ ବସି ଫେରିଆସିଥିଲେ।

ସୁଚୟନ ବଂଧୁମାନଙ୍କଠାରୁ ବିଚ୍ଛିନ୍ନ ହୋଇ ଅଜ୍ଞାତବାସରେ ଚାଲିଯିବାର ପାଞ୍ଚ ବର୍ଷ ବିତିଗଲାଣି। ଏଇ ଦୀର୍ଘ ପାଞ୍ଚବର୍ଷ ମଧ୍ୟରେ ସର୍ବାନନ୍ଦ ଜାତୀୟ ଓ ଅନ୍ତର୍ଜାତୀୟ

ସ୍ତରରେ ବାସ୍ ଜଂପିଙ୍ଗ, ଫ୍ରି ଡାଇଭିଂ, ଖେଳ ପ୍ରଦର୍ଶନ କରି ଜଣେ ଆନ୍ତର୍ଜାତୀୟ ଖେଳାଳୀର ମାନ୍ୟତା ହାସଲ କରି ସାରିଥିଲା।

ସୁଚୟନ ଟେଲିଭିଜନ୍‌ରେ ତା' ଖେଳ ଦେଖି କାନ୍ଦି ପକାଏ। ଇଚ୍ଛାହୁଏ ତତ୍‌କ୍ଷଣାତ୍ "ଟ୍ୱିଟର" ଜରିଆରେ ତାକୁ ବଧାଇ ଜଣାଇବ। ପର ମୁହୂର୍ତ୍ତରେ ନିଜର ଉତ୍ତେଜନାକୁ ପ୍ରବଳ ବେଗରେ ଦମନ କରିଦିଏ। ଦିନେ ଏମିତି ଜୁଆ ଆଡ୍‌ଡାରେ ଖେଳୁଥିବା ସମୟରେ ତା'ର ଜଣେ ସିଂଗାପୁର ବନ୍ଧୁ ନିମିତ୍ ତାକୁ ଦୁଃସମ୍ବାଦଟା ଜଣାଇଲା "ୟୁଅର୍ ବେଷ୍ଟ ଫ୍ରେଣ୍ଡ୍ ସର୍ବାନନ୍ଦ ଇଜ୍ ନୋ ମୋର"। ଏଇମାତ୍ର ସିଂଗାପୁର ନିଉଜ ଚ୍ୟାନେଲ ଏଇ ସମ୍ବାଦ ପରିବେଷଣ କରିଛି। କେତେ ବିପଦପୂର୍ଣ୍ଣ ଖେଳରେ ସର୍ବାନନ୍ଦ କୌଣସି ବିପଦର ସମ୍ମୁଖୀନ ହୋଇନଥିଲା। ଏଇଥର ଅଷ୍ଟ୍ରେଲିଆର ଏକ "ଫ୍ରି ଡାଇଭିଂ" ପ୍ରଦର୍ଶନ କରୁଥିବା ସମୟରେ ଅନେକ ସମୟ ପର୍ଯ୍ୟନ୍ତ ପାଣି ଭିତରୁ ବାହାରି ପାରି ନ ଥିଲା। ସନ୍ଦେହ କରାଯାଉଛି କୌଣସି ଏକ ସୂକ୍ଷ୍ମ ସୂତା ଭଳି ସରୀସୃପ ତା' ଶ୍ୱାସନଳୀ ମଧ୍ୟକୁ ପ୍ରବେଶ କରିବା କାରଣରୁ ତା'ର ଶ୍ୱାସରୋଧ ଜନିତ ମୃତ୍ୟୁ ଘଟିଛି।

ନିଜକୁ ଆଉ ଅଟକାଇ ପାରିନଥିଲା ସୁଚୟନ। ସେଇ ମୁହୂର୍ତ୍ତରେ ଫୋନ୍ କରିଥିଲା ସ୍ୱପ୍ନିଳକୁ। ଭୁଲିଯାଇଥିଲା ଯେ ସେ ଅଜ୍ଞାତବାସର ଦଣ୍ଡ ଭୋଗୁଛି। ଦୀର୍ଘ ପାଞ୍ଚ ବର୍ଷ ପରେ ସୁଚୟନର କଣ୍ଠସ୍ୱର ଶୁଣି ପ୍ରବଳ ଅଭିମାନରେ ଏକରକମ କାନ୍ଦି ପକାଇଥିଲା ସ୍ୱପ୍ନିଳ।

ସେଇ ରାତ୍ରିରେ ଶେଷ ପ୍ରହର ଆଡ଼କୁ ଥିବା ଏକମାତ୍ର ଫ୍ଲାଇଟ୍‌ରେ ଭାରତ ଫେରିଆସିଥିଲା ସୁଚୟନ।

ଏୟାର୍ ପୋର୍ଟକୁ ସ୍ୱପ୍ନିଳ ଆସିଥିଲା।

ଏୟାର ପୋର୍ଟରୁ ଘରେ ପହଞ୍ଚିବା ପର୍ଯ୍ୟନ୍ତ ସ୍ୱପ୍ନିଳ ତାକୁ କଅଣ ପଚାରୁଥିଲା, କଅଣ କହୁଥିଲା ତାର କିଛି ମନେ ନାହିଁ।

ଘରେ ପହଞ୍ଚିଲା ବେଳକୁ ସ୍ୱାଗତ ପାଇଁ ବାରଣ୍ଡାରେ ଦଣ୍ଡାୟମାନ ରେବାକୁ ସୁଚୟନ ଘୃଣାଦୃଷ୍ଟିରେ ଦେଖିଲା କି ବେପରୁଆ ନଜରରେ କହିବା କଠିନ। କିନ୍ତୁ ଏକ ନିର୍ଲିପ୍ତ ଥଣ୍ଡା ସ୍ୱରରେ କେବଳ 'ହାୟ' କହିଥିଲା....।

XXXXX

ପରବର୍ତ୍ତୀ ଦୁଇ ଦିନ ତା' ପାଇଁ ଥିଲା ପରୀକ୍ଷାର କଠିନ ସମୟ। ସୁଚୟନକୁ ପ୍ରଲୋଭିତ କରିବା ପାଇଁ ନିଜକୁ ସୁନ୍ଦର ରଙ୍ଗିନ୍ ପ୍ରଜାପତିଟିଏ ପରି ସଜେଇଥିଲା ରେବା। ଯେମିତି ଅଭିସାର ପାଇଁ ଷୋହଳ ଶୃଙ୍ଗାର କରିଛି। ଅଧିକାଂଶ ସମୟ ତା' ଆଖପାଖରେ ଘୁରି ବୁଲୁଥିଲା....।

ସେ ଦିନ ଡିନରରେ ହ୍ୱିସ୍‌କି ସହିତ ପରଷିଥିଲା ସବୁକିଛି ସୁଚୟନ ପସନ୍ଦର ନନ୍‌ଭେଜ୍ ରେସିପି। ଜାଣି ଜାଣି ବସିଥିଲା ସୁଚୟନ ପାଖ ଚୌକିରେ।

ବିନା ଚାହାଣିରେ ବି ସୁଚୟନ ଠଉରାଇ ପାରୁଥିଲା ସବୁ କିଛି...। ଆଶ୍ଚର୍ଯ୍ୟ ଲାଗୁଥିଲା, ଦୀର୍ଘ ପାଞ୍ଚବର୍ଷର ଦୂରତା ଓ ବ୍ୟବଧାନ ସତ୍ତ୍ୱେ ରେବାର ଚରିତ୍ରରେ କୌଣସି ପରିବର୍ତ୍ତନ ହୋଇନାହିଁ। ହୃଦୟ ଭାରାକ୍ରାନ୍ତ ହୋଇଥିଲା ସ୍ୱପ୍ନିଳ ପାଇଁ....।

ତା' ପରଦିନ ମୁହଁସଞ୍ଜବେଳକୁ ଗାଡ଼ି ନେଇ ବାହାରି ପଡ଼ିଥିଲେ ଦୁଇ ବନ୍ଧୁ। ତାଙ୍କର ସେଇ ପ୍ରିୟ ଖେଳ ସ୍ଥାନକୁ, ସହରର ଉପାନ୍ତରେ ଥିବା ଜଙ୍ଗଲ ଆଡ଼କୁ। ଦର୍ଶନ ଓ ସର୍ବାନନ୍ଦର ସ୍ୱର୍ଗତ ଆତ୍ମାର ଶାନ୍ତି ପାଇଁ ସେମାନେ ଆଜି ସେ ନିଆଁର ଖେଳ ଖେଳିବେ। ହୁଏତ ଶେଷ ଥର ପାଇଁ। ସ୍ୱପ୍ନିଳର ଏକା ଜିଦ୍ ମୃତ ବନ୍ଧୁମାନଙ୍କୁ ଆତ୍ମାର ସଦ୍‌ଗତି ଓ ସେମାନଙ୍କୁ ଖୁସି କରିବା ପାଇଁ ସେ ଆଜି ଅଗ୍ନିଶିଖା ଭିତର ଦେଇ ଗାଡ଼ି ଚଳାଇବ। ପ୍ରଥମ ଓ ଅନ୍ତିମ ଥର ପାଇଁ।

ମେଘ ଯୋଗୁଁ ସେଦିନ ଅନ୍ଧକାର ସହଳ ଘନ ହେଉଥିଲା। ଏକ ନିର୍ଜନ ପାହାଡ଼ିଆ ଢିପ ଉପରେ ବସି ବେଶ୍ କିଛି ସମୟ କଟାଇ ଦେଇଥିଲେ ଦୁହେଁ। ନୀରବରେ। ସେଇ ନୀରବତା ମଧ୍ୟରେ ଦୁହିଁଙ୍କର ହୃଦସ୍ପନ୍ଦନ ମଧ୍ୟ ତାଳ ଦେଇ ଚାଲିଥିଲା ଯେମିତି।

ଖେଳିବା ପୂର୍ବରୁ ସେମାନେ କିଛି ହ୍ୱିସ୍‌କି ସେବନ କରିଥିଲେ ଏବଂ ମୃତ ଅତ୍ମାମାନଙ୍କ ଉଦ୍ଦେଶ୍ୟରେ ପ୍ରାର୍ଥନା କରିଥିଲେ।

ଶୁଖିଲା ଝାଟିମାଟିପତ୍ରରେ ଡିଜେଲ୍ ଢାଳି ଅଗ୍ନି ସଂଯୋଗ କରିବା ପୂର୍ବରୁ ନୀରବତା କଟାଇ ସ୍ୱପ୍ନିଳ କହିଲା - ତୁ ଭାବିଛୁ ମୁଁ କିଛି ଜାଣେ ନାହିଁ। ମୁଁ ଜାଣେ ତୁ ବନ୍ଧୁମାନଙ୍କଠାରୁ, ସହରଠାରୁ ବିଶେଷକରି ମୋ ପାଖରୁ କାହିଁକି ଦୂରେଇ ଯାଇଥିଲୁ। ନିରୁଦ୍ଦିଷ୍ଟ ହୋଇଯାଇଥିଲୁ ଦୀର୍ଘ ପାଞ୍ଚ ବର୍ଷ।

ଏଇ ପାଞ୍ଚ ବର୍ଷ ମୁଁ ତୋ ଖୋଜଖବର ନେବାକୁ ଅନେକ ଚେଷ୍ଟାକରି ବିଫଳ ହୋଇଛି। ତୋର ଅନୁପସ୍ଥିତିରେ ମୁଁ କୌଣସି ନିଷ୍ପତ୍ତି ନେଇପାରୁ ନ ଥିଲି। ...ଅନ୍ତତଃ ସର୍ବାନନ୍ଦର ମୃତ୍ୟୁଖବର ତୋତେ ଟାଣି ଆଣିଛି। ମୁଁ ଯଦି କିଛି ନିଷ୍ପତ୍ତି ନେଇଥାଆନ୍ତି ମୋର ସାମାଜିକ ପ୍ରତିପତ୍ତି ଛାରଖାର ହୋଇଯାଇଥାଆନ୍ତା। ମୋର ପୌରୁଷ ଉପରେ ପ୍ରଶ୍ନବାଚୀ ଆଙ୍କି ହୋଇଯାଇଥାଆନ୍ତା। ତେଣୁ ମୁଁ କିଛି ନଜାଣିଲା ପରି ତୋର ପ୍ରତ୍ୟାବର୍ତ୍ତନକୁ ଅପେକ୍ଷା କରି ରହିଲି ଏତେଦିନ। ମୁଁ ଚାହୁଁ ନ ଥିଲି ବାହାର ଜଗତ ଜାଣୁ ଆମର ଅସଲ ଅବସ୍ଥା। ଏବେ ମୁଁ କିଛି ଗୋଟାଏ ନିଷ୍ପତ୍ତି ନେଇପାରିବି...।

ସୁଚୟନ ଯେମିତି ମୂକ ପାଲଟିଯାଇଥିଲା। ଅସମ୍ଭବ ରକମର ଗମ୍ଭୀର ଦେଖାଯାଉଥିଲା। ନୀରବରେ ଝାଟିପତ୍ରରେ ଡିଜେଲ ଢ଼ାଳି ଅଗ୍ନିସଂଯୋଗ କରି ଚାଲିଥିଲା।

ପଶ୍ଚିମା ପବନର ଧକ୍କାରେ ଅଗ୍ନିଶିଖା ହୁତ୍ ହୁତ୍ ହୋଇ ଜଳି ଉଠିଲା। ସ୍ଥିର ହେଲା ଅଗ୍ନି ସ୍ୱତଃ ନିର୍ବାପିତ ହେବା ପର୍ଯ୍ୟନ୍ତ ଜଣକ ପରେ ଜଣେ ପାଳି କରି ଗାଡ଼ି ଚଳେଇବେ...। ଅଗ୍ନିଶିଖା ଓ ସେମାନଙ୍କ ମଧ୍ୟରେ ଜୀବନ ମରଣର ବ୍ୟବଧାନ କେଇ ଗଜ ମାତ୍ର...। ସେମାନେ ଖେଳ ଆରମ୍ଭ କଲେ...।

ପ୍ରଥମେ ସୁଚୟନ... ତା'ପରେ ସ୍ୱପ୍ନିଳ। ଦ୍ୱିତୀୟ ରାଉଣ୍ଡରେ ପୁଣି ସୁଚୟନ... ତା'ପରେ ସ୍ୱପ୍ନିଳ... ତା'ପରେ... ତା'ପରେ... ଭୟଙ୍କର ଏକ ବିସ୍ଫୋରଣ... ଏକ ଧମାକା...। ଗାଡ଼ିରେ ବସି ସେହି ଲେଲିହାନ ଶିଖା ଅତିକ୍ରମ କରୁଥିବା ଖେଳାଳୀ କିମ୍ବା ଗାଡ଼ି ବାହାରେ ନିଜ ପାଳି ପାଇଁ ଅପେକ୍ଷାରତ ଖେଳାଳି କେହି ବି ଜାଣି ପାରିଲେ ନାହିଁ କଅଣ ଘଟିଲା.... କେମିତି ଘଟିଲା.... ଏବଂ କାହିଁକି ଘଟିଲା....। ଭୟଙ୍କର ଏକ ବିସ୍ଫୋରଣ ଶବ୍ଦରେ କଂପି ଉଠିଥିଲା ସମଗ୍ର ପ୍ରାନ୍ତର...।

ଠିକ୍ ସେଇ ସମୟରେ....

ଦୁର୍ଘଟଣା ସ୍ଥାନଠାରୁ ମାତ୍ର ଅଳ୍ପ ଦୂରତ୍ୱରେ ଥିବା ଏକ ଘଞ୍ଚ ବୁଦା ଉହାଡ଼ରୁ ଏକ କଳା ଛାଇ ବାହାରି ଯେଉଁ ରାସ୍ତାଟା ସହର ଭିତରକୁ ଯାଇଛି ସେଇ ଦିଗରେ ଚାଲିଗଲା – ଯେମିତି ଏକ ଅମାନୁଷିକ ହତ୍ୟାକାଣ୍ଡ ଭିଆଇ ତରତରରେ ଚାଲିଯାଉଛି।

ଗାଡ଼ି ବାହାରେ ଠିଆ ହୋଇଥିବା କିଂକର୍ତ୍ତବ୍ୟବିମୂଢ଼ ଖେଳାଳି ସେ କଳା ଛାଇକୁ ଚିହ୍ନିବାରେ କିଛି ଅସୁବିଧା ହୋଇନଥିଲା। କଳା ଛାଇଟା ଗଛ ଆଢୁଆଳରେ ଅଦୃଶ୍ୟ ହେବାଯାଏ ସେ ଆଉ ଠିଆ ହୋଇ ପାରିଲା ନାହିଁ। ଆସ୍ତେ ଆସ୍ତେ ଗୋଡ଼ ଅବଶ ହୋଇପଡ଼ିଲା। ଘଟଣାକୁ ହୃଦୟଙ୍ଗମ କରିବା ପୂର୍ବରୁ ତାର ନିଶ୍ଚଳ ଶରୀର ସେଇଠି ଲଥ୍‌କରି ତଳେ ଟଳିପଡ଼ିଲା। କେତେବେଳ ଯାଏ ନିଦରେ ଅଚେତ ହୋଇ ସେମିତି ପଡ଼ି ରହିଲା ତାର ମନେ ନାହିଁ।

ସିନ୍ଦୁର ଫିଟି ପଡ଼ିଲା। ସେଇ ପତଳା ଭୋର୍ ଆଲୁଅରେ ଗତରାତିର ଲିଭିଲା ପାଉଁଶ ଜକ୍‌ଜକ୍ କରୁଥିଲା। ସେଇ ଆଲୁଅରେ ବାରିହୋଇ ପଡ଼ିଲା, ମୋଟା ମଲା ଶାଳଗଛ ଗଣ୍ଡିକୁ ଆଉଜି ଅଚେତ ହୋଇ ପଡ଼ିଥିବା ଖେଳାଳୀର ଆକୃତି ହଲ୍‌ଚଲ୍ ହେଲା ଏବଂ ଧୀରେ ଧୀରେ ଉଠି ରାସ୍ତା ଆଡ଼କୁ ଆଗେଇ ଚାଲିଲା....।

ତା'ପରେ, ସେଇଦିନ –

ପ୍ରତ୍ୟୁଷରେ ରେବା ଗାଧୋଇ ପାଧୋଇ ନିଜର ଲମ୍ବ ଗହଳକେଶକୁ ଖୋଲାଛାଡ଼ି ଲନ୍‌ରେ ଟହଲୁଥିଲା। ହାତରେ ଗରମ କଫିମଗ୍। ମନେହେଉଥିଲା ଯେମିତି ଅପେକ୍ଷା କରିଥିଲା କାହାର ଆଗମନକୁ। କାହାକୁ...? ବାରମ୍ବାର ଗେଟ୍ ଆଡ଼କୁ ଦେଖୁଥିଲା।

ଦରୱାନ୍‌ର ଗେଟ୍ ଖୋଲିବା ଶବ୍ଦରେ ସେ ଦିଗକୁ ଚାହିଁ ବଜ୍ରାହତ ଗଛଟିଏ ଭଳି ତଳେ ମୂର୍ଚ୍ଛା ଯାଇଥିଲା । ଭିତରକୁ ପ୍ରବେଶ କରୁଥିଲା ସ୍ୱପ୍ନିଳ...।

ମୂର୍ଚ୍ଛିତ ଅବସ୍ଥାରୁ ରେବା ପ୍ରକୃତିସ୍ଥ ହେବାପରେ ସ୍ୱପ୍ନିଳ କହିଲା - ତୁମେ ଯାହା ଚାହୁଁଥିଲ ମୋର ସେମିତି କିଛି ହେଲା ନାହିଁ । ମୋ' ଦେହରେ ସାମାନ୍ୟତମ ଆଞ୍ଚ ବି ଆଣିବାକୁ ଦେଇ ନାହିଁ ସୁଚୟନ । ମୋତେ ଅଦୌ ଖେଳିବାକୁ ଦେଇ ନ ଥିଲା । ମୁଁ ଖେଳିବା ପାଇଁ ଗାଡ଼ିରେ ବସିବାକ୍ଷଣି ମୋତେ ଜୋର୍ କରି ବାହାରକୁ ଟାଣି ଦେଇ ନିଜେ ଗାଡ଼ି ଚଳାଇଥିଲା । ଅନ୍ଧାରରେ ବୋଧେ ତୁମେ ଠିକ୍ ଜାଣିପାରିଲ ନାହିଁ । ମୁଁ ଗାଡ଼ି ଚଳାଉଛି ଭାବି ରିମୋଟ ଟିପି ଦେଇଛ । ଗାଡ଼ିରେ ଏକ ବିସ୍ଫୋରକ ବମ୍ ରଖିଥିଲ - ସୁଚୟନ ବୋଧେ ଜାଣିଥିଲା....।

■

# କ୍ଷତ

ସେ ଦିନ ଜେଜେ ତାଙ୍କ ଜୀବନକାଳରେ ଅରଜିଥିବା କ୍ଷତଗୁଡ଼ିକ ଏକତ୍ର ଠୁଳକରି ବସି ନାତିକୁ ଦେଖାଉଥିଲେ।

ଶୈଶବରେ ଅସାବଧାନତା ବଶତଃ ଏରୁଣ୍ଡିବନ୍ଧ ଝୁଣ୍ଟି କଚଡ଼ିହୋଇ ଆଣ୍ଠୁ ଛିଣ୍ଡି ସୃଷ୍ଟି ହୋଇଥିବା କ୍ଷତ।

ପଛରେ ଗୋଡେଇ ଗୋଡେଇ କାମୁଡ଼ିଥିବା କୁକୁର କାମୁଡ଼ା ଦନ୍ତଚିହ୍ନ।

ପାଚେରୀ ଡ଼େଇଁ, ଗଛରୁ ପଡ଼ି ଦୁରାବସ୍ଥାରୁ....

ଖେଳକୁଦରେ। କାହାସହିତ ଜିଦାଜିଦିରେ...., ଝଗଡ଼ାଝାଟି କରି।

କିଛି ଦୁରାକାଂକ୍ଷାରେ... ଆଉ କିଛି ଦୁରନ୍ତ ପଣରେ।

ହସି ହସି ନାତି ଆଗରେ ବଖାଣୁଥିଲେ, ଏତେସବୁ କ୍ଷତ କେମିତି ସୃଷ୍ଟି ହୋଇଥିଲା। ଭିନ୍ନ ଭିନ୍ନ ପ୍ରତିଯୋଗିତାରେ ବିଜୟଲାଭକରି ପ୍ରାପ୍ତ ହୋଇଥିବା ରୌପ୍ୟ ସୁବର୍ଣ୍ଣପଦକ ଦେଖାଇଲା ଭଳି। ସଗର୍ବରେ। ଲାଜ ଲାଜ ହୋଇ ଗୋପନରେ କିଛି ରହସ୍ୟକଥା ଉନ୍ମୋଚନ କଲା ଭଳି।

ପରିଶେଷରେ ଯେଉଁ କ୍ଷତ ଗୋଟିକ ବଳିପଡ଼ିଥିଲା ତାକୁ ଦେଖାଇ ନାତି ପଚାରିଲା, "ୟା ବିଷୟରେ କିଛି କହିଲ ନାହିଁ ଯେ"? ଏତେ ଗଭୀର କେମିତି ହେଲା ? ଏ ଯାଏ ଶୁଖିନି କାହିଁକି ?

ହଠାତ୍ ଜେଜେଙ୍କ ଆଖିରେ ଖେଳିଗଲା ମୌନତା। ସେ ମୌନତା ଯେମିତି କିଛି ଖୋଜୁଥିଲା। ନିଜ ଛାତି ଅଣ୍ଡାଳି କିଛି ଖୋଜିଲା ଭଳି।

ଆଖିରେ ଆଲୁଅ ଅନ୍ଧାର। ମେଘ ବିଦ୍ୟୁତ୍। ହସ କାନ୍ଦ। ଜୀବନ ମୃତ୍ୟୁ। ସ୍ୱର୍ଗ ନର୍କ। କୋହ ଯନ୍ତ୍ରଣା।

କିଛି ମୁହୂର୍ତ୍ତର ନୀରବତା ପରେ ମୁହଁ ଖୋଲିଲେ।

ଆମେ ଯାହାକୁ ଅତ୍ୟନ୍ତ ପ୍ରେମକରୁ, ନିଜଠାରୁ ଅଧିକ ଭଲପାଉ ସେମାନେ ହିଁ ଦେଇପାରନ୍ତି ଏମିତି ଗଭୀର କ୍ଷତ। ଯେତେ ସନ୍ନିକଟ ସେତେ ଗଭୀର। ଏ କ୍ଷତ ସହଜରେ ଶୁଖିବା କ୍ଷତ ନୁହେଁ। ଶୁଖୁ ମଧ୍ୟ ଚାହେଁ ନାହିଁ।

ଏ ଯାଏ ୟାକୁ କାହିଁକି ବୋହି ଚାଲିଛ ? ଫୋପାଡ଼ି ଦେବା କଥା ନା ! ଫୋପାଡ଼ି ଦେଲେ ହାଲୁକା ଲାଗିବ। ଆଉ କଷ୍ଟ ହେବ ନାହିଁ।

ମୁଣ୍ଡକୁ ଏପାଖ ସେପାଖ ନାଡ଼ି, କ୍ଷତ ଉପରେ ଧିରେ ହାତବୁଲାଇ ଆଣି କହିଲେ, ବୁଝିଲୁ ଜୀବନରେ ବହନ କରିବା ଭଳି କିଛି ନ ଥିଲେ ଜୀବନ ବୃଥା ! ଯେଉଁ ଜୀବନରେ ବହନ କରିବା ପରି କିଛି ନାହିଁ ସେ ଜୀବନ କଥା ଭାବି ହୁଏ ନାହିଁ ! ଏ କ୍ଷତ ଜୀବନ ସହିତ ସଂପର୍କିତ। ଜୀବନର ଅଂଶ ବିଶେଷ। ୟାକୁ ଜୀବନର ଶେଷ ପର୍ଯ୍ୟନ୍ତ ବହନ କରିବାକୁ ପଡ଼ିବ।

ଏ କ୍ଷତକୁ ନେଇ ଦୁଃଖିତ ନ ହେବାଠାରୁ ବଳି ଅଧିକ ଦୁଃଖଦାୟକ ଆଉ କିଛି ନ ଥିବ ମୋ ପାଇଁ।

କ୍ଷତଟା ଆହୁରି ବଡ଼ ହୋଇଯାଇଛି ଜେଜେ ! ପୁରା ସଦ୍ୟ କ୍ଷତ ପରି ! ଲାଲ ଟହଟହ ହୋଇ ଝଟକୁଛି।

■

## BLACK EAGLE BOOKS

www.blackeaglebooks.org
info@blackeaglebooks.org

Black Eagle Books, an independent publisher, was founded as
a nonprofit organization in April, 2019. It is our mission to
connect and engage the Indian diaspora and the world at large
with the best of works of world literature published on a
collaborative platform, with special emphasis on
foregrounding Contemporary Classics and New Writing.

www.ingramcontent.com/pod-product-compliance
Lightning Source LLC
Chambersburg PA
CBHW050420110726
47899CB00008B/2786

* 9 7 8 1 6 4 5 6 0 1 9 3 7 *